KB163265

이탈리아 기행 1

Italienische Reise

좌 **라파엘 세네**(Rafael Senet, 1856~1926), **베네치아의 대운하**
Photo © Corbis/**이미지클릭**(이하 © 표기는 모두 동일)
우 **카를로 브란카치오**(Carlo Brancaccio, 1861~1920), **베네치아의 대운하** ©
괴테는 1786**년** 9**월 베네치아를 방문하면서**
"내 운명의 책 한 쪽에 쓰여 있던 바"라며 흥분을 감추지 못했다.

조반니 바티스타 보르게세(Giovanni Battista Borghese, 1639~1717),
베네치아의 리알토 다리 ⓒ
괴테는 곤돌라를 타며 "아드리아해를 지배하는 사람이 된 것 같은 기분"에 젖기도 했다.

새뮤얼 프라우트(Samuel Prout, 1783~1852), 베네치아의 계단 광장 ©

카날레토(Canaletto, 1697~1768), 베네치아 감옥 ©

카날레토, 베네치아 두칼레 궁전과 스키아보니 거리 ©

카날레토, 베네치아의 산마르코 광장 ⓒ
괴테는 이 광장 근처에 숙소를 정했다.

레이나드 밀리치(Reynard Milici, 1942~), 베네치아 운하 ©
괴테는 이 운하를 두고 "세계의 어떠한 가로(街路)와 비교해도 손색이 없다."라고 말했다.

팔라디오(Andrea Palladio, 1508~1580)의 건축, 베네치아의 산조르조 마조레 대성당 ⓒ
괴테는 팔라디오에 대해 이렇게 평했다.
“그는 진정 내면적으로 위대하고, 또한 내면의 위대함을 현실 세계에 재현한 인물이었다.”

팔라디오의 건축, 비첸차의 올림피코 극장 내부 ⓒ
이 극장의 설계는 프랑스 오랑주에 있는 고대 로마 극장의 복원도를 기초로 했다.

피렌체 대성당 ©

1296년 착공한 이래 건축과 증축을 거듭했으나, 거대한 반구형 지붕을 덮는 기술적 어려움으로 공사가 지연되던 차, 현상공모에 당선된 건축가 브루넬레스키(Filippo Brunelleschi, 1377~1446)의 설계로 1420년 작업을 재개해 1436년에 축성된, 세계에서 네 번째로 큰 성당이다.

베로나의 원형극장(1850년경) ⓒ
괴테는 1786년 9월 베로나에서 이 극장을 감상했다.
"이렇게 위대한 작품을 오래도록 보존해 온 베로나 사람들은 찬양받아 마땅하다."

카프리섬의 절벽 ©
괴테는 1787년 3월 나폴리를 떠나 시칠리아로 가면서 이 섬을 지나가다 폭풍을 만났다.

이탈리아 북부 국경 지대에 있는 트렌토 지방의 작은 마을 ©
괴테는 1786년 9월 브렌네르에서 베로나로 가는 도중 이 지역을 지나갔다.

피에트로 파브리스(Pietro Fabris, 1740~1792), 나폴리 항과 베수비오 화산 ©
괴테는 나폴리의 아름다움을 이렇게 전했다.
"이곳 사람들은 말한다. '나폴리를 보고 나서 죽어라!'"

피에르 자크 볼레르(Pierre Jacques Volaire, ca. 1727~1802), 베수비오 화산 폭발 ⓒ
괴테는 1787년 3월 나폴리에 도착한 후 여러 차례 이 산에 올랐다.

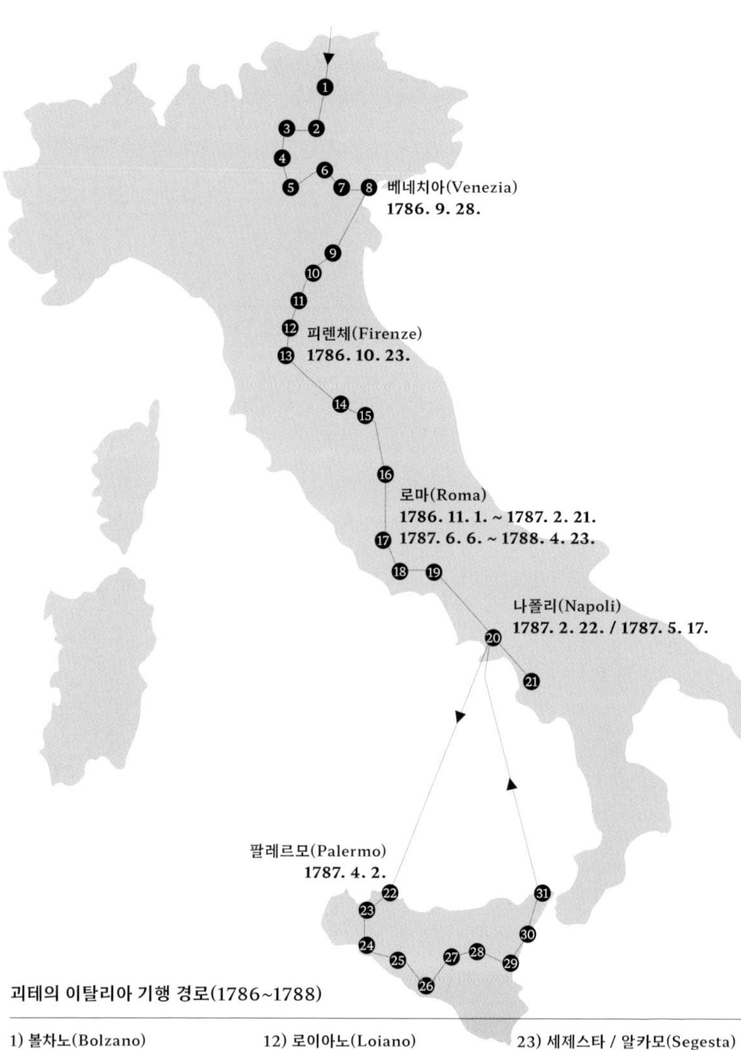

괴테의 이탈리아 기행 경로(1786~1788)

1) 볼차노(Bolzano)
2) 트렌토(Trento)
3) 토르볼레(Torbole)
4) 말체시네(Malcesine)
5) 베로나(Verona)
6) 비첸차(Vicenza)
7) 파도바(Padova)
8) 베네치아(Venezia)
9) 페라라(Ferrara)
10) 첸토(Cento)
11) 볼로냐(Bologna)
12) 로이아노(Loiano)
13) 피렌체(Firenze)
14) 페루자(Perugia)
15) 아시시(Assisi)
16) 테르니(Terni)
17) 로마(Roma)
18) 벨레트리(Velletri)
19) 폰디(Fondi)
20) 나폴리(Napoli)
21) 파에스툼(Paestum)
22) 팔레르모(Palermo)
23) 세제스타 / 알카모(Segesta)
24) 카스텔베트라노(Castel Vetrano)
25) 시아카(Sciacca)
26) 아그리젠토(Agrigento)
27) 칼타니세타(Caltanisetta)
28) 엔나(Enna)
29) 카타니아(Catania)
30) 타오르미나(Taormina)
31) 메시나(Messina)

세계문학전집 105

이탈리아 기행 1

Italienische Reise

요한 볼프강 폰 괴테

박찬기, 이봉무, 주경순 옮김

민음사

일러두기

1 인명은 통치 지역이나 활동 국가보다는 혈통을 우선하여 썼다. 예: 빌헬름(독), 굴리엘모(이), 윌리엄(영). 창작된 인물명의 경우, 괴테의 작품 속 등장인물을 가리킬 때는 독일어로, 그리스 신화의 인물을 지칭할 때는 그리스어로, 로마 신화를 특정한 경우에는 라틴어로 표기했다. 예: 제우스(그), 유피테르(라). 지명의 경우, 18세기 기준으로 독일어권에 속했던 지역명은 괴테가 사용한 독일어 표기를 주로 썼고, 이탈리아의 지명은 독자가 괴테의 이동경로를 쉽게 파악할 수 있도록 현대의 지명을 주로 썼다. 단, 오늘날에 이미 고유명사 표기가 굳어진 경우는 우리말로 번역하지 않고 원어를 그대로 썼다. 예: 성 베드로 대성당 → 산피에트로 대성당. 그 밖에 외래어 표기는 표준국어대사전의 외래어표기법을 따랐다.

2 이 책은 *Italienische Reise*(1964, Hamburg, Christian Wegner Verlag)를 저본으로 번역했다.

3 본문의 각주는 모두 옮긴이 주이다.

차례

1부 카를스바트에서 로마까지

2부 나폴리와 시칠리아에서

2권 차례

이탈리아 기행 1

Italienische Reise

나 또한 아르카디아에 있네!*

Auch ich in Arkadien!

* 로마 시인 베르길리우스의 『전원시(Eclogae)』에서 따온 라틴어구 'Et in Arcadia ego.'의 독일어 번역이다. 베르길리우스는 고대 그리스의 아르카디아 지방을 번잡한 세속으로부터 벗어난 아름답고 평화로운 세계로 묘사했고, 이로부터 아르카디아가 '지상낙원'의 상징이 되었다.

1부
카를스바트에서 로마까지

(1786년 9월~1787년 2월)

카를스바트에서 브렌네르까지

1786년 9월 3일

새벽 3시, 나는 카를스바트를 몰래 빠져나왔다. 그러지 않았다면 사람들이 나를 떠나지 못하게 했을 것이기 때문이다. 8월 28일 내 생일을 진심으로 축하해 주려던 친구들에게는 나를 만류할 이유가 충분했다. 그러나 나는 더 이상 그곳에 머무를 수 없었다. 여행 가방 하나와 오소리가죽 배낭만을 꾸려서 홀로 우편마차에 몸을 실으니, 아침 7시 30분에는 츠보타에 다다를 수 있었다. 안개 자욱한 아름답고 조용한 아침이었다. 하늘 위쪽 줄을 이룬 구름은 부드러운 양털 같았고 아래쪽 구름은 무겁게 처져 있었다. 그것이 좋은 징조로 보였다. 여름내 좋지 않았던 날씨가 끝나고 이제 상쾌한 가을을 맞이하리라는 예보 같았다. 따가운 햇볕이 내리쬐는 12시에 에거에 도착한 나는 이곳이 내 고향과 같은 위도상에 있다는 것을 기억해 내고, 또다시 북위 50도의 맑은 하늘 아래에서 점심 식사를 할 수 있다는 생각에 기뻤다.

바이에른에서 맨 먼저 눈에 띄는 것은 발트자센의 수도원이다. 평범한 사람들보다 한 발 앞서갔던 현명한 성직자들의 소유로 되어 있는 그곳은 가마솥처럼 깊지는 않아도 접시 바닥처럼 오목한 형태의 아름다운 초원 지대에 위치하고 있으며, 주위는 비옥하고 완만한 구릉으로 둘러싸여 있다. 뿐만 아니라 수도원은 넓은 영지를 소유하고 있다. 토질은 분해된 점판암이다. 이러한 산악 지대에 산재하는, 풍화도 분해도 되지 않는 석영은 경작지를 매우 부드럽고 기름지게 해준다. 티어셴로이트 근방까지는 계속해서 오르막이다. 그래서 물줄기는 우리가 가는 길과는 반대쪽으로 흘러 에거강이나 엘베강으로 흘러든다. 그러나 티어셴로이트부터는 남쪽으로 경사져 있기 때문에 물줄기는 도나우강 쪽으로 꺾이게 된다. 아무리 작은 개천이라도 그것이 어느 쪽으로 흐르고 어느 강에 속하는지 연구해 보면 금세 그 지역을 파악할 수 있다. 심지어 우리가 직접 볼 수 없는 지역에 있는 산들과 계곡들의 위치도 상상으로 머릿속에 그릴 수 있다. 앞서 말한 티어셴로이트 교외부터는 화강암 모래가 깔린 훌륭한 도로가 이어진다. 그 이상 완전한 도로는 생각할 수도 없을 정도다. 왜냐하면 마모된 화강암은 규석과 반토로 이루어져 있어 바닥을 단단하게 해주는 동시에, 우수한 결합제가 되어 타작하는 마당처럼 길바닥을 반들반들하게 만들어주기 때문이다. 이에 반해 이 도로 주변은 역시 화강암 모래로 되어 있기는 하지만 질척한 수렁이 많아 볼품이 없다. 그래서 그 가운데에 있는 훌륭한 길이 더욱 빛나 보이는 것이다. 그리고 길이 약간 내리막이어서 마차가 어찌나 빨리 달리는지 믿어지지 않을 정도였다. 달팽이걸음을 하는 보헤미아 지방 마차와는 대조적이었다.

여기 동봉한 쪽지에 통과한 역 이름을 따로 적어놓았지만, 아무튼 나는 출발한 이튿날 아침 10시에 레겐스부르크에 도착했다. 다시 말하면 24마일 반[1] 거리를 31시간 만에 주파한 것이다. 새벽녘에는 슈바넨도르프와 레겐스타우프 중간을 지나고 있었는데, 근방의 경작지들이 점차 비옥해지는 것을 알아볼 수 있었다. 이곳의 토질은 암석이 풍화된 것이 아니라 충적토가 혼합된 것이다. 먼 옛날 해수의 밀물이 도나우계곡으로부터 레겐강까지 거슬러 올라와 모든 골짜기에 영향을 미쳤는데, 지금은 그 계곡들이 전술한 방향으로 물길을 바꾸게 되어, 이와 같은 자연적인 매립지가 생기고 거기에 경작지가 만들어진 것이다. 이런 현상은 크고 작은 모든 하천에 적용되는 원리로, 이를 응용하면 관찰자는 경작지로 쓰기 좋은 토지를 금방 가려낼 수 있을 것이다.

레겐스부르크는 대단히 좋은 위치에 있다. 이곳에 도시가 생긴 것은 당연한 일이며 성직자들의 현명한 판단이었다고 할 수 있다. 도시 주변의 밭들은 모두 그들 소유고 시내에는 교회와 수도원이 줄지어 늘어서 있다. 도나우강은 나에게 옛 마인강을 연상시킨다. 프랑크푸르트의 강이나 다리 경치보다는 못

---

1) 1독일 마일은 약 7.54킬로미터였다. 따라서 24.5마일은 약 185킬로미터다.

하지만 건너편에 보이는 슈타트암호프의 거리는 꽤 깨끗한 모습이다.

나는 우선 예수회 학교에서 매년 거행되는 학생 연극을 보러 가서 오페라의 결말부와 비극의 도입부를 구경했다. 그들은 풋내기 아마추어 극단보다 결코 못하지 않았으며 상당히 멋지기까지 했다. 의상 같은 것은 좀 지나치게 화려하기는 했다. 이 공연을 통해 예수회 사람들이 정말 재주꾼들이라는 것을 절감하게 되었다. 그들은 무엇이든 조금이라도 효과가 있을 법한 것은 그냥 내버려두지 않으며, 사랑과 주의를 기울여 그것을 가꾸어나가는 지혜를 터득하고 있었다. 단순히 추상적으로 생각할 수 있는 이해타산적 속성과는 달랐고, 일 자체에 대한 기쁨과 생명의 활용에서 우러나오는 향락이 있었다. 이 거대한 종교 단체에는 오르간 제작자, 조각가, 도금사 등뿐만 아니라 연극에 대한 취미와 지식을 가진 성직자도 몇몇 있었다. 그리하여 그들이 지은 교회가 말쑥하고 화려하게 단장되어 사람들의 눈에 띄듯이, 날카로운 통찰력으로 만든 고상한 연극을 가지고 세속적인 사람들의 감성까지 장악하고 있었다.

오늘 나는 이 글을 북위 49도에서 쓰고 있다. 이 정도부터는 기후도 좋아지는 듯하다. 아침에는 꽤 쌀쌀했는데 사람들은 여름 내내 날씨가 궂고 냉랭했다고 불평한다. 하지만 오늘 날씨는 온화하고 좋다. 큰 강에서 불어오는 부드러운 바람 또한 독특한 맛이 있다. 과일은 별다를 것이 없다. 상등품 배를 맛보았다. 그러나 역시 포도와 무화과가 그리웠다.

예수회 성직자들의 행동이나 태도는 끊임없이 나의 눈길을 끌었다. 그들이 세운 교회, 뾰족탑, 그 밖의 건축물들은 그 규모가 크고 완벽하다는 점이 모든 사람의 마음에 저도 모르게 경외심을 불러일으킨다. 게다가 금, 은, 청동, 조탁된 돌 등으로 눈부시게 장식해 놓고 있어서 가난한 사람들이 이끌리지 않을 수 없다. 또한 군데군데 악취미를 발휘한 곳도 있어, 그것으로 인간은 현혹되고 또 속죄한다. 바로 이것이 가톨릭 예배 의식의 총체적 본질이라고 할 수 있는데, 예수회의 경우처럼 지혜와 완전무결함이 발휘된 예를 나는 여태껏 본 적이 없다. 확실한 것은 그들이 다른 교단의 성직자들처럼 무감동하고 케케묵은 예배 의식을 고집하지 않고, 시대정신에 부응하는 화려하고 호화로운 장식적 면모를 새롭게 하고 있다는 점이다.

여기서는 독특한 돌이 건축 자재로 사용되고 있는데, 겉보기에는 신적사암(新赤砂岩) 같지만 사실은 좀 더 오래된 반암 같은 것이라고 생각된다. 그 돌은 푸른빛에 석영이 섞여 있으며, 구멍이 많고 속에 아주 단단한 벽옥으로 된 커다란 반점들이 있다. 또 그 반점 안에는 각력암 종류의 조그맣고 둥근 반점들이 비쳐 보인다. 이런 돌 조각을 채집할 수 있다면 연구에 도움도 될 것이고 수집하고 싶은 욕심도 났지만, 너무 견고하게 붙어 있어서 떼어내기가 힘들었다. 그래서 이번 여행에서는 돌 수집은 하지 않기로 결심했다.

9월 6일, 뮌헨

어제 낮 12시 반에 레겐스부르크를 떠났다. 도나우강이 석회암에 부딪쳐 하얀 물결을 일으키는 아름다운 경관을 볼 수 있는 장소가 아바흐 근방에 있다. 이곳 석회는 하르츠산지의 오스테로다 근처에서 출토되는 것과 같은 종류이며, 암질이 조밀하기는 하지만 대체로 구멍이 많다. 오전 6시에 뮌헨에 도착했다. 그 후 12시간 동안 줄곧 이리저리 구경을 다녔지만 그 중 극히 일부분만 여기에 기록하겠다. 미술관에서는 어쩐지 낯선 기분이 들었다. 우선 내 눈이 다시 그림에 익숙해지게 만들어야 했다. 훌륭한 그림이 좀 있기는 했다. 룩셈부르크의 화랑을 위해 그렸다는 루벤스의 스케치 같은 것은 나에게 큰 기쁨을 주었다.

여기에는 또 다른 훌륭한 작품도 있다. 트라야누스 원주 모형[2]이 그것인데, 토대는 청금석이고 기둥은 도금되어 있다. 훌륭한 작품으로, 보는 사람의 눈을 즐겁게 해준다.

앤티크홀에서는 나의 눈이 이런 종류의 미술품에 익숙지 않음을 확실히 인식했다. 그래서 나는 이곳에 오래 머무름으로써 시간을 낭비하지는 않기로 마음먹었다. 왜 그런지는 말할 수 없지만 마음에 와닿는 작품이 별로 없었다. 드루수스 상 하나가 내 주의를 끌었고, 안토니우스 상 두 점과 그 밖의 몇몇 작품은 마음에 들었다. 하지만 전체적으로는 작품들이

---

2) 고대 로마의 트라야누스 황제 기념원주를 본떠 1774~1780년에 제작된 모형으로, 오늘날은 뮌헨 레지덴츠 궁전 부속 박물관의 '보물관'에 전시되어 있다.

지나치게 장식적이어서 그다지 만족스럽지 않았다. 홀과 둥근 아치 천장은 조금만 더 깨끗하게 관리를 했더라면 훨씬 좋은 인상을 주었을 것이다. 자연사박물관에는 티롤 지방에서 출토된 훌륭한 물품들이 전시되어 있었다. 나는 그것들의 작은 표본을 예전에 보았거나 지금도 가지고 있었다.

무화과 파는 여인을 만났다. 맏물이어서 대단히 맛이 좋았다. 그러나 우리가 있는 곳이 위도 48도라는 것을 감안하면 그다지 좋은 과일이라고는 할 수 없다. 여기서는 냉기와 장마에 대한 불평을 많이 듣게 된다. 비에 가까운 안개가 아침 일찍부터, 그러니까 내가 뮌헨에 닿기 이전부터 내리고 있었다. 하루 종일 차가운 바람이 티롤산맥 쪽에서 불어왔다. 내가 탑[3]에서 바라보았을 때 산맥은 구름에 싸이고 하늘 전체가 흐렸다. 서쪽으로 해가 넘어가려고 하는 지금도 겨우 내 방 창문 바로 앞에 있는 고탑(古塔)까지만 빛이 비치고 있을 뿐이다. 내가 바람과 날씨에 지나칠 정도로 관심을 쏟는 것을 용서해 주기 바란다. 육지를 여행하는 사람은 뱃사공과 마찬가지로 이 두 가지 요소에 깊이 종속되기 때문이다. 이국에서의 가을이 고향의 여름보다도 못하다면 그건 정말 억울한 일일 것이다.

자, 이제 곧장 인스부르크를 향해 떠나야겠다. 내 가슴속에 너무나 오래 간직해 온 소원을 풀기 위해서는 도중에 그 어떤

---

3) 프라우엔 교회의 쌍둥이 탑을 가리킨다. 괴테가 뮌헨에서 하룻밤 묵었던 여관이 프라우엔 교회 바로 옆에 있었다.

것에든 마음 쓸 겨를이 없지 않겠는가!

9월 7일 저녁, 미텐발트

나의 수호신이 내 마음을 어여삐 여기신 모양이다. 나는 이렇게 날씨가 아름다울 때 이곳에 도착하게 된 것에 감사드린다. 마지막 우편마차의 마부는 올여름 들어 오늘처럼 좋은 날씨는 처음 본다고 명랑하게 외쳤다. 정말이지 이런 날씨가 계속되었으면 하는 바람이다. 그런데 또다시 날씨와 구름에 대해 이야기하는 것을 친구들은 너그러이 용서해 주기 바란다.

새벽 5시에 뮌헨을 떠났을 때 하늘은 개어 있었다. 티롤산맥에는 거대한 구름이 걸려 있었다. 아래쪽에 길게 깔린 구름도 움직이지 않았다. 길은 자갈이 퇴적된 언덕을 넘어서 멀리 이자르강이 내려다보이는 고지로 뚫려 있었다. 여기서는 태곳적 바닷물의 조류 작용을 이해할 수 있다. 이 지방의 화강암 표석 가운데는 내가 크네벨[4] 덕분에 소유하게 된 진귀한 돌 수집품들과 형제뻘 혹은 친척뻘 되는 것들이 적지 않았다.

강과 목장에 끼었던 안개도 한동안 머물러 있다가 결국은 깨끗이 흩어지고 말았다. 넉넉히 몇 시간은 상상해야 할 만큼 아득히 드넓은 자갈 구릉들 사이에 레겐강 계곡의 토지처럼 아름답고 비옥한 대지가 펼쳐져 있다. 이윽고 다시 이자르강변으로 나오니 자갈 구릉의 단면 혹은 사면이 약 150피트

4) 카를 루트비히 폰 크네벨(Karl Ludwig von Knebel, 1744~1834). 시인, 번역가. 괴테의 친구로, 괴테보다 1년 먼저인 1785년 여름 오버바이에른과 티롤 지방을 여행했다.

높이로 솟아 있는 것이 보인다. 볼프라츠하우젠에 도착했는데 이곳은 북위 48도 지점이다. 햇볕이 강하게 내리쬐고 있었지만 좋은 날씨가 계속되리라고 믿는 사람은 아무도 없었으며, 주민들은 금년의 악천후를 탓하면서 신이 아무런 대책도 강구해 주지 않는 것을 불평하고 있었다.

이제 새로운 천지가 내 눈앞에 전개되었다. 산맥은 점점 다가갈수록 서서히 그 모습을 드러냈다.

초행자들은 베네딕트보이에른이라는 마을의 아름다운 경치를 보면 놀라게 된다. 비옥한 평야에 길고 폭 넓은 건물이 서 있고 그 뒤에는 넓고 커다란 암벽이 솟아 있다. 거기서부터 코헬호수까지는 오르막이고 다시 산속으로 들어가서 발헨호수에 도달한다. 여기서 나는 처음으로 백설로 덮인 산봉우리들을 볼 수 있었는데, 내가 너무나 빨리 설봉을 만나게 된 것을 놀라워하자, 사람들이 어제 이곳에 천둥과 번개가 쳤고 산에 다시 눈이 내렸다는 사실을 알려주었다. 이런 날씨는 날이 개는 전조이며, 첫눈은 대기의 변화를 가져올 것이라고 사람들은 낙관적으로 생각하고 있었다. 주위의 암벽은 모두 석회질로, 화석을 함유하지 않은 가장 오래된 것이다. 이 석회 산맥은 놀라울 정도로 길게 이어져 달마티아에서부터 고트하르트고개까지, 그리고 그 너머로 계속해서 뻗어 있다. 하케[5]는

---

5) 발사자르 하케(Belsazar de la Motte Hacquet, 1739?~1815). 프랑스 혈통의 슬로베니아인으로, 원래는 외과의사였다. 렘베르크(오늘날 우크라이나 르비우) 대학 교수가 된 뒤로, 알프스동부 산맥 지대를 탐험하고 지질학, 광물학, 식물학을 연구하여 4권짜리 탐사기를 펴내, 자연사가이자 여행가로

이곳 산맥의 대부분을 답사했다. 이 산맥은 석영과 점토가 풍부한 원시 산맥에 연결되어 있다.

발헨호수에 도착한 것은 4시 반이었다. 이 마을로부터 한 시간쯤 갔을까? 재미있는 사건과 마주쳤다. 길을 가던 하프 악사가 열한 살쯤 되어 보이는 딸을 마차에 태워달라고 내게 부탁해 온 것이다. 악기는 그대로 악사가 어깨에 메고 가기로 하고 아이는 내 옆자리에 앉혔다. 그 애는 새것으로 보이는 커다란 상자 하나를 조심스럽게 발치에 놓았다. 귀엽고 예의 바르게 잘 자란 아이로 세상 돌아가는 사정에도 밝은 듯했다. 어머니와 함께 마인라트 아인지델른까지 걸어서 순례했는데 두 사람이 다시 산티아고데콤포스텔라까지 긴 여행을 하려던 참에 어머니가 돌아가셔서 그 서약을 지킬 수 없게 되었다고 한다. 그리고 성모마리아에 대한 흠모의 마음은 아무리 크더라도 충분할 수 없다는 이야기로 넘어갔다. 언젠가 큰불이 나서 집 한 채가 송두리째 타버리는 것을 보았는데 문살 위의 유리 액자에 넣은 성모상은 유리도 그림도 조금도 손상되지 않았다고 한다. 그야말로 기적을 눈앞에서 본 것이다. 모든 여행은 걸어서 했으며 뮌헨의 선제후[6]를 마지막으로 총 21명의 군후(君侯) 앞에서 연주했다는 아이의 이야기는 정말 재미있었다. 큰 갈색 눈은 아름다웠고, 가끔 위쪽으로 주름살이 지는 이마는 고집스러워 보였다. 이야기할 때, 특히 아이답게

더 알려졌다.

6) 신성로마제국에서 황제 선출권을 가진 제후에게 부여된 작위다.

큰 소리로 웃을 때는 자연스럽고 귀여웠다. 반대로, 입을 다물고 있으면 무언가를 마음에 품고 있는 듯 윗입술 주위에 불쾌한 표정이 나타났다. 마차를 함께 타고 오는 동안 여러 가지 이야기를 했는데 조그만 아이가 아는 것도 많고 사물을 주의 깊게 관찰하는 것 같았다. 예를 들면 나에게 어떤 나무 종류에 대해서 물은 적이 있었는데 그것은 큰 단풍나무였다. 실은 나도 여행을 시작한 후로 처음 본 것이었다. 아이는 그 이후로 그 나무가 보일 때마다 자신이 구별해 낼 수 있게 된 것을 좋아했다. 또 자기는 볼차노의 시장으로 가는데 나도 그곳으로 갈 것이냐, 만일 그곳에서 만난다면 시장에서 무언가를 사줄 것이냐 하며 종알종알 늘어놓기에 난 그러겠다고 약속을 해버렸다. 뮌헨에 가면 새로 맞춘 모자를 쓸 작정이라면서 나에게 미리 보여주겠다고 했다. 그런 다음 아이는 상자를 열었고, 나도 화려하게 수놓고 예쁘게 리본으로 장식한 모자를 감상하게 되었다.

한 가지 더 즐거운 예상을 할 수 있어서 우리는 함께 기뻐했다. 악사의 딸이 날씨가 좋아질 것이라고 보장을 한 것이다. 아이는 기압계를 가지고 있다고 했는데 바로 하프를 두고 하는 말이었다. 즉 최고음부의 소리가 높게 울릴 때는 날씨가 좋아진다는 뜻으로, 오늘이 바로 그렇다는 것이었다. 나는 이 예언을 믿고 머지않아 다시 만날 것을 기약하면서 악사 부녀와 기분 좋게 헤어졌다.

9월 8일 저녁, 브렌네르고개에서

여기까지는 무언가에 쫓기는 듯한, 뭐랄까, 강제되는 듯한 기분으로 왔다. 마침내 쉬어 갈 만한 곳에 도착했다. 더할 나위 없이 조용한 곳이다. 오늘은 몇 년이고 회상 속에서 즐길 수 있는 날이다. 6시에 미텐발트를 출발했는데 강풍에 날아가 버렸는지 하늘에는 구름 한 점 없었다. 2월에나 있을 수 있는 추위였다. 그러나 떠오르는 태양의 빛살 속에, 전경에는 시커멓도록 무성한 가문비나무, 중간에는 회색빛 석회암, 뒤쪽에는 짙은 감청색 하늘 아래 백설로 덮인 높은 봉우리들이 드러나 참으로 볼만한, 변화무쌍한 명화의 연속이었다.

샤르니츠 근처에서 티롤 지방으로 들어갔다. 그 국경은 골짜기를 막고 산으로 연결된 성벽으로 차단되어 있다. 한편으로는 고정되어 있으면서도 다른 한편으로는 수직으로 솟아오른 암벽의 자태는 당당하고도 멋있어 보인다. 제펠트부터 길은 더욱더 흥취가 깊어진다. 그리고 베네딕트보이에른 이래 이곳까지는 줄곧 산에서 산으로 이어지는 오르막길로 모든 물길은 이자르강 유역에 속해 있었지만, 이제는 한 개의 봉우리 너머로 인(Inn)강 계곡이 보이고, 인칭(Inzing) 지방이 눈앞에 있다. 해가 높이 뜨자 더워져서 얇은 옷으로 갈아입었지만 그러다가 다시 추워지기도 해서 나는 자주 옷을 갈아입었다.

치를(Zirl) 근처에서 인강 계곡으로 내려갔다. 그 근처 산수와 지세의 아름다움은 이루 말하기 힘들 정도로, 한낮에 아지랑이가 피어오르는 모습은 정말로 장관이었다. 마부는 내가 원하는 속력 이상으로 말을 몰았다. 그는 아직 미사를 보지 못했기 때문에 인스부르크에 가서 한층 경건하게 미사를 드릴 작정이었다.(마침 이날이 성모마리아 축일이었다.) 그래서 계속해서 인강의 물길을 따라, 급경사로 된 거대한 석회암벽인 마르틴스반트 옆을 달각거리면서 달려 내려갔다. 막시밀리안 황제가 길을 잃었다고 전해지는 이곳이지만,[7] 나라면 수호신의 도움 없이도 왕복할 수 있을 것이라고 감히 생각했다. 설령 그것이 무모한 일일지라도.

인스부르크는 높은 암벽들과 산들 사이에 있는 넓고 비옥한 계곡에 좋은 자리를 차지하고 있다. 처음엔 이곳에 머무를까 생각했는데 어쩐지 안정감을 느낄 수 없었다. 죌러[8]의 화신 같은 여관집 아들과 짧게 흥겨운 담소를 나눴다. 이렇게 내 작품 속 등장인물 같은 이들을 차례차례 만나고 있다. 모두들 성모마리아의 생일을 축하하기 위해 한껏 치장하고 있었다. 건강하고 부유한 사람들이 떼를 지어, 산 쪽으로 15분쯤 가면 나오는 예배소인 빌텐으로 참례하러 갔다. 2시에 나의 마차가 떠들썩하고 알록달록한 군중 속으로 들어가자, 인파는 좌우로 갈려 즐거운 행렬을 이뤘다.

인스부르크로부터 올라가면 올라갈수록 점점 더 아름다운 경치가 펼쳐졌는데 어떤 묘사로도 그것을 그려낼 수 없을 것

---

7) '중세의 마지막 기사'로 불리는 신성로마제국 황제 막시밀리안 1세(Maximilian I, 1459~1519)가 젊은 시절에 인스부르크 인근 산지에서 길을 잃었는데 천사가 이끌어주어 계곡을 벗어났다는 전설이 있다.

8) 괴테의 소동극 「피장파장」에 등장하는 인물이다. 시골 여관 주인의 사위인 죌러는 부유한 손님의 방에 몰래 침입해 돈을 훔치려다 곤경에 처한다.

이다. 우리는 물줄기를 인강으로 흐르게 하는 산골짜기를 통해서 가장 평탄한 길로 가는 중인데 그 골짜기야말로 갖가지 광경을 보여준다. 길이 험준한 바위를 따라 나 있지만, 심지어 바위 속을 꿰뚫고 이어져 있는 경우라도 그 건너편은 민틋한 경사를 가진 평탄한 지역으로 충분히 농사를 지을 수 있을 정도다. 경사진 넓은 고원의 밭이나 생울타리 사이에는 부락과 크고 작은 가옥들 또는 오두막이 있는데 그것은 모두 하얗게 칠해져 있다. 이윽고 주변 전체가 좁아지면서 이용할 수 있는 땅이라고는 목장에나 적합한 땅뿐이고, 그것도 결국은 가파른 경사면으로 끝난다.

지금껏 나는 나만의 세계를 창조하기 위해 많은 것을 섭렵했다. 그러나 그중에 완전히 새로운 것, 예상 밖의 것은 하나도 없었다. 그리고 전부터 줄곧 말했듯이, 나는 어떤 '모형' 같은 것을 여러 가지로 상상해 왔다. 그 모형을 뚜렷이 제시할 수 있다면 정말 좋겠는데, 내 마음속을 맴도는 그것을 자연에서 꼭 집어 사람들 눈앞에 그려 보일 수가 없다.

주변이 차차 어두워지더니 이제 물체 하나하나의 윤곽은 보이지 않고 시커멓고 큰 덩어리만이 거대하고 당당하게 드러날 뿐이다. 마침내 모든 사물이 불가사의한 그림처럼 눈앞에서 움직이는 것 같더니 갑자기 높이 솟은 눈 덮인 봉우리가 다시금 달빛에 빛나는 것이 보였다. 이제 나는 북국과 남국의 경계선에 끼어 있는 이 골짜기에 아침 햇살이 비쳐 오기만을 기다린다.

날씨에 관해 몇 가지 더 첨언해 두기로 한다. 기후에 대한 나의 각종 관찰을 위해서도 이곳의 날씨는 안성맞춤이다. 평지에서는 좋은 날씨건 나쁜 날씨건 간에 완전히 생성된 뒤에야 인간의 눈에 들어오게 되지만, 산지에서는 날씨가 생성되는 과정을 직접 볼 수 있다. 여행하거나 산책하는 도중에, 혹은 사냥을 나가 며칠 밤낮을 산속이나 바위 틈새에서 지낼 때 종종 그 과정을 목격하곤 했다. 그럴 때마다 내 마음속에는 기묘한 생각이 떠오른다. 그런데 그 생각을 도저히 떨쳐버릴 수 없을 때가 있다. 그 변덕스러운 생각이라는 놈에게 일단 잡히면 도저히 풀려날 수 없는 것이 보통인데, 내 경우에도 마찬가지다. 어디를 가도 그것이 눈앞에 어른거린다. 마치 확고한 진리라도 되는 것처럼……. 아무튼 친구들의 관용에 번번이 기대고 있는 나로서는, 그 착상이란 것을 여기에서 말해 보고자 한다.

우리는 산을 관찰할 때 산꼭대기에서 햇빛이 빛나거나, 혹은 안개가 끼어 있거나, 광분하는 구름이 가득하거나, 비가 내리거나, 눈이 내리거나 하는 모든 현상이 대기의 작용 때문이라고 말한다. 대기의 움직임이나 변화는 눈으로 확실히 볼 수 있기 때문이다. 이에 반해 산들은, 우리들의 외적 감각으로 판단하기에는, 예로부터 지금까지 그 모습 그대로 미동도 하지 않는 것처럼 보인다. 그래서 우리는 산을 생명 없는 존재로 본다. 휴식하고 있다는 이유로 활동하지 않는 것으로 생각한다. 그런데 나는 오래전부터 대기 중의 변화라는 것은, 실은 그 원인의 대부분이 산 내부의 조용하고도 신비로운 작용에 의한 것이라고 생각해 왔다. 즉 내가 믿는 바에 의하면 지구라는 덩어리, 특히 지반이 융기해 있는 부분은, 모든 지점에 항상 똑같이 지속하는 인력이 미치는 것이 아니다. 그 힘은 일종의 파장을 이루어 나타나며, 내부의 필연적 원인 혹은 외부의 우연적 원인 때문에 때로는 증대하고 때로는 감소한다. 이 진동을 명증하려는 모든 실험이 너무나 한정되고 조잡하다고 해도 대기는 산이 가지고 있는 비밀스러운 작용을 우리 인간들에게 교시하기에 충분한 민감성과 넓이를 가지고 있다. 인력이 조금이라도 감소하면, 대기의 중력과 탄력이 줄어들고 그 영향은 우리들에게까지 전해지게 된다. 대기는 화학적으로 그리고 역학적으로 배분되어 있던 습기를 더는 지탱할 수 없게 됨으로써 구름이 아래쪽으로 내려와 비가 쏟아지고, 빗물은 저지대로 흘러간다. 그러나 산의 중력이 증가하면 곧 대기의 탄력성이 복구되고 그리하여 두 가지 중요한 현상이 일어난다. 먼저 산들은 거대한 구름 덩어리를 주위에 집합시켜 마치 제2의 산정처럼 산 위쪽에 단단히 붙들어 매둔다. 결국 내부에서 일어난 전기력의 투쟁으로 인해 이들 구름은 소나기, 안개 또는 비가 되어 지상으로 내려온다. 곧이어 나머지 구름에 탄력있는 공기가 작용하는데, 이 공기는 수분을 더 많이 포함하고 분해하고 변화시키는 힘이 있다. 이러한 구름이 사라지는 모습을 나는 똑똑히 관찰했다. 그때 구름은 높은 산정에 걸려 석양빛으로 물들어 있었는데, 점차 그 끝부분이 찢겨 분리되면서 몇 개의 구름 조각이 상공으로 흘러 올라가 끝내 사라지고 말았다. 이런 식으로 점차 흩어진 구름 덩어리는 내 눈앞에서 마치 어떤 보이지 않는 손에 의해 실이 다 풀려버린 실타

래처럼 되었다.

내 친구들은 이 떠돌이 기상관측자와 그의 기묘한 학설에 미소를 지었으리라 생각되지만, 나는 다시 두세 가지 다른 관찰을 보고함으로써 그들에게 박장대소할 수 있는 기회를 제공할 것이다. 내가 이렇게 날씨 이야기를 늘어놓는 이유는, 고백하건대 나의 여행은 애당초 북위 51도의 모든 불쾌한 날씨로부터 도망치는 것이었으므로, 북위 48도에 오면 진정 고센[9]과 같은 낙토에 갈 수 있으리라고 희망하고 있었기 때문이다. 그런데 미리 알고 있어야 했던 일이지만, 나의 기대는 보기 좋게 배반당하고 말았다. 기후나 일기를 만들어내는 것은 위도뿐만이 아니라 산맥, 특히 국토를 횡단하는 저 산맥이기도 하기 때문이다. 그래서 같은 위도에 있더라도 날씨가 다 다른 것이고, 산맥의 북방에 위치하는 나라들은 커다란 손해를 입는 것이다. 북부 전반의 올여름 날씨도 내가 지금 편지를 쓰고 있는 이 거대한 알프스산맥에 의해 결정되었던 것으로 보인다. 이 지방은 최근 수개월째 비가 내리고 있는데, 남서풍과 남동풍 모두 비를 북방으로만 날라 왔다. 그런데 이탈리아는 언제나 맑은 날씨일 뿐만 아니라 너무 건조하다고 한다.

이와 관련하여 기후, 산의 높이, 습도 등에 의해 여러 가지로 제한을 받는 식물계에 대해 두세 가지 말해 보자. 이 점에 있어서 북부와 남부는 유별난 차이점은 없어도, 수확물이 다

---

9) 이집트 북동부 나일강 삼각주 지역으로, 구약성경에서 고센은 야곱이 오래전에 잃어버렸던 아들 요셉과 재회해 편안한 삶을 누리는 곳이다.

르다는 것을 알게 되었다. 사과나 배는 인스부르크로 오는 길목에 있는 계곡에 많이 열려 있지만, 복숭아나 포도는 이탈리아 지방 혹은 남부 티롤로부터 반입된다. 인스부르크 주변에서는 옥수수나 메밀을 많이 경작하고 있는데 이것을 '블렌데'라고 부른다. 브렌네르고개를 오를 때 나는 처음으로 낙엽송을 보았고, 또한 쉰베르크에서는 처음으로 해송을 보았다. 하프 악사의 딸이 여기 있었다면 역시 그런 나무들의 이름을 물었을까?

식물에 관해서 나는 아직 초심자에 불과하다는 것을 알고 있다. 뮌헨까지는 그다지 색다른 식물을 발견하지 못한 것으로 기억한다. 물론 주야를 급하게 달리는 여행이라 그런 면밀한 관찰을 할 여유는 없었다. 나는 린네의 책을 휴대하고 있어서 식물학 전문 용어를 외우고 있긴 하지만, 분석 같은 것은 아무래도 나의 장점이랄 수가 없다. 그리고 솔직히 말해서 나는 일반적인 것에 주안점을 두기로 했다. 내가 발헨호수의 호반에서 처음으로 용담(龍膽)을 발견했을 때 깨달은 것은 종전에 신기한 식물을 발견했던 것도 항상 물가였다는 점이었다.

더욱더 나의 주목을 끈 것은 산의 높이가 식물에 미치는 영향이다. 단순히 새로운 식물을 높은 산에서 발견했다는 것이 아니라, 산지로 올라감에 따라 가지의 간격이 넓어지고, 잎의 모양이 창처럼 뾰족해진다는 것이다. 이런 현상을 버드나무와 용담에서 확인할 수 있었는데, 특별히 종류가 달라서 그런 것은 아니라고 생각한다. 발헨 호반에서도 나는 저지대에 있는 것보다 더 가늘고 긴 등심초를 발견했다.

지금까지 내가 횡단해 온 석회 알프스는 엷은 회색으로 아름답고 기묘한 불규칙적인 모양을 하고 있었다. 물론 바위는 석회 암상과 암층으로 나뉘어 있지만, 암상은 활모양을 이루고 있고 바위의 풍화작용이 똑같지 않기 때문에 암벽이나 산정은 기괴한 형상을 나타낸다. 이런 식으로 브렌네르고개 멀리 위쪽까지 이어진다. 그러나 상부의 호수 부근에 가면 다시 변화가 일어난다. 다량의 석영이 섞인 암록색과 암회색 운모편암에 치밀한 백색 석회암이 연결되어 있는데, 연결 부분에 운모를 포함하고 있고 무수한 금이 가 있으면서도 큰 덩어리를 노출하고 있다. 그 위쪽에도 역시 운모편암이 있었지만 먼저 것보다 취약해 보였다. 더 올라가니 특별한 종류의 편마암이 나타났는데 이것은 엘보겐 지방에 있는 것 같은, 변성된 편마암으로 화강암의 일종이다. 이 산 위에는 산정과 마주 보는 곳에 운모편암이 있다. 이 산에서 흐르는 물줄기에 쓸려 내려오는 것은 오직 이 운모편암과 회색 석회암뿐이다.

멀지 않은 곳에 이들 모든 암석의 원조라고 할 수 있는 화강암의 근간이 있을 것이 틀림없다. 지도를 보면 이 부근은 본래의 대(大)브렌네르고개 측면에 해당된다. 이 고개로부터 강들이 빙 돌아 흘러가는 것이다.

이 지방 사람들의 겉모습에 대해서는 다음과 같은 관찰을 할 기회가 있었다. 이 나라의 국민성은 대체로 정직하고 솔직한 편이다. 얼굴 모양은 모두 비슷비슷하고 여자들은 또렷한 다갈색 눈과 선명하고 새카만 눈썹을 가지고 있는 반면 남자들의 눈썹은 굵직한 황금색이다. 사내들이 녹색 모자를 쓰고 회색 바위 사이를 다니는 모습은 즐거운 느낌을 준다. 리본이나 술이 달린 장식 끈을 모자에 바늘로 꽂고 있는 것이 아주 보기 좋다. 그리고 모두들 꽃이나 새털로 모자를 장식하고 있다. 여자들은 흰 무명천으로 큰 두건을 만들어 쓰는데 그것은 남자들이 밤에 쓰는 보기 흉한 모자와 흡사하다. 정말 이상한 모습이다. 여자들도 타국에 나갈 때는 남자들 것 같은 녹색 모자를 쓰는데 그건 잘 어울린다. 나는 우연한 기회에 이 지방 사람들이 공작새의 깃털을 얼마나 소중히 여기는지, 또 예쁜 새털이면 무엇이든 좋아한다는 것을 알게 되었다. 그러니까 이 산악 지방을 여행하는 사람은 그런 물건을 가지고 가는 것이 좋겠다. 요령만 있으면 얼마든지 새털로 술값을 대신할 수 있을 것이다.

지금 이 편지들을 분류하고, 수집하고, 편집하고, 정리함으로써 친구들이 이제까지의 나의 여정을 쉽게 개괄할 수 있도록 하고, 또 동시에 지금까지 경험하고 사색했던 것을 내 가슴속으로부터 토해 내는 작업을 하면서도, 내가 지니고 있는 몇 개의 다른 꾸러미를 보고 있으면 일종의 전율을 느끼지 않을 수 없다. 이 보따리들에 대해서는 간단히 고백을 해두어야겠지만 이들이 나의 동반자인 이상 하루를 다툴 정도로 서둘 필요는 없을 것이다.

나는 이번에 괴셴 출판사에서 나올 예정인 작품 전집[10]을

10) 괴테의 첫 번째 전집인 괴셴판은 1787년부터 1790년까지 총 8권으로 출판되었다.

완성해 보려고 모든 작품을 카를스바트에 가져갔더랬다. 아직 인쇄되지 않은 원고들은 나의 비서 포겔 군이 능란한 솜씨로 깨끗하게 필사해서 내가 가지고 있다. 이 야무진 비서는 뛰어난 재주로 나를 돕기 위해 이번에도 동행해 주었다. 덕분에 처음 네 권은 헤르더[11]의 충실한 협력을 얻어 발행인에게 빨리 넘겨줄 수 있었으며, 나머지 네 권도 곧 넘길 수 있을 것이다. 이 네 권의 일부는 초안에 불과하거나 단편으로 그쳐버린 것들이다. 이 모든 것은 무언가 쓰기 시작했더라도 흥미가 감퇴되면 그냥 팽개쳐두는 나의 나쁜 습관이 해가 거듭될수록, 그리고 일이 많아지고 여러 가지 신경을 쓰게 될수록 더욱 심해진 탓이다.

이 원고들을 전부 휴대하고 갔기 때문에 카를스바트의 인사들이 요청하면 나는 즐거이 미발표작을 낭독해 주었더랬다. 그러면 그들은 항상 뒷이야기를 듣고 싶어 했고 내가 아직 미완성이라고 하면 매우 애석해했다. 내 생일 축하연은 주로 내가 쓰다가 내버려둔 작품의 제목을 딴 시 몇 편을 증정받는 것으로 이루어졌는데, 제각기 다른 방식으로 시작(詩作)에 대한 내 태도를 질책했다. 그중에 「새들」[12]이라는 시가 나

---

11) 요한 고트프리트 폰 헤르더(Johann Gott fried von Herder, 1744~1803). 동프로이센 모룽겐(Mohrungen) 태생의 철학자로, 쾨니히스베르크 대학에서 칸트에게 철학을 배웠다. 1770년 슈트라스부르크(오늘날 프랑스 스트라스부르)의 한 여관 계단에서 우연히 괴테와 마주친 계기로 절친해졌으며, 1776년 괴테의 추천으로 바이마르 궁정목사로 초빙되어 바이마르에 정착했다.

12) 괴테의 단막극 제목으로, 아리스토파네스의 풍자극 「새」를 패러디했다.

름대로 특색 있었다. 그 내용은, 쾌활한 동물들을 대표하여 사절로 파견된 새 한 마리가 트로이프로인트[13]에게 자기들에게 약속한 나라를 이제는 제발 건설하고 정비해 달라고 간절히 부탁하는 것이었다. 그 밖에 나의 다른 소품들에 대한 저마다의 의견도 이 시만큼이나 이해가 가고 또 애교가 있어서, 갑자기 내 마음속에 옛 단편들이 생생하게 되살아났다. 나는 친구들에게 나의 복안이라든가 전체적인 구상을 자진해서 이야기해 주었다. 그러자 그 자리에서 더 절실한 요구와 희망을 내놓는 사람도 있었다. 헤르더는 내가 쓰다 만 것을 다시 시작하라고, 그중에서도 『이피게니에』는 좀 더 주의를 기울일 가치가 있는 작품이라고 나를 설득했다. 이 작품은 현재로서는 완성되었다기보다는 초안에 지나지 않으며, 산문시 형식으로 쓰였고 가끔씩 이암보스[14]로 되어 있기도 하다가 또 어떤 데는 다른 율격과 비슷하기도 하다. 그래서 대단히 재치 있게 낭독해 그 결함을 감추지 않으면 효과가 많이 떨어질 것이다. 헤르더는 이 점에 대해 특별한 주의를 촉구했다. 그리고 내가 장기여행 계획을 다른 사람들은 물론이고 헤르더에게도 비밀로 했기 때문에 그는 언제나 그랬듯이 내가 등산이나 가는 것으로 생각했고, 대체로 그는 광물학이나 지질학 같은 것은 무시

13) Treufreund. 괴테의 「새들」에서, 새들의 지도자가 되는 아테네인이다. 그리스어로 '믿음직한 친구'라는 뜻의 피스테타이로스(Pistetasiros)를 독일어로 번역했다. 괴테는 1780년 이 작품을 초연할 때 트로이프로인트 역할로 출연했다.

14) 고대 그리스의 율격(약강격)으로, 주로 희극과 풍자시에 사용되었다.

하는 편이어서 나에게 돈도 나오지 않는 돌 조각이나 쪼개고 있지 말고 이 작품에 전력을 기울이라고 충고해 주기까지 했다. 나는 호의로 가득 찬 충고를 많이 들어왔지만, 아직까지는 나의 주의를 그쪽으로 돌릴 수가 없다. 이제야말로 『이피게니에』를 보따리에서 꺼내 나의 동반자로서 아름답고 따뜻한 나라로 데려갈 것이다. 날은 길고, 명상을 방해할 것은 아무것도 없다. 주위의 아름다운 경치는 시상(詩想)을 억압하기는커녕 오히려 움직임과 자유스러운 공기를 동반하여 한층 더 촉진할 뿐이다.

브렌네르에서 베로나까지

1786년 9월 11일 아침, 트렌토

꼬박 50시간 동안 쉴 새 없이 돌아다니다가 어제저녁 8시에 이곳에 도착했다. 그리고 곧바로 곯아떨어졌다 일어났기 때문에 이제 이야기를 계속할 기력이 생겼다. 9일 저녁, 일기의 첫 장을 다 쓰고 나서, 숙소였던 브렌네르의 역사(驛舍)를 다시 스케치해 보려고 했으나 잘되지 않았다. 그 특성을 글로 옮기지 못하여 기분이 상한 채로 되돌아왔다. 주인은 달도 밝고 길도 좋은데 출발할 생각이 없느냐고 내게 물었다. 나는 주인이 내일 아침에 목초를 운반하는 데 말이 필요하기 때문에 그때까지 돌아오고 싶어 한다는 것을 알고 있었다. 그의 제안에는 이기적인 계산속이 들어 있기는 했지만 내 마음속 움직임과 일치했기 때문에 받아들이기로 했다. 태양이 다시 모습을 나타냈고 공기는 나쁘지 않았다. 나는 짐을 꾸려서 저녁

7시경에 출발했다. 대기가 구름을 쫓아버려서 야경이 아름다웠다.

마부는 잠이 들었지만 말들은 빠른 걸음으로 내리막을 달렸다. 항상 다니는 눈에 익은 길이기 때문이다. 평지에 도달하자 속력이 차츰 느려졌다. 마부는 잠에서 깨어났고 다시 말을 몰아 속도를 올렸다. 그리하여 나는 높이 솟은 바위 사이를 급류인 아디제(Adige)강을 따라 매우 빨리 달렸다. 달이 떠올라 장엄한 풍경을 비추었다. 물보라를 일으키며 흐르는 강 위로 오래된 가문비나무들 사이사이에 물레방아 몇 개가 어른거리는 풍경은 에베르딩언[15]의 그림과 똑같았다.

9시에 슈테르칭에 도착했을 때 마부는 내가 어서 떠났으면 하는 눈치를 보였다. 자정에 미테발트에 다다랐는데, 마부만 빼고 모두 깊이 잠들어 있었다. 거기서 다시 브릭센으로 향했다. 그곳에서도 나는 납치당한 사람처럼 이리저리 이끌려서 아침 해가 떠오를 때 콜만에 도착했다. 마부마다 혼이 나갈 정도로 말을 빨리 몰았다. 그렇게 경치 좋은 곳을 한밤중에 날다시피 일사천리로 통과하는 것은 대단히 유감스러운 일이었지만, 배후로부터 순풍이 불어와 내가 희망하는 방향으로 빨리 달리게 해준 것을 퍽 기쁘게 생각했다. 날이 밝자 처음으로 포도밭 언덕을 볼 수 있었다. 배와 복숭아를 가지고 가는 여인을 지나쳤다. 토이첸을 향해 달려서 7시에 그곳에 도착

15) 알라르트 판 에베르딩언(Allaert Van Everdingen, 1621~1675). 네덜란드 출신의 풍경화가다.

했다. 곧 다시 길을 떠났다. 그리고 얼마 동안 북쪽을 향해 달리니 태양이 높이 솟았을 때 볼차노가 위치하고 있는 계곡을 볼 수 있었다. 그곳은 상당히 높은 곳까지 개간된 험준한 산에 둘러싸여 있었는데 남쪽은 열려 있고 북쪽은 티롤의 산들로 막혀 있었다. 온화하고 부드러운 바람이 그 지역 일대를 가득 채우고 있었다. 그곳에서 아디제강은 다시 남쪽으로 꺾어졌다. 산기슭의 언덕은 포도밭으로 쓰이고 있었다. 길고 나지막한 받침대 위에 포도 넝쿨이 가로누워 자라고 있었고, 푸른 포도송이가 보기 좋게 매달린 채 가까운 지면의 열을 받아 익어가고 있었다. 골짜기 사이의 평지에도, 보통은 그저 목장이 있을 법한 곳에서도 포도가 가득 재배되고 있었고, 사이사이에는 옥수수가 줄기를 길게 빼고 있었다. 가끔 키가 10피트나 되는 것도 보였다. 섬유질로 된 수꽃은 결실 후 얼마 있다가 잘라버려야 하지만 아직 그대로 있었다.

반짝이는 햇빛을 받으며 나는 볼차노에 도착했다. 많은 상인들이 모여 있었는데 그을린 얼굴 표정은 내게 호감을 주었다. 안정되고 안락한 생활이 그들의 얼굴에 생생하게 나타나 있었다. 광장에는 과일 파는 여자들이 자리를 차지하고 있었다. 직경이 4피트 이상이나 되는 둥글넓적한 광주리 안에 상하지 않도록 복숭아가 가지런히 놓여 있었다. 배도 같은 방식으로 놓여 있었다.

그때 나는 레겐스부르크의 여관집 창문에 누군가 낙서해 놓았던 문구를 떠올렸다.

복숭아와 멜론은
남작의 입을 위한 것이고
회초리와 막대기는
솔로몬이 말했듯이
어리석은 자들을 위한 것이다.

북국 태생의 어느 귀족이 이 글을 쓴 것은 틀림없는 일이고 또한 그 사람이 여기를 들렀다면 생각을 바꾸었으리라는 것도 틀림없는 일이다.

볼차노의 시장에서는 견직물이 잘 팔리며, 모직물과 산지에서 모아 온 피혁류도 시장에 나와 있다. 시장을 가득 메운 상인들 중에는 주로 수금을 한다든지, 주문을 받는다든지, 새로운 외상 거래를 트려는 목적으로 오는 사람들도 있다. 나는 여기서 한꺼번에 모을 수 있는 산물들을 모조리 조사해 보고 싶었지만, 쫓기는 듯한 기분과 배후에서 다가오는 불안이 나를 한가하게 놓아두지 않았다. 나는 금방 출발했다. 요즘은 통계가 유행하고 있으니 아마 이런 것들이 모두 인쇄되어 있어서, 수시로 책에서 지식을 얻을 수 있을 것이라고 생각하면 마음이 편해진다. 그러나 지금의 나에게는 책에서도 그림에서도 얻을 수 없는 감각적 인상이 중요한 것이다. 내게 필요한 것은 다시 세상일에 관심을 갖고, 나의 관찰력을 시험하는 일이다. 그리고 나의 학문이나 지식이 어느 정도인지, 나의 눈이 맑고 순수한지, 얼마나 많은 것을 신속하게 파악할 수 있는지, 나의 정서 속에 각인된 주름들을 지워 원상회복시킬 수 있는지 여부를 사색해야 한다. 스스로 신변의 일을 처리해야 하고 항상 조심스럽고 침착해야만 한다는 현실이 벌써 요 며칠 사이에 예전과는 전혀 다른 정신적 탄력을 준다. 이전에는 다만 생각하고, 목표를 세우고, 기획하고, 명령하고, 받아쓰게 하는 것이 고작이었는데, 지금은 몸소 환율에 신경 쓰고, 환전을 하고, 돈을 계산해 지불하고, 메모도 하고, 편지도 써야 하는 것이다.

볼차노에서 트렌토까지는 9마일 정도 거리인데 계곡은 점차 비옥해진다. 높은 산지에서는 어떻게든 근근이 살아남으려고만 하던 식물들도 여기서는 모두 힘과 생기를 증가시키고 있다. 태양은 따뜻하게 빛을 뿌리고 있다. 이제 다시 하느님을 믿는 마음을 회복할 수 있을 것이다.

가난해 보이는 한 여인이 나에게 말을 걸더니, 땅바닥이 뜨거워서 어린아이의 발이 델 지경이니 마차에 아이를 태워달라고 했다. 강렬한 태양에 경의를 표하면서, 나는 자비심을 발휘해서 아이를 태웠다. 그 아이는 이상스럽게 화장을 하고 여러 가지 치장을 하고 있었는데, 여러 나라 말로 말을 걸어도 도무지 알아듣지 못했다.

아디제강의 물살은 이제 완만해지고 여기저기에 넓은 갯벌을 형성하고 있다. 냇가 근처의 땅에는 언덕 중턱까지 숨이 막힐 정도로 빽빽이 나무가 심겨 있다. 포도, 옥수수, 뽕나무, 사과, 배, 호두나무 등. 돌담 너머에는 접골목 가지가 힘차게 고개를 내밀고 있다. 담쟁이덩굴은 튼튼한 줄기로 바위를 타고 올라와 바위 전체를 휘감고 있다. 그 사이를 헤치며 도마뱀이 지나간다. 그 밖에 여기저기 보이는 모든 것들은 더없이 마음에 드는 한 폭의 그림을 연상시킨다. 여인들의 땋아 올린 머리, 남자들의 드러낸 가슴과 윗도리, 그들이 시장에서 몰고 돌아가는 건장한 소, 짐을 실은 작은 당나귀 등 모든 것이 생생하게 약동하는 하인리히 로스[16]의 그림과 똑같다. 저녁이 되면 날씨도 온화해지고, 몇 조각의 구름이 산자락에서 쉬며, 또 다른 조각들은 하늘에 떠 있다기보다는 하늘에 머물러 있다고 해야 한다. 그리고 해가 떨어지면 금방 귀뚜라미의 시끄러운 울음소리가 들리기 시작한다. 이런 때에는 이곳이 정말 고향 같은 기분이 들고, 내가 숨어 다니는 신세라든가 유랑의 몸이라는 생각은 들지 않는다. 마치 이곳에서 태어나서 자라고, 방금 그린란드까지 고래잡이 항해를 떠났다가 돌아온 듯한 기분에 젖는다. 지금껏 깨닫지 못하고 있었는데, 마차가 지나갈 때 주위에 일어나는 모래 먼지까지도, 고국의 모래 먼지라고 생각하면 반갑게 느껴진다. 종소리나 방울 소리 같은 귀뚜라미의 울음소리도 꽤 사랑스러워서 높고 날카롭기는 하지만 불쾌하지는 않다. 장난꾸러기 소년들이 한 무리의 여자 가수들과 경쟁하듯 휘파람을 불어대는 것은 우습게 들린다. 그들이 정말로 서로들 소리 높여 경쟁하고 있다고 공상하게 되어버린다. 저녁때도 낮처럼 참 온화하다.

이런 것들 때문에 내가 좋아서 어쩔 줄 모르고 있다는 사

---

16) 요한 하인리히 로스(Johann Heinrich Roos, 1631~1685). 암스테르담 태생으로 프랑크푸르트에서 활동한 화가로, 말 소 양 등의 동물 그림이 유명하다.

실을 남쪽 나라에 사는 사람 혹은 남쪽 나라 출신 사람이 들었다면 나를 어린애 같다고 생각했을 것이다. 아, 내가 여기서 토로하는 것은 오랫동안, 저 진저리나는 날씨에 시달리면서 꾹 참고 견뎌온 세월 동안, 익히 알고 있던 것이다. 그리고 이제 나는 기꺼이 이 기쁨을, 인간에게는 영원히 절실한 자연적 욕구로서 언제든지 누려 마땅한 그것을 특별한 예외인 양 느끼고자 하는 것이다.

9월 10일 저녁, 트렌토

거리를 돌아다니다 숙소로 돌아왔다. 상당히 오래된 거리였지만 몇몇 가로에는 새로 지은 괜찮은 집들이 있었다. 성당에는 종교회의에 모인 사람들이 예수회 총장의 교리 강연을 듣고 있는 그림이 걸려 있었다. 그가 사람들에게 무슨 강의를 했는지 나도 한번 들어보고 싶은 생각이 든다. 이러한 교부(敎父)들의 교회는 정면에 붉은 대리석 기둥이 있어서 언뜻 보아도 금방 구별할 수 있다. 무거운 휘장이 먼지를 막기 위해 입구를 가리고 있었다. 나는 휘장을 젖히고 성당의 조그마한 별당으로 들어갔다. 본당 철문은 잠겨 있었지만 쇠창살 사이로 내부가 보였다. 성당 안은 조용했고 죽음의 정적이 깃들어 있었다. 그곳에서는 이제 예배를 보지 않는 것이다. 앞문이 열려 있는 것은 모든 교회가 저녁기도 시간에는 문을 열어놓는다는 규칙에 따른 것뿐이다.

그런데 내가 거기에 서서 다른 예수회 성당과 비슷한 건축 양식을 관찰하고 있을 때 한 늙은 남자가 들어와서는 검은 두건을 벗었다. 낡고 퇴색한 검은 의복으로 보아 그가 퇴락한 성직자라는 것을 알 수 있었다. 그는 쇠창살 앞에서 무릎을 꿇고 잠시 기도를 올린 다음 일어섰다. 돌아서면서 그는 낮은 소리로 혼잣말을 했다.

"그놈들이 예수회 사도들을 몰아낸 거야. 그러니까 그놈들이 이 성당에 들인 비용도 냈어야 할 것이 아닌가? 나는 잘 알고 있어. 이 성당에 얼마나 돈이 들어갔는지. 그리고 신학교에도 몇 천은 쏟아부었지."

이렇게 중얼거리면서 그는 밖으로 나갔다. 그 바람에 휘장도 그 남자 뒤에서 내려졌다. 나는 그 휘장을 살짝 들어 올리고는 몸을 움직이지 않고 가만히 있었다. 그 검은 옷의 사나이는 계단 위에 버티고 서서 다시 중얼거리기 시작했다.

"황제가 그렇게 한 게 아니야. 교황이 한 것이지." 얼굴은 거리 쪽으로 향한 채 그는 내가 보고 있는 줄도 모르고 말을 이어갔다. "맨 먼저 에스파냐의 신도들, 그다음에 우리들, 그리고 프랑스인들. 아벨이 흘린 피가 자신의 형 카인을 저주하고 있구나."

이렇게 혼잣말을 하면서 그는 계단을 내려가 거리로 사라졌다. 아마도 그는 예수회에 속해 있다가 교단이 몰락하는 바람에 머리가 돌아버려서, 지금껏 매일같이 텅 빈 예배당에 찾아와서는 신도들이 가득하던 옛날을 더듬으며 잠깐 기도를 올린 다음, 적들을 저주하는 말을 퍼붓고 가는 모양이었다.

어느 젊은이에게 이 거리의 명소를 물었더니 '악마의 집'으로 통한다는 곳을 알려주었다. 그 집은 언제나 무엇이든 파괴하는 것이 보통인 악마가 어느 날 밤 돌들을 운반해서 하룻밤 사이에 뚝딱 지어버렸다는 이야기가 전해져 내려온다고 한다. 내 생각에 그 젊은이는 이 집의 진짜 특이한 점을 알아채지 못한 것 같다. 이 집은 내가 트렌토에서 본 건축물 중에서 유일하게 고상한 취미를 느낄 수 있는 건물이다. 상당히 오래전에 틀림없이 뛰어난 이탈리아인이 지었으리라고 생각한다.

저녁 5시에 출발했다. 풍경은 어제저녁과 똑같았고 해가 지자마자 귀뚜라미가 시끄럽게 울기 시작했다. 1마일 정도 돌담 사이를 지나는데 담 너머로 포도밭이 보였다. 그다지 높지 않은 다른 돌담 위에는 지나가는 사람이 포도가 잘 익었나 맛이나 볼까 하며 슬그머니 손을 뻗지 못하도록 돌이나 가시덤불 등을 쌓아올려 놓았다. 어떤 주인은 포도를 따 먹지 못하게 하려고 맨 앞쪽 몇 줄에다 석회를 뿌려놓았다. 발효되면 석회분이 다 없어지기 때문에 포도주에는 아무런 해가 없다.

9월 11일 밤

드디어 로베레도에 도착했다. 이곳은 언어의 경계선이다. 여기까지 오는 동안은 줄곧 독일어와 이탈리아어가 혼용되었다. 이곳에서 처음으로 나는 이탈리아 토박이 마부를 만났다. 술집 주인도 독일어는 한마디도 못한다. 이제 나의 어학 실력을 시험해 볼 수 있게 되었다. 내가 좋아하는 언어가 살아나서 일상어가 된다고 생각하니 얼마나 기쁜지 모르겠다.

9월 12일 식후, 토르볼레

나는 여러분을 한순간만이라도 이리로 모셔서 눈앞에 놓여 있는 이 아름다운 전망을 함께 즐길 수 있으면 얼마나 좋을까 하는 생각이 간절하다. 오늘 저녁에 나는 베로나에 도착해 있어야 했지만, 근처에 천연의 경승지인 가르다호수가 있어 그곳에 들르느라고 먼 길을 돌게 되었다. 그러나 그만한 가치는 충분히 있었다. 5시가 지나서 로베레도를 떠나 아디제강으로 흐르는 측면의 골짜기를 따라 올라갔다. 꼭대기에 이르자 무시무시하게 큰 바위와 마주쳤는데 가르다호로 내려가기 위해서는 반드시 그 바위를 넘어서야 했다. 그곳에는 그림 연습하기에 아주 좋은 석회암이 있었다. 다 내려오면 호수의 북쪽 끝에 조그마한 동네가 있다. 그곳은 조그만 항구(라기보다는 선착장이라고 하는 것이 적당하겠다.)로 토르볼레라고 한다. 무화과나무는 오르막길에서 여러 번 보았는데 절구 모양의 골짜기로 내려가면서 처음으로 올리브나무를, 그것도 열매가 가득 달린 놈으로 발견했다. 그리고 하얗고 작은 무화과를 역시 이곳에서 처음으로 보았는데 란시에리 백작 부인이 말한 대로 무화과 따위는 이곳에서 흔해빠진 과일이었다.

내가 지금 앉아 있는 이 방에는 안뜰로 향하는 문이 하나 있다. 나는 그곳으로 테이블을 가지고 가서 경치를 몇 줄의 선으로 스케치했다. 호수는 거의 끝에서 끝까지 한눈에 내려다볼 수 있었는데 왼쪽 끝만이 약간 가려져 있었다. 양쪽이 언덕과 산으로 둘러싸인 호반은 셀 수 없이 많은 작은 촌락들로 반짝이고 있었다.

자정이 지나면 바람은 북쪽에서 남쪽으로 분다. 그래서 호수를 내려가려고 하는 사람은 이때 배를 타지 않으면 안 된다. 해가 뜨기 한두 시간 전이면 벌써 바람의 방향이 바뀌어 북쪽으로 불기 때문이다. 오후인 지금쯤은 내가 있는 쪽으로 강한 바람이 불어 뜨거운 햇볕을 식혀준다. 폴크만[17]은 나에게 이 호수가 이전에는 베나쿠스라고 불렸다는 사실을 알려준다. 그리고 그 이름이 언급된 베르길리우스의 시구 하나를 인용하고 있다.

바다와도 같이 파도치고 울리는 그대 베나쿠스여.

이것은 내가 그 내용에 해당하는 실물을 생생하게 눈앞에서 본 최초의 라틴어 시다. 그리고 마침 바람이 점점 강해지고 호수가 더욱 높은 파도를 항구로 몰아치는 지금 이 순간, 그 시의 진리는 수백 년 전과 똑같다. 여러 가지가 많이 변했지만 바람만은 여전히 호수 위에 몰아치고 있고, 그것을 바라보고 있으면 베르길리우스의 시구가 지금도 더욱 빛나는 것 같다. 북위 45도 50분 지점에서 이것을 기록했다.

저녁에 시원한 바람 속을 산책했다. 지금 나는 정말 새로운 곳에, 전혀 낯선 지방에 와 있음을 느낀다. 사람들은 모두 태

---

17) 요한 야코프 폴크만(Johann Jakob Volkmann, 1732~1803). 함부르크 태생의 작가로, 유럽 전역을 여행하고 98권에 이르는 방대한 탐방기를 썼다.

평하게 도원경에서 살고 있다. 첫째로 문에는 자물쇠가 없다. 그래도 주막집 주인은 조금도 걱정할 것이 없다고 나에게 장담했다. 심지어 내가 가지고 있는 물건이 모두 다이아몬드로 되어 있다 하더라도 염려 없다는 말까지 하는 것이었다. 둘째로 창에는 유리 대신 기름종이가 발라져 있다. 셋째로 무엇보다도 긴요한 변소가 없다. 이곳 사람들은 대자연과 가깝게 생활하고 있다. 내가 하인에게 용변 볼 자리를 물었더니 그는 안뜰을 가리키면서 "저기서 하십시오."라고 했다. 그래서 내가 "어디 말이오?"라고 물으니 "아무 데나 맘에 드는 곳에서!"라고 친절히 대답하는 것이었다. 전체적으로 어디서나 천하태평의 분위기였으나, 그러면서도 활기 있고 부지런하기도 했다. 하루 종일 이웃 아낙네들은 수다를 떨고 소리를 지르지만, 동시에 모두 항상 무엇이든 지금 해야 할 일과 이루어야 할 일을 가지고 있는 것이다. 나는 아직 할 일이 없어 놀고 있는 여자를 보지 못했다.

주막 주인은 이탈리아식 억양으로 아주 맛있는 송어 요리를 식탁에 올릴 수 있게 되어서 다행이라고 말했다. 그 송어는 토르볼레 근처의 계곡 물이 강으로 떨어지는 지점에서 잡히는 종류인데 그 지점은 송어들이 물줄기를 거슬러 올라가는 길목이다. 황제는 1만 굴덴의 포획료를 징수한다고 한다. 하지만 실제 요리는 내가 아는 송어가 아니었는데, 몸집이 커서 때로는 50파운드나 나가고 머리에서부터 몸 전체에 반점이 박혀 있는 놈이었다. 맛은 송어와 연어의 중간쯤 되는데 연하고 감칠맛이 있었다.

그래도 내 입에 가장 잘 맞는 것은 과일이었다. 무화과와 배, 특히 레몬이 자라는 토질의 배는 맛이 대단할 수밖에 없다.

9월 13일 저녁

오늘 새벽 3시에 두 사람의 뱃사공과 함께 토르볼레를 떠났다. 처음에는 순풍이었기 때문에 돛을 달 수 있었다. 아침 경치가 기가 막히게 좋았다. 약간 흐렸지만 해가 뜨기 전에는 조용했다. 우리는 리모네 옆을 통과해 지나갔다. 계단식으로 레몬나무를 심어놓은 리모네의 산비탈 과수원은 풍요롭고 아름다운 광경이었다. 과수원 전체에 걸쳐 몇 줄의 하얀 사각형 지주가 줄지어 있었고, 각기 일정한 간격을 두고 계단 모양으로 산허리를 향해 뻗쳐 있었다. 그 지주 위에는 튼튼한 막대기가 걸쳐 있는데 겨울이 되면 그 안에 심긴 나무를 덮어주도록 되어 있었다. 배가 천천히 움직였기 때문에 이러한 재미있는 광경을 자세히 관찰할 수 있었다. 그리하여 우리가 벌써 말체시네 근방을 통과했을 때, 바람의 방향이 완전히 바뀌었고 늘 그랬듯이 낮 바람이 되어 북풍이 불기 시작했다. 아무리 노를 저어도 그 강력한 힘에는 대항할 수가 없었다. 그래서 우리는 하는 수 없이 말체시네 항구에 배를 댔다. 이곳은 호수 동쪽에 위치한 최초의 베네치아 부락이다. 뱃길은 오늘 어디에 닿는다고 미리 예정할 수 없는 것이다. 이곳에 체재하는 시간을 최대한으로 이용할 작정이다. 특히 호숫가의 성은 좋은 피사체이므로 그림을 그려보려 한다. 오늘 배를 타고 지나오면서도 벌써 한 장의 스케치를 그렸다.

9월 14일

어제 나를 말체시네 항구로 몰아넣었던 그 역풍은 약간 위험한 모험을 겪게 했으나, 그 모험은 유유히 극복했고 지금 다시 생각하면 유쾌하다. 나는 예정대로 아침 일찍 성으로 갔다. 그 성에는 문도 없고 수위도 없어서 누구나 마음대로 출입이 가능했다. 나는 정원에서 바위를 뚫고 세운 옛 탑과 마주하고 자리를 잡았다. 그림을 그리기에 가장 편한 곳이었기 때문이다. 즉 계단을 서너 단 올라가서 있는 잠긴 문 측벽에 장식을 한 돌 의자가 있었다는 말이다. 독일에서도 오래된 건물이면 지금도 볼 수 있는 것이다.

잠시 앉아 있으니까 어느새 여러 사람이 정원으로 들어와서 왔다 갔다 하며 나를 신기한 듯 바라보았다. 구경꾼은 점점 더 많아져서 나중에는 모두들 우두커니 서서 나를 둘러싸 버린 형국이 되었다. 나는 내가 그림을 그리는 것이 이상해 보여서 그러려니 생각하면서 모른 척하고 내 할 일을 계속했다. 그러자 그다지 풍채가 좋다고는 할 수 없는 한 남자가 내게 무엇을 하고 있느냐고 물었다. 그래서 나는 말체시네에 온 기념으로 이 옛 탑을 그리는 것이라고 대답했다. 그러자 그 남자는 그것은 위법이니 즉시 중지하라고 말했다. 그의 말은 베네치아 사투리인 데다 교양 없는 언어였기 때문에 나는 거의 알아들을 수가 없었다. 그래서 무슨 말을 하고 있는지 모르겠다고 말했더니 그자는 다짜고짜 이탈리아식 배짱을 발휘하여 내가 그림을 그리던 종이를 잡아채서 찢은 후에 다시 화판 위에다 올려놓았다. 그러자 둘러서 있던 사람들 사이에서도 불만의 소리가 나오는 것을 감지할 수 있었다. 특히 어떤 나이 지긋한 여자는 그렇게 할 것이 아니라 영주를 불러다가 옳고 그른 것을 가리게 해야 한다고 말했다. 나는 문에 등을 기댄 채로 그 계단 위에 버티고 서서 점점 늘어나는 군중을 내려다보았다. 호기심에 찬 여러 눈동자들, 대부분의 얼굴에서 보이는 선량한 표정들, 그 밖에 이민족의 특색을 나타내는 모든 점들이 나에게는 더없이 재미있는 인상을 주었다. 일찍이 에터스부르크 극장에서 내가 트로이프로인트 역할을 할 때 놀리곤 했던 새들의 합창대를 바로 눈앞에서 보는 것 같은 기분이었다. 나는 아주 명랑해져서, 영주가 비서를 데리고 도착했을 때 당당한 태도로 인사하고, 무엇 때문에 그 성채를 그렸느냐는 질문에 이곳은 예전에 성이 있었던 자리이지 성채로는 인정할 수 없다고 상냥하게 대답했다. 나는 그 밖의 사람들에게도 탑도 무너져 있고 성벽도 허물어져 있는 것을 지적하면서, 성문도 없거니와 아무런 방비도 되어 있지 않은 점을 강조하고 그곳은 폐허에 불과하며 나는 다만 폐허를 스케치해 볼 생각이었을 뿐이라고 단언했다.

폐허라면 대체 무엇이 신기해서 그리려 했느냐고 묻기에, 나는 천천히 시간을 들여 이해하기 쉽도록 세세하게 설명해 주었다. 즉 얼마나 많은 여행자들이 단지 폐허를 보기 위해 이탈리아로 오는지, 세계의 수도인 로마는 야만인들에 의해 파괴된 폐허에 지나지 않지만 그 폐허야말로 백 번, 천 번 훌륭한 그림의 소재가 되었다는 사실을 말해주었다. 그리고 고대 유적 중에서도 베로나의 원형극장만큼 완전한 모습으로 남아 있는 것은 드문 일이며, 이제부터 그것을 구경하러 갈 참이라고 덧붙였다.

영주는 내 앞의 몇 단 아래 계단에 서 있었는데 키가 늘씬하지만 말랐다고는 할 수 없는 30세가량의 남자였다. 그의 미련하게 생긴 얼굴은 둔중한 그의 질문 방식과 잘 어울렸다. 키가 작고 똑똑해 보이는 비서도 이런 종류의 사건은 처음인 듯 어떻게 처리해야 할지 판단이 서지 않는 것 같았다. 나는 계속해서 비슷한 이야기를 몇 가지 했는데 여러 사람이 나의 이야기에 즐거이 귀를 기울였다. 나의 눈길이 호의적인 몇몇 여인들의 얼굴 위를 지나갈 때 나는 동감과 찬성의 표정을 읽을 수 있었다.

그러나 그 지방 사람들이 아레나라고 부르는 베로나의 원형극장에 대하여 언급했을 때, 비서는 그사이에 궁리를 해두었다가, 그것은 세계적으로 유명한 로마 시대의 건물이니까 그럴지도 모르지만 여기 이 성의 탑에는 별다른 것이 하나도 없고 단지 베네치아와 합스부르크 군주국의 경계에 불과하니까 그런 것을 정탐하여서는 안 된다고 말했다. 나는 그 말에 대해서 또 장황하게 반론을 전개했다. 그리스나 로마의 유적뿐 아니라 중세의 고적에도 주목할 만한 가치가 있으며, 이 지방 사람들은 어려서부터 항상 보아온 탓에 이 건물에서 화가적 관점으로 본 아름다움을 발견하지 못하는 것이 당연한 일이라고 역설했다. 그때 마침 아침 햇빛이 탑과 암석과 성벽을 아주 아름답게 비춰주었기 때문에 나는 그들에게 그 광경의 아름다움을 열심히 설명했다. 그런데 군중은 내가 찬양한 광경을 등 뒤에 두고 있었고 또한 나에게서 완전히 돌아서려고도 하지 않았기 때문에 내가 그들 귀에 열심히 찬양한 것을 눈으로 보기 위해서는 일제히 개미잡이라고 불리는 새처럼 머리를 획 돌려야 했다. 영주 자신도 비록 약간 위엄은 있었지만 역시 내가 설명한 광경을 돌아보았다. 그 꼴이 어찌나 우스꽝스러웠던지 나는 점점 더 명랑해졌다. 그래서 나는 그들에게 벌써 수백 년 동안 암석과 성벽을 울창하게 장식하고 있는 담쟁이 덩굴에 대해서까지 하나도 빼놓지 않고 자세히 설명했다.

비서가 이에 대해 말하기를, 내 말이 그럴듯하기는 하지만 요제프 황제[18]는 도무지 마음을 놓을 수 없는 분이고 필경 자기네 베네치아 공화국에 대하여 무슨 음모를 꾸미고 있을지도 모르는 일이며, 나도 황제의 신하인 것으로 보이고 이 지방을 정탐하기 위해 파견된 간첩일지도 모른다고 말했다.

"천만의 말씀이오." 나는 소리쳤다. "황제의 신하라고 하셨소? 자랑은 아니지만 나도 당신들과 마찬가지로 당당한 공화국의 시민입니다. 물론 국력이나 국토의 크기로 보아서 여러분의 나라인 베네치아 공화국과는 비교가 안 되지만 그래도 자치적인 제도를 가지고 있고 상업의 발달이나 국가의 재정, 관리들의 현명함이 독일의 여느 도시에 뒤지지 않습니다. 나는 다름 아닌 프랑크푸르트암마인에서 출생한 사람이며, 그 이름과 명성은 아마 이곳에도 알려져 있을 것입니다."

18) 요제프 2세(Joseph Ⅱ, 1741~1790, 재위 1765~1790)를 가리킨다. 합스부르크 왕가 출신으로, 당시 신성로마제국 황제였다.

"마인 강변의 프랑크푸르트에서 오셨다고요!" 어느 젊고 아름다운 여인이 외쳤다. "그러면 영주님, 이분이 어떤 신분의 사람인지 곧 알 수 있습니다. 좋은 분이라고 말할 수 있어요. 그곳에 오래 근무했던 그레고리오를 불러보십시오. 그 사람이 이 사건을 제일 잘 처리할 수 있을 것입니다."

어느새 내 주위에는 호의적인 얼굴이 더 많아진 것 같아 보였다. 인상이 좋지 않았던 최초의 무뢰한은 사라지고, 조금 후에 그레고리오가 나타났다. 사태는 일변해서 나에게 유리하게 전개되었다. 그레고리오는 50대의 남자였는데 가무잡잡한 이탈리아인 특유의 얼굴을 하고 있었다. 태도와 이야기는 낯설지 않았고 대뜸 자기가 볼론가로 상점에서 점원으로 일했었고, 그래서 그 집안 사정이나 도시에 대해 듣게 되는 것은 기쁜 일이며, 그 시절은 무척 유쾌한 기억으로 남아 있다고 말했다. 다행히도 그가 근무했던 기간은 내가 어렸을 때에 해당했다. 그래서 나는 당시의 상태와 그 후의 변한 모습을 상세히 이야기할 수 있어서 더욱 유리했다. 나는 그 도시의 이탈리아 집안들에 대해서는 죄다 알고 있었기 때문에 신나게 이야기했다. 그는 여러 가지 자세한 사정을 듣게 되었는데, 이를테면 알레시나 씨가 1774년에 금혼식을 거행했다는 것, 그리고 기념 메달을 만들었는데 그것을 나 자신도 소유하고 있다는 것 등을 듣고는 매우 기뻐했다. 그는 또 그 부유한 상인의 부인이 브렌타노 집안 출신이라는 것도 잘 기억하고 있었다. 그 두 집안의 아이들과 손자들에 관해서도, 그 애들이 벌써 자라서 직업도 갖고 결혼도 해서 자식들도 생겼다는 것도 이야기해 줄 수 있었다. 이렇게 해서 그가 물어보는 거의 전부에 대하여 대단히 상세한 보고를 해주었더니 그의 얼굴에는 밝은 표정과 어두운 표정이 교차했다. 그는 기뻐했고 매우 감동했는데 그것을 본 군중은 더욱더 재미있어 하면서 우리의 대화를 싫증내지 않고 들었다. 물론 우리 담화의 일부분은 그가 이 지방 사투리로 통역해 주지 않으면 안 되었다.

마침내 그가 영주에게 말했다. "영주님, 저는 이분이 훌륭하고 재능 있는 분이며 또한 학식이 있고, 연구 목적으로 여행하는 분이라는 것을 확신합니다. 이분을 석방하여 그 지방 사람들에게 우리의 좋은 점을 이야기하도록 해서 말체시네를 구경하러 오도록 선전하는 것이 좋겠습니다. 사실 이곳 경치는 외국인들을 감동시킬 만한 충분한 가치가 있습니다."

나는 이 친절한 말을 뒷받침하기 위해서 이 고장의 경치와 주민들을 칭찬하고 동시에 관리들도 현명하고 신중하다고 치켜세우는 것을 잊지 않았다.

그리하여 모든 것이 다 좋은 쪽으로 인정되어서 나는 그레고리오와 함께 마음대로 마을을 구경 다녀도 좋다는 허가를 받았다. 내가 유숙하고 있는 여관집 주인까지도 우리와 합세하여 말체시네의 좋은 점이 널리 알려지면 외국 손님들이 자기 집으로 몰려들 것이라고 벌써부터 좋아했다. 그는 대단한 호기심을 가지고 나의 의복들을 보았으며 간단하게 호주머니에 집어넣을 수 있는 소형 권총을 부러워했다. 이런 좋은 무기를 마음대로 가지고 다닐 수 있는 사람들은 참 좋겠다면서, 이곳에서는 총기 휴대가 법으로 엄격하게 금지되어 있다고 했다. 나는 몇 번이고 친근하게 말을 걸어오는 여관 주인의 수다를 중단시키고, 나의 구세주 그레고리오에게 감사의 뜻을 표했다.

"나에게 감사할 것 없습니다." 그는 선선하게 대답했다. "내게 무슨 신세진 것이 있겠어요. 저 영주님이 좀 더 현명하시고 그 비서가 이기주의자가 아니었다면 당신은 그렇게 쉽게 빠져나오지 못했을 것입니다. 영주는 어쩔 줄을 모르고 당신보다 더 난처해했으며, 그 비서 놈은 당신을 체포해서 보고를 한다든지 베로나로 호송을 시킨다고 해보았자 돈 한 푼 굴러들어오지 않는다는 것을 잘 알고 있었지요. 그놈이 재빨리 계산을 해보았기 때문에 당신은 우리 이야기가 끝나기도 전에 자유의 몸이 되었던 것입니다."

그 선량한 사나이는 나를 자기 포도밭으로 초대하고 저녁때 직접 데리러 왔다. 호수가 내려다보이는 멋진 곳이었다. 그 친구의 열다섯 살 먹은 아들이 따라왔는데 녀석은 자기 아버지가 제일 잘 익은 포도송이를 찾고 있는 동안 나무에 올라가서 가장 맛있는 과일을 나에게 따 주라는 분부를 받았다.

순박하고 친절한 이 두 사람 사이에 끼어, 이 구석진 시골의 한없는 고독 속에서, 낮에 일어났던 사건을 돌이켜 생각해 보았다. 인간이란 어쩌면 그렇게도 불가사의한 존재일까, 어째서 인간은 가족과 친지들 사이에 있으면 안전하고 편안하게 잘살 수 있는데도, 가끔 이 세계와 저 세계 속에 있는 내막을 직접 체험해 보고자 하는 즉흥적인 생각으로 일부러 불편과 위험 속으로 뛰어들까 하는 의문을 가지게 되었다.

한밤중에 여관집 주인은 그레고리오가 내게 선물한 과일 바구니를 들고 나를 전송해 주기 위해 선창까지 나왔다. 그리하여 나는 순풍에 돛을 달고, 라이스트리고네스[19]의 재앙이 될 뻔했던 그 강가를 떠났다.

그리고 그다음은 항해다! 거울과도 같은 수면과, 이에 접한 브레시아 강변이 어우러진 절경에 마음속까지 상쾌해지는 기쁨을 맛본 뒤, 이번 항해는 아무 탈 없이 잘 끝났다. 산맥의 서쪽에서 급경사가 끝나고 지대가 완만하게 호수 쪽으로 내리막을 이루는 곳에, 배로 약 한 시간 반 정도 거리에 걸쳐서 가르냐노, 볼리아코, 체치나, 토스콜라노, 마데르노, 베르돔, 살로 등의 촌락이 일렬로 나란히 있다. 거의가 대체로 길쭉한 모양을 한 마을들이다. 인구가 조밀한 이 지방의 품위에 대해서는 표현할 말이 없을 정도다. 아침 10시에 바르돌리노에 상륙해서 짐을 나귀 등에 싣고, 나는 다른 나귀에 올라탔다. 거기서부터 길은 아디제강의 계곡과 호수의 분지를 가르는 산등성이로 넘어간다. 태고의 물이 여기서 양쪽으로부터 합류해 엄청나게 큰 물줄기가 되면서, 그 작용으로 이 거대한 자갈 둑을 쌓아올린 모양이다. 더 평온한 시대에는 비옥한 토양이 상층을 덮었다. 그러나 농부들은 아직까지도 땅속에서 나오는 표석 때문에 늘 괴로움을 겪고 있다. 될 수 있는 한 그것을 치워버리려고 하다 보니, 길가에 돌멩이들이 층층이 쌓여, 흡사 두터운 성벽 같은 것을 이루게 되었다. 이곳 고지대의 뽕나무

19) 호메로스의 『오디세이아』에 등장하는 식인 거인 종족이다.

는 수분 결핍으로 생기가 없는 듯하다. 우물 같은 것은 아예 생각조차 할 수 없다. 가끔 빗물을 모아놓은 웅덩이를 볼 수 있는데, 나귀들은 이 물로 목을 축인다. 마부들도 그러는 모양이다. 아래쪽 물가에는 저지대의 농원을 관개하기 위한 양수용 물레방아가 장치되어 있다.

여하튼 내리막길에서 바라보는 새 지역의 경치는 말로 다 표현할 수 없다. 고산과 단애의 기슭에 평평하게 지극히 잘 정리되어 있는, 종횡 수마일에 걸친 하나의 정원이다. 이렇게 해서 9월 14일 1시경에 이곳 베로나에 안착했다. 우선 이 글을 쓰고, 일기의 둘째 절을 다 써서 철해 놓고, 저녁에는 즐거운 마음으로 원형극장을 구경하러 갈 작정이다.

요 며칠간의 날씨에 관해서는 다음과 같이 보고해 둔다. 9일부터 10일에 걸친 밤은 갰다가 흐렸다가 했다. 달의 주위에는 시종 달무리가 져 있었다. 새벽 5시경에는 하늘 전체가 회색빛 엷은 구름에 덮여 있었으나 이것도 해가 높아짐에 따라 사라져버렸다. 아래로 내려가면서 날씨는 점점 좋아졌다. 그런데 볼차노까지 오니 높은 산봉우리들이 북쪽에 연이어 있어서 하늘 모양이 전혀 다르게 보였다. 조금씩 농담의 차이가 나는 푸른색 때문에 그 색깔의 대조가 아름다운 원근의 풍경을 보면, 대기가 골고루 분포된 수증기로 가득 차 있는 것을 알 수 있다. 이 수증기는 대기가 보유하고 지탱할 수 있기 때문에 안개나 비가 되어 떨어져 내리는 일도 없으며, 모여서 구름이 되는 일도 없다. 더 내려가면서 나는 볼차노 계곡에서 올라오는 수증기와 더 남쪽의 산들로부터 올라오는 구름 띠가 모조리 북쪽의 보다 높은 지역을 향해 이동하여, 그 지역을 덮어버리지는 않았지만 일종의 연무(煙霧) 속에 감싸고 있는 것을 똑똑히 볼 수 있었다. 멀리 있는 산맥의 위쪽으로는 일명 '바서갈레'[20]를 볼 수 있었다. 볼차노에서 남쪽 근방은 올여름 내내 날씨가 아주 좋았다고 한다. 다만 가끔씩 아주 조금 비(이 지방에서는 '아쿠아'라고 하는데 보슬비를 의미한다.)가 내렸을 뿐이다. 곧 해가 다시 났다. 이렇게 좋은 해는 오랫동안 없었다. 모든 것이 풍작이다. 흉작은 북부로 보내버린 셈이다.

산악이나 광물에 관해서는 극히 간단하게 적어둔다. 왜냐하면 지금까지 지나온 지대에 관해서는 페르버[21]의 이탈리아 탐방기나 하케의 알프스 여행기를 읽으면 충분히 알 수 있기 때문이다. 브렌네르고개에서 15분가량 떨어진 곳에 대리석 갱(坑)이 있는데 나는 그곳을 어둑어둑할 때 지났다. 그것은 건너편 갱과 마찬가지로 운모편암 위에 붙어 있는 것 같았다. 아마 틀림없을 것이다. 그 굴을 발견한 것은 동이 트던 무렵으로, 콜만 근처를 지날 때였을 것이다. 다시 내려가니 반암이 모습을 드러냈다. 어떤 암석이든 상당히 예뻤고 길가에 적당한 크기로 깨져 굴러다니고 있었기 때문에, 포크트[22]의 광물

20) Wassergalle. 불완전한 무지개를 가리키는 독일어다.

21) 요한 야코프 페르버(Johann Jacob Ferber, 1743~1790). 스웨덴 태생의 광물학자이자 지질학자. 이탈리아에서 활화산을 최초로 관찰한 북부 유럽인으로, 지질구조의 생성 연대에 대한 실증적 이론을 세웠다.

22) 요한 카를 빌헬름 포크트(Johann Karl Wilhelm Voigt, 1752~1821). 독일의 광물학자이자 지질학자. 괴테가 장관을 맡았던 바이마르 광산위원회에서 1783년부터 1789년까지 비서관으로 일했다.

표본 정도의 것은 금방에라도 한 짐 모을 수 있을 정도였다. 그리고 비교적 작은 것에 눈과 마음을 만족시킬 수만 있다면, 돌을 종류대로 한 조각씩 가져가는 것은 문제가 없다. 나는 콜만에서 내려가서 곧 규칙적인 판상으로 갈라져 있는 반암을 발견했다. 브론촐로와 에냐(Egna)의 중간 지대에서도 비슷한 것을 발견했는데, 이것은 판이 다시 원주상으로 갈라져 있다. 페르버는 이것을 화산의 산물로 간주했지만, 그것은 세상 사람들의 머리가 들떠 있었던 14년 전의 일이다. 하케는 벌써 그 가설을 웃음거리로 만들었다.

사람들에 관해서 내가 이야기할 수 있는 것은 조금밖에 없고, 재미있는 이야기도 거의 없다. 브렌네르고개에서 내려가는 동안에 날이 밝으면서 곧 사람들의 외양이 확 변해 있는 것을 깨달았다. 특히 갈색을 띤 부인들의 창백한 얼굴색이 마음에 들지 않았다. 그 용모는 생활의 궁핍을 말해 주고 있었고, 어린이들도 마찬가지로 비참한 얼굴이었다. 남자들은 그나마 나은 편이었다. 그러나 전체적인 골격은 아주 정상적이고 더할 나위 없었다. 병적 상태의 원인은 옥수수와 메밀을 주식으로 하는 데에 있는 것 같다. 옥수수는 여기서 황곡(黃穀), 메밀은 흑곡(黑穀)이라고 불리는데, 모두 갈아서 가루로 만든 다음 걸쭉한 죽으로 끓여가지고 그냥 먹는다. 산 너머 독일 사람들은 그 반죽을 더 잘게 찢어서 버터로 굽는다. 그런데 이탈리아 쪽의 티롤 사람은 반죽을 그대로 먹어버린다. 때때로 치즈를 그 위에 발라 먹을 때도 있지만, 육류는 1년 내내 먹는 일이 없다. 이래서는 아무래도 식도나 위가 교착되고 막혀버린다. 특히 여자나 어린아이는 더하다. 영양실조에 걸린 듯한 얼굴빛은 이러한 폐해를 나타내는 것이다. 그 밖에 과일이라든가 꼬투리째 먹는 강낭콩은 데쳐서 마늘과 기름으로 조리해 먹는다. 도대체 부유한 농민은 없느냐고 물어보았다.

"물론 있지요."

"그런 사람들은 좀 더 나은 생활을 향유하려 하지 않나? 좀 더 좋은 것을 먹지 않나?"

"아니요, 습관이 되어 있어서요."

"그럼 돈은 어떻게 하지? 다른 곳에 사용하나?"

"주인님들이 오셔서 몽땅 가져가 버려요."

이것이 볼차노에서 여관집 딸과 나눈 대화의 개요다.

더 들은 바로는, 가장 유복해 보이는 포도 재배자가 제일 곤란하다는 것이다. 도시 상인들의 손아귀에 있는 것이나 마찬가지기 때문이다. 도시 상인들은 흉년에는 그들에게 생활비를 후불로 빌려주고, 풍년에는 포도주를 헐값으로 가져간다. 그러나 이런 일은 어디를 가나 마찬가지다.

영양에 관한 나의 가설은 도시에 사는 여성 쪽이 항상 건강해 보이는 것으로 증명이 된다. 통통하고 귀여운 소녀의 얼굴, 튼튼한 몸과 큰 머리에 비해 좀 작은 키. 때로는 매우 상냥하고 다정한 얼굴을 발견할 수 있다. 남자들은 방랑하는 티롤 사람 등에서 잘 보아온 터다. 이 지방에서는 남자가 여자보다도 기운이 없는 것 같다. 아마도 여자 쪽이 육체노동을 많이 하고, 남자는 소매상인이나 장인으로 늘 앉아서 일하기 때문일 것이다. 가르다 호숫가에서 본 사람들은 고동색이었는데,

붉은 볼에 윤기가 조금도 없었다. 그래도 아픈 데가 있는 것 같지는 않았고, 매우 활기차고 기력이 좋아 보였다. 아마도 그곳 바위산 기슭에서 강렬한 햇볕을 쪼이기 때문인 것 같았다.

베로나에서 베네치아까지

1786년 9월 16일, 베로나

원형극장은 고대의 중요 유적 중에서 내가 처음으로 본 것으로, 정말로 잘 보존되어 있었다. 안에 들어가서 구경했을 때, 그리고 극장 위로 올라가서 주위를 거닐었을 때는, 내가 어떤 웅대한 것을 보고 있는 것 같은, 그러면서도 사실은 아무것도보고 있지 않는 듯한 이상한 기분이 들었다. 사실 이곳은 사람들이 없이 텅 비었을 때 구경하면 안 된다. 최근에 요제프 2세 황제와 교황 비오 6세를 위한 행사를 거행했을 때와 같이 사람들로 극장이 가득 차 있을 때 보아야 한다. 군중 앞에 서는 것에 익숙한 황제도 그 광경을 보고는 대단히 놀랐다고 한다. 그러나 이 원형극장이 완전한 효과를 발휘했던 것은 역시 옛날이다. 고대에는 민중이 지금보다도 훨씬 더 민중적이었기 때문이다. 원래 이러한 원형극장은 민중으로 하여금 자신이 대단한 존재라는 기분이 들게 하고 자신들의 모습을 보고 스스로 즐기도록 하기 위해서 만들어진 것이다.

평지에서 무언가 신기한 일이 일어나 많은 사람들이 몰려오면 뒤에 있는 사람들은 어떻게 해서든지 앞사람보다 높은 위치에 서려고 애쓴다. 의자 위에 올라서거나 술통을 굴려 오고 마차를 끌고 오는 사람도 있고 널판을 여기저기 걸쳐놓고 올라서거나 근처 동산에 올라가기도 한다. 그러다 보면 그 자리는 금세 하나의 분화구 같은 모양이 되어버린다.

구경거리가 같은 장소에서 자주 벌어지게 되면 요금을 낼 용의가 있는 사람들을 위한 간단한 좌석이 마련된다. 돈을 못 내는 사람들은 무슨 수를 써서라도 재주껏 구경을 하려고 한다. 이러한 일반적 욕구를 충족시키는 것이 건축가의 사명이라고 할 수 있다. 그래서 건축가가 그 분화구 같은 것을 인공적으로 만들어놓은 것이 바로 원형극장이다. 그것도 되도록 단순하게 장식해서 민중 자신이 그 장식이 되게끔 해놓는다. 그리하여 극장을 가득 메운 군중이 자신들의 모습을 보았을 때 경탄하게 되는 것이다. 보통 때에는 질서도 규율도 없이 항상 이리저리 뒤죽박죽이 되어 돌아다니는 것만을 보아오다가, 머릿수도 많고 마음도 제각기 달라서 흔들흔들 여기저기 방황하던 동물이 합쳐져 하나의 고귀한 신체가 되고, 통합된 하나의 정신으로 존재하는 자신을 발견하기 때문이다. 타원형을 이루고 있는 극장 형태의 단순성은 누구의 눈에도 기분 좋게 느껴지고, 한 사람 한 사람의 머리는 전체 관객의 규모가 얼마나 방대한가를 일깨워주는 척도의 구실을 한다. 이렇게 텅 비어 있는 상태로는 기준이 없기 때문에 큰지 작은지 판단하기 어렵다.

이렇게 위대한 작품을 오래도록 보존해 온 베로나 사람들은 찬양받아 마땅하다. 건물은 붉은색을 띤 대리석으로 지어져, 비바람에 시달리고 있다. 그로 인해 부식된 계단들은 그때그때마다 복구되어 왔기에 거의 전부가 새것처럼 보인다. 히에로니무스 마우리게누스라는 이름과, 그가 이 기념물에 바친 보기 드문 열성을 새겨놓은 비문이 있다. 외벽은 일부만 남아 있는데 과거에 완성된 적이 있었는지 의심스러울 정도다. 아래쪽의 아치형 지하 공간은 '일 브라'라고 불리는 큰 광장에 연결되어 있는데, 수공업자들에게 세를 주고 있다. 동굴 같은 빈 공간들이 이처럼 다시 활용되는 것은 재미있는 일이다.

9월 16일, 베로나

포르타 스투파 또는 델 파리오라고 불리는 문은 더없이 아름답지만 언제나 닫혀 있다. 이 성문은 멀리서도 보이지만, 멀리서 바라보는 것은 그리 좋은 생각이 아니다. 가까이에서 보아야만 이 건물의 가치를 알 수 있다.

언제나 문이 닫혀 있는 이유에 대해서는 여러 가지 이야기가 거론되고 있다. 그러나 나의 추측으로는, 건축가는 이 문에 연결되는 새로운 마차용 도로의 공사를 시작하려고 했던 것 같다. 현재의 도로에는 이 문이 전혀 맞지 않기 때문이다. 좌측에는 허술한 판자촌뿐이고, 문의 정중앙에서 일직선을 그으면 수도원에 닿는다. 그러니까 이것은 어차피 헐어버리지 않을 수 없었을 것이다. 이러한 사실은 누구나 통찰할 수 있는 것이고 신분 높고 돈 많은 사람들도 이 시골구석으로 이주할 생각이 없었던 듯하다. 그러는 사이 건축가가 죽어버려서, 어쩔 수 없이 문은 닫히고 그 계획은 중지되어 버린 것으로 보인다.

9월 16일, 베로나

여섯 개의 이오니아식 원주로 되어 있는 극장 건물의 정면 입구는 보기에 매우 훌륭하다. 그렇기 때문에 입구 위쪽 두 개의 코린트식 원주가 받치고 있는 채색 벽감(壁龕) 앞에 있는, 커다란 가발을 쓴 마페이[23] 후작의 등신대 흉상은 한층 더 빈약해 보인다. 자리는 좋지만, 웅대하고 장엄한 원주에 대항하려면 여간 큰 흉상이 아니고서는 곤란한 일이었을 것이다. 현재는 빈약한 모습으로 조그마한 대좌 위에 놓여 있기 때문에 전체와 잘 조화되지 못한다.

앞마당을 둘러싼 회랑도 빈약하다. 홈을 조각한 도리스식 원주는 매끈한 거인 같은 이오니아식 원주에 비하면 아무래도 초라하다. 하지만 이곳 주랑 아래 설치되어 있는 훌륭한 진열품들을 고려해, 이 정도의 결점은 넘어가자. 여기에는 대체로 베로나시 안팎에서 발굴된 고미술품을 모아 전시하고 있다. 원형극장 내부에서 발견된 것도 두세 가지 있다고 한다. 에

---

23) 프란체스코 시피오네 마페이(Francesco Scipione Maffei , 1675~1755). 베로나의 유서 깊은 귀족 가문 출신으로, 베로나의 문화와 예술 발전에 많은 기여를 한 인물이다.

트루리아와 그리스 로마 시대 것부터 근대 미술품까지 소장하고 있다. 벽면에 부착된 얇은 부조들에는 마페이가 자신의 저서 『그림으로 보는 베로나 역사』를 쓰면서 매겼던 작품 번호가 그대로 붙어 있다. 제단, 원주 조각 같은 종류의 유물들, 흰 대리석으로 만든 훌륭한 삼각의자, 그 위에는 천재들이 신들의 소지품을 가지고 놀고 있다. 라파엘로는 빌라 파르네시나[24]의 삼각 벽면들에다 이것을 모방하여 더욱 미화해 놓았다.

옛사람들의 묘지에서 불어오는 바람은 장미 핀 언덕이라도 넘어온 것처럼 향기를 머금고 있다. 묘비는 정성이 깃든 감동적인 물건으로서 항상 생명을 소생시킨다. 부인과 나란히 창 너머로 보듯 벽감에서 이쪽을 보고 있는 남편이 있는가 하면, 아들을 가운데 끼고 부모가 지극히 자연스러운 모습으로 서로의 얼굴을 마주 보고 있는 경우도 있다. 그 옆에는 서로 손을 맞잡은 연인이 있다. 가장으로 보이는 한 남자는 소파에 앉아 쉬면서 가족들의 이야기에 귀를 기울이고 있다. 이러한 묘석을 눈앞에서 보자 나는 유달리 감동을 느꼈다. 모두 후손들의 작품이긴 하지만, 순박하고 자연스러워서 모든 사람의 가슴에 와닿는 감동이 담겨 있다. 여기에는 꿇어앉아 기쁜 부활을 열망하고 있는 투구를 쓴 무사는 없다. 작가는 각자 기교에 차이는 있지만 그저 인간의 평상적인 현재를 그리고, 그

24) 로마 테베레 강변에 있는 저택으로, 원래는 시에나 태생의 부유한 은행가이자 르네상스 예술 후원자였던 아고스티노 키지의 집이었다. 라파엘로는 1511년 빌라 파르네시나 건설 당시 1층 메인 홀 벽화를 그렸다. 1577년 추기경 알레산드로 파르네세가 매입하면서 '파르네시나'로 이름이 바뀌었다.

것에 의해 인간의 존재를 존속시키고 영원화하고 있다. 묘지의 주인들은 두 손을 모아 기도하거나 하늘을 우러러 쳐다보는 모습이 아니다. 옛날에 있었던 그대로의, 지금 존재하는 이승의 모습인 것이다. 그들은 함께 모이고, 서로 동정하고, 서로 사랑을 나눈다. 그 묘석 속에 조각되어 있는 모습들은 간혹 기교상의 미숙함이 느껴지기도 하지만 보는 사람에게 호감을 주고 있다. 장식이 많은 대리석 원주가 나를 또다시 새로운 상념 속에 빠져들게 했다.

이 유물들은 대단히 훌륭한 것이었지만, 그것을 보면서 이제는 이 대리석 작품이 만들어졌던 당시의 고귀한 보존정신이 더 이상 존재하지 않는다는 것을 깨닫게 되었다. 그 소중한 삼각의자도 이제는 서쪽에서 불어오는 비바람에 노출된 채로 방치되어 있으니, 얼마 안 가서 훼손되어 버릴 것이다. 나무로 된 보관함이라도 있다면, 그 값진 보물을 간단하게 보존할 수 있을 텐데.

착공했다가 공사가 중단된 궁전은 만약 완공되었다면 건축 역사상 일대 걸작이 되었을 것이다. 귀족들은 그 밖에도 여러 가지 공사를 벌여놓고 있다. 그러나 모두가 예전에 자기 저택이 있었던 장소, 그러니까 비좁은 소로에다 건물을 세우고 있으니 유감스러운 일이다. 예를 들어 멀리 떨어진 교외의 좁은 골목길에 신학교의 화려한 정면 공사를 하고 있는 식이다.

우연히 알게 된 동행자와 함께 어떤 굉장한 건물의 웅대하고 장중한 대문 앞을 지나고 있을 때 그 사람은 안마당에 들어가 보지 않겠냐고 친절하게 제의해 왔다. 그것은 고등법원이었다. 건물이 워낙 높아서 안마당은 아무리 보아도 터무니없이 큰 우물로밖에는 보이지 않았다.

그가 말했다. “이곳에 모든 범죄자와 용의자가 수용됩니다.”

돌아보니 건물 층층마다 철책이 달리고 탁 트인 복도에 무수한 문짝이 이어져 통해 있었다. 심문을 받으러 옥사에서 나오는 죄수들은 바깥공기를 접하는 동시에 구경꾼들의 눈에 드러나게 되어 있었다. 그리고 심문실이 여러 개 있는 듯, 복도 여기저기에서 쇠사슬이 쩔렁거리는 소리가 건물 전체에 울려 퍼지는 것이었다. 차마 눈 뜨고는 볼 수 없는 광경이었다. 일전에 오합지졸 같은 무리들을 손쉽게 처리했던 나의 유머 감각도 여기서는 손들 수밖에 없었다.

해 질 무렵 나는 분화구형 원형극장 언저리를 거닐면서 시내와 근처의 시골 마을이 멀리 보이는 경치를 즐겼다. 나는 완전히 혼자였다. 아래에 펼쳐진 브라 광장의 돌로 포장된 도로 위에는 많은 사람들이, 각 계층의 남자들과 중류층 여자들이 산책하고 있었다. 여자들은 까만 겉옷을 입고 있었는데 위에서 내려다보면 미라같이 보인다.

청결에 대해서는 별로 신경을 쓰지 않는 여자들, 교회에 가야 한다, 산보를 나간다 하면서 늘 사람들 모이는 곳에 나타나기 좋아하는 여인들에게 적합한 옷차림은 첸달레(zendàle)라는 모자와 이 계층의 여자들에게는 전천후 만능 복장으로 쓰이는 베스테(veste)를 생각하면 된다. 이 베스테라고 하는 것은 저고리 위에다 입는, 검은 호박단으로 만든 걸치마다. 만일 이 옷 밑에 깨끗한 흰 치마를 입고 있는 부인이라면, 자랑스럽게 검은 겉치마를 한쪽으로 추켜올릴 것이다. 이 겉옷은 띠로 묶는데, 허리를 꽉 졸라매서 가지각색 코르셋의 자락 부분이 덮이도록 되어 있다. 첸달레는 수염같이 생긴 기다란 장식이 붙은 커다란 모자로 모자 자체는 철사에 의해 머리 위로 높이 받쳐져 있지만 수염 장식은 장식 띠처럼 몸에 감아 붙이고 있어서 그 끝이 등 뒤에 매달려 있다.

9월 16일, 베로나

오늘은 원형극장에서 벗어나 극장으로부터 수천 보 떨어진 곳에서 많은 관중이 보는 가운데 현대적인 운동경기를 하는 것을 보았다. 귀족으로 보이는 베로나인 네 명이 같은 수의 비첸차인을 상대로 공놀이를 하고 있었다. 보통은 베로나 사람끼리 한 해 동안 해가 지기 전에 2시간가량 이 경기를 하는데, 이때는 다른 지방 사람과 경기를 하고 있었기 때문에 구경꾼이 무척 많이 몰렸다. 줄잡아 4000~5000명은 되었는데, 여자라고는 계층의 고하를 막론하고 한 명도 볼 수 없었다.

앞에서 사람들이 많이 몰려 있을 때 발생하는 군중심리에 대해서 언급했을 때, 나는 군중이 자연스럽고 우연인 것처럼 '원형극장'의 형태를 이룬다는 것을 이미 지적했다. 여기서도 사람들이 그와 같이 아래위로 몰려서 극장 모양이 형성되는 것을 보았다. 요란한 박수 소리가 멀리서부터 들려왔는데, 멋지게 공격이 성공했을 때마다 일어나는 소리였다. 이 경기의 진행 방식은 다음과 같다. 적당한 거리를 사이에 두고 양쪽에 경사가 완만한 판대를 설치해 놓는다. 공을 치는 사람은 오른

손에 폭이 넓고 가시가 돋친 목환(木丸)을 들고 언덕길의 제일 높은 곳에 선다. 같은 편의 나머지 한 사람이 그에게 공을 던져주면, 그는 이 공을 향해 달려 내려온다. 그렇게 해서 공을 치는 순간의 힘을 증가시키는 것이다. 상대편은 공을 받아 치려고 노력한다. 이런 식으로 서로 주고받으면서 마침내 공이 경기장에 떨어질 때까지 경기가 계속된다. 시합하는 중에 대리석 상으로 조각해 두어도 좋을 만한 아름다운 자세가 많이 나온다. 모두들 체격이 좋은 건장한 청년들뿐이며, 몸에 착 달라붙는 짧은 흰옷을 입고 있기 때문에 상대편과 자기편은 오직 색깔 있는 휘장만으로 구별된다. 선수가 경사면을 뛰어 내려와 공을 치기 위해 자세를 취하는 순간에 보이는 근육의 떨림과 속도감은 특히 아름답다. 마치 「보르게세 검객」의 자세를 방불케 했다.

이런 경기를 관중의 입장에서는 불편하기 짝이 없는 낡은 성벽 근처에서 실행하는 이유를 알 수 없다. 원형극장이라는 훌륭한 장소가 있는데 왜 내버려두고 있는 것일까?

9월 17일, 베로나

내가 본 그림에 관해 아주 간단히 언급하고 두세 가지 견해를 첨가해 두고자 한다. 내가 이 놀라운 여행을 하는 목적은 나 자신을 속이기 위해서가 아니라, 여러 대상을 접촉하면서 본연의 나 자신을 깨닫기 위해서다. 그러므로 나에게 화가의 기법이라든가 기량을 이해할 능력이 모자란다는 것은 명백하게 스스로 인정한다. 따라서 나의 관찰력 또는 나의 고찰의 방향은 단지 실제적인 부분, 즉 그림의 소재와 그 대상을 다루는 화가의 방식에 관한 일반적 측면에 한정될 수밖에 없을 것이다.

산조르조 성당은 좋은 그림이 있는 화랑이다. 전부가 제단화로, 가치의 차이는 있겠지만 모두 다 주목할 만한 수준의 작품이다. 하지만 이 불행한 예술가들은 도대체 무엇을 위해 혹은 누구를 위해 붓을 잡아야 했던 것일까? 가로 30피트, 세로 20피트짜리 대작 「만나의 비」, 그것과 한 쌍을 이루는 「다섯 개 빵의 기적」을 살펴보자. 이런 제목으로 무엇을 그릴 수 있었을까? 얼마 안 되는 곡물을 향해 쇄도하는 굶주린 민중, 그리고 빵을 받고 있는 또 다른 무수히 많은 사람들. 화가들은 이런 시시한 제목으로 훌륭한 작품을 만들려고 고심했던 것이다. 그러나 도리어 이런 무리가 자극이 되어서 천재들은 걸작을 만들어냈다. 일만 일천의 동정녀를 거느린 성녀 우르술라를 그리게 되었던 한 화가는 정말 요령 좋게 그 일을 해냈다. 성녀는 국토를 수중에 넣은 승리를 과시하듯 전면에 내세워져 있다. 그 모습은 대단히 고귀하고 아마존족처럼 순결할 뿐, 자극적인 점은 조금도 없다. 한편 배에서 올라와 행렬을 이루고 있는 동정녀들의 무리는 모두 원경으로 축소되어 작게 보인다. 베로나 대성당에 있는 티치아노의 그림 「성모승천」은 몹시 거무튀튀하게 보이지만, 승천하는 마리아가 하늘을 쳐다보지 않고 지상의 친구들을 내려다보게 한 그 착상은 칭찬할 만한 가치가 있다.

게라르디니의 갤러리에서 오르베토[25]의 대단한 걸작을 발견하고는 뛰어난 업적을 남긴 이 예술가에게 매료되었다. 멀리 떨어져 있으면 몇몇 일류 예술가들밖에는 알 수가 없고, 대개 그 이름을 확인하는 것으로 만족해야 한다. 그러나 이 별들의 세계에 가까이 다가와서 2등성 혹은 3등성까지도 이렇게 반짝이며 각자가 전체 성좌 속에서 하나로 떠오르는 것을 보면 우리가 생각하는 것보다 세계는 더 넓고, 예술은 보다 풍부하다는 것을 실감하게 된다. 나는 여기서 본 한 장의 그림에, 특히 그 착상에 감탄하지 않을 수 없었다. 반신상만이 두 개 그려져 있는 그림이다. 삼손이 델릴라의 무릎을 베고 잠들어 있는데, 델릴라는 삼손의 몸 너머로 손을 뻗어 책상 위 등잔 옆에 놓인 가위를 잡으려 하고 있다. 매우 훌륭한 붓질이다. 카노사 궁에서는 다나에를 그린 그림이 눈에 띄었다.

베빌라콰 궁전은 매우 귀중한 작품을 소장하고 있다. 틴토레토의 일명 「천국」이 그것이다. 마리아가 여러 손님들, 즉 족장, 예언자, 사도, 성자, 천사 등의 입회하에 천국의 여왕으로서 대관식을 올리는 장면을 그리고 있는데, 정말로 보기 드문 천재 화가의 재능이 유감없이 발휘된 계기였던 것이다. 필치의 경묘함, 기백, 표현의 다양성, 이 모든 것에 감탄하면서 감상하려면 작품 자체를 소유하고 한평생 그것을 눈앞에 두지 않으면 안 될 것이다. 화가의 손길은 한없는 애정으로 화폭을 어루만져, 영광 속에 사라져가는 천사의 머리 하나하나에도

---

25) L'Orbetto. 알레산드로 투르키(Alessandro Turchi, 1578~1649)의 예명이다. 16세기 베로나의 대표적인 화가로, 바로크 양식의 종교화와 신화를 소재로 한 그림들을 다수 남겼다.

성격이 잘 나타나게 하고 있다. 가장 큰 인물은 높이가 1피트에 달할 것이고, 마리아와 그녀에게 관을 씌우는 그리스도는 약 4인치 크기로 그려져 있다. 이 그림에서 가장 아름다운 여성은 이브이며 예나 지금이나 상당히 요염하다.

파올로 베로네세[26]가 그린 초상화를 두세 점 보고, 나는 이 화가에 대한 존경심을 한층 더 높였다. 고미술 컬렉션은 탁월하다. 쓰러져 있는 '니오베의 아들' 조각은 일품이다. 흉상은 코를 수리했는데도 대부분 흥미진진했으며, 그 밖에 시민의 관을 쓴 아우구스투스 상, 칼리굴라 상 등이 있다.

위대한 것, 아름다운 것이라면 기꺼이 마음속으로부터 존경하는 것이 나의 타고난 성격이다. 그리고 이 소질을 이러한 훌륭한 대상들과 접촉하면서 매일매일, 시시각각으로 키워가는 기분은 무엇보다도 행복한 것이다.

낮 시간을 만끽할 수 있고, 특히 저녁을 즐길 수 있는 나라에서 밤이 다가온다는 것은 대단한 의미를 지닌다. 이제 하루 일이 끝나고 산보하던 사람은 집으로 돌아온다. 아버지는 딸내미의 얼굴을 보러 집으로 돌아가는 발걸음을 재촉한다. 낮은 끝난 것이다. 그러나 도대체 낮이란 무엇인가를 북쪽에 사는 우리 킴메르족[27]은 전혀 모르고 있다. 영원한 안개와 어둠 속에 잠겨서 평생을 보내야 하는 우리에게는 낮이건 밤이

---

26) Paolo Veronese, 1528~1588. 본명은 파올로 칼리아리(Caliari)로, 베로나 태생의 베네치아파 화가다. 티치아노의 영향을 받아 밝고 화려한 장식성을 보여주었다.

27) 기원전 8세기경 흑해의 북쪽 연안에 거주했던 고대 유목민족이다.

건 별 차이가 없다. 하루 중 몇 시간이나 사람들은 밖에서 돌아다니고 즐길 수 있을까? 여기서는 밤이 오면 지속되던 낮이 명백하게 끝난다. 24시간이 지나가면 새로운 계산이 시작되는 것이다. 종소리가 울리고 로사리오 기도가 행해지고 불꽃이 흔들리는 등잔을 손에 든 하녀가 방으로 들어와서 "행복한 밤입니다!"라고 저녁 인사를 한다. 그 시각은 계절에 따라 달라진다. 그러나 여기에서 살고 활동하는 사람은 혼동하지 않는다. 그들의 생활을 즐기는 천성은 시간이 아니라 낮과 밤의 구별에 의해서 정해지기 때문이다. 만일 이곳 국민들에게 독일의 시곗바늘 보기를 강요한다면 사람들을 오히려 곤혹스럽게 만들 것이다. 왜냐하면 그들의 시계는 자연과 밀접하게 연관되어 있기 때문이다. 밤이 되기 한 시간이나 한 시간 반 전에 귀족들은 마차를 타고 외출한다. 브라 광장을 향하여 길고 넓은 가로를 지나서 포르타 누오바에 도달한다. 그 문을 지나 도시의 외곽을 돌아서 밤을 알리는 종이 울리면 모두들 시내로 돌아온다. 그중에는 교회로 가서 '아베마리아 델라 세라'[28] 기도를 올리는 사람도 있고, 브라 광장에 마차를 세워놓고 귀부인들과 이야기를 나누는 사람도 있다. 거리에는 사람들이 밤 늦은 시간까지 머물러 있다. 나는 이 현상이 언제까지 계속되는지 그 끝을 본 적이 없다. 게다가 오늘은 마침 적당히 비가 내렸기 때문에 먼지도 나지 않아서 정말로 활기차고 발랄한 좋은 분위기였다.

---

28) Ave Maria della sera. '저녁의 아베마리아'라는 뜻이다.

앞으로 어떤 중요한 점에 있어서 이 지방의 관습에 순응하기 위하여 나는 이곳의 시간 계산을 더 쉽게 파악하기 위한 수단을 고안했다. 다음 페이지의 그림을 보면 그것을 대체로 이해할 수 있을 것이다.

제일 안쪽의 원은 독일에서 자정부터 자정까지의 24시간을 나타내며 우리가 계산하고 독일의 시계가 표시하는 바와 같이 12시간씩 두 면으로 나뉘어 있다. 중간의 원은 지금 이 계절에 이곳에서 시간을 알리는 종이 울리는 숫자다. 역시 12시까지가 두 번 있어서 하루가 된다. 그러나 독일에서 8시를 칠 때에 여기서는 1시를 치고 이런 식으로 12시까지 계속된다. 독일의 시계로 아침 8시일 때 다시 1시를 치는 것이다. 끝으로 맨 바깥쪽의 원은 실생활에서의 현지 시간을 보여준다. 예컨대 밤에 종소리를 일곱 번 들으면 자정이 여기서는 5시이니까 7에서 5를 빼서 지금이 새벽 2시라는 것을 알 수 있는 것이다. 낮에 일곱 번 치는 것을 들으면 정오가 역시 5시라는 것을 알기 때문에 똑같은 방법을 통해서 독일은 오후 2시라는 것을 알게 된다. 그러나 이 지방의 방식으로 시간을 말하려면 정오가 17시라는 것을 알아야 하며, 그래서 거기에 두 시간을 합하여 19시라고 하여야 한다. 이것을 처음 듣고 생각해보면 대단히 복잡해서 실행하기 어렵다는 생각이 들지만 습관이 되면 오히려 재미있게 생각된다. 마치 어린아이들이 쉽게 풀 수 있는 문제를 좋아하는 것처럼 시민들도 이리저리 계산하는 것을 좋아하는 것이다. 원래 이 나라 사람들은 손가락으로 수를 세고 머릿속으로 암산하고 숫자 다루는 것을 좋아한다. 그리고 이 나라 사람들은 정오라든가 자정 같은 것에는 별로 관심이 없고 외국인이 하는 것처럼 두 개의 시침을 서로 비교도 하지 않기 때문에 그들에게 이 문제는 훨씬 편한 것이다. 밤이 되면 그저 시간을 알리는 종소리를 세어보면 되는 것이고 낮에는 그들이 잘 알고 있는 변화하는 정오의 수에다가 그 수를 가산하면 된다. 그 밖의 모든 것은 첨부한 도표에 설명되어 있다.

9월 17일, 베로나

이곳 주민들은 대단히 활기차게 움직인다. 특히 상점이나 장인들의 가게가 늘어서 있는 몇 개의 가로에서는 참으로 유쾌한 광경이 눈에 띈다. 가게나 작업장의 전면에는 도대체 문이란 것이 없다. 건물 내부가 완전히 개방되어 있어서 집 안까지 전부 들여다보이며, 안에서 어떤 일을 하고 있는지 한눈에 볼 수 있다. 양복장이는 재봉을 하고, 구두장이는 실을 잡아당기거나 가죽을 두드리고 있는데, 모두들 절반쯤은 길가에 나온 채로 일을 하고 있다. 바꾸어 말하면 도로가 작업장의 일부가 되어있는 것이다. 저녁때 불이 켜지면 더욱 활기가 넘친다.

장이 서는 날에는 광장이 사람으로 가득 찬다. 야채와 과일은 끝이 안 보일 정도고 마늘과 양파 같은 것은 넘쳐흐른다. 종일토록 외치고, 농담을 건네고, 노래하고, 별안간에 덤벼들고, 싸움질하고, 환성을 지르고, 웃고 하는 사람들이 끊임없이 움직인다. 따뜻한 날씨와 값싼 음식물이 그들의 생활을 안

9월 후반의 이탈리아와 독일의 시간 및 이탈리아 시침 대조

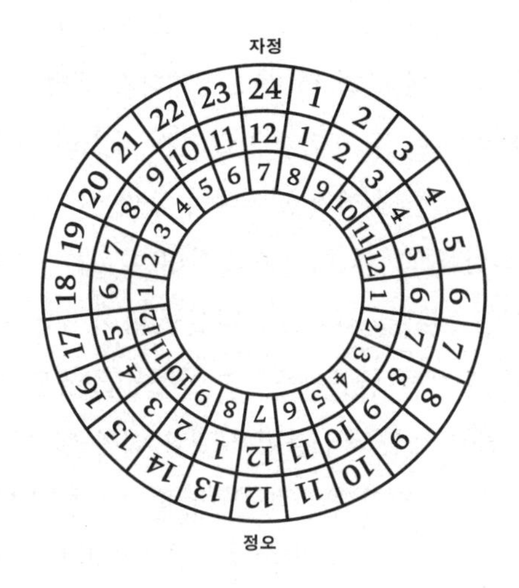

밤이 보름마다 30분씩 길어진다.				낮이 보름마다 30분씩 길어진다.			
월	일	독일 시계로 일몰 시각	이탈리아 현지의 자정	월	일	독일 시계로 일몰 시각	이탈리아 현지의 자정
8	1	8:30	3:30	2	1	5:30	6:30
8	15	8:00	4:00	2	15	6:00	6:00
9	1	7:30	4:30	3	1	6:30	5:30
9	15	7:00	5:00	3	15	7:00	5:00
10	1	6:30	5:30	4	1	7:30	4:30
10	15	6:00	6:00	4	15	8:00	4:00
11	1	5:30	6:30	5	1	8:30	3:30
11	15	5:00	7:00	5	15	9:00	3:00
12월과 1월은 시간차가 없다.				6월과 7월은 시간차가 없다.			
12 1		밤 5:00	자정 7:00	6 7		밤 9:00	자정 3:00

일하게 만든다. 아무튼 누구든지 나올 수 있는 사람은 모두 밖으로 나와 있다.

밤이 되면 노래와 소동이 본격적으로 시작된다. '말버러의 노래'가 모든 거리에 울려 퍼지고, 거기다가 심벌즈와 바이올린 소리가 뒤섞이고, 또 휘파람으로 온갖 새소리를 흉내 내는 사람도 있다. 이상한 소리가 도처에서 들려온다. 온화한 기후는 가난한 사람에게까지 이러한 생활의 여유를 부여한다. 정말 어렵게 사는 최하층 사람들도 사는 보람이 있는 듯 보인다.

우리 북부 사람들에게는 몹시 기이하게 느껴질 정도로 가옥들이 불결하고 생활하기 불편한 것도 이런 데서 원인을 찾을 수 있다. 즉 이 사람들은 항상 밖에 나와 있으며, 타고난 무관심 때문에 만사를 별로 개의치 않는 것이다. 주민들은 이렇든 저렇든 아무래도 좋고 불평이 없다. 중류층 사람들도 하루 벌어 하루 먹는 생활이며, 돈 있고 지체 높은 자들은 저택에 들어앉아 있지만 그 저택이라는 것도 북쪽 나라의 저택처럼 그렇게 살기 좋은 곳은 못 된다. 각종 모임과 사교는 집회소 등에서 개최된다. 그러나 그곳은 앞마당에서부터 주랑에 이르기까지 온통 오물과 쓰레기로 뒤덮여 있는데, 그 사실을 모두들 당연하게 생각한다. 서민들은 언제나 서민 위주로 생각한다. 돈 많은 부자들아, 대궐 같은 저택을 짓고 싶으면 지으려무나. 귀족 나리들, 어깨에 힘주고 싶으면 마음대로 권세를 휘둘러보아라. 우리 서민들은 너희들이 만들어놓은 주랑이나 앞마당을 우선 급한 대로 대소변의 장소로 사용하련다. 닥치는 대로 마구 주워 먹어서 섭취한 것을 될 수 있는 대로 신속하게 배설하는 것이 서민들의 최대 급선무인 것 같다. 그것이 싫으면 뽐내지 말라는 말이다. 즉 귀족은 서민들이 자기 저택 일부를 차지하고 있다는 식으로 굴어선 안 된다. 그렇지만 혹여 귀족이 문을 닫아걸어 버린대도 그 또한 아무렇지 않다. 다만 공공건물에 대해서만은 서민은 결코 그 권리를 포기하지 않으려 한다. 그리고 그것은 이탈리아 전역에서 외국인들의 불평의 씨앗이 되고 있다.

오늘은 시내를 여기저기 돌아다니면서 중류계급의 복장과 거동을 특별히 관심을 가지고 관찰했다. 우선 중류층은 매우 수가 많았고 또한 분주한 듯 눈에 띄었다. 걸어갈 때는 모두들 양팔을 흔든다. 하지만 무슨 일이 있을 때 칼을 차야 하는 상류계급 사람들은 왼팔만은 움직이지 않는 습관이 붙어서 한쪽 팔만 흔들고 다닌다.

민중은 자기 생업이나 욕망을 추구할 때는 상당히 태평하지만, 신기한 것에 대해서는 극히 민감하다. 예를 들어 여기 와서 처음 며칠간은 모든 사람이 내 장화를 뚫어져라 바라보는 것이 자주 내 주의를 끌었다. 그런 구두는 비싸서 겨울에도 신는 사람이 흔치 않기 때문이다. 지금은 내가 단화와 양말을 신고 있으니 아무도 눈여겨보지 않는다. 그런데 오늘 아침에는 기묘한 일이 있었다. 화초, 야채, 마늘 등 여러 가지 잡다한 시장 물건을 들고 우왕좌왕하던 사람들이 마침 내가 손에 들고 있던 노송나무 가지를 발견한 것이다. 그 가지에는 초록색 솔방울이 두세 개 달려 있었다. 그것 외에도 나는 꽃이 핀 서양풍조목 가지도 들고 있었다. 어른 아이 할 것 없이 모두들 내 손가락만 쳐다보았다. 이상하게 생각되는 모양이었다.

그 나뭇가지는 주스티 정원에서 가져온 것이다. 경치 좋은 곳에 위치하고 있는 그 정원의 노송 거목은 모두 송곳같이 하늘을 향해 높이 솟아 있다. 생각건대 북구의 정원을 만드는 기법에서 보이는, 끝을 뾰족하게 자른 주목(朱木)은 이 장대한 천연 사물을 모방한 것으로 보인다. 가지는 아래에서 위까지 오래되었건 어리건 간에 한결같이 하늘을 바라보고 있다. 수령이 300년에 달하는 수목은 역시 존경할 만한 가치가 있다. 이 정원이 만들어진 연대로 미루어볼 때 이들 수목은 이미 그 정도의 수령에 달한 것이 확실하다.

9월 19일, 비첸차

베로나에서 이곳까지 정말 기분 좋은 길이 이어진다. 토사, 석회, 점토, 이탄암 등으로 이루어진 산을 왼쪽에 두고 마차는 산맥을 따라 계속해서 북동쪽으로 달렸다. 그 산들을 형성하고 있는 구릉 위에는 촌락, 성곽, 가옥 들이 깨알처럼 흩어져 있다. 오른쪽에 있는 광막한 평야 위를 마차는 달려가는 것이다. 똑바르게 정리가 잘되어 있는 신작로가 풍요한 평원을 관통하고 있다. 깊숙한 곳까지 나란히 서 있는 가로수를 휘감으며 포도넝쿨이 높이 올라가고, 거기에 가벼운 나뭇가지 모양으로 포도가 매달려 있는 것을 발견할 수 있다. 여기서 우리는 페스토네(꽃줄)란 어떤 것인가를 확실하게 알 수 있다. 포도송이가 익어서 무거워진 넝쿨이 길게 아래로 처져서 흔들흔들하고 있는 것을 일컫는 말인 것이다. 도로는 이런저런 직업을 가진 온갖 부류의 사람들로 가득하다. 특히 흥미로웠던 것은 접시 모양의 바퀴가 달린 낮은 높이의 소달구지다. 여기에 소 네 마리가 묶여 있는데 농장으로부터 포도송이를 운반하거나, 포도를 으깨기 위한 커다란 통을 싣고 왕복한다. 통이 비어 있을 때 장난삼아 통 속에 들어가 서 있는 마부의 모습은 흡사 바쿠스의 개선 행렬 같다. 나란히 서 있는 포도나무들 사이의 땅은 온갖 종류의 곡물, 특히 옥수수와 수수 재배에 이용되고 있다.

비첸차 부근에 가까이 오니 다시 화산성 구릉이 북에서 남으로 걸쳐 융기하여 평야를 구획 짓고 있다. 비첸차는 그 기슭에 위치하고 있는데, 구릉이 만든 주머니 속에 안겨 있다고 해도 좋을 것이다.

9월 19일, 비첸차

몇 시간 전에 여기에 도착해 이미 거리를 한 바퀴 돌고, 팔라디오[29]가 설계한 올림피코 극장과 그 밖의 건물을 구경하고 왔다. 외국인용 안내서로, 동판화가 들어 있는 매우 예쁜 소책자가 미술 전문가의 해설을 곁들여 출판되어 있었다. 그러나 이러한 작품의 위대한 가치는 직접 눈으로 보아야만 비

29) 안드레아 팔라디오(Andrea Palladio, 1508~1580). 파도바 태생으로, 르네상스 건축의 대가이자 신고전주의 건축양식의 기원이다. 비트루비우스의 건축 이론을 연구하여 이를 르네상스 건축에 접목시킨 걸작들을 설계했다. 비첸차는 팔라디오의 건축물들이 다수 보존되어 유네스코 문화유산에 등재되었다.

로소 깨달을 수 있다. 다시 말하면 그림이나 미사여구가 아니라 실제 크기와 구체성으로써 관찰자의 눈을 충족시킬 수 있다는 뜻이다. 관찰자는 추상적인 정면 도상에서뿐만 아니라, 전체에 걸친 원근법상의 접근과 후퇴를 곁들여 삼차원의 아름다운 조화를 통해서만 심미적인 정신을 만족시킬 수 있다. 그러므로 나는 팔라디오에 관해 이렇게 평하고자 한다. 그는 진정 내면적으로 위대하고, 또한 내면의 위대함을 현실 세계에 재현한 인물이었다. 이 사람이 근대의 모든 건축가와 마찬가지로 극복하지 않으면 안 되었던 가장 어려운 문제는 시민적 건축술에 있어서의 주열의 적정한 배분이었다. 왜냐하면 기둥과 벽면을 결합하는 일은 누가 뭐라 해도 모순이기 때문이다. 그런데 그는 이 두 가지를 어찌나 훌륭하게 조화시켰는지! 그 작품을 눈으로 직접 보면 존경심이 일어나고, 그가 단지 설득하고 있을 뿐이라는 사실을 잊어버리게 된다. 팔라디오의 설계에는 무언가 신적인 것이 들어 있다. 즉 허상과 현실 사이에서 창조된 무언가의 가존재(假存在)가 우리들을 매료하는 능력으로, 그것은 위대한 시인이 가지고 있는 특수한 능력과 같다.

올림피코 극장[30]은 고대인의 극장을 소규모로 재현한 것으로 말할 수 없이 아름답다. 그러나 이것을 독일의 극장과 비교하는 것은, 고귀하고 부유하고 교양 있는 아이와 그다지 고귀

30) 1580년에 팔라디오가 설계한 마지막 건축물로, 고대 그리스의 거리와 신전 모습을 재현했다. 유럽에 현존하는 가장 오래된 실내 극장이다.

하지도 부유하지도 않고 교양도 없지만 자신의 능력으로 무엇을 달성시킬 수 있는지를 잘 알고 있는 세속적 능력자를 비교하는 것과 같다. 지금 여기서 이 위대한 팔라디오의 건축물을 관찰하고, 그것이 이미 인간들의 편협하고 불순한 욕망에 의해 왜곡되어 있다는 것, 설계의 수준이 종종 건설업자의 능력을 넘어서고 있다는 것, 또 고매한 인간 정신의 귀중한 기념품이 사람들의 실생활에 적용되는 바가 얼마나 적은가를 볼 때, 결국 다른 모든 일에서도 마찬가지라는 사실을 깨닫게 된다. 즉 대중의 내적 욕망을 승화시키고 자존심을 고취하며, 진실하고 고귀한 삶의 가치를 느끼게 하려는 노력을 해보았자 그들로부터 고맙다는 말을 듣기는 어려운 것이다. 반면 무지한 대중을 속이고, 황당무계한 이야기나 들려주고, 매일 그들의 뒷바라지를 해서 속된 길로 떨어뜨리면 금세 인기가 올라간다. 그러므로 현시대는 이렇게 어리석기 짝이 없는 일에 만족하고 있는 셈이다. 내가 이런 말을 하는 것은 이 나라의 친구들을 모욕하기 위해서가 아니라, 다만 그들이 현재 그런 상태라는 것, 또한 만사가 그런 식이라는 것도 별로 이상하게 생각할 것이 못 된다는 사실을 말하는 데 지나지 않는다.

크기가 균일하지 않은 창들의 연속으로 이루어진 팔라디오의 바실리카[31]가 성채풍의 낡은 건물들과(팔라디오는 이것들을 탑과 함께 철거하려 했던 것이 확실하다.) 나란히 서서 어떠한 광

---

31) 정확한 명칭은 '바실리카 팔라디아나'로, 괴테가 묘사하고 있는 창은 일명 '팔라디오의 창'으로 불린다. 비첸차의 중심부인 시뇨리 광장에 있다.

경을 만들고 있는지 형언하기란 어려운 일이다. 그저 다음과 같은 기묘한 표현으로 내 생각을 말할 수밖에 없다. 유감스럽게도 나는 여기서 또다시 보고 싶지 않은 것과 보고 싶은 것이 병존하는 상태를 발견했다.

9월 20일, 비첸차

어제는 오페라가 있었다. 자정 넘어서까지 계속되었기 때문에 잠이 와서 혼났다. 「술탄의 세 아가씨」와 「후궁 탈출」이라는 두 편의 작품에서 여러 가지 장면을 뽑아내 서툴게 꿰매붙여서 한 편으로 만든 무대였다. 음악은 듣기에는 기분 좋았지만 아마추어의 솜씨임이 분명했고, 마음에 와닿는 새로운 착상도 없었다. 반면 발레는 대단히 좋았다. 주인공 한 쌍이 알망드[32]를 추었는데 다시없이 우아한 춤이었다.

극장은 새로 지은 건물이었는데 아담하고 아름답고 우아한 것이 지방의 수도답게 모든 것이 질서가 있었다. 각각의 관람석에는 같은 빛깔의 카펫이 깔려 있었고 카피탄 그란데(귀빈석)도 휘장이 조금 더 길게 걸려 있는 것이 다를 뿐이었다.

프리마돈나는 일반 관객에게 굉장한 인기가 있었다. 무대에 나타나자마자 열렬한 박수를 받았다. 그녀가 조금만 멋진 모습을 보여주면 새 떼 같은 관객은 걷잡을 수 없는 흥분에 빠졌다. 문제는 그런 경우가 너무 자주 있었다는 것이다. 자연스러운 행동, 사랑스러운 자태, 아름다운 목소리, 인상 좋은 얼

32) 16세기부터 바로크 음악에 맞춰 추었던 3박자의 활기찬 사교춤이다.

굴, 그리고 얌전한 몸짓……. 다만 팔에 조금만 더 우아함이 있었더라면 좋았을 것이다. 아무튼 나는 두 번 다시 그곳에 가지 않을 것이다. 나 자신이 새 떼 속의 한 마리로 전락할지 모른다는 불안감 때문이다.

9월 21일, 비첸차

오늘은 투라 박사를 방문했다. 그는 약 5년간 식물학 연구에 정열을 쏟아 이탈리아 지방의 식물 표본을 수집하고 전임 주교의 후원으로 식물원을 설립한 사람이다. 그러나 이제는 다 지나간 일이 되어버렸다. 박사가 의사 개업을 하면서 식물학 연구를 그만두었기 때문이다. 표본은 벌레가 먹고 있고 주교는 죽어버렸다. 이제 식물원에서는 다시 배추와 마늘 등이 재배되고 있었다.

투라 박사는 아주 점잖은 호인이었다. 솔직하고 명쾌하고 겸손한 태도로 자신의 신상에 대한 많은 이야기를 해주었다. 지극히 명석하고 마음에 드는 이야기 솜씨였다. 그러나 자기 연구실의 벽장은 열어서 보여주려고 하지 않았다. 아마도 그 내부는 남에게 보일 만한 상태가 아니었던 모양이다. 대화는 곧 끊어지고 말았다.

9월 21일 저녁

팔라디오의 건축 서적을 출판한 유능하고 정열적인 예술가이자 원로 건축가인 스카모치[33]를 방문했다. 그는 내가 흥미를 가지고 있는 것을 기뻐하면서 약간의 설명을 해주었다. 팔라디오의 건축 중에서 내가 전부터 특히 좋아하던 것이 하나 있는데, 바로 팔라디오 자택으로 알려진 건물이다. 그런데 가까이에서 보니까 그림으로 볼 때보다 훨씬 더 훌륭했다. 재료와 세월이 건물에 남긴 색상을 그대로 그려냈으면 하는 생각이 들 정도였다. 그러나 건축가 팔라디오가 자신을 위해 궁전을 세웠다고 생각해서는 안 된다. 그것은 아주 초라한 집으로 창문도 두 개밖에 없으며 양쪽 창 중간에는 창을 하나 더 만들어도 좋을 만한 넓은 공간이 있다. 이웃집들도 함께 나오도록 그려서 이 집이 어떻게 그들 사이에 끼어 있는지 보는 것도 재미있을 것이다. 그런 것을 카날레토[34]에게 그려달라고 하면 어땠을까 하는 생각이 들었다.

9월 22일, 비첸차

오늘은 시내에서 30분가량 떨어진 기분 좋은 언덕 위에 있는 호화 저택, 일명 '로톤다'[35]를 찾아가 보았다. 위에서 채광

---

33) 오타비오 베르토티 스카모치(Ottavio Bertotti-Scamozzi, 1719~1790). 팔라디오 건축을 집대성해 소개한 책 『안드레아 팔라디오의 건축과 설계』(1776~1783)를 펴냈다.

34) 조반니 안토니오 카날(Giovanni Antonio Canal, 1697~1768)의 별명으로, 작은 카날(Canaletto), 즉 '카날의 아들'이라는 뜻이다. 베네치아 공국의 화가이자 판화가로, 베네치아, 로마, 런던 등 여러 도시의 풍경을 그렸다.

35) Villa La Rotonda. 팔라디오의 대표작 중 하나다. 디자인은 로마의 판테온 신전에서 모티프를 가져왔으며, 건물의 사면이 어느 방향에서 보아도 동일한 모습이 되도록 엄격한 대칭을 적용한 최초의 건물이다. '둥근'을 뜻하는 '로톤도(rotondo)'에서 유래한 건축용어 로톤다는 원형 홀과 돔 지붕이 있는 건물의 통칭으로 쓰인다.

을 받는 둥근 홀을 가진 사각형 건물이다. 사방 어느 곳에서도 넓은 계단으로 올라가면 여섯 개의 코린트식 원주로 만들어진 현관에 도달한다. 아마도 건축사상 이보다 더 극도의 사치를 추구한 예는 찾아볼 수 없을 것이다. 계단과 현관의 면적이 가옥 자체의 면적보다도 훨씬 넓을 것이다. 즉 어느 방향에서 보아도 저택이라는 체제를 충분히 갖추도록 만들어놓았다. 내부는 사람이 살면 살 수 있겠지만 편리할 것 같지는 않다. 홀은 말할 수 없이 아름답게 균형이 잡혀 있으며, 방들 또한 그렇다. 하지만 귀족 가문의 피서지로는 충분하다고 할 수 없을 듯하다. 대신 어느 곳에서 보아도 장려한 경관을 이루는 점은 이 지방에서 최고일 것이다. 본채는 돌출해 있는 기둥과 더불어 산책하는 사람들의 눈에 들어올 때 실로 변화무쌍하다. 또 많은 세습 재산과 자기 자신을 함께 기념할 수 있는 구체적인 유물을 원했던 집주인의 의도가 완벽하게 달성되어 있다. 그리고 건물이 이 지방의 어느 지점에서 보아도 장려한 것과 마찬가지로 이곳에서 보는 조망 또한 비할 데 없이 좋다. 베로나에서 내려오는 배를 브렌타강 쪽으로 실어 가는 바킬리오네강이 흐르는 것이 보인다. 또한 카프라 후작이 한 덩어리로 만들어 자신의 가족에게 전해서 보존하려 했던 광대한 영토도 바라볼 수 있다. 그리고 전부 합치면 하나의 완전한 문장이 되는 사방의 합각머리 비문은 적어둘 만한 가치가 있다.

가브리엘의 아들 카프라 후작은
큰 도로 이편의

재산, 전답, 계곡, 구릉
일체를 여기 합쳐서
혈통이 이어지는 정통 적자에게
이 집을 양여하여
영원한 추억의 손에 맡기고
자신은 궁핍을 인내하다.

특히 마지막 부분이 기묘하다. 그렇게 큰 자산이 있고, 제멋대로 살 수 있었던 사나이가 궁핍과 아쉬움을 참고 견뎌야 한다고 느끼고 있는 것이다. 그 정도의 깨달음이라면 더 적은 비용으로도 얻을 수 있었을 텐데.

9월 22일

오늘 저녁에 올림피아 아카데미[36]가 주최하는 회합에 참석했다. 재미로 하는 일이지만 나쁘지 않다. 사람들 사이에 자극과 생기를 불어넣어 준다. 올림피코 극장과 나란히 서 있는 대공회당은 조명도 적당했고, 회합에는 영주와 귀족의 일부가 참석했으며 나머지는 모두 교양 있는 일반 시민들로 그중에는 성직자도 많았다. 전부해서 500명가량이었다.

의장이 오늘 회의에 제출한 문제는 '창의와 모방 가운데 어느 편이 예술에 더 많은 이익을 가져다주었는가'였다. 상당히

36) Accademia Olimpica. 1555년 팔라디오가 주축이 되어 비첸차의 귀족과 지식인 그룹이 설립한 학술예술연구회로, 올림피코 극장은 아카데미아에 제출된 작품들의 공연을 위해 지어졌다.

좋은 착상이었다. 이 주제에 담긴 양자택일의 요소를 이렇게 분리해 놓으면 100년은 너끈히 이런저런 토론을 이어갈 수 있을 테니 말이다. 과연 아카데미 회원들은 이 기회를 십분 이용해 산문과 시문으로 여러 가지 주장을 내놓았으며, 그중에는 주목할 만한 훌륭한 걸작도 꽤 있었다.

그리고 무엇보다 일반 참석자들이 매우 활발했다. 브라보라고 외치고, 박수를 치고, 웃기도 했다. 나도 이렇게 나의 국민들 앞에 서서 그들의 흥을 돋우어줄 수 있다면 하고 생각해보았다. 그러나 우리 독일인들이 애호하는 방식은 자기 사상의 정수를 종이에 인쇄해 돌리고, 모두가 한쪽 구석에 웅크려 앉아 각자 힘에 맞게 이것을 야금야금 씹어대는 것이다.

이야기가 창의와 모방 어느 쪽에 이르든 반드시 팔라디오의 이름이 들먹여졌으리라는 것은 쉽게 상상할 수 있을 것이다. 최후에는 항상 우스갯소리가 요구되기 마련이지만, 마지막에 어떤 사람이 묘안을 내서 말하기를 다른 여러 사람이 자기로부터 완전히 팔라디오를 빼앗아 갔으니 자신은 큰 비단 방직공장 주인인 프란체스키니를 칭찬하고 싶다는 것이었다. 리옹이나 피렌체의 직물을 모방한 행위가 이 뛰어난 기업가에게 얼마나 큰 이익을 남겨주었으며, 또한 그로 인하여 비첸차시가 얼마나 많은 이익을 얻었는가? 이 일만 가지고서도 모방이 창의보다 훨씬 낫다는 사실을 추론할 수 있다고 아주 익살스럽게 주장을 이어나갔기 때문에 자주 큰 웃음이 터져나왔다. 그래서 전반적으로 모방 찬성론 쪽이 더 많은 박수를 받았다. 대중이 생각하고 있고 또 생각할 수 있을 만한 것을 이야기했기 때문이다. 대중은 창작이라는 작업에 경의를 표하는 우수하고 탁월한 사례들에 대해서는 이해하지 못했기 때문에, 어떤 경우에는 정말 조잡한 궤변에 열렬한 박수를 보내기도 했다. 나는 이러한 일이라도 체험할 수 있었던 것을 매우 기쁘게 생각했고, 또한 이렇게 오랜 세월을 지낸 뒤에도 팔라디오가 변함없이 시민들에게 북극성으로서 귀감이 되고 존경받고 있는 것을 확인하게 된 것 또한 기뻤다.

9월 22일, 비첸차

오늘 아침에 티에네에 갔다 왔다. 그곳은 북쪽의 산들을 바라보고 있고 옛 설계 방식을 따라 새 건물을 세우고 있는 마을이다. 그곳에 대해서는 별로 이야기할 필요가 없다. 이 지방 사람들은 이처럼 무엇이고 옛날 것을 존중하며 옛 설계에 따르면서도 새로운 건축을 실행할 만큼의 머리를 가지고 있다. 성은 커다란 평야 한가운데에 위치하고 있는데 중간에 산도 없고 석회 알프스를 등지고 있는 아주 좋은 자리를 차지하고 있다. 성곽으로부터 일직선으로 난 가도의 양옆으로 맑은 물이 흘러나와 길 좌우의 넓은 논에 물을 대고 있다.

나는 이탈리아의 도시를 두 곳 본 셈이다. 이야기를 해본 사람은 적지만 이제 이탈리아인들을 많이 파악하게 되었다. 그들은 자기들을 세계 일등 민족으로 여기며 누구나 인정할 만한 장점도 있기 때문에, 스스로가 당연히 남다르다고 믿는 궁정 사람들 같다. 나는 그들이 아주 선량한 민족이라고 생각한다. 지금 내가 보고 있고 또 볼 수 있듯이 무엇보다도 아이들이나 하층민들을 잘 살펴보아야만 한다. 왜냐하면 나는 그런 사람들에게 자주 열정을 쏟아왔고 또 앞으로도 열정을 쏟을 것이기 때문이다. 얼마나 멋진 모습과 얼굴을 하고 있는가! 특히 칭찬하지 않을 수 없는 것은 비첸차의 시민들이다. 그들 곁에서는 정말로 대도시의 특권을 향유할 수 있다. 남이 무슨 짓을 하건 쳐다보지도 않는다. 그러나 이쪽에서 그들과 상대를 하면 이야기도 잘하고 애교도 있다. 특히 여자들이 마음에 든다. 그렇다고 해서 베로나 여인들을 욕하는 것은 아니다. 베로나 여인들은 교양이 있고 옆얼굴이 뚜렷하다. 그러나 대개는 안색이 창백하다. 아름다운 전통의상을 입으면 늘 매혹적인 것을 열망하게 되므로 고대 페르시아 옷이 그녀들의 건강에는 해를 끼치고 있는 것이다. 그러나 이곳에서는 대단한 미인이 발견된다. 그중에도 나는 흑발의 여자들에게 특히 더 관심이 간다. 금발 여자도 있기는 하지만 그다지 아름답다고는 생각되지 않는다.

9월 26일, 파도바

오늘 나는 세디올라라고 하는 1인승 소형 마차에 내 짐을 모두 챙겨 싣고, 비첸차를 떠난 지 4시간 만에 이곳에 도착했다. 보통 3시간이면 충분히 올 수 있는 거리인데, 푸른 하늘 아래에서 하루를 즐기고 싶었던 참에 마부가 일에 태만했던 것이 오히려 내게는 다행이었다. 더없이 비옥한 평야를 계속해서 동남쪽으로 달리는데, 방목장과 나무들 사이로 난 길이었기 때문에 전망은 그리 좋지 않았다. 그러나 나중에는 북에서 남으로 아름답게 죽 이어진 산봉우리들이 오른편에서 눈에 들어온다. 돌담이나 생울타리 위로 보이는, 꽃송이나 과일 등이 가득 달려 있는 나무들이 아름답다. 지붕에서는 호박이 뒹굴고, 기묘한 모양을 한 오이들이 받침대나 격자무늬 담벼락에 매달려 있다.

이 도시의 뛰어난 풍취를 나는 천문대로부터 자세히 전망할 수 있었다. 북에는 눈 덮인 티롤산맥이 절반쯤 구름 사이에 숨어 있고, 이에 연해서 서북에는 비첸차의 산줄기, 마지막으로 서쪽 가까이 에스테 연봉이 있어서 그 산들의 기복이 뚜렷하게 보인다. 동남쪽을 바라보니 언덕이라고는 그림자조차 보이지 않는 푸른 수목의 바다, 나무 또 나무, 덤불 또 덤불, 밭 또 밭 그리고 초원 속에 무수히 많은 하얀 집, 별장, 교회들이 튀어나와 보인다. 지평선에는 베네치아의 산마르코 탑과 더 작은 탑들이 아주 뚜렷이 보인다.

9월 27일, 파도바

마침내 팔라디오의 책을 입수했다. 물론 비첸차에서 보았던 목판화가 실린 원본은 아니지만 정밀한 모사, 즉 동판의 복사로 베네치아 주재 영국영사였던 스미스라는 학식 있는 사람이 기획한 것이다. 영국인들이란 예로부터 우수한 것을 평가하는 능력이 있고, 또 발견한 것을 유포하는 방법이 대규모란 점을 인정하지 않을 수 없다.

이것을 구입할 때 나는 어떤 책방에 들어갔는데, 이탈리아의 서점에서는 정말로 독특한 광경을 볼 수 있다. 모든 책들은 가철(假綴)된 채 어수선하게 널려 있고 하루 종일 상류층 사람들이 얼굴을 내밀며 들락날락한다. 재속신부, 귀족, 예술가로서 조금이라도 문헌이나 문학에 취미가 있는 사람은 모두 이곳에 출입하는 것이다. 어떤 책을 달라고 해서 넘겨보고는 제멋대로 어쩌고저쩌고 이야기한다. 그때도 여섯 사람쯤 모여 있었는데, 내가 팔라디오의 작품집에 관해서 물어보니 일제히 나를 주목했다. 책방 주인이 책을 찾는 동안, 그들은 그 책을 칭찬하고 원판과 복사판에 관해 이것저것 나에게 가르쳐주었는데, 저작 자체에 관해서나 저자의 공적에 관해서도 매우 잘 알고 있었다. 나를 건축가라고 짐작했는지, 다른 모든 사람들에 앞서 이 거장의 연구에 착수한 것을 칭찬하면서 다음과 같은 말을 했다. 팔라디오의 업적은 실제로 잘 이용되고 응용되고 있다는 점에서 비트루비우스[37]보다도 위대하다. 팔라디오가 고대를 철저히 연구해 우리들의 필요에 가깝게 하려고 노력했기 때문이다. 나는 이 친절한 사람들과 오랜 시간 동안 담소하고 시내의 명소에 관한 것 등을 몇 가지 물어본 후 헤어졌다.

일단 성자를 위해 교회를 세운 만큼 현자의 상이 세워질 자리가 마련되어 있는 것은 당연한 일이다. 추기경 벰보[38]의

---

37) 마르쿠스 비트루비우스 폴리오(Marcus Vitruvius Pollio). 기원전 1세기경 로마의 건축가이자 건축 이론가. 헬레니즘 건축이론을 집대성한 저서 『건축10서(De architectura)』를 아우구스투스 황제에게 헌정했다.

38) 피에트로 벰보(Pietro Bembo, 1470~1547). 베네치아 태생의 저명한 인본주의 문필가로, 교황 레오 10세 때 추기경이었다.

흉상은 이오니아식 열주들 사이에 있다. 훌륭하긴 하지만, 말하자면 무리하게 점잔 뺀 듯한 수염이 많은 얼굴이다. 비문은 다음과 같다.

> 추기경 피에트로 벰보의 상을, 이누메누스의 아들 히에로니무스 게리누스가 세우도록 배려했다. 그 정신의 기념비가 영원한 것과 같이, 그의 면모 또한 자손들에게 전해지도록 하기 위해서다.

대학 건물[39]은 위풍당당함으로 나를 아연케 했다. 내가 이런 곳에서 공부하지 않아도 됐던 것은 다행스러운 일이다. 우리네 대학의 학생들도 청강석에 있어서는 여러 가지 불편을 참아야 하지만, 이렇게 협소한 학교는 상상할 수도 없다. 특히 해부학 교실은 어떻게 하면 더 많은 학생을 욱여넣을 수 있을까 고심한 끝에 만들어진 발명품 같다. 끝이 뾰족한 높은 깔때기 모양의 공간 속에 청강하는 학생들이 몇 단으로 겹쳐 앉아 있다. 그들은 교탁이 놓여 있는 좁은 마룻바닥을 바로 밑으로 내려다본다. 교탁에는 빛이 들어오지 않기 때문에 교사는 램프 불빛 속에서 강의를 해야 한다. 해부학 교실이 비참한

---

39) 파도바 대학교는 1222년에 폭넓은 학문적 자유를 찾아 볼로냐 대학교를 떠나 파도바로 옮겨온 법학과 신학 전공 학생 및 교수 들에 의해 설립되었다. 괴테가 견학한 건물은 1493년에 지어진 팔라초 델 보(Palazzo del Bo)로, 법학과 해부학 수업이 이루어지던 원형극장이 있다.

만큼 반대로 식물원[40] 쪽은 도리어 한층 깨끗하고 발랄하게 보인다. 많은 식물들은 돌담 옆이든, 그 부근이든 심어놓기만 하면 겨울에도 말라 죽지 않는다. 전체적으로는 10월 말이 되면 덮개가 만들어지고 수개월 동안만 난방을 한다. 종류를 모르는 초목 사이를 거니는 것은 즐겁고 유익한 일이다. 늘 보는 식물은 익히 보아서 알고 있는 다른 사물들처럼, 아무리 보아도 아무 생각이 나지 않는다. 생각함이 없는 관찰이 무슨 소용이 있겠는가. 그런데 여기서 이렇게 새롭고 다양한 식물에 접해 보니, 모든 식물의 형태는 아마도 하나의 형태로부터 발달한 것이리라는 생각이 점점 더 유력해진다. 이 방법에 의해서만 종(種)이나 속(屬)을 결정하는 일이 가능할 것이다. 종래에는 이 결정이 매우 자의적으로 이루어졌다는 생각이 든다. 이 점에서 나는 나 자신의 식물 철학에 빠져들어 아직까지도 탈출할 길을 찾지 못하고 있다. 이 일은 그 범위가 광범한 것과 마찬가지로 깊이도 심원한 문제라고 생각된다.

프라토 델라 발레라고 불리는 대광장은, 6월에 큰 장이 서는 대단히 넓은 장소다. 중앙에 있는 목조 노점은 그다지 볼품 있는 것은 못 되지만, 주민들은 이곳에도 머지않아 베로나에 있는 것 같은 석조 상설시장이 세워질 것이라고 단언하고 있다. 광장 주변이 매우 아름답고 훌륭한 것으로 미루어보면 벌써부터 그런 기대를 하는 것도 전혀 근거가 없지는 않다.

---

40) 베네치아 공국이 1545년에 설립한 파도바 식물원은 세계에서 가장 오래된 학술식물원이다.

이곳에서 가르치거나 배웠던 적이 있는 모든 저명인들의 조상(彫像)이 굉장히 큰 타원형을 이루며 서 있다. 이곳 출신이건 아니건, 누구든지 파도바 대학교에 재적했던 사실과 공적이 증명되기만 하면 당장에라도 동향인 또는 근친자를 위한 일정 크기의 입상 건립이 허가된다.

타원형 주위에는 호(濠)가 파여 있다. 여기에 놓인 네 개의 다리 위에는 교황이나 영주의 커다란 동상이 서 있고, 나머지 더 작은 인물상들은 조합이나 개인 또는 외국인이 세운 것이다. 스웨덴 국왕[41]은 구스타프 아돌프[42]가 이전에 파도바에서 청강한 적이 있다고 해서 그의 상을 건립하게 했다. 레오폴트 대공[43]은 페트라르카와 갈릴레이를 기념하는 동상을 세웠다. 이들 작품들은 견실하고 근대적인 수법으로 제작되었다. 그중에는 너무 기교적인 것도 있고 자연스러운 것도 있는데, 의상은 모두 다 각자의 시대와 위계에 맞추어져 있다. 비문 또한 칭송할 만한 것으로 그중에는 몰취미한 것이나 편협한 것은 하나도 없다.

이러한 착상은 어떤 대학이라도 상당히 훌륭한 생각이라고 여길 만한데, 이곳 대학에서는 특히 성공적이다. 과거의 모습

41) 구스타프 3세를 가리킨다.

42) 스웨덴 국왕 구스타프 2세(Gustavus Adolphus, Gustavus II, 1594~1632)를 말한다.

43) Leopold II, 1747~1792. 합스부르크 가문 출신으로, 신성로마제국 황제 프란츠 1세의 아들이다. 1790년 신성로마제국 황제에 즉위해 레오폴트 2세가 되었다.

을 완전하게 재현해서 바라보는 것은 대단히 효과 있는 일이기 때문이다. 계획대로 목조 시장을 철거하고 석조로 세운다면 참으로 아름다운 광장이 될 것이다.

성 안토니우스에 귀의한 어떤 교단의 집회소에 옛 독일인을 상기시키는 상당히 오래된 그림이 있는데, 그중에는 티치아노의 것도 두서너 점 있다. 그 그림에서는 알프스 이북에서는 누구도 개개인의 능력으로는 이루지 못했던 위대한 진보가 인정된다. 바로 다음에 나는 최근 화가들이 그린 작품을 몇 점 보았다. 이들 화가는 숭고하고 진지한 것을 표현하지 못하는 대신 유머러스한 것을 노려서 대단한 성공을 거두었다. 그런 의미에서 피아체타[44]의 「요한의 참수(斬首)」는, 이 거장의 수법을 용인한다면, 여간 걸작이 아니다. 요한은 가슴에 손을 합장한 채 돌에 오른쪽 무릎을 꿇고 앉아 있다. 그는 하늘을 쳐다보고 있다. 그를 등 뒤로 결박하고 있는 군졸은 몸을 비틀어서 요한의 얼굴을 들여다보고 있는데, 침착하게 죽음을 맞이하는 이 인물의 태도에 놀란 표정이다. 높은 곳에 단 한 명의 참수병이 서 있는데 칼은 갖고 있지 않고 다만 양손으로 목을 베는 연습이라도 하는 듯한 몸놀림을 하고 있다. 아래에 있는 세 번째 남자가 칼집에서 칼을 뽑으려 하고 있다. 위대하다고까지는 못하더라도 좋은 착상이며 구도도 기발해서 최상의 효과를 올리고 있다.

---

44) 조반니 바티스타 피아체타(Giovanni Battista Piazzetta, 1628~1754). 후기 베네치아 화파의 대가로, 괴테가 언급한 그림은 성 안토니오 대성당 별당에 있다.

에레미타니 성당에서는 나를 경탄시키고 있는 옛날 화가 중 한 사람인 만테냐[45]의 그림을 보았다. 그 화면에는 말할 수 없이 예민하고 확실한 현실성이 넘치고 있었다. 이 현실성이야말로 진정 진실한 것으로서, 겉모습뿐이고 일회적 효과를 노린, 단순히 상상력에 호소하는 따위의 것이 결코 아니다. 그 작품에는 소박, 순수, 명쾌, 주밀(周密), 성실, 섬세, 여실(如實)하면서, 동시에 또한 준엄, 열성, 고난의 그림자도 일맥 곁들여 있어서, 뒤따르는 화가들이 여기서부터 출발했다는 것은 내가 티치아노의 그림을 접하고 나서 인정한 터다. 그리고 지금 그들의 발랄한 천재성, 정력적 천성은 선배의 정신에 의해 개발되고, 선배의 힘에 의해 육성되어 더욱더 높이 향상되고, 지상으로부터 올라가 천상의 진실한 자태를 그려낼 수 있다. 야만 시대 이후 미술은 이런 식으로 발전해 온 것이다.

시청 홀은 '확대'라는 접미사를 붙인 살로네[46]가 수긍될 만큼 상상을 불허하는 방대한 크기다. 칸칸이 나뉜 거대한 그릇 같아서 방금 본 것도 돌아서면 기억나지 않을 지경이다. 길이 300피트, 폭 100피트, 세로로 방을 덮고 있는 둥근 천장까지의 높이가 100피트. 이곳 사람들은 바깥생활이 습관화되어 있기 때문에 건축가는 장터에다 둥근 천장을 설치하려는 착

---

45) 안드레아 만테냐(Andrea Mantegna, 1431?~1506). 파도바 태생의 화가이자 조각가. 언급된 그림은 만테냐의 초기 대작으로 성 야고보와 성 크리스토포로의 생애를 테마로 한 프레스코화다.

46) 그랜드홀을 뜻하는 'salone'는 'sala(살라, 넓은 방)'에 '-one(-오네, 확대)'를 붙여 만든 파생어다.

상을 한 것 같다. 그리고 둥근 천장이 덮고 있는 거대한 공간이 독특한 느낌을 주는 것만은 틀림없다. 이것은 인간에게 별이 빛나는 밤하늘보다도 친근한 느낌을 준다. 수많은 별들이 빛나는 밤하늘은 우리를 자신으로부터 탈취해 가지만, 이 넓은 공간은 우리를 지극히 포근하게 우리 자신 속으로 밀어 넣어준다.

내가 산타주스티나 수도원 안에 언제까지라도 남아 있으려고 하는 것도 이 때문이다. 이곳은 길이는 400피트 정도에, 천장은 비교적 높고 넓이도 상당한 웅대하고도 소박한 건축물이다. 오늘 저녁 나는 한쪽 구석에 앉아서 조용히 명상에 잠겼다. 이때 나는 정말로 고독하다는 것을 느꼈다. 왜냐하면 이 순간에 나를 떠올리는 사람이 있다고 하더라도 누구 하나 내가 여기 있으리라고 생각하는 사람은 없을 것이기 때문이다.

이제 짐을 싸서 이곳과도 이별하게 되었다. 내일 아침에는 브렌타강 쪽으로 계속 가려 한다. 오늘은 비가 왔지만 이제 그쳤으니 아름답게 갠 좋은 날씨에 갯벌과, 바다와 결혼한 여왕 베네치아를 내 눈으로 바라보고, 또 그녀의 품속에서 친구들에게 인사를 보낼 수 있으리라.

베네치아

1786년 9월 28일

우리 시각으로 저녁 5시에 브렌타강에서 갯벌로 진입하면서 처음으로 베네치아의 마을을 멀리서 바라보고, 계속하여 이 놀라운 섬의 도시, 비버 공화국에 발을 들여놓고 구경하게 된 것은 내 운명의 책 한 쪽에 쓰여 있던 바다. 그리하여 다행스럽게도 베네치아라는 도시는 이제 나에게 결코 하나의 단어, 공허한 이름(나는 공허한 말에 대한 불구대천의 원수로서 얼마나 많은 고통을 받았던 것일까.)이 아니게 되었다.

내가 타고 있는 배에 처음으로 곤돌라가 다가왔을 때(바쁜 승객들을 빨리 베네치아로 운송하기 위해서였다.) 나는 근 20년 동안 잊어버리고 있었던 그 옛날의 장난감을 다시 회상했다. 아버지는 이탈리아에서 가져온 아름다운 곤돌라 모형을 가지고 계셨다. 아버지는 그것을 퍽 귀중히 여기셨고 언젠가 그것을 가지고 놀아도 좋다고 허락하셨을 때 나는 얼마나 기뻤는지 모른다. 지금 반짝이는 철판의 곤돌라 뱃머리와 검은 선체, 모든 것이 옛 친구처럼 나에게 인사를 한다. 나는 오랜만에 그립던 소년 시절의 기억을 다시 맛볼 수 있었다.

나는 '영국의 여왕' 여관에 만족하며 유숙하고 있다. 산마르코 광장에서 얼마 떨어지지 않은 곳에 있다는 점이 이 숙소의 최대 장점이다. 내 방의 창문은 줄지어 있는 높은 집들 사이로 좁은 운하를 향하고 있으며 창문 바로 밑에는 무지개 모양의 다리가 놓여 있고 그 건너편에는 좁고 번화한 골목이 있다. 독일에 보낼 나의 소포[47]가 다 완성될 때까지, 그리고 내가 생각하는 이 도시의 상(像)을 맘껏 맛보게 될 때까지 그냥 이곳에 머무르려고 한다. 지금까지 여러 번 갈망했던 고독을 이제야 제대로 맛볼 수 있게 되었다. 왜냐하면 아는 사람이 아무도 없는 군중 사이를 홀로 헤치고 지나다닐 때처럼 절실히 고독을 느낄 때는 없기 때문이다. 베네치아에서 나를 아는 사람은 아마 단 한 사람일 뿐일 것이고 그 사람도 나를 곧 만나게 되지는 못하리라.

1786년 9월 28일, 베네치아

파도바에서 여기까지의 여행에 관해 몇 마디만 적어둔다.

합승선을 타고 브렌타강을 내려가는 선상 여행은 상호간의

---

47) 9월 18일과 10월 14일 소포에는 슈타인 부인에게 보내는 일기와 괴테가 베네치아에서 마치고자 했던 『이피게니에』의 개작 원고가 들어 있었다.

예의를 존중하는 이탈리아인들이 서로 예절을 잘 지켰기 때문에 기분 좋았다. 양쪽 강가는 농원과 별장으로 장식되어 있고, 작은 마을이 물가까지 뻗어 있는 곳이 있는가 하면, 곳에 따라서는 통행량이 많은 국도가 물가 곁에서 달리는 곳도 있다. 배가 강물을 따라 내려가려면 갑문을 통과해야 하기 때문에 배는 가끔 갑문 앞에서 정지한다. 우리는 그 틈을 이용해 육지에 올라가서 구경도 하고 풍부하게 제공되는 과일을 맛볼 수도 있다. 그러고 나서 다시 배를 타고 풍요롭고 생기가 넘치는, 활기찬 세계를 지나 항해를 계속하는 것이다.

이렇게 가지각색으로 변해 가는 풍물과 형상 속에 또 하나의 사건이 더해졌다. 궁극적 원인은 독일 때문이긴 하지만 역시 정말 이곳에 걸맞은 일이었다. 그것은 바로 합승선에 타고 있던 두 사람의 순례자들을 말한다. 내가 순례자를 가까이에서 본 것은 이번이 처음이다. 그들은 이 합승선을 무임으로 타고 갈 권리가 있다. 그러나 다른 승객들이 그들 가까이 있는 것을 싫어했기 때문에 다른 사람들과 같이 지붕이 있는 장소에 머무르지 않고, 뒤쪽의 조타석 옆에 앉아 있었다. 요즘 세상에는 희귀한 현상이기 때문에 사람들은 놀라운 눈으로 그들을 바라본다. 거기다가 예전에는 이런 복장을 하고 돌아다니는 부랑자가 많았기 때문에 사람들은 전혀 경의를 표하지도 않는다. 그들이 독일 사람이고 외국어가 전혀 통하지 않는다고 하기에 나는 그들이 있는 곳으로 가서 어울렸으며, 그들이 파델보른 출신이라는 것을 알게 되었다. 두 사람은 이미 쉰을 넘긴 남자들로 음울하기는 하지만 마음씨는 좋을 것 같은 얼굴이었다. 그들은 처음에 쾰른의 세 동방박사를 참배하고 이어서 독일 땅을 두루 순례하고 왔는데, 이제부터 같이 로마까지 갔다가 북부 이탈리아로 돌아가려 하고 있었다. 그런 다음에 한 사람은 다시 베스트팔렌으로 향하고, 다른 한 사람은 산티아고데콤포스텔라에 가서 성 야고보를 참배할 것이라고 말했다.

그들의 복장은 우리가 모두 잘 알고 있는 그런 순례복이었지만 끝을 걷어 올렸기 때문에, 독일의 가장무도회 등에서 순례자를 흉내 낼 때 흔히 입는 기다란 호박직(琥珀織) 옷보다는 훨씬 나아 보였다. 커다란 옷깃, 둥근 모자, 지팡이, 그리고 가장 유치하게 보였던 물그릇으로 사용하는 조개껍질, 이 모든 것이 각각 의미와 직접적 효용을 가지고 있었다. 양철 상자에는 여행 허가서가 들어 있었다. 가장 신기했던 것은 빨간 모로코가죽으로 만든 조그마한 지갑이었다. 그 속에는 간단한 필요를 위해서 편리하게 사용할 수 있는 작은 도구들이 잔뜩 들어 있었다. 그들은 옷에 타진 데를 발견했기 때문에 그 지갑을 꺼냈다. 조타수는 통역을 발견한 것을 크게 기뻐하면서, 나를 통해 그들에게 여러 가지 질문을 했다. 그렇게 해서 나는 그들의 소신과 여행에 관한 여러 가지 이야기를 들을 수 있었다. 그들은 같은 신자들뿐만 아니라 재속신부나 수도원의 성직자들에 대해서도 신랄한 비판을 가했다. 그들 말에 의하면 경건함 같은 것은 이제 매우 희귀한 것이 되어버렸다. 어디를 가도 자기들의 신앙심을 믿으려는 사람들이 없으며, 지정된 순례 길이나 주교가 발부한 여행 허가서를 내보여도, 가톨릭 나라에서는 어김없이 부랑자 취급을 받는 것만 보아도 알 수 있다는 것이다. 이에 반해 신교도들로부터는 좋은 대접을 받았으며, 슈바벤의 어떤 시골 목사의 환대에 대해서 아주 감동적으로 이야기했다. 특히 목사 부인은 얼마간 망설이는 남편을 설득해 그들에게 먹을 것을 푸짐하게 베풀어주는 등 큰 도움을 주었다고 했다. 그뿐 아니라 헤어질 때 그녀는 컨벤션 탈러[48] 한 닢을 주었는데, 다시 가톨릭 지역에 들어갔을 때 그 돈을 아주 유용하게 썼다는 것이다. 여기서 한 명은 열렬한 말투로 이렇게까지 말했다.

"우리들은 매일 하는 기도 속에 그 부인에 대한 말씀을 빠뜨리지 않습니다. 하느님이 그분의 마음을 우리들에게 열어주신 것과 같이, 그분을 눈뜨게 해주셔서 늦게나마 구원을 가져다주는 유일한 교회의 품 안으로 받아들여 주시도록, 하느님께 간절히 기원하고 있습니다. 그래서 우리들은 장차 천당에서 그분을 만나게 되리라고 확신하고 있습니다."

나는 갑판으로 통하는 작은 계단에 앉아서 이 같은 모든 이야기 중에서 필요하고 유익한 부분을 조타수와 선실로부터 좁은 장소로 몰려든 사람들에게 설명해 주었다. 순례자들에게는 아주 적은 분량의 먹을거리가 주어졌다. 이탈리아 사람들은 남에게 시주하는 것을 좋아하지 않기 때문이다. 이에 대해 순례자는 조그마한 부적을 꺼냈는데 거기에는 3인의 동방

48) 1566년 발행된 '제국탈러'를 토대로, 1750년 합스부르크 군주국이 주조한 은화. '20굴덴 주화협약'에 따라 1753년부터 바이에른을 중심으로 신성로마제국 전역에서 사용되었다.

박사가 예배용 라틴어 기도문과 함께 그려져 있었다. 이 마음씨 좋은 순례자들은 그것을 모여 있던 몇 사람에게 나누어주고, 부적의 공덕을 모두에게 설명해 달라고 나에게 부탁했다. 나는 그 역할을 잘 해냈다. 그 증거로, 두 사람의 순례자가 넓은 베네치아에서 순례자를 수용하는 수도원을 어떻게 찾아낼 것인가 매우 걱정하자, 이를 불쌍하게 여긴 조타수가 상륙하면 곧바로 그 근처의 아이에게 돈을 쥐여주고 순례자들을 꽤 멀리 떨어져 있는 어떤 수도원까지 안내해 주도록 하겠다고 약속하는 것을 들 수 있다.

조타수는 은밀하게 덧붙였다. "그러나 그곳에 가도 별것은 없을 것이오. 얼마만큼의 순례자를 수용할 수 있을지 모르지만, 대단히 넓은 부지를 가지고 있던 그 시설도 현재는 상당히 축소되었고, 수입도 전혀 다른 용도로 많이 사용되고 있는 형편이니 말이오."

이런 이야기를 교환하면서 우리들은 수많은 아름다운 농원과 장려한 저택을 지나, 연안의 부유하고 활기찬 촌락을 부지런히 보면서 아름다운 브렌타강을 내려왔다. 마침내 갯벌에 진입했을 때 몇 척의 곤돌라가 즉각 우리 배 주위로 몰려왔다. 베네치아에서 유명한 전당포 주인이 나타나서 자기와 함께 오면 상륙도 빨리 할 수 있고 또 세관의 귀찮은 일도 면할 수 있다고 권했다. 그는 우리를 말리려고 하는 몇 사람에게 얼마간의 술값을 집어주고 조용히 시켰다. 이렇게 해서 우리는 맑은 하늘에 석양이 지는 가운데 목적지를 향해 길을 재촉했다.

9월 29일, 성 미카엘 축일의 밤

베네치아에 관해서는 벌써 많은 이야기가 전해져 있고 책으로 인쇄되어 나와 있기 때문에 자세한 설명은 하지 않겠다. 나는 다만 이곳에서 받은 인상을 간단히 말하려고 한다. 내게 무엇보다도 먼저 닥쳐온 것은 역시 민중이었다. 하나의 커다란 군중, 그것은 필연적이고 불가피한 존재다.

이들 일족이 이 섬나라로 옮겨온 데는 그럴 만한 이유가 있었다. 그리고 후손들로 하여금 그들의 뒤를 좇아 합류하게 한 것도 결코 우연은 아니었다. 이와 같이 불리한 풍토에서 안전을 도모해야 했던 것은 그들에게 고난이었다. 그런데 이 지역은 나중에 그들에게 정말로 유리한 지역으로 바뀌었는데, 그것은 북쪽 세계 전체가 아직 후진의 굴레를 벗어나지 못하고 있는 동안 여러 가지 고난이 이 지역으로 건너온 족속을 일찍이 현명하게 만들었기 때문이다. 따라서 그들의 도시가 번창하고 부유하게 된 것은 필연적 결과였다. 집들은 점점 더 빽빽하게 들어섰고, 모래땅과 늪은 암석으로 굳어졌다. 가옥들은 밀집한 수목과도 같이 점점 더 높이 솟아올랐다. 옆으로 퍼질 수가 없기 때문에 위로만 커졌던 것이다. 한 줌의 땅을 다투면서 처음부터 협소한 공간에다 억지로 집어넣었기 때문에, 도로의 폭은 겨우 양편의 집들을 구분하고 시민에게 꼭 필요한 통로를 확보하는 것 이상은 될 수가 없었다. 그래서 그들에게는 수로가 가로(街路), 광장, 산책로 등의 역할을 대신하게 되었다. 베네치아의 도시가 다른 어떤 도시와도 비교할 수 없는 독특한 점을 지니고 있는 것처럼, 베네치아인 역시 일종의 새로운 인간이 되지 않을 수 없었다. 뱀처럼 구부러진 큰 운하는 세계의 어떠한 가로와 비교해도 손색이 없고 세계의 어떤 광장도 산마르코 광장 앞에 펼쳐진 공간에 비견될 수 없다. 여기서 공간이라고 하는 것은 커다란 앞바다를 말하는 것으로서, 바다 쪽에서 말하자면 본래의 베네치아에 의해 반달 모양으로 둘러싸인 곳이다. 수면 건너편에는 왼쪽에 산조르조 마조레섬이 떠 있고, 그보다 좀 더 멀리 오른쪽에는 주데카섬과 운하가 보인다. 그리고 더 멀리 오른쪽에는 세관과 대운하의 입구가 바라다보이며, 바로 그곳에 거대한 대리석 교회가 몇 개 반짝이고 있다. 이것이 우리가 산마르코 광장의 두 원주 사이를 빠져나왔을 때 우리들 눈에 비친 주요 대상물이다. 이 모든 전망과 광경은 이미 여러 가지 동판 그림으로 만들어져 있기 때문에 여러분도 그것을 보고 쉽게 그 광경을 상상할 수 있을 것이다.

식사를 마치고 우선 시내 전체의 인상을 확실히 하기 위해 나는 황급히 숙소를 나왔다. 안내자도 없이 다만 방향만을 주의하면서 시내의 미로 속으로 들어섰다. 시내는 크고 작은 운하들로 관통되고 있지만, 그 밖에 크고 작은 다리에 의해 연결되어 있기도 하다. 전체에서 느끼는 협소함과 옹색함은 이곳을 본 사람이 아니고는 상상조차 할 수 없다. 골목의 넓이는 보통 두 팔을 벌리면 닿을까 말까 할 정도다. 아주 좁은 골목에서는 팔을 양쪽으로 뻗으면 팔꿈치가 닿고 만다. 물론 가다 보면 더 넓은 곳도 있고, 여기저기에 조그마한 광장도 있기는 하다. 그러나 모든 것이 비교적 좁다.

대운하와 그 위에 걸쳐 있는 리알토 다리는 곧 알아볼 수 있었다. 이 다리는 흰 대리석으로 만들어진 활모양으로, 그 위에서 내려다보는 경치는 참으로 멋있다. 운하는 각종 필수품을 육지로부터 운반해 와서 이곳에 정박하고 하역하는 선박들로 가득했다. 그리고 그 사이를 곤돌라가 꿈틀거리고 다닌다. 특히 오늘은 미카엘 축일이라 말할 수 없이 활기찬 모습이었다. 그런데 이 광경을 어느 정도라도 이해시키려면 다소 자세한 사전 설명이 필요할 것 같다. 대운하에 의해 분단되어 있는 베네치아시의 중요한 두 부분은 리알토 다리라는 하나의 다리로 연결되어 있다. 그러나 나루터에는 나룻배가 준비가 되어 있어서 여러 지역으로 통한다. 오늘은 특히 잘 차려입은 여인들이 검은 베일을 쓰고 대천사 축제가 있는 교회로 가기 위해 여럿이 함께 모여 나룻배를 타고 가는 모습이 매우 보기 좋았다. 나는 다리 있는 곳을 떠나 배에서 내리는 여인들을 자세히 보기 위해 나루터 중 하나에 가 보았다. 그중에는 정말로 아름다운 얼굴과 모습을 한 여인들을 발견할 수 있었다.

얼마 후에 피곤해진 나는 좁은 골목을 떠나 곤돌라를 탔다. 이번에는 지금까지와는 반대로 바다 쪽에서 경치를 바라보려고 대운하의 북쪽 부분을 빠져나와서 산타클라라섬을 돌아 갯벌 안으로 배를 몰아 주데카 운하로 들어가서 산마르코 광장이 있는 곳까지 갔다. 그러자 모든 베네치아 사람들이 곤돌라를 탔을 때 느끼는 것처럼 나도 아드리아해를 지배하는 사람이 된 것 같은 기분이 갑자기 들었다. 그때 무엇보다도 이런 광경을 즐겨 이야기하시던 아버지 생각이 났다. 나도 아버지와 똑같이 되는 것이 아닐까? 나를 둘러싼 모든 것은 귀중한 것뿐이다. 그것은 결합된 인간의 힘이 만들어낸 위대하고 존경스러운 작품이며, 한 사람의 군주만이 아니라 한 민족이 함께 건설한 훌륭한 기념비인 것이다. 그래서 설혹 그들의 갯벌이 점차 메워져 사악한 기운이 늪 위를 감돌고, 그들의 상업 정신이 위축되거나 그들의 권세가 땅에 떨어지는 일이 생긴다 할지라도 이 공화국의 위대한 기초와 본질은 한순간이라도 그것을 관찰하는 사람의 외경심을 손상시키지 않는 것이다. 이 공화국도 현세에 존재하는 모든 현상과 마찬가지로, 시간의 위력을 벗어나지는 못한다.

9월 30일

저녁때 나는 또다시 안내자 없이 도시의 가장 먼 지역까지 거닐어보았다. 이 근처의 다리는 모두 계단이 붙어 있고, 그 아치형 다리 밑을 곤돌라나 더 큰 배가 자유롭게 왕래한다. 나는 아무에게도 길을 묻지 않고 스스로의 방향감각에만 의지하여 미로 속을 들락날락해 보았다. 결국 그곳으로부터 빠져나올 수는 있었지만 도로가 서로 들쭉날쭉하게 나 있는 상태는 정말로 믿을 수 없을 정도다. 눈으로 직접 확인하는 방법이 이런 경우에는 최상이다. 나는 인가가 끊긴 막다른 곳까지 가서 주민들의 거동, 생활양식, 풍습, 성정(性情) 등을 주의 깊게 살펴보았는데, 지역에 따라 각기 상태에 차이가 있었다. 아아, 인간이란 어쩌면 그렇게도 불쌍하고 선량한 동물일까?

대단히 많은 집들이 운하 위에 세워져 있다. 그러나 훌륭하게 포석을 깐 제방이 여기저기 있어서 물과 교회와 저택 사이를 아주 기분 좋게 왕래할 수 있다. 유쾌하고 즐거운 것은 북쪽에 있는 기다란 돌 제방인데 거기서부터 여러 섬들, 특히 소(小)베네치아라고 할 수 있는 무라노섬이 보인다. 그 중간에 있는 갯벌에는 많은 곤돌라가 성황을 이루고 있었다.

9월 30일 저녁

오늘은 지도를 구입했기 때문에 베네치아에 관한 나의 견문을 더욱 넓힐 수 있었다. 나는 지도를 연구한 후에 산마르코 탑에 올라가 보았다. 거기서는 어디에도 비할 데 없는 광경이 눈앞에 전개돼 있었다. 마침 정오경이어서 밝은 햇빛 덕분에 망원경 없이도 원근 경치를 속속들이 관찰할 수 있었다. 만조가 갯벌을 뒤덮고 있었다. 그리고 리도 쪽으로 눈을 돌리니 바다와 그 위에 떠 있는 수척의 범선을 처음으로 볼 수 있었다. 갯벌 안에도 갤리선과 프리깃함[49] 들이 정박하고 있었다. 이 배들은 알제리인과 전쟁을 하고 있는 기사 에모와 합류할 예정인데, 풍향이 좋지 않아 대기하고 있는 처지였다. 파도바와 비첸차의 산들, 그리고 티롤산맥이 서북 방향에 솟아 있어서 경치의 배경을 아름답게 마감하고 있었다.

49) 대항해시대에 발달한 중형급 범선으로, 돛과 노를 모두 사용해 이동한다. 반면 갤리선은 노 젓기로 동력을 얻으며, 돛은 방향 전환에만 쓴다.

10월 1일

나는 거리를 걸어 다니면서 여러 관점에서 시내의 실정을 시찰했다. 마침 일요일이어서 불결한 길거리가 눈에 띄었다. 그래서 그 문제에 관찰의 눈을 집중시키게 되었다. 물론 이 분야에도 일종의 경찰이 있기 때문에 사람들은 쓰레기를 한쪽 구석에다 긁어모으기도 하고, 여기저기 배를 저어 돌면서 군데군데 정박하여 쓰레기를 모아 가는 큰 배들도 눈에 띈다. 또한 부근 섬에서 비료를 퍼가기 위해 오는 사람들도 보인다. 그러나 이 정도의 제도로는 전혀 효과를 보지 못하고 있으며 또 그 제도가 엄격하게 시행되지도 못하고 있다. 이 도시는 네덜란드 도시처럼 청결을 위주로 설계된 것이기에 이런 불결함은 더더욱 용서할 수 없다. 가로는 모두 포장되어 있었다. 아주 변두리 지역에 가 보아도, 최소한 벽돌을 세워서 깔아놓았고 또 필요한 경우에는 도로의 중앙을 조금 높게 만들고 양측에다 도랑을 파놓아 물이 지하의 운하로 흘러들게 해놓았다. 숙고를 거친 시초의 설계에 의해 조영된 그 밖의 건축상 시설을 보더라도 베네치아를 가장 이색적인 도시로, 동시에 가장 청결한 도시로 만들려 했던 뛰어난 건축가들의 의도를 알아차릴 수 있었다. 나는 산책하면서, 당장 하나의 단속 법안을 계획해 그걸 경찰총장에게 제시하면 진지하게 고려해 줄 것이라는 생각을 했다. 나는 가끔 이렇게 쓸데없이 남의 걱정을 하는 습성이 있다.

10월 2일

무엇보다도 먼저 카리타 수도원으로 달려갔다. 팔라디오의 책에서, 그가 손님 대접을 잘하는 부유한 고대인의 저택을 모방해 여기에 수도원 하나를 설계했다는 구절을 발견했기 때문이다. 전체를 종합해 보아도, 개개의 부분을 따로따로 뜯어 보아도 훌륭하게 완성된 그 설계도는 나에게 한없는 기쁨을 주었다. 그래서 나는 놀라운 작품을 볼 수 있을 것이라고 기대했다. 그런데 실제로 만들어진 것은 불과 10분의 1도 되지 않을 정도다. 하지만 이 부분만 보아도 그의 천부적 재능에 걸맞게, 지금까지 본 적이 없는 설계의 완벽함과 마감의 정확함을 보여주고 있다.

이런 우수한 작품의 관찰을 위해서는 몇 해를 소비해도 아깝지 않다. 이 이상으로 고상한 것, 그보다 완전한 것을 나는 이제껏 본 일이 없다고 생각하며 이런 나의 모든 생각이 잘못된 것이 아니라고 믿는다. 위대한 것, 쾌적한 것에 대한 감각을 타고난 이 탁월한 예술가를 여러분도 마음속으로 떠올려주기 바란다. 그는 믿을 수 없을 정도의 노력과 고통 끝에 간신히 고대인의 경지에 도달했으며, 그런 연후에 고대인의 정신을 자신을 통해 복원하기에 이른 것이다. 즉 팔라디오는 그의 머리를 떠나지 않는 숙원을 이 기회에 실행하기로 하고, 많은 성직자들의 거처가 되고 많은 타향 사람들의 숙박소가 될 수도원을 고대 저택의 건축 양식을 모방해 건축하려 했다.

수도원은 완공되어 있었다. 그곳을 나오면 코린트식 원주에 둘러싸인 마당으로 들어서게 되는데 사람들은 거기에 매료되어 어느새 신앙 세계의 분위기를 잊어버리게 된다. 한쪽 벽에는 성물 보관실, 다른 쪽에는 사제 회의실이 있고, 그 옆의 아름다운 나선계단은 중심 기둥 부분이 넓게 처리되었고, 벽에 붙도록 만들어진 돌계단은 하단이 상단을 받쳐주듯 서로 겹쳐 있다. 이 계단은 오르내려도 피로를 느끼지 않는다. 이 계단이 얼마나 성공적인가는 팔라디오 자신이 잘되었다고 말하고 있는 것으로도 충분히 상상할 수 있다. 앞뜰을 지나면 널따란 정원으로 들어서게 된다. 그 정원을 둘러싸도록 세워질 계획이었던 건물들은 유감스럽게도 왼쪽 한 곳밖에 건축되지 못했다. 열주(列柱)의 조립이 삼단으로 겹쳐져 있는데 맨 아래는 회랑, 2층은 성직자들의 방을 뒤에 두고 있는 연결 복도, 3층은 창이 달린 벽으로 되어 있다. 이 기술에서 설명이 부족한 곳은 도면을 보고 보충해 주었으면 한다. 그리고 공사의 내용에 관해서 한마디 해두고 싶다.

원주의 머리 부분과 다리 부분, 그리고 궁형부(弓形部)의 중심은 절단된 석재로 되어 있었지만 그 밖의 부분은 모두 벽돌이라고는 말할 수 없는, 점토를 구운 재료로 되어 있다. 이런 기와는 본 적이 없다. 프리즈와 코니스[50]도 이것으로 만들어졌고, 활모양의 다리도 매한가지다. 모든 것이 부분적으로 구워 만든 것이기 때문에 최후의 건물은 극소량의 석회만으로 조립되어 있다. 그것은 단번에 주조된 것처럼 혼연일체가

50) 고대 그리스 건축에서 처마돌림띠(엔타블레처)의 구성 부분으로, 코니스는 지붕의 빗물이 벽면을 따라 흐르지 못하도록 튀어나온 테두리고, 3줄의 막대가 한 세트인 프리즈는 처마돌림띠를 따라 일정한 간격으로 반복된다.

되어서 있다. 만약에 전체가 완성되었더라면, 그리고 아름답게 닦이고 색칠되었더라면, 그야말로 이 세상에서 보기 드문 대단한 광경이 되었을 것이 틀림없다.

그러나 근대의 몇몇 건축물에서 보듯 계획이 지나치게 거창했던 것 같다. 건축가는 현재의 수도원을 철거할 수 있다고 생각했을 뿐만 아니라 인접한 가옥들도 사들일 수 있다고 보았던 모양이다. 그러나 그러는 동안에 돈도 의욕도 없어진 것이다. 운명이여, 그대는 여러 가지 보잘것없는 물건들을 만들어내고 또 영원히 남겨두기도 하면서, 왜 이 예술품은 완성으로 이끌지 않았더냐!

10월 3일

일레덴토레 성당은 팔라디오가 설계한 아름답고 위대한 건축인데 그 정면은 산조르조 마조레 대성당보다 더 칭찬할 만하다. 여기서 말하는 뜻을 분명히 이해하려면, 종종 동판화로 소개되고 있는 이들 건물을 직접 와서 눈으로 볼 필요가 있다. 여기서는 몇 마디로 그치고자 한다.

팔라디오는 완전히 고대인의 존재에 심취해 있었으나, 자기 자신을 몰각하는 일 없이 모든 것을 가능한 한 자신의 고상한 사상에 따라 개선하려는 위대한 인간으로서 시대의 비소함과 편협함을 절감하고 있었다. 그의 책에 나타나는 온건한 표현으로 미루어 추측건대, 그는 기독교 교회가 옛 바실리카 형식을 답습하고 있는 데 만족하지 못하고, 자기가 설계한 교회 건축을 고대의 신전 형식에 접근시키려고 시도했던 것 같다.

일레덴토레 성당에서는 그 점이 제거된 것처럼 보이지만, 산조르조의 경우에는 현저하게 눈에 띄는, 일종의 서투름이 거기서부터 생겨난 것이다. 폴크만도 그 점에 관해 약간 지적하고 있지만 급소를 찌르고 있지는 못하다.

일레덴토레는 그 내부도 똑같이 훌륭하고 제단의 도안까지도 모두가 팔라디오의 작품이다. 다만 조각상으로 장식하게끔 되어 있던 벽감이, 단순한 조각으로 된 채색 판상(板像)으로 장식되어 있는 것은 유감이다.

10월 3일

카푸친회 성직자들은 성 프란치스코를 위해 측면 계단을 화려하게 장식해 놓았다. 코린트식의 주두(柱頭)를 제하고는 석재는 전혀 보이지 않으며, 다른 부분은 모두 아라베스크 양식에 따라 독특한 색채를 띤 찬란한 자수로 뒤덮여 있다. 그래서 아무리 보아도 싫증이 나지 않는다. 그중에서도 특히 금실로 수놓은 폭 넓은 넝쿨과 잎사귀에는 경탄할 수밖에 없었다. 그런데 가까이 다가가 본 후에 비로소 교묘한 속임수란 것을 알았다. 금실이라고 생각했던 것은 사실은 지푸라기를 압착시켜 아름다운 모양으로 종이 위에 붙인 것으로서, 밑 종이에 선명한 색깔이 칠해져 있는 것이다. 그것은 참으로 변화무쌍하고 고상한 취미의 것이기 때문에 만약 이것이 진짜였다면 수천 탈러는 들었음에 틀림없는데, 실제로 이건 재료비도 별로 들지 않는 장난으로, 아마도 수도원 안에서 쉽게 만들어낸 것 같다. 기회가 있으면 누구나 한번 흉내를 내볼 만도 하다.

물 쪽으로 면한 제방 위에서 벌써 몇 번이나 초라한 모습의 남자를 보았다. 그는 때에 따라 많아지기도 하는 청중을 향해 베네치아의 사투리로 이야기를 들려주고 있었다. 유감스럽게도 나는 그의 말을 이해할 수 없었지만, 다른 사람도 웃는 이는 하나도 없고, 극히 드물게 미소를 띨 정도였으며, 청중의 대부분은 하층민이었다. 또한 이 남자의 태도에는 아무런 특이한 점도 우스운 점도 없었으며, 오히려 매우 침착한 일면이 보였다. 동시에 또한 그의 몸짓에서는 재능과 사려를 암시하는 놀라운 다양성과 정확성이 엿보였다.

10월 3일

한 손에 지도를 들고 놀랍도록 알기 어려운 시내의 미로를 빠져나와 멘디칸티 성당에 다다랐다. 여기에는 현재 가장 평판이 좋은 음악 대학이 있다. 여인네들이 격자 칸막이 안에서 오라토리오를 상연하고 있었는데, 예배당은 청중으로 가득했고 음악은 매우 아름다웠으며 목소리도 뛰어났다. 한 알토 가수가 시(詩)의 중심인물인 사울 왕의 노래를 불렀다. 그 목소리는 나의 상상을 초월하는 것이었다. 음악은 이따금 굉장히 아름다운 부분이 있었고 가사도 모두 따라 부르기에 적합했으며, 이탈리아어화된 라틴어였기 때문에 몇 군데에서는 웃음을 참을 수가 없었다. 하여간에 이곳의 음악은 매우 발달되어 있다.

그 건방진 악장이 악보를 말아가지고, 마치 자기가 가르치는 어린 학생들을 다루듯 마구 창살을 치면서 박자만 맞추지 않았다면 마음껏 즐길 수 있었을 텐데. 그리고 소녀들은 이 곡을 여러 번 반복해 왔기 때문에 그의 박자 맞추는 소리는 전혀 필요 없는 짓으로, 아름다운 조각상을 알기 쉽게 하기 위해 그 관절에다 붉은 헝겊을 붙여놓은 것처럼 모든 인상을 깨버렸다. 쓸데없이 잡음이 들어오면 하모니를 망친다. 그런데 음악가이면서도 그자는 이 점을 모른다. 알고 있다면 연주를 완벽하게 하고 나서 자기의 진가를 보이면 될 텐데. 오히려 서투른 짓으로 자기 존재를 알리려고 하고 있는 것이다. 프랑스인에게 그런 기질이 있다는 것은 알고 있었지만 이탈리아 사람에게도 같은 기질이 있으리라고는 생각지 못했다. 그러나 청중은 그런 것에는 익숙한 모양이다. 즐거움을 방해하는 것이 마치 즐거움에 필요한 것인 줄 착각하는 일은 이 경우에 한한 것은 아니다.

10월 3일

어젯밤에는 산모이제 극장에서 오페라를 보았다.(극장 이름은 가장 가까이 있는 교회의 이름을 따도록 되어 있다.) 그다지 만족스러운 것은 아니었다. 이런 종류의 연출을 최고의 경지까지 끌어올리려면 가장 필요한 것이 내적인 힘인데, 대본에도 음악에도 가수에게도 그것이 결여되어 있었다. 어느 배역도 졸렬하지는 않았다. 다만 그중 두 여자는 자기가 맡은 역을 잘 해내려는 노력에 못지않게 자기의 개성을 나타내고 관객을 기쁘게 해주는 데 중점을 두고 있었다. 이건 어떤 경우에도 효과가 있다. 두 여인 모두 몸매도 아름답고 목소리도 예쁘고 힘이 있어 기분 좋은 가수였다. 이에 반해서 남자들 중에는 청중의 마음속에 감명을 줄 만한 힘이나 열기를 가진 자가 없었다. 또한 특출하게 좋은 목소리의 소유자도 없었다.

발레는 안무가 잘되어 있지 못해서 전반적으로 조롱하는 휘파람 세례를 받았다. 그러나 몇몇 남녀 무용수, 특히 관객에게 팔다리의 온갖 아름다운 부분을 보이는 것을 의무라고 생각하고 있는 여자 무용수 쪽은 크게 갈채를 받았다.

10월 3일

반면 오늘 나는 다른 희극을 보게 되었는데, 이편이 훨씬 더 즐거웠다. 두칼레 궁전[51]에서 어떤 소송 사건의 공개 재판을 방청하게 된 것이다. 심각한 사건이었기 때문에 휴일인데도 재판이 진행된 것이 나에겐 운이 좋았다. 변호사 한 명이 과장한 어릿광대 역의 가수와 똑같았다. 뚱뚱한 체구에다 작지만 활동적인 자태, 터무니없이 가운데가 튀어나온 옆얼굴, 쇳소리 같은 큰 목소리, 자기가 말하는 것은 가슴 깊은 곳에서부터 진지하다고 말하는 듯한 열렬함. 공개 재판이 연출되었을 때에는 이미 모든 것이 결말이 난 후기 때문에 나는 이것을 희극이라고 부르고자 한다. 재판관은 어떤 선고를 내릴 것인가를 알고 있으며, 당사자는 어떤 판결을 예기해야 할 것인가를 알고 있다. 그러나 이런 방법이 독일 법정의 음산하고 딱

51) 베네치아 군주인 '도제(Doge)'의 사저이자 집무실이고 재판소였다. 산마르코 광장에 있는 두칼레(Ducale) 궁전은 1340년에 완공되었으며, 비잔틴 양식과 베네치아 양식이 가장 뚜렷한 건물로 꼽힌다.

딱하고 형식적인 재판보다 얼마나 더 마음에 드는지 모르겠다. 그런데 그때의 정황과 모든 것이 얼마나 질서 정연하고 가식 없이 자연스럽게 진행되고 있었는가에 대해서 설명하고자 한다.

궁전의 넓은 평의회실 한쪽에 재판관들이 반달형으로 앉아 있었다. 그들과 마주하여, 여러 사람이 나란히 앉을 수 있는 단상에 양측 소송 당사자의 변호인이, 그리고 그 바로 앞의 긴 의자에는 원고와 피고가 착석해 있었다. 원고 측 변호사는 단상에서 내려와 있었는데, 오늘의 공판이 다툼의 여지가 없는 것으로 벌써 결론 났기 때문이었다. 서류는 유리한 것도 불리한 것도 이미 인쇄가 끝나 있었지만 일단 낭독하게 되어 있었다.

초라한 검은색 옷을 입은 깡마른 서기가 두터운 서류를 손에 들고 낭독인의 의무를 수행하려 하고 있었다. 대청 안은 구경꾼과 방청인으로 가득했다. 이 사건 자체나 이에 관련된 인물들이 모두 다 베네치아 사람들에게는 극히 중요하다고 여겨지는 것이 틀림없었다.

유서 신탁 재산이란 것은 이 나라에서는 특별한 혜택을 받고 있다. 어떤 재산에 일단 이 성격이 부여되면 언제까지나 그 자격을 잃지 않는다. 어떤 변동이나 사정에 의해 수백 년 전에 매각되어 여러 번 남의 손에 넘어간 재산이라도 최후에 그것이 재판에 부쳐질 때는, 최초의 소유주 자손의 권리가 인정되고, 재산은 그 자손에게 인도되어야 한다. 이번 소송은 매우 심각한 것이었다. 왜냐하면 도제 본인(이라기보다는 그의 부인)이 고소를 당했기 때문이다. 실제로 그녀는 원고로부터 불과 얼마 안 되는 거리에 있는 작은 벤치에 면사포를 쓰고 앉아 있었다. 나이 든 부인인데 생김새도 귀티가 났고 단정한 얼굴에는 엄숙하다기보다는 불쾌한 듯한 표정이 나타나 있었다. 베네치아인들은 도제의 부인이 자신의 집 안에 있는 법정에 서서 그들 앞에 모습을 드러내지 않을 수 없게 된 것을 큰 자랑으로 생각하고 있었다.

서기가 낭독을 시작했다. 그제야 재판관의 면전에, 변호사석으로부터 얼마 멀지 않은 곳에 있는 작은 책상 앞에 낮은 의자를 놓고 앉아 있는 작은 남자가 도대체 무슨 역할을 하는 것인지, 특히 그의 앞에 놓여 있는 모래시계가 무엇을 의미하는 것인지가 겨우 명백해졌다. 즉 서기가 낭독하고 있는 동안은 시간이 멈춘 것으로 되어 있지만, 변호사가 무언가 말하려고 할 때는 전체로 따져서 일정한 시간밖에 허락되지 않는 것이다. 서기가 낭독하는 동안에 시계는 옆으로 뉘어진 채로 있고, 남자가 시계에 손을 대고 있다. 변호사가 입을 열면 시계는 일으켜 세워지고, 변호사가 입을 다물면 곧바로 뉘어진다. 그러므로 이런 경우, 서기가 막힘없이 낭독하고 있는 판에 끼어들어서 의견을 말하고, 주의를 환기시키고, 사람의 주목을 끄는 것은 여간한 기술 없이는 안 된다. 이렇게 되면 그 작은 사투르누스는 갈피를 못 잡게 된다. 그가 끊임없이 시계를 세웠다 눕혔다 하는 것이 마치 인형극에서 장난꾸러기 익살꾼이 재빠르게 바꿔 외치는 "베를리케! 베를로케!"[52] 하는 소리를 들은 악마들이 일어서야 할지 앉아야 할지 몰라 갈팡질팡

하는 모습 그대로다.

관청에서 문서를 서로 대조시켜서 읽어나가는 것을 들어본 사람이라면, 이 낭독을 상상할 수 있을 것이다. 빠르면서 단조롭고 그러면서도 구절마다 잘 떨어져 쉽게 의미를 파악할 수 있는 그런 낭독이다. 노련한 변호사는 농담을 섞어가면서 지루하지 않게 하는 재주를 가지고 있다. 방청객들은 그의 농담을 듣고 터무니없이 큰 소리로 웃는다. 나는 그중 한 토막의 익살을 회상한다. 그것은 내가 이해할 수 있었던 농담 중에서 가장 뛰어난 것이었다. 그때 바로 낭독인은 불법이라고 간주되던 소유자 중 한 사람이 문제의 재산을 처분했을 때의 서류를 읽고 있었다. 변호사가 좀 더 천천히 읽도록 요청했다. 그러니까 낭독인이 "나는 증여한다. 나는 유증한다."라고 분명하게 낭독했다. 그러자 변호사는 서기에게 격렬하게 덤벼들듯이 이렇게 외쳤다.

"너는 무엇을 증여하려는 건가? 무엇을 유증하려는 건가? 이 한 푼도 없는 거지 녀석아! 이 세상에 네 것이라고는 하나도 없지 않느냐. 그러나……" 하고 그는 잠깐 다시 생각하는 듯한 모습을 보이더니 계속했다. "저 소유자 각하도 역시 너와 마찬가지로 거의 아무것도 가진 게 없는 주제에, 증여하느니 유증하느니 했던 것이 아닌가!"

그러자 방청석에서는 대단한 폭소가 터져 나왔다. 동시에

---

52) 인형극 「파우스트 박사」에서 파우스트 박사 댁 문지기 카스퍼가 유령들에게 '앉기 일어서기 게임'을 시키면서 붙이는 구령이다.

모래시계는 다시 수평으로 놓여졌다. 낭독인은 작은 소리로 낭독을 계속했고 변호사에게는 불쾌한 표정을 해 보였다. 하지만 이 모든 익살은 미리 다 짜놓은 각본인 듯했다.

10월 4일

어제 나는 산루카 극장에 희극을 보러 갔었는데 매우 재미있었다. 가면을 사용한 즉흥극인데 풍부한 재능과 기백과 담력을 가지고 연출된 것이었다. 물론 모든 배역이 똑같지는 않았다. 늙은 익살꾼은 매우 유능했다. 한 여배우는 뚱뚱하고 체격이 좋고, 뛰어나다고는 할 수 없어도 말주변과 재치가 있었다. 연극의 줄거리는 시시한 것으로, 독일에서 「숨바꼭질하는 곳」이라는 제목으로 자주 다뤄지는 내용과 비슷하다. 상상할 수 없을 정도로 다양한 변화를 보이면서 3시간 이상이나 관객을 즐겁게 해준다. 그러나 여기서도 민중이 근본이며, 이런 사실에 모든 것이 입각하고 있다. 관객은 배우와 함께 연극을 하며 군중은 극장과 융합해 일체가 된다. 하루 종일 광장과 물가에서, 곤돌라나 궁전 안에서 사고파는 사람, 거지, 뱃사공, 이웃 여자, 변호사와 그의 맞수 등, 모든 사람이 생활하고, 활동하고, 정색하고, 이야기하고, 서약하고, 외치고는 팔아치우고, 노래 부르고, 악기를 두드리고, 저주하고, 소동을 부리고 있다. 그리고 밤에는 연극 구경을 가서 자신들의 낮 동안의 생활이 인공적으로 정리되고 재미있게 분석되고 옛 이야기가 삽입되고 가면에 의해 현실의 모습으로부터 멀어지기도 하고 풍속에 의해 가까워지기도 하는 것을 보고 듣는다. 그들은 그것을 보고 어린애같이 좋아하고 소리 지르고 박수 치고 떠들썩하게 법석을 떤다. 낮부터 밤까지, 아니 밤중에서 밤중까지 모든 것이 항상 똑같다.

하지만 나는 저 가면극만큼 자연스럽게 공연된 연극을 본 적이 없다. 저런 종류의 것은 뛰어난 소질을 타고난 사람이 장기간의 연습에 의해서만 도달할 수 있는 것이다. 내가 이 글을 쓰고 있는 이 순간에도 내 방 창 밑을 지나는 운하에서 사람들이 소동을 벌이고 있다. 벌써 자정이 지났는데도 그들은 좋은 일이건 궂은일이건 이렇게 항상 한데 어울려 떠들어대는 것이다.

10월 4일

가두연설이란 것을 들어보았다. 처음에 광장과 제방 위에 세 명의 남자가 서서 각각 연설을 했다. 다음으로 두 명의 변호사와 두 명의 설교사와 배우들의 연설을 들었는데, 그중에서는 익살꾼이 제일 잘했다고 생각한다. 이들은 모두 어딘가 공통점을 가지고 있다. 그것은 그들이 동일한 국민이고, 끊임없이 공공생활을 영위하면서 항상 정열적인 방식으로 이야기하기 때문이며, 그들이 서로를 흉내 내기 때문이기도 하다. 또 그들이 자신의 의향, 신념, 감정을 표현할 때 단호한 몸짓을 하는 것과도 관계가 있다.

오늘 성 프란치스코 축제에서 그를 모시는 델라 비냐 성당에 참배했다. 카푸친회 성직자들의 큰 소리에다 예배당 앞에서 물건 파는 소리가 합쳐져 마치 교대로 합창하듯 들려온다.

나는 양쪽 소리가 나는 중간인 성당 문턱에 서 있었는데, 듣고 있으면서도 참으로 묘한 기분이었다.

10월 5일

오늘 아침엔 해군 병기창에 가보았다. 나는 해군에 관해서는 조금도 아는 바가 없고, 처음 기초 교육을 받는 것이었기 때문에 상당히 흥미가 있었다. 실제로 이곳에는 전성시대는 지났지만 아직도 상당한 세력을 가진 명문가와 같은 모습이 있다. 그래서 나는 직공 뒤를 따라다니면서 여러 가지 진귀한 것들을 구경하고 84문의 대포를 갖춘, 골조가 다 완성된 배에도 올라가 보았다.

이것과 똑같은 배 한 척이 6개월 전에 스키아보니 거리의 부두에서 흘수선(吃水線)까지 불타 버렸다. 화약고가 가득 차 있지 않았기 때문에 폭발했을 때도 그다지 큰 피해는 없었다. 그래도 부근의 집들은 창유리가 깨졌다.

이스트라 지방에서 생산되는 최상품 참나무 목재를 가공하는 것을 보고 이 가치 있는 나무가 자라온 것에 대해 조용히 생각해 보았다. 인간이 재료로써 필요로 하고 또 이용하는 자연계의 사물에 관해 그동안 고심해서 얻은 지식이, 예술가나 장인들의 일을 이해하는 데 얼마나 큰 도움이 되고 있는가는 이루 다 말할 수 없다. 산악과 그곳에서 채취되는 암석에 관한 지식도 마찬가지로 예술 면에서 나에게 큰 도움이 된다.

10월 5일

부첸타우르[53]를 한마디로 규정한다면, '호화 갤리선'이라고 부르겠다. 그 이름은 우리에게 전해 내려오는 묘사화들에서 볼 수 있는 옛 모습과 더 어울린다. 현재의 모형은 지나치게 휘황찬란해서 그 기원을 잊어버리게 만든다.

나는 다시 나의 지론으로 돌아간다. 예술가에게 순수한 테마가 주어졌을 때 그는 순수한 것을 창출해 낼 수 있다. 여기서는 가장 엄숙한 축일에 이 공화국이 예로부터 계승해 온 해상권의 성찬례를 위해, 그 수장을 태우기에 적합한 한 척의 갤리선 건조가 예술가에게 위탁되었으며, 그 임무는 훌륭하게 달성되었던 것이다. 배 자체가 장식품이므로 장식으로 뒤덮였다고 말해서는 안 되리라. 그건 전체가 도금된 조각물이며 아무런 쓸모가 없다. 단지 민중에게 수장의 위엄을 과시하기 위한 성체현시대(顯視臺) 같은 것이다. 모자를 장식하기 좋아하는 이 국민이 자기들의 수장도 화려하게 장식하고 싶어 하는 것은 당연한 일이다. 이 호화선은 베네치아인이 어떠한 국민인가, 또 어떠한 자부심을 가지고 있는가를 나타내는 재산목록 같은 것이다.

---

53) '금으로 장식한 행사용 바지선'을 가리키는 베네치아 전통 용어로, 베네치아 도제가 주관하는 각종 해양 제례에 쓰였다. 마지막 부첸타우르는 1797년 나폴레옹의 이탈리아 정복 때 파괴되어 오늘날에는 병기창 박물관에 모형이 전시돼 있다.

10월 5일, 밤

나는 비극을 보고 웃으면서 돌아왔다. 이것을 종이에 기록해 놓아야겠다. 극은 그리 나쁘지 않았다. 작가는 모든 비극적 장본인들을 모아놓았고 배우 또한 연기를 잘했다. 대개의 장면은 잘 알려진 것이었으나 몇몇은 새롭고 훌륭했다. 서로 미워하는 두 아버지들, 불화한 두 가정의 아들딸들. 그들은 서로를 열렬히 사랑했고 그중 한 쌍은 몰래 결혼까지 했다. 사건은 거칠고 잔인하게 진전되어서 마지막에는 젊은이들을 행복하게 해주기 위해 양가의 아버지가 서로를 찔러 죽이는 결과가 된다. 여기서 대단한 박수갈채가 일어나며 막이 내린다. 그런데 박수가 점점 더 맹렬해지면서 "푸오라(나오라)!" 하는 부르짖음이 높아졌고 마침내 주역인 두 쌍의 연인이 막 뒤로부터 나타나서 절을 하고 다른 쪽으로 사라졌다.

관객들은 그래도 만족하지 않고 박수를 계속하면서 "이 모르티(죽은 자)!"를 불러댔다. 그것이 상당히 오래 계속되었기 때문에 결국 죽었던 두 사람마저 무대에 모습을 나타내 절을 했다. 그러자 또 몇 명이 "브라비 이 모르티!"를 외친다. 박수가 그치지 않았기 때문에 다시 퇴장이 허용될 때까지 그들은 오래도록 붙잡혀 있었다.

이탈리아 사람들이 항상 말하기 좋아하는 "브라보! 브라비!" 소리를, 또 그 찬사가 갑자기 죽은 자에게까지 보내지는 것을 여기서 듣게 된 나 같은 사람에게 이 희극은 한없이 흥미를 돋우는 것이다.

우리 북국의 사람들은 어두운 다음에 작별 인사를 할 때 언제나 "편안한 밤 보내세요."라고 하는데 이탈리아 사람은 딱 한 번, 그것도 날이 저물려고 할 때 방에 등불을 가지고 오면서 "행복한 밤입니다."라고 한다.[54] 두 나라 말의 뜻이 전혀 달라져버리는 것이다. 사실 모든 언어의 특성은 다른 나라의 언어로 번역할 수 없다. 왜냐하면 가장 고상한 것으로부터 가장 저속한 것에 이르기까지 언어는 성격, 기질 또는 생활 상태 등과 같은 그 국민의 특이성과 연관을 가지고 있기 때문이다.

10월 6일

어제 본 비극은 나에게 여러 가지로 교훈적이었다. 우선 이탈리아 사람이 11음절의 이암보스를 어떻게 사용하고 낭독하는가를 들을 수 있었다. 그리고 고치[55]가 가면의 인물과 비극적 인물을 얼마나 현명하게 결합시켰는가 또한 깨달았다. 이것이야말로 그 국민에게 알맞은 진실한 연극인 것이다. 왜냐하면 그들은 격렬한 감동을 요구하고 불행한 인물에게 따뜻한 동정을 보내기는커녕 그저 주인공이 멋있는 대사만 말하면 좋아하기 때문이다. 다시 말해 그들은 구변을 중요시하고 웃기를 좋아하며 인물들의 어리석은 짓을 재미있어 한다.

그들이 연극에 대해 가지고 있는 흥미는 현실에 대한 관심

---

54) 독일어의 밤 인사 'Gute Nacht(구테 나흐트)'와 이탈리아어의 'Felicissima notte(펠리치시마 노테)'를 비교한 것이다.

55) 카를로 고치(Carlo Gozzi, 1720~1806). 이탈리아의 즉흥 풍자 가면극인 콤메디아델라르테(Commedia dell'arte)를 보다 양식화된 공연으로 선보인 극작가다.

을 의미한다. 그래서 연극 속의 폭군이 자기 아들에게 검을 주고 그 아들과 마주 서 있는 자기 아내를 죽이라고 강요했을 때 관객이 큰 소리로 그 요구가 부당하다고 외치는 바람에 하마터면 공연이 중단될 뻔했다. 관객은 늙은 아버지에게 검을 거두라고 요구한다. 그러나 그렇게 되면 그 뒤의 장면을 이어갈 수 없다. 곤경에 빠진 아들이 마침내 결심을 하고 무대 전면으로 걸어 나와서 공손하게 "여러분, 잠시 동안만 참아주십시오. 그러면 이 사건은 여러분이 원하시는 대로 진행될 것입니다." 하고 간청했다. 그러나 예술적 관점에서 관찰한다면, 이 장면은 여러 가지 사정으로 보아 어리석고 부자연스러운 것이었다. 그래서 나는 관객의 감정을 칭찬하지 않을 수 없었다.

지금 나는 그리스 비극의 긴 대사나 활발하게 주고받는 논쟁을 더 잘 이해할 수 있다. 아테네 사람들은 이탈리아 사람들보다 더 연설 듣기를 좋아하고 또 듣는 것에 숙달되어 있다. 그들은 재판이 진행되는 곳에 하루 종일 지키고 앉아서 여러 가지를 얻어듣고 배웠던 것이다.

10월 6일

팔라디오가 세운 건물, 특히 예배당에 있어서 나는 지극히 뛰어난 점과 아울러 몇몇 비난할 만한 결점도 발견했다. 이런 비범한 인간에 대해 내가 말하는 것이 어느 정도까지 옳고 그른가를 생각하고 있노라면, 마치 그가 내 옆에서 이렇게 말해주는 것 같다. "나는 이런저런 것이 마음에 내키지 않은 채로 만들었다오. 내게 주어진 조건하에서는 이러한 방법에 의해서

만 나 자신의 이상에 최대한 접근할 수 있었기 때문이라오."

내가 생각하기에는, 이미 존재하고 있는 성당이나 낡은 가옥에다 파사드[56]만 덧붙여야 했을 때, 그는 높이와 폭을 관찰하면서 다음과 같이 생각했으리라. "어떻게 하면 이만 한 공간에 최대의 형식을 줄 수 있을까? 대개의 부분에 있어서는 그때그때 필요에 따라 어떤 곳은 위치를 변경하고 어떤 곳은 서투른 방법으로 임시변통을 하지 않을 수 없다. 그렇기 때문에 여기저기 잘못된 곳도 생기겠지만 어쩔 수 없는 일이다. 전체가 훌륭한 양식을 가지게 되는 것을 낙으로 삼고 일하면 되는 것이다."

그는 이렇게 해서 마음속으로 그리던 위대한 이미지를 실현시키려고 했기 때문에, 완전하게 조화되지 않을 때도 있었고, 개개의 점에 있어서는 왜곡시키거나 손상시키지 않으면 안 될 경우도 있었다.

이에 반해 카리타 성당의 측랑은 건축가가 자유롭게 마음껏 솜씨를 발휘했고, 자신의 정신에 무조건 충실할 수 있었기 때문에 대단히 가치 있는 작품이 된 것이다. 만약 수도원이 완성되었더라면 현 세계에서 이것보다 더 완벽한 건축물은 존재하지 않았을 것이다.

그가 어떻게 생각하고 일했는가는 그의 책을 읽으면서 그가 고대인을 고찰한 바를 새겨볼수록 더욱 명백해진다. 그는

---

56) 원칙적으로는 건물이 도로와 접한 면을 가리키는데, 주로는 현관이 있는 전면부를 말한다. 건물의 인상을 좌우하기 때문에 장식적 중요성을 띤다.

많은 말을 하지는 않았지만 모두 다 의미심장한 것뿐이다. 고대의 전당을 논하고 있는 넷째 권은 고대 유물을 신중하게 연구하는 데 훌륭한 안내서가 되어준다.

10월 6일

어제저녁에 나는 크리소스토모 극장에서 크레비용의 「엘렉트라」를 보았다. 물론 번역극이었다. 이 극이 얼마나 무취미하고 지루했는가는 말할 수 없을 정도다.

그러나 배우들은 훌륭했고 장면에 따라서는 관객을 적당히 다룰 줄도 알았다. 오레스테스 혼자서 시적으로 각기 다르게 분석되는 세 가지 서사를 하나의 장면 속에 연기했다. 엘렉트라 역을 맡은 예쁘장한 여자는 중키에 적당한 몸매로 거의 프랑스 여자라고 생각될 만큼 활발했지만 품격도 있고 대사도 고왔다. 다만 그녀의 연기는 처음부터 끝까지, 배역이 그러했기 때문에 할 수 없다고는 하지만, 미친 듯이 날뛰었다. 그럼에도 한 가지 배운 점이 있었다. 이탈리아식 11음절 이암보스는 마지막 음절이 언제나 짧아서 낭독자의 뜻에 어긋나게 음조가 높아지기 때문에 낭독하기에 퍽 불편하다는 것이다.

10월 6일

오늘 아침에 나는 튀르크인들에 대한 승리[57]를 기념하기

57) 오스만튀르크 제국의 침략에 맞서 베네치아, 로마, 에스파냐가 연합해 싸운 레판토 해전 승전기념일인 1571년 10월 7일을 가리킨다.

위하여 매년 이날 도제의 주관으로 산타주스티나 성당에서 거행되는 장엄미사에 참석했다. 맨 먼저 도제와 몇몇 귀족을 태운 작은 황금색 배가 이상스럽게 차려입은 뱃사공들이 붉은 칠을 한 노를 힘들여 젓는 가운데 작은 광장에 도착하고, 강변에서는 성직자들과 신도들이 막대기 끝이나 휴대용 은 촛대에 불붙인 초를 꽂고 이리 밀리고 저리 밀리면서 기다리고 있다. 다음으로 양탄자를 깐 다리가 배에서 육지로 놓이고, 제일 먼저 긴 보랏빛 예복을 입은 장관들, 그 뒤에 길고 붉은 예복의 참의원 의원들이 다리를 건너서 포도에 줄지어 서고, 마지막으로 금색 프리기아 모자를 쓰고 가장 긴 황금색 사제복을 입고 족제비 외투를 걸친 늙은 도제가 세 명의 시종으로 하여금 옷자락을 받쳐 들게 하고 배에서 내려오는 것이다.

이와 같은 모든 일이 작은 광장의, 문 앞에 오스만튀르크 깃발이 세워져 있는 성당 정문 앞에서 전개되는 것을 바라보고 있으면, 마치 도안과 채색이 섬세한 오래된 고급 태피스트리를 보는 것 같다. 북쪽 나라에서 흘러온 나에게 이와 같은 의식은 아주 재미있었다. 모든 예식이 짧은 옷을 입고 행해지고, 우리가 상상할 수 있는 최대의 의식이 어깨에 총을 메고 거행되는 독일에서는 이런 형식이 어울리지 않을지도 모른다. 그러나 이곳에서는 옷자락을 길게 끄는 예복이나 평화로운 의전이 참 잘 어울린다.

도제도 체격이 좋고 용모 단정한 사람으로, 병환 중이라고 하는데도 위엄을 유지하기 위해 무거운 옷을 입고 자세를 흩뜨리지 않았다. 거기다 그는 이 나라 전 국민의 할아버지처럼 보이고, 매우 붙임성과 친근감이 있는 사람이었다. 복장도 잘 어울렸고, 모자 밑에 두르고 있는 두건도 얇고 투명한 것으로 깨끗한 은발 위에서 눈에 거슬리지 않았다.

긴 붉은색 자락을 늘어뜨린 옷을 입은 50여 명의 귀족들이 도제의 뒤를 따랐는데, 대부분은 훌륭한 남자들이었고 외모가 추한 자는 한 명도 없었다. 몇 명은 키도 크고 머리도 컸는데 금발의 곱슬머리 가발이 잘 어울렸다. 오뚝한 얼굴과 부드럽고 흰 살결은 부석부석하거나 칙칙하지 않았다. 오히려 총명하고, 무리한 데가 없고, 침착하고 유연해 보여서 생활의 평탄함과 어디까지나 쾌활한 분위기가 떠돌고 있었다.

모든 사람이 예배당 안에 자리를 차지했고, 장엄미사가 시작되자 신도들은 정면 입구로부터 들어와서 두 명씩 한 조가 되어 성수를 받고 제단과 도제와 귀족들에게 절을 한 뒤 오른쪽 벽의 문으로 퇴장했다.

10월 6일

오늘 저녁에는 타소[58]와 아리오스토[59]의 시에 독특한 멜로디를 붙인 유명한 민요를 부른다는 뱃사공의 곤돌라를 예

---

58) 토르콰토 타소(Torquato Tasso, 1544~1595). 소렌토 태생으로, 후기 르네상스의 가장 위대한 작가로 평가되는 시인이자 극작가다.

59) 루도비코 아리오스토(Ludovico Ariost, 1474~1533). 페라라 출신으로, 중세 기사도문학 양식을 완성한 작품으로 평가되는 영웅서사시 『미친 오를란도』(1532)가 대표작이다.

약해 놓았다. 그것은 정말 미리 예약하지 않으면 안 된다. 왜냐하면 그것이 흔치 않을뿐더러 요즘은 거의 사라져버린 옛 전설에 속하는 것이기 때문이다. 달빛을 받으며 나는 곤돌라에 올랐다. 한 사람의 가수는 안쪽에, 다른 사람은 뒤쪽에 타고 있었다. 둘이서 노래를 시작하여 교대로 한 구절씩 부른다. 우리 독일인들은 그 선율을 루소를 통해서 알고 있는데, 성가와 서창의 중간쯤 된다. 박자도 없고 항상 똑같은 식으로 노래가 계속된다. 억양도 단조롭고 다만 시구의 내용에 따라 낭독하듯 음의 고저와 장단을 변경할 뿐이다. 그러나 그 정신, 그 속의 생명을 이해하는 것은 다음과 같이 하여 이루어진다.

이 선율이 어떠한 경로를 거쳐서 성립됐는지 나는 캐묻지 않았다. 그러나 하여간 이 선율은 무언가를 박자 맞춰 부른다든지, 암기하고 있는 시를 이런 노래로 만들어 불러보고자 하는 한가한 사람에게는 대단히 적합한 것이다.

잘 울리는 목소리로(이 나라 사람들은 무엇보다도 강력함을 존중한다.) 섬이나 운하의 물가에 배를 대고, 한껏 목청을 높여 노래를 부른다. 노랫소리는 조용한 수면으로 퍼져간다. 그러면 또 맞은편에서 노래를 불러 보내는 식으로 자꾸만 서로 응답을 하는 것이다. 노래는 며칠 저녁이고 계속되며 두 사람은 지칠 줄 모르고 즐긴다. 두 사람이 멀리 떨어져 있으면 있을수록 노래는 매력을 더한다. 만약에 듣는 사람이 그 두 사람의 중간에 있으면 가장 좋은 위치를 잡은 것이다.

나에게 그것을 시연해 주려고 그들은 주데카섬 해변에 상륙해 운하를 따라 위아래로 갈라져 갔다. 나는 노래를 시작하는 쪽에서 출발해, 그들 사이를 오가면서 노래를 끝마치는 쪽으로 이동하기로 했다. 그러자 노래의 의미가 차차 이해되기 시작했다. 멀리서 들려오는 소리를 들으면 슬픔을 동반하지 않은 호소의 소리처럼 아주 이상한 느낌이 든다. 그 소리에는 눈물이 날 정도로 감동적인 무언가가 있었다. 나는 그것을 내 기분의 소치라고 생각했는데 나의 늙은 하인도 다음과 같이 말하는 것이었다.

"그 노랫소리를 듣고 있으면 이상하게도 마음이 감동됩니다. 노래를 하면 할수록 더 잘 부릅니다." 그는 나한테 또한 리도섬의 여인들, 특히 말라모코와 펠레스트리나의 아낙네들이 부르는 노래를 들려주고 싶다고 했다. 그네들의 노래도 타소의 노래와 비슷한 멜로디라고 한다. 그가 말을 이었다. "그 여인들은 남편이 고기를 잡으러 바다로 나가면 저녁에 바닷가에 나와 앉아서 투명한 목소리로 노래를 부르는 관습이 있습니다. 그러면 멀리 바다에 나가 있는 남편이 그 소리를 듣고 화답하여 서로 노래를 주고받는 것입니다."

정말로 재미있는 일이 아닌가? 하지만 가까이서 듣고 있는 사람들에게 바다의 파도 소리와 싸우는 듯한 음성은 그리 듣기 좋지 않으리라고 생각된다. 그럼에도 그렇게 불리는 사이, 노래는 인간적이고 진실한 것이 되며, 지금까지는 생명 없는 부호에 불과해 우리의 골치를 썩였던 멜로디가 생명력을 지니고 비로소 살아난다. 그것은 고독한 자가 똑같이 쓸쓸한 생각을 품고 있는 사람에게 듣고 대답하라고 먼 곳으로 울려 보내는 노래인 것이다.

10월 8일

나는 파올로 베로네세의 명화를 보기 위하여 피사니 모레타 궁을 방문했다. 그림에는 다리우스 왕의 여자 가족이 알렉산드로스 대왕과 헤파이스티온 사이에 무릎을 꿇고 있는 모습이 그려져 있다. 맨 앞에 무릎을 꿇고 있는 어머니는 헤파이스티온을 대왕이라고 여기는데, 헤파이스티온이 이를 부인하며 진짜 대왕을 가리키고 있다. 사람들이 전하는 말에 의하면, 이 그림의 작가는 이 궁전에서 매우 융숭한 대접을 받으며 오래 머물렀기 때문에 감사하는 마음으로 이 그림을 몰래 그려서 침대 밑에 선물로 놓고 갔다고 한다. 거장의 가치가 충분히 엿보이는 그림이니 거기에 무슨 특별한 일화가 있어도 이상할 것은 없다. 화면 전체를 장악하는 전반적 색조를 쓰지 않고, 광선과 음영의 교묘한 안배로 조심스럽게 부분적 색채를 교차시킴으로서 훌륭한 조화를 이루려 하는 그의 위대한 예술은 여기서 충분히 발휘되고 있다. 그리고 얼마나 잘 보존되었던지 마치 어저께 그려놓은 것처럼 우리 눈에 선명하게 보인다. 이러한 종류의 그림이 손상되어 있으면 왠지 모르게 우리의 즐거움도 곧 흐려지고 만다.

의상에 관해서 이 화가를 논하고자 하는 사람은 16세기에 이 이야기가 그려졌다는 점을 고려하지 않으면 안 된다. 그러면 대번에 해결이 난다. 어머니에서 아내를 지나 딸까지의 단계적 이행 상태가 지극히 진실하고 성공적으로 그려져 있다. 끝자리에 무릎을 꿇고 있는 가장 젊은 공주님은 어여쁜 아가씨이며 애교가 있고 고집 센 것 같은 뾰로통한 얼굴을 하고 있다. 그녀는 자기 자리가 마음에 안 드는 모양이다.

10월 8일

어떤 화가의 그림이 내 마음에 인상을 주면 그 화가의 눈을 통해서 세계를 볼 수 있는 예전부터의 재능이 나를 어떤 독특한 생각으로 인도했다. 인간의 눈이 어렸을 때부터 보고 자란 대상에 따라 발달한다는 것은 명백한 사실로, 베네치아의 화가는 다른 나라 사람들보다 모든 것을 명료하고 쾌활하게 보고 있는 것이 틀림없다. 반대로 불결하고, 먼지투성이거나 생동하는 색채가 없는, 반사를 방해하는 바닥 위에서 또는 비좁은 방에서 생활하는 독일인은 그렇게 명랑한 눈초리를 우리들 자신으로부터 만들어낼 수가 없는 것이다.

한낮의 해맑은 햇볕 아래 배로 갯벌을 건너면서 화려한 복장을 한 곤돌라 사공이 뱃전에 서서 노를 젓는 모습이 엷은 녹청색의 수면으로부터 새파란 하늘에 뚜렷하게 떠올라 있는 모양을 바라보았을 때, 거기에서 베네치아 화파의 가장 훌륭하고 선명한 그림을 보는 것 같은 기분이 들었다. 햇빛은 각자의 국부적 색조를 눈부시도록 돋우었고 그늘에 해당되는 부분도 대단히 밝아서 빛 부분을 돋우어줄 정도였다. 같은 원리가 바다같이 녹색이 진한 물의 반영에서도 나타난다. 모든 것이 밝음 속에서도 더 밝게 그려져 있기 때문에 화룡점정하기 위해서 거품이 이는 파도라든가 번개 같은 것을 덧붙여 그려 넣을 필요가 있을 정도다.

티치아노와 베로네세는 이 명랑함을 최고도로 갖고 있었다.

만약 그들의 작품에서 그것이 발견되지 않을 때는, 그 그림은 실패작이든가 그렇지 않으면 개작된 것이다.

산마르코 대성당의 둥근 지붕이나 둥근 천장에는 측면과 더불어서 많은 그림이 그려져 있다. 모두가 금색 바탕 위에 가지각색의 인물상을 모자이크 세공으로 그린 것이다. 밑그림을 그린 화가의 기량에 따라 아주 좋은 것도 있고 그렇지 못한 것도 있다.

역시 모든 것은 최초의 고안에 달렸다는 것, 그리고 이 최초의 고안에는 올바른 규범과 진실한 정신이 깃들어 있어야 한다는 것을 가슴 깊이 느꼈다. 왜냐하면 이곳 모자이크의 경우 결코 정교하다고는 할 수 없더라도 사각 유리 조각을 사용하면 좋은 것이건 좋지 않은 것이건 간에 모방할 수 있기 때문이다. 그러나 지난날 고대인을 위해 마루판에 이용되고 기독교인을 위해 예배당의 둥근 천장을 형성해 주었던 이 모자이크 예술은, 지금은 상자라든가 팔찌 제작 따위로 근근이 명맥을 유지하고 있다. 시대는 상상 이상으로 악화되었다.

10월 8일

파르세티의 집에는 최상의 고대 미술품의 귀중한 모조 컬렉션이 있었다. 만하임에서 내가 보아 이미 알고 있는 것에 대해서는 그만두고, 새로 알게 된 것에 대해서만 적어둔다. 독사를 팔에다 감고서 조용히 잠들어 죽으려 하는 클레오파트라, 막내딸을 외투로 덮어 아폴론의 화살을 피하려는 어머니 니오베, 다음으로 두세 명의 검객, 자기 날개 속에서 휴식을 취하고 있는 수호천사, 앉거나 서 있는 철학자들.

이들 작품은 수천 년에 걸쳐서 세상 사람들이 그것을 보고 즐기고 교양을 쌓을 수 있는 대상으로서, 그들 예술가의 진가는 어떠한 연구나 관념으로 완전무결하게 다룰 수 있는 성질의 것이 아니다.

많은 뜻깊은 흉상들을 보고 있으려면, 나는 고대의 빛나는 시대로 옮겨 앉은 것 같은 느낌이 든다. 다만 유감스럽게도 내가 이 방면의 지식에 있어서 대단히 뒤떨어져 있다는 것을 느낀다. 그러나 차츰 진전이 있을 것이고, 적어도 그 길을 알고 있다. 팔라디오는 나에게 그곳으로 도달하는 길, 그리고 동시에 모든 예술과 생활로 통하는 길을 열어주었다. 이런 말을 하면 좀 이상하게 들릴지 모르지만, 뵈메[60]가 한 장의 주석 접시를 보다가 목성이 발하는 빛에 의해 우주의 수수께끼를 풀었다는 이야기만큼 역설적이지는 않을 것이다. 이곳 컬렉션 중에는 로마의 안토니우스 황제와 파우스티나 황후의 신전에 사용했던 대들보 조각이 있다. 이 뛰어난 건축 모양을 직접 보면서 나는 만하임 판테온의 주두(柱頭)가 생각났다. 하지만 이것은 독일의 석지주 위에 겹쳐져 쭈그리고 있는 고딕 양식의 성자들과는 다르고, 파이프식 원주나 작은 뾰족탑, 꽃 모양 첨두와도 다르다. 고맙게도 나는 그런 것들로부터 이제 영원히 벗어났다.

---

60) 보헤미아 왕국 출신의 기독교 신비주의 철학자 야코프 뵈메(Jakob Bohme, 1575~1642)는 태양계와 우주의 원리를 신학적 관점으로 설명했다.

요 며칠 사이에, 지나는 길이긴 했지만, 경탄과 감명을 가지고 관찰한 두서너 가지 조각 작품에 관해 언급해 두고자 한다. 병기창 문전에 있는 거대한 흰 대리석 사자 두 마리. 한 마리는 앞발을 세워 내뻗고 앉아 있고, 다른 한 마리는 누워 있다. 뛰어난 한 쌍의 조각으로, 살아 있는 그대로의 다양성을 나타내고 있다. 이 상은 주위의 모든 것이 작게 보일 정도로 대단히 커서, 만약 이 숭고한 조각이 인간의 심성을 고양시켜 주는 것이 아니라면, 보는 사람 자신이 무(無)로 돌아가 버릴 것같이 생각될 정도다. 그것은 그리스 전성기의 작품으로, 고대 로마제국이 융성했던 시대에 피레우스로부터 이곳으로 운반되어 왔다고 한다.

산타주스티나 성당에 있는 튀르크인 정복자 부조(浮彫) 두어 개도 마찬가지로 아테네에서 온 것 같다. 그것은 벽에 박혀 있는데 유감스럽게도 예배당 안의 의자들 때문에 좀 어두컴컴하게 되어 있다. 그곳의 성당지기가 나에게 티치아노의 그림 「순교자 성 베드로의 죽음」 속에 있는 더없이 아름다운 천사는 이것을 모방한 것이라는 설이 있다고 말해 주어서 내 주목을 끌었다. 신들의 속성으로 스스로를 끌고 다니는 그 수호천사들은 너무도 아름다워서 그 어떤 상상도 허락하지 않는다.

다음으로 나는 어떤 궁전의 정원에 있는 마르쿠스 아그리파의 벌거벗은 거상을 특이한 감정을 가지고 관찰했다. 그의 옆구리에서 몸을 비비 꼬며 올라가려고 하는 돌고래는 어떤 바다의 용사를 암시하고 있다. 실로 이러한 숭고한 표현은 인간을 신에 가깝게 만드는 것이다.

산마르코 대성당 위에 있는 말 동상을 가까이 가서 자세히 보았다. 밑에서 올려다보니 말에 반점이 있었는데 어떤 것은 아름다운 누런 금속광택이 있고 어떤 것은 동록색(銅綠色)으로 녹슬어 있는 것을 쉽게 알아볼 수 있었다. 그러나 가까이서 보면 전체가 도금되어 있었던 것을 알 수 있으며 또 가느다란 세로줄 홈으로 뒤덮여 있는 것도 보인다. 이것은 야만인들이 금을 벗겨내려 하지 않고 깎아내려고 했기 때문이다. 그러나 그래도 좋다. 적어도 옛날 모습이 보전되어 있으니까.

이건 굉장한 한 쌍의 말이다. 정말로 말에 관해 정통한 사람에게서 평을 들어보고 싶은 기분이다. 내가 이상하게 생각하는 점은 그것이 가까이서 보면 무겁게 보이지만 아래 광장에서 올려다보면 사슴과 같이 경쾌하게 보인다는 사실이다.

10월 8일

나는 오늘 아침 내 수호자와 함께 배를 타고 리도섬으로 건너갔다. 리도는 석호를 바다로부터 격리시키는 사주(砂洲)섬이다. 우리는 배에서 내려 긴 사주해안을 따라 걸었다. 나는 강한 음향을 들었는데 그것은 바다였다. 얼마 안 있어 눈에도 보였다. 물결은 빠져나가면서 높이 솟아 해변을 때렸다. 정오쯤으로 썰물 시간이었다. 그렇게 나는 바다를 눈으로 보았고 빠져나가는 물결 뒤에 남겨진 아름다운 흙을 밟으며 그 뒤를 좇았다. 조개가 많이 있었기 때문에 아이들이 있었더라면 하고 생각했다. 나 자신이 아이가 되어 잔뜩 주워 모았다. 사실은 어떤 일에 이용하려는 목적이 있었는데, 여기 풍부하게 흘러 내려가는 오징어의 먹물을 좀 건조시켜 보려는 것이었다.

바다에서 그리 멀지 않은 섬 위쪽에 영국인들의 무덤이 있고 거기서 조금 더 가면 유대인들의 무덤이 있다. 그들은 일반 묘지에 매장될 수 없었던 사람들이다. 나는 고결한 스미스 영사와 그의 첫 번째 부인의 묘지를 발견했다. 나는 그 사람 덕분에 팔라디오의 책을 얻을 수 있었기 때문에, 장례미사를 받지 않은 그 무덤 앞에서 그에게 감사의 뜻을 표했다.

그 무덤은 정화되지 않았을 뿐 아니라 반쯤 파묻혀 있었다. 리도섬은 언제나 단순한 모래언덕으로 보아야만 할 것이다. 모래가 그리로 흘러가서 바람에 이리저리 불리고 쌓여 올려지고 여기저기 몰려 있게 되는 것이다. 꽤 높은 곳에 돋우어놓은 이 비석도 얼마 안 가서 사람의 눈에 띄지 않게 될 것이다.

하여간 바다는 웅대한 광경이다. 나는 고기잡이배를 타고 멀리까지 노 저어 나가 보고 싶다. 곤돌라를 가지고는 그럴 수가 없다.

10월 8일

해변에서 여러 가지 식물을 발견했는데, 서로 비슷한 특징으로 인해 그들의 성질을 더 상세히 알 수 있었다. 그것들은 모두 비대해져 있는 동시에 당당하고, 액즙이 풍부한 동시에 강인하다. 모래밭의 오래된 염분이, 아니 그보다도 염분을 포함한 공기가 이러한 질긴 성질을 부여한 것이 분명하다. 수중식물처럼 액즙을 가득 품으면서, 고산식물같이 고정돼 있고 강인하다. 잎 끝이 엉겅퀴처럼 가시가 되려고 하는 것은 대단히 뾰족하고 강하다. 나는 그런 잎의 풀숲을 발견했다. 그것은 우리 독일의 귀여운 민들레를 닮았지만 여기서 발견되는 것은 예리한 무기를 갖고 있고, 잎은 가죽 같으며 깍지나 줄기도 그러하다. 모든 것이 비대하고 튼튼하다. 귀국할 때 나는 그 종자와 눌러 말린 잎 표본(에린기움 마리티뭄[61])을 가지고 갈 것이다.

어시장과 수없이 많은 해산물은 나에게 큰 즐거움이다. 나는 자주 거기로 가서 그물에 걸린 불행한 바닷속 서식자를 살펴본다.

10월 9일

아침부터 밤에 이르기까지 귀중한 하루였다! 나는 키오자 곶 건너편에 있는 펠레스트리나섬까지 배로 갔는데, 거기에는 공화국이 해수를 막기 위해 축조하고 있는 방파제 대공사가 진행되고 있었고, 그것을 '무라치'라고 불렀다. 돌을 쌓아서 축조하고 있는데, 본래 갯벌과 바다를 구획 짓고 있는 리도의 긴 해안을 파도로부터 보호하려는 것이다.

갯벌은 옛적부터의 자연 작용이다. 우선 첫째로는 간조, 만조 및 토지가 상호작용한 결과고, 두 번째로 원시 해수의 수위가 서서히 내려간 것이 아드리아해 북단에 일대 소택지를 조성시킨 원인이 되었다. 그리고 그곳은 밀물 때는 잠기고 썰물 때는 부분적으로 빠지게 된다. 이러한 밀물과 썰물 작용은

---

61) 해안에서 자생하는 가시 모양의 들꽃이다.

가장 높은 지대를 장악했으며, 그렇게 베네치아는 수백의 섬이 무리를 이루고 수백의 섬에 둘러싸여 존재하고 있는 것이다. 동시에 믿을 수 없을 정도의 노력과 경비를 들여 그 소택지 안에 간조 시에도 군함들이 주요 지점에 접안할 수 있도록 깊은 운하가 만들어졌다. 그 옛날 인간의 지혜와 근면함이 고안해서 성취시켜 놓은 것을 지금 현명함과 부지런함으로 유지해 나가지 않으면 안 된다. 리도의 사주가 베네치아 석호를 바다로부터 분리해, 바닷물은 단지 두 군데로부터만 들어올 수 있다. 그 두 곳은 즉 보루 근처와 반대쪽 끝인 키오자곶 근처를 말한다. 보통은 하루에 두 번씩 같은 입구를 통해 같은 방향으로 해수가 들어오고, 다시 썰물에 의해 빠져나간다. 밀물은 안쪽의 소택지를 덮지만, 비교적 높은 지대는 건조하지는 않아도 눈으로 볼 수 있게 그냥 놔두기도 한다.

만약 바다가 새로운 통로를 찾아 이 사주해안을 엄습하여 제멋대로 바닷물이 들고나는 일이 일어난다면 상태는 아주 달라질 것이다. 리도의 부락들, 펠레스트리나, 산피에트로, 그 밖의 몇몇 부락이 멸망하리라는 것은 말할 것도 없고, 통로로서의 운하에도 물이 넘칠 것이다. 또한 바닷물은 모든 것을 혼란에 빠뜨리기 때문에, 리도는 동떨어진 섬이 되고, 지금 리도의 배후에 있는 섬들은 곶으로 변하고 말 것이다. 이것을 방지하려면, 모든 수단을 써서 리도를 보호하고, 인간이 이미 자신의 손안에 넣고 어떤 목적을 위해 형태와 방향을 정해준 것을 바닷물이 제멋대로 손상시키고 아무렇게나 파괴하는 일이 없도록 해야만 할 것이다.

바닷물이 과도하게 불어나는 것 같은 특별한 경우에는 물이 들어올 입구가 두 곳밖에 없고 다른 곳은 전부 막혀 있는 것이 대단히 잘된 일이다. 그 이유는 바닷물이 최고의 힘으로 동시에 밀어닥칠 위험의 여지가 없고, 또 몇 시간 지나면 간조의 법칙에 따라 그 맹위가 줄어들지 않을 수 없기 때문이다.

그 밖에는 베네치아는 아무것도 걱정할 일이 없다. 바다가 후퇴해 가는 속도는 느리기 때문에 아직 수천 년의 여유 시간이 있다. 그들은 운하를 현명하게 보수해 나감으로써 길이길이 자신들의 생활 터전을 지켜나갈 것이다.

그들이 거리를 좀 더 깨끗하게 유지해 주었으면 한다. 그것은 필요한 동시에 용이한 일로서, 수백 년이 지나는 동안에는 실제로 큰 영향이 생길 것이다. 하기야 지금도 운하 속에 물건을 버리거나 쓰레기를 투입하는 일은 엄하게 금지되어 있다. 그러나 비가 심하게 내렸을 때에는 구석에 모아놓았던 쓰레기가 전부 뒤범벅이 되어 운하 속으로 흘러 들어가며, 더 지독한 경우에는 배수를 위해서만 사용하게 되어 있는 하수에 들어가는 바람에 그곳이 막혀가지고 대광장이 물바다가 될 위험이 있는데도 그 점에 대해서는 아무 단속도 돼 있지 않다. 작은 산마르코 광장에 있는 두세 개의 하수구는 대광장의 것과 마찬가지로 참으로 정교하게 설비되어 있는데도, 그것까지도 막혀서 물이 넘치고 있는 것을 본 적이 있다.

하루 비가 내리면 거리는 참을 수 없이 오물투성이가 된다. 모두들 저주하고 불평을 한다. 다리를 오르내리노라면 외투도, 1년 내내 입고 다니는 타바로[62]도 다 더러워진다. 모든 사람이 단화와 양말을 신고 걷기 때문에 서로 흙탕을 튀기고는 욕지거리를 한다. 그것은 보통 흙탕이 아니고 더러움이 배어 들어 지워지지 않는 그런 종류의 것이기 때문이다. 그런데 다시 날씨가 좋아지면 청결을 생각하는 사람은 아무도 없다. 대중은 언제나 당국의 서비스가 나쁘다고 불평하지만 좋은 서비스를 받으려면 어떻게 해야 하는지를 알지 못한다는 비판은 정말 맞는 말이다. 도제가 하려고만 든다면 당장에 모든 것이 이루어질 수 있을 것이다.

10월 9일

오늘 저녁 산마르코 탑에 올라가 보았다. 일전에는 만조 때 갯벌의 장관을 보았으므로 오늘은 간조 때의 겸허한 모습을 보아두려고 생각한 것이다. 갯벌을 정확하게 이해하기 위해서는 양쪽 상황을 결합하는 일이 필요하다. 수면이 있던 곳 도처에서 육지가 드러나는 모습은 기묘하다. 섬은 이제 섬이 아니라, 아름다운 운하에 의해 종단되어 있는 커다란 회록색의 소택지가 곳곳에서 얼마만큼 높아져 있는 것에 지나지 않는다. 늪지 부분에는 수중식물이 나 있어서, 썰물과 밀물이 끊임없이 그것을 뚫고 파헤치는 등 잠시도 가만두지 않는다고는 해도, 식물의 성장에 의해 토지가 서서히 높아져가고 있는 게 틀림없다.

이야기를 한 번 더 바다로 돌리자. 오늘 나는 바다에서 바

62) 소매가 따로 없고, 전신을 덮는 망토 형태의 외투다.

다달팽이, 삿갓조개, 작은 게 등의 활동을 보면서 진심으로 즐겼다. 생물이란 얼마나 귀중하고 멋진 것인가! 얼마나 그 상황에 잘 적응하고, 진실하며, 또한 현실적인가! 자연에 관한 나의 근소한 연구에도 얼마나 도움이 되고, 그것을 계속하는 일은 얼마나 즐거운 일인가! 그러나 그것은 보고할 수 있는 것이니까, 단지 감탄사만을 늘어놓고 친구들을 짜증나게 하는 짓은 않겠다.

바다를 향해 축조되어 있는 방파제는 먼저 두세 개의 가파른 계단으로 되어 있고, 다음에는 완만한 경사면이 있으며, 그 다음 다시 계단이 하나 있고 나서, 다시 완만한 경사면, 또 그 다음엔 돌출한 지붕이 있는 급사면의 벽이다. 만조 때의 바다 물결은 이들 계단이나 사면에 연해서 높아지고, 심한 경우에는 결국 상부의 벽과 돌출부에 부딪쳐 물결이 부서진다.

작은 식용달팽이, 껍질이 하나뿐인 삿갓조개, 그 밖에 움직이고 있는 생물, 특히 작은 게 등 바닷속 서식 생물이 조류를 타고 함께 밀려온다. 그러나 이들 생물이 매끈매끈한 방파제에 도달할까 말까 하는 동안에 벌써 바다는 밀려 왔던 때와 마찬가지로 일진일퇴하면서 다시 밀려가기 시작한다. 처음에는 이들 생물군도 어떻게 해야 할지 몰라 바닷물이 다시 돌아오기만을 기대하고 있었지만, 바닷물은 돌아오지 않고 태양이 내리쬐자 금세 건조된다. 그래서 이젠 퇴각이 시작되는 것이다. 이 기회에 게는 먹이를 찾는다. 한 개의 둥근 몸체와 두 개의 긴 가위 집게로 구성되어 있는 이 생물의 몸놀림처럼 기묘하고 우스꽝스러운 것은 또 없다. 왜냐하면 거미 다리처럼 생긴 게 다리는 사람들 눈에 띄지 않기 때문이다. 의족 같은 양팔을 사용해서 걸어 다니는 것같이 보인다. 그리고 삿갓조개가 껍질 속에 몸을 감추고 이동을 개시하자마자 돌진해 가서 가위 집게를 껍데기와 지면 사이의 좁은 틈새로 쑤셔 넣어 가지고 삿갓조개의 껍데기를 홀렁 뒤집고 그 속의 살을 먹으려고 한다.

삿갓조개는 천천히 걸어가다가 적이 접근하는 것을 눈치채자마자 돌에 찰싹 달라붙는다. 그러면 게는 작은 삿갓조개 껍데기 주위를 돌면서 기묘한 몸놀림을 하는데 그것이 아주 애교가 있고 마치 원숭이 같다. 그러나 게에게는 이 연체 생물이 가지고 있는 강력한 근육을 이겨낼 만한 힘이 없다. 그래서 이 먹이는 단념하고, 걸어오고 있는 다른 놈을 노리고 가버린다. 그러면 먼저의 삿갓조개는 천천히 이동을 계속한다. 어느 게도 목적을 달성하는 것을 보지 못했다. 이 게 떼가 두 개의 사면과 그 사이의 계단을 기어 내려가는 퇴각 장면을 몇 시간 동안이나 지켜보고 있었지만.

10월 10일

나는 이제야 비로소 희극을 보았다고 말할 수 있다! 오늘 산루카 극장에서 「레 바루페 키오조테」가 상연되었다. 이것을 번역한다면 '키오자의 말다툼'이라고 해야 할 것이다. 배역은 키오자의 주민인 어부들과 그들의 마누라, 자매, 딸 들이다. 좋은 일이건 나쁜 일이건 사람들의 관습이 되어 있는 외침, 다툼, 노여움, 선심, 천박함, 기지, 해학, 자연스러운 거동, 모든 것이 정말 잘 모방되어 있다. 이 극 역시 골도니[63]의 작품이다. 나는 바로 어제 그 지방에 갔다 온 터라 어부나 항구 사람들의 소리, 거동이 아직도 눈에 선하고 귀에 남아 있었기에 연극이 매우 재미있었다. 군데군데 알아듣지 못하는 데도 있었지만 대강의 줄기는 파악할 수 있었다. 작품의 구성은 다음과 같다. 키오자의 여인들은 집 앞 선착장에 앉아 늘 하듯이 실을 뽑고, 뜨개질을 하고, 옷을 꿰매고 가위 소리를 내고 있다. 한 남자가 지나가다가 한 여자에게 다른 여자들한테보다 친밀하게 인사를 한다. 곧 빈정대는 말이 나오고, 그것이 도를 넘어 격화되어 조소로 변하고, 비난 공격으로까지 발전한다. 마침내 성미 급한 이웃 여인이 진상을 폭로해 버린다. 그러자 악담, 욕지거리, 외침이 한꺼번에 폭발해서, 재판소 사람들이 개입하지 않으면 안 되게 된다.

2막은 법정 장면이다. 재판관은 귀족 신분으로 무대에 모습을 나타내는 것이 허락되지 않았는지, 서기가 그 대리로서 여자들을 한 사람씩 소환한다. 그런데 서기 자신이 문제의 주인공 여자에게 반해 있어서 단둘이서만 이야기할 수 있는 기회에 심문하는 대신 그녀에게 사랑 고백을 함으로써 사태는 더 심각해진다. 서기에게 반해 있는 또 한 여자가 질투해서 뛰어들고, 문제가 된 여자의 정부도 격분해 같이 들어온다. 다른 사람들도 이어서 들어와 새 공격이 가해지고, 마침내 법정도

63) 카를로 골도니(Carlo Goldoni, 1707~1793). 베네치아 출신으로, 고치와 더불어 18세기 이탈리아를 대표하는 극작가다.

선착장처럼 아수라장이 되어버린다.

3막에서 해학은 더욱 심해지고 전체가 급속도로 임시변통식의 해결책으로 끝을 맺는다. 그러나 그 착상이 대성공을 거두는 것은 다음에 말하는 한 인물에 의해서다.

젊었을 적부터 가혹한 생활로 수족이 말을 듣지 않게 되고 특히 언어장애까지 일어난 늙은 뱃사공은 활발하고 말수가 많고 덮어놓고 떠들어대는 무리들과 좋은 대조를 이루면서 등장한다. 그가 자신의 생각을 말하기까지는, 항상 먼저 입술을 움직이고 양손 양팔의 도움을 빌려서 예비 동작을 해야 한다. 그럼에도 그것이 겨우 짧은 문구로밖에는 입에서 나오지 않기 때문에 그에게는 과묵한 진지함이 판에 박혀버려서, 그가 말하는 것은 모두 격언이나 금언처럼 들리게 되고, 다른 사람들의 거칠고 열정적인 행위와 썩 좋은 균형을 이루는 것이다. 자신이나 자기 가족의 모습이 아주 자연스럽게 연출되는 것을 보고 구경꾼들은 갈채를 보내는 것인데, 나는 이런 유쾌한 기분을 아직까지 경험해 본 적이 없다. 처음부터 끝까지 홍소와 환호의 연속이다. 하지만 배우들의 연기가 뛰어났다는 것도 확실히 말해 두지 않으면 안 된다. 그들은 배역의 성격에 따라 민중 속에서 언제나 들을 수 있는 가지가지 목소리를 잘 골라 쓰고 있다. 주연 여배우가 가장 사랑스러웠는데, 전날 전사의 복장을 하고 정열적인 역을 했을 때보다 훨씬 좋았다. 전반적으로 여배우들, 특히 주연은 민중의 목소리와 몸놀림과 거동을 지극히 우아하게 흉내 내고 있었다. 아무것도 아닌 소재에서 더없이 유쾌한 위로물을 만들어낸 작가는 크게 칭찬받을 만하다. 그러나 이것도 자기 나라의 생활을 즐길 줄 아는 민중과 직결되어 있기에 가능한 것이다. 작가의 필치는 시종 능숙하다.

지금은 해산해 버렸지만 이전에는 고치가 그들을 위해 희곡을 썼던 사치 극단 소속의 스메랄디나를 보았다. 그녀는 키가 작고 아주 활달하고 기지도 있으며 유머가 풍부한 여자다. 그녀와 함께 브리겔라도 보았는데, 수척하고 체격이 잘빠진, 표정과 손의 움직임이 특히 뛰어난 배우다. 그 자체에는 생명도 없고 아무 의미도 없기 때문에 거의 미라로만 여기고 있는 이들 가면은 이곳 풍토의 산물인 만큼 여간 좋은 것이 아니다. 연령, 성격, 계급은 눈에 띄는 형태로 기묘한 복장에 의해 나타나게 된다. 게다가 그들 자신이 1년 중 대부분을 가면을 쓰고 돌아다니니, 무대 위에서 또다시 검은 얼굴이 나타난다 하더라도 이처럼 자연스러운 것은 없다고 생각하는 것이다.

10월 11일

그렇게 많은 사람들 틈에서 고독을 지킨다는 것은 결국 불가능한 모양이다. 나는 마침내 어느 늙은 프랑스 사람과 가까이하게 되었다. 그 사람은 이탈리아어를 전혀 몰라서 꼭 자기가 배반당하고 팔려온 것같이 느끼고 있었다. 여러 가지 소개장을 가지고 있으면서도 어떻게 할지 모르는 딱한 사정이었다. 그 사람은 훌륭한 집안 출신이었고 생활도 부유했는데 다만 자신의 껍질에서 벗어나지 못하고 있었다. 나이는 쉰도 훨씬 넘어 보였는데 집에는 일곱 살짜리 아들이 하나 있고, 그 아이의 소식을 못 견디게 기다리는 것이었다. 나는 여러 가지로 그 사람을 돌봐주었다. 그는 마음 편하게 이탈리아 여행을 하고 있는 처지였지만 얼른 구경을 마치기 위해 매우 서둘렀다. 그러면서도 여기저기 지나칠 때마다 될 수 있는 대로 많은 지식을 얻으려 했다. 나는 그에게 여러 가지 정보를 이야기해 주었다. 내가 그와 베네치아에 관한 이야기를 하고 있을 때 그는 나에게 대체 얼마 동안이나 이곳에 머무르고 있는 것이냐고 물었다. 그래서 불과 2주 동안 있었으며 처음 온 것이라고 대답했더니 "당신은 시간을 낭비하지 않으시는 모양이군요."라고 했다. 이것이 내가 제시할 수 있는 최초의 선행(善行) 증명서다. 그 사람은 일주일 동안 여기 있었는데 내일은 떠난다고 했다. 외국에서 토박이 베르사유 사람을 만날 수 있었던 것은 즐거운 일이다. 그도 지금은 여행을 하고 있다. 그런데 그는 자기 자신 이외의 것에 거의 관심을 갖지 않는다. 어떻게 여행을 할 수 있는지 놀라지 않을 수 없다. 그렇지만 그 사람도 나름대로 교양을 지닌 훌륭한 사람이라는 것을 나는 관찰했다.

10월 12일

어제 산루카 극장에서 신작 「이탈리아에서의 영국 기풍」이 상연되었다. 이탈리아에는 많은 영국인들이 생활하고 있으므로 그들의 풍습이 눈에 띄는 것은 당연한 일이다. 그래서 나는 이탈리아 사람들이 이 환영할 만한 부유한 손님들을 어떻게 관찰하고 있는가 알고 싶어졌다. 그러나 연극 내용은 아주

시시했다. 늘 그렇듯이 두셋의 우스개 장면은 성공적이었지만 그 외의 것은 너무나 무겁고 진지해서 영국 기질의 편린도 엿볼 수 없었다. 너무 흔해빠진 이탈리아 설교조의 극인 데다가 저속하기 짝이 없는 것만 상대하고 있다.

이 연극은 관객들에게도 좋지 않게 받아들여져서 휘파람으로 쫓겨날 뻔했다. 배우들도 자신 있는 레퍼토리는 아닌 모양으로, 키오자의 광장 장면 같지 않았다. 그리고 이것이 여기서 본 마지막 연극이기 때문에 저 국민적 연기인 「키오자의 말다툼」에 대한 나의 감격은 이로 인해 더욱 높아졌다.

최후에 이 일기를 통독하고 세세한 메모를 삽입한 다음, 이들 서류를 한 묶음으로 해서 친구들에게 보내 고견을 듣고자 한다. 지금도 벌써 나는 이 서류 중에 더 상세하게 설명하고, 부연하고, 수정하고 싶은 것을 많이 발견하고 있다. 그러나 그것은 첫인상의 기념으로 이대로 두겠다. 첫인상이란 설령 그것이 반드시 진실이 아닐지라도 또 그것대로의 귀중한 가치가 있다. 나는 친구들에게 이 마음 편한 생활의 숨결만이라도 보낼 수 있었으면 한다. 확실히 이탈리아인에게 있어서 '울트라몬타네(산 너머)'라는 개념은 암담한 것인데, 나에게조차 이제 알프스 너머는 음울한 것으로 느껴진다. 그러나 그리운 사람들의 모습이 안개 속에서 항상 손짓하고 있다. 내가 이 지방을 저 북쪽 지방보다 좋아하는 것은 기후 때문일 것이다. 태어난 고향과 관습은 끊을 수 없는 사슬이니까, 나는 어디든 일이 없는 곳에서는 살 생각이 없으므로 이곳에도 오래 있지 않으려고 한다. 다만 지금은 진기한 것 때문에 매우 바쁘다. 건축술은 망령과도 같이 묘에서 빠져나와, 사멸한 언어의 규칙 같은 학설을 연구하라고 나에게 명령한다. 건축을 실제로 행한다든지 건축술 속에서 사는 보람을 느끼기 위해서가 아니다. 오히려 과거 시대의 영원히 지나가버린 생활에 대해 마음속으로 조용히 경의를 표하기 위해서다. 팔라디오는 모든 것을 비트루비우스에게 관련시키고 있기 때문에 나는 비트루비우스의 책을 갈리아니 판본으로 손에 넣었다. 그러나 책은, 그 연구가 나의 두뇌에 부담인 것처럼, 내 짐 중에서도 무거운 짐이 되어버렸다. 팔라디오는 그의 언어와 저작을 통해, 또 그의 사고와 창조의 방식에 의해 이미 비트루비우스를 이탈리아어 번역보다도 알기 쉽게 나에게 통역해 주었다. 비트루비우스의 글은 그리 간단하게 읽을 수 있는 것이 아니다. 그 책은 난삽해서 비판적 연구를 필요로 한다. 그런데도 나는 그것을 쭉 통독하고 있으며, 가치 있는 인상을 많이 얻었다. 연구하기 위해서라기보다 오히려 믿는 마음에서 기도서처럼 읽고 있다고 하는 편이 적절할지 모르겠다. 해가 저무는 것이 빨라졌기 때문에 요즈음은 독서도 하고 글도 쓰고 할 여유가 생겼다.

젊었을 적부터 가치 있다고 생각하던 모든 것이 다시 좋아지게 된 것은 고마운 일이다. 고대의 저술가에게 근접해 보고자 하는 기력이 나에게 되살아난 것은 얼마나 행복한 일인가. 지금이니까 이러한 사실을 말해도 되고, 자신의 고질병과 우매함을 고백해도 된다. 이미 몇 해째 나는 한 사람의 라틴어 작가도 볼 수가 없었고, 이탈리아의 광경을 새로이 상기시키는 것은 아무것도 관찰할 수가 없었다. 우연히 그런 경우에 부닺치게 되면 나는 무서운 고통을 참지 않으면 안 되었다. 헤르더는 나의 라틴어가 모두 스피노자에게서 배운 것이라면서 곧잘 비웃었는데, 그것이 내가 읽은 유일한 라틴어 책이라는 사실을 눈치채고 있었기 때문이다. 그러나 내가 얼마나 조심해서 고대인의 저작을 피하지 않으면 안 되었는지, 그리고 얼마나 조마조마하면서 저 심원한 보편론 속으로 도망쳐 있었는지 그는 알지 못했다. 그리고 마지막으로, 빌란트[64]가 번역한 『풍자시』는 나를 몹시 불행하게 만들었다. 그중 두 편을 읽을까 말까 했을 때 나는 벌써 미쳐버린 것 같았다.

지금 실행에 옮기고 있는 일을 만약 그때에 결심하지 않았더라면, 나는 완전히 파멸하고 말았을 것이다. 이 나라의 풍물을 이 눈으로 보고 싶다는 욕망은 내 마음속에서 그렇게까지 성숙해 있었던 것이다. 역사에 대한 지식이 나를 이 나라에 오게끔 재촉했던 것이 아니다. 그 사물들은 불과 한 뼘밖에 나로부터 떨어져 있지 않았지만 그것은 뚫을 수 없는 장벽에 의해 격리되어 있었다. 정말로 나는 지금 이러한 사물들을 처음 보는 것 같은 기분이 안 들고, 마치 재회하는 것만 같다. 나는 베네치아에 짧은 기간밖에 체재하지 않았지만 이곳 생활을 충분히 내 것으로 했으며, 설혹 불완전하다 하더라도 아주 명료하고 진실한 개념을 가지고 이 땅을 떠나는 것이다.

---

64) 크리스토프 마르틴 빌란트(Christoph Martin Wieland, 1733~1813). 헤르더, 괴테, 실러와 함께 바이마르 고전주의를 이끌었던 작가다.

10월 14일 새벽 2시, 베네치아

이곳에 체류하는 최후의 순간이다. 이제 곧 급행선을 타고 페라라로 향하기 때문이다. 나는 이곳 베네치아를 기꺼이 떠난다. 왜냐하면 즐기면서 유익하게 이곳에 더 오래 체류하려면 계획에 없는 다른 행동을 취하지 않으면 안 되기 때문이다. 또한 지금은 누구나 다들 이 도시를 떠나 육지 위에 자기 정원과 소유지를 구해 가고 있다. 그러나 나는 많은 선물을 안고, 풍요하고 기묘하며 비할 데 없는 그림을 마음에 지니고 이곳을 떠난다.

페라라에서 로마까지

10월 16일 아침, 선상에서

나와 동승한 선객들은 남자나 여자나 모두 평범하고 소박한 사람들인데, 아직 선실에서 자고 있다. 그러나 나는 외투를 뒤집어쓰고 이틀 모두 갑판에서 밤을 새웠다. 새벽녘에만 다소 한기를 느꼈다. 지금 나는 실제로 북위 45도까지 들어온 것이다. 그리고 또 늘 입버릇처럼 하는 말을 되풀이해 본다. "만약 내가 디도[65]처럼 어떤 범위의 땅을 가죽 끈으로 묶어서 그걸 가지고 우리들의 주거를 둘러쌀 수만 있다면, 그 이외의 일은 모조리 그 땅에 사는 사람들에게 맡겨버려도 좋다." 사실 그렇게 된다면 전혀 다른 생활이 될 테니까. 좋은 날씨에 배로 여행하는 것은 매우 유쾌했다. 바라보는 경치는 단조롭

65) 그리스 신화에서 카르타고를 건국한 여왕이다.

기는 하지만 우아하다. 그리운 포(Po)강의 물줄기는 여기서는 큰 평원을 관통하고 있는데, 보이는 것은 풀숲과 삼림이 무성한 강변뿐, 멀리까지 보이지는 않는다. 나는 여기서도 아디제강에서처럼 바보스러운 수력 공사를 보았다. 그것은 잘레강의 경우처럼 유치하고 게다가 유해하다.

10월 16일 밤, 페라라

독일 시각으로 아침 6시에 이곳에 도착했는데 내일 다시 출발하기로 작정하고 준비하고 있다. 이 크고 아름다우며 평탄한 지형에 인구가 감소해 버린 도시에 와서 처음으로 느낀 감정은 일종의 불쾌함이었다. 한때는 장엄한 궁정이 있어서 이곳 시가지도 번화했었다. 이 도시는 아리오스토가 불만에 가득 찬 생활을 보내고, 타소가 불우한 신세를 한탄하던 곳이다. 그들의 유적을 탐방한다면 얻는 것도 많으리라 생각한다. 아리오스토의 묘에는 많은 대리석이 사용되어 있지만 그 배치가 좋지 않다. 타소의 감옥 대신 보여주는 것은 나무로 만든 마구간과 석탄 보관실이었는데 물론 그가 그런 곳에 감금되었을 리는 없다. 거기다가 이곳 사람은 이쪽에서 무엇을 보고 싶어 하는지도 모르고, 그저 팁이나 받으려고 궁리할 따름이다. 성지기가 가끔 새로 칠하곤 하는 저 루터 박사의 잉크 자국[66] 같은 느낌이다. 그러나 대부분의 여행자들은 장인의

---

66) 마르틴 루터가 바르트부르크성(城)에 은신하면서 9개월 동안 신약성경을 독일어로 번역할 당시, 그를 유혹하려고 악마가 나타났는데 루터는 잉크병을 던져 쫓아버렸다는 전설이 있다.

견습공 같은 습성이 있어서 이런 하찮은 흔적을 찾아다니는 것을 좋아한다. 나는 아주 기분이 상해 버려서 페라라 태생의 어떤 추기경이 창설하고 내용도 충실하게 만들어놓은 훌륭한 대학을 보고도 거의 흥미를 느낄 수 없었다. 다만 중정에 있는 기념비[67] 두셋이 내 기분을 돋우어주었다.

다음으로 내 기분을 돋우어준 것은 어떤 화가의 훌륭한 착상이다. 그것은 헤롯과 헤로디아 앞에 있는 세례자 요한의 그림으로, 항상 입고 있는 황야의 복장을 한 이 예언자는 격렬한 몸짓으로 왕비에게 손가락질하고 있다. 그녀는 침착하게 옆에 앉아 있는 왕을 바라보고, 왕은 조용하고도 허술함이 없는 눈초리로 이 정열가 요한을 응시하고 있다. 왕 앞에는 중간 크기의 하얀 개 한 마리가 서 있으며 헤로디아의 옷자락 밑에서 고개를 내밀고 있는 작은 보로니아 개 두 마리는 예언자를 향해 짖고 있다. 참으로 멋진 착상이라고 생각한다.

10월 17일 밤, 첸토

어제보다 나은 기분으로 게르치노[68]가 태어난 도시에서 편지를 쓰고 있다. 여기는 거리 모습이 완전히 딴판이다. 인구는 5000명 정도인데 도시가 훌륭하게 건설되어서 친근감을 느끼게 한다. 풍요하고 활기차며 청결하다. 한눈에 잘 들어오지 않

---

67) 로마시대의 석관으로 현재도 페라라 대학 중정에 있다.

68) Guercino. 본명은 조반니 프란체스코 바르비에리(Giovanni Francesco Barbieri, 1591~1666). 볼로냐 화파의 대표작가지만, 고향인 페라라의 첸토에서 주로 작업했다.

는 개간된 평야 한가운데 있다. 나는 늘 하는 버릇대로 곧장 탑 위로 올라갔다. 보이는 것은 전부 미루나무의 바다로, 그 속에 섬처럼 끼어서 농가 여러 호가 각기 자기 소유의 밭을 주위에 두르고 있다. 정말 훌륭한 땅이며 기후도 온화하다. 독일이라면 이런 가을 저녁은 여름 날씨에서도 기대하기 힘들 것이다. 종일 흐려 있던 하늘도 개고, 구름은 북쪽과 남쪽 산맥으로 날아가버렸다. 내일은 날씨가 좋았으면 하는 바람이다.

내가 조금씩 접근해 가고 있는 아펜니노산맥이 처음으로 시야에 들어왔다. 이곳 겨울은 겨우 12월부터 1월까지로, 4월은 우기이고 나머지는 계절에 따라 좋은 날씨가 이어진다. 비가 계속되는 일 따위는 없다. 그래도 금년 9월은 8월보다도 날씨가 좋고 따뜻했다. 남녘 하늘에 나타난 아펜니노산맥에 친근하게 인사를 보냈다. 이제는 평지에 차차 물리기 시작했기 때문이다. 내일은 저곳 산기슭에서 편지를 쓰자.

게르치노는 자신의 고향을 사랑했다. 대다수 이탈리아 사람은 극도의 애향심을 품고 가꾸는데, 그러한 아름다운 감정으로부터 셀 수 없이 많은 귀중한 시설이 나왔고 지방마다 성자들이 다수 배출되었던 것이다. 이 명인의 지도 아래 이 땅에 미술학원이 하나 생겼다. 그는 작품 몇 점을 남겨놓았고 시민들은 지금도 그것을 보고 즐기고 있다. 역시 가치가 있는 작품들이다. 게르치노의 이름은 성스러운 것으로 여겨지며 어린이나 노인들의 입에도 자주 오르내린다.

부활한 예수가 어머니 앞에 모습을 나타내는 장면을 그린 그림은 정말 마음에 들었다. 예수 앞에 무릎을 꿇으면서 성모 마리아는 무어라 말할 수 없는 심정으로 아들을 쳐다보고 있다. 그녀의 왼손은 예수의 복부에 나 있는 보기 흉한 상처 바로 밑에 닿아 있는데, 그 상처는 화면 전체를 손상시킬 만큼 흉측하다. 예수는 왼손으로 어머니 목둘레를 감고 어머니의 얼굴이 보기 쉽도록 몸을 조금 뒤로 젖히고 있다. 이러한 모습은 예수가 강요당한 것까지는 아니라고 해도 어딘지 이상한 느낌을 주지만, 그럼에도 한없이 기분 좋은 것이다. 말없이 어머니를 바라보는 애수를 띤 그 눈빛은 매우 독특해서 마치 자기 자신이나 어머니가 받은 고뇌에 대한 기억이 부활에 의해 바로 치유되지 못한 채 그의 고귀한 영혼 앞을 맴돌고 있는 것 같다.

스트레인지[69]는 이 작품을 동판화로 제작했다. 이 복사본만이라도 여러 친구들이 볼 수 있었으면 한다.

다음으로 내 마음을 끈 것은 마돈나의 그림이다. 아기 예수는 젖을 먹고 싶어 하는데 그녀는 가슴을 드러내놓는 것을 부끄러워하며 망설이고 있다. 자연스럽고 고귀하고 존엄하고 또한 아름답다. 더구나 마리아는 그녀 앞에 서서 군중 쪽을 향하고 있는 어린애의 팔을 잡아서, 어린애가 손을 들어 축복을 내려주도록 하고 있다. 가톨릭 신화적 의미에서 매우 성공한 착상일 뿐 아니라 종종 되풀이되는 착상이기도 하다.

---

69) 로버트 스트레인지 경(Sir. Robert Strange, 1721~1792). 스코틀랜드 출신의 동판화가다.

게르치노는 훌륭한 정신과 남자다운 견실함을 갖춘 화가지만 난폭한 점은 조금도 없다. 오히려 그의 작품은 섬세한 도덕적 우아함, 고요한 자유로움과 위대함을 갖추고 있으며, 동시에 누구라도 한번 눈을 익히면 그의 작품을 잘못 알아보는 일이 없게 되는 독특한 무언가를 가지고 있다. 그 필치의 영묘함과 청순함 그리고 원숙함에는 그저 경탄할 뿐이다. 그는 복장을 그릴 때, 특별히 아름다운 갈홍색에 가까운 색채를 사용하는데 그가 즐겨 쓰는 청색과 참으로 잘 어울린다.

나머지 그림의 소재는 다소 정도 차이는 있을지언정 실패로 끝나고 있다. 이 뛰어난 화가는 심한 고뇌를 겪으면서도 창의와 붓, 정신과 손을 헛되이 써서 효과를 내지 못했다. 그러나 설령 지나치는 여행길이라 충분한 감상과 교훈을 바라기는 어려웠다 치더라도 이들 아름다운 예술품을 접할 수 있었다는 것은 대단히 즐겁고 고마운 일이다.

10월 18일 밤, 볼로냐

오늘 아침 동트기 전에 첸토를 출발해서, 금세 이곳에 도착했다. 민첩하고 지리에 밝은 마부는 내가 여기 오래 머물지 않을 것이라는 이야기를 듣고는 곧 나를 재촉하여 모든 거리와 수많은 궁전과 교회를 안내해 주었다. 그 때문에 폴크만의 여행기에다 내가 갔던 장소를 표시하는 것조차 거의 불가능할 정도였다. 훗날 이런 표시를 보고 모든 것을 기억해 낼 수 있을지 모르겠다. 하지만 진실로 내가 만족을 느끼고 확실하게 인상에 남아 있는 두세 곳에 대해서 여기 적는다.

우선 첫째는 라파엘로의 「성녀 체칠리아」다! 전부터 알고 있었지만 드디어 내 눈으로 실물을 본 것이다. 그는 항상 다른 사람들이 그림으로 그리고 싶다고 생각하는 그런 것을 그려버렸다. 나는 지금 그것이 그의 작품이라는 것 외에는 아무것도 말하고 싶지 않다. 우리와는 상관없는 다섯 명의 성자가 나란히 있는데, 그 존재가 실로 완벽하게 그려져 있기 때문에 설령 우리 자신은 멸망해 없어지더라도 이 그림을 위해서는 영원이라는 것이 있었으면 하고 소망할 정도다. 그러나 라파엘로를 정당하게 인식하고 평가하기 위해, 또 그를 멜기세덱[70]처럼 아비도 어미도 없이 출현했다고 일컬어지는 신과 같은 존재로 만들어버리지 않기 위해서는, 그의 선배이자 스승이었던 사람들을 살펴보지 않을 수 없다. 이 사람들은 진리의 확고한 지반 위에 기초를 놓고 열심히, 마음 편할 틈도 없을 정도로 광대한 토대를 구축하고 서로 다투어가면서 피라미드를 한 단 한 단 쌓아올렸다. 그리고 최후에 라파엘로가 이러한 모든 이점들에 힘입어, 신과 같은 천재의 빛을 받아, 이제는 그 위에도 옆에도 다른 돌을 놓을 수 없는 정상에 마지막 돌을 얹었던 것이다.

예전 명인들의 작품을 바라보고 있으면 역사적 흥미가 특별히 돋우어진다. 프란체스코 프란치아[71]는 정말 존경할 만한 예술가이며, 페루자의 피에트로[72]는 매우 유능한 사람으로 건

70) 예루살렘의 왕이자 영원한 대제사장으로, 예수 그리스도의 예표(豫表)인 신적 존재다.

71) Francesco Francia, 1450~1517. 전기 볼로냐 화파의 대표 작가다.

실한 독일 기질을 가지고 있는 사나이다. 알브레히트 뒤러가 행운을 타고나서 더 깊이 이탈리아에 인도되었더라면 하는 애석한 마음이 든다. 뮌헨에서 그의 작품을 두서너 점 보았는데 믿을 수 없을 정도의 위대함을 보여주고 있었다. 불쌍한 남자는 베네치아에서 계산을 잘못해 성직자와 계약을 체결하는 바람에 몇 주, 몇 개월을 허비하고 말았다. 또 네덜란드 여행 중에는, 그걸 가지고 있으면 행복을 잡을 수 있으리라 생각하고 있던 훌륭한 예술품을 앵무새와 교환하거나, 팁을 절약하기 위해 한 접시의 과일을 가지고 오는 급사들에게 초상화를 그려주기도 했다. 예술가라는 이 불쌍한 바보는, 그러나 나의 마음을 한없이 감동시킨다. 그것은 또한 나 자신의 운명이기도 하기 때문이다. 다만 내 쪽이 자위책을 강구할 방법을 아주 조금 더 알고 있는 것뿐이다.

저녁이 되어서야 나는 겨우 이 존경할 만한 학술의 도시로부터 그리고 또 거의 모든 가로에 퍼져 있는 둥근 지붕의 연결 통로 안에서 햇볕과 비바람으로부터 보호되어 이곳저곳으로 걸어 다니며, 서로 멍하니 바라보고 물건을 사고팔며 장사를 하는 민중으로부터 빠져나왔다. 나는 탑[73)]에 올라가서 바깥공기를 즐겼다. 전망은 굉장했다. 북으로는 파도바의 산들

---

72) 피에트로 페루지노(Pietro Perugino, 1450?~1523?). 르네상스 초기 대가로, 당대에 크게 성공하여 피렌체와 페루자에 화실을 운영했다. 라파엘로가 열여섯 살이던 1499년부터 몇 년간 페루지노의 화실에서 조수로 일면서 초기에 페루지노의 영향을 받았다.

73) 포르타 라베냐나 광장에 있는 아시넬리 탑을 말한다.

그리고 스위스, 티롤, 프리울리의 알프스 연봉, 즉 북방의 모든 산맥이 보였는데 그때는 안개가 끼어 있었다. 서쪽은 끝없는 지평선으로 모데나의 탑만이 솟아 있다. 동쪽으로는 똑같은 평지가 계속되어 아드리아해에 이르는데 해가 뜰 때는 바다도 보인다. 남쪽에는 아펜니노산맥 끝머리의 구릉이 있고, 비첸차의 구릉과 마찬가지로 정상까지 수목이 울창하며 거기에 교회, 저택, 별장 들이 세워져 있다. 하늘은 구름 한 점 없이 맑게 개었고, 다만 지평선 근처에 엷은 안개 같은 것이 껴 있었다. 탑지기가 전하는 말에 의하면, 이 안개는 벌써 6년째 저 원경으로부터 사라진 적이 없으며, 예전에는 망원경으로 비첸차의 산들은 물론 그곳의 집들과 교회가 아주 잘 보였는데 지금은 가장 맑게 갠 날에만 가끔 보인다고 했다. 그리고 이 안개는 특히 북쪽 산맥 쪽을 향하여 퍼져 있기 때문에 내 그리운 고국을 항시 어두운 나라로 만들고 있다. 그 남자는 또 이 도시의 위치와 공기가 건강에 적합하다는 점을 언급하며, 이곳에서는 모든 지붕이 아직 새것처럼 보이고, 이는 습기나 이끼로 부식된 기와가 없는 것으로도 알 수 있다고 가르쳐주었다. 지붕이 모두 깨끗하고 아름다운 것을 인정하지 않을 수 없지만, 기와의 질이 좋은 것이 한몫하고 있을 것이다. 적어도 예전에는 이 지방에서 이러한 고급 기와가 생산되었던 것이다.

옆으로 기울어져 있는 탑[74]은 정말 보기 혐오스러웠으나

74) 가리센다 탑을 말한다. 1109년경 가리센디 가문이 아시넬리 탑 바로 옆에다 비스듬하게 세운 석조 탑이다.

일부러 열성을 다해 삐딱하게 건축되었을 가능성이 크다. 나는 이 어리석은 시도를 다음과 같이 이해하고 있다. 이 도시가 안전하지 못했던 시대에 모든 큰 건물들은 요새화되고, 세력 있는 가족은 그 위에다가 탑을 세웠다. 그것이 서서히 허영이라든가 도락을 위한 것으로 변해서 너나없이 탑을 세워 자랑으로 삼으려 하게 됐고, 마침내는 똑바른 탑을 가지고는 너무나 평범해서 내세울 것이 없다고 여겨 기울어진 탑을 세우게 되었다. 이로써 건축가나 소유주나 다 목적을 달성한 것이 되었고, 사람들도 흔하디흔한 똑바르고 길쭉한 탑보다는 이 구부러진 탑을 찾고 싶은 기분이 들게 된 것이다. 나는 나중에 이 탑에 올라가 보았다. 벽돌의 층은 수평으로 되어 있었다. 점착력이 강한 고급 시멘트와 철로 된 꺾쇠를 사용하면 이런 미친 짓 같은 물건도 만들 수가 있는가 보다.

10월 19일 저녁, 볼로냐

나는 가능한 한 최대로 구경 또 구경하는 데 하루를 온통 바쳤다. 그러나 예술은 인생과 마찬가지로, 깊이 들어가면 들어갈수록 더욱더 넓어지는 것이다. 이 천공에도 또다시 내가 평가할 수 없는, 그리고 나를 혼란케 하는 새로운 별이 나타났다. 전성기 르네상스 후기에 태어난 카라치, 레니, 도메니키노가 그 별들이다. 이 사람들을 진정으로 감상하려면 사전 지식과 판단이 필요한데 그건 내가 가지고 있지 않은 것이라 이제부터 서서히 획득하는 수밖에 없다. 순수한 관찰과 직접적 통찰에 큰 장애가 되는 것은, 이 화가들이 제작한 그림의 화제(畵題)가 대개는 엉뚱한 것이라는 점이다. 우리가 이들 작품을 존중하고 애호하고자 해도 이 엉뚱함 때문에 혼란스럽게 되어버린다.

그것은 신의 아들들과 인간의 딸들이 결혼했을 때 거기서 여러 가지 괴물이 태어난 것과 같다. 귀도의 숭고한 정신과, 인간의 눈에 보이는 최고로 완전한 것만을 그리고자 했던 그의 화필이 사람들의 마음을 끄는 것은 틀림없지만, 동시에 너무나도 엉뚱한, 이 세상의 어떠한 매도의 말로써도 충분히 깎아내릴 수 없을 것 같은 제재(題材) 때문에 곧 눈을 돌리게 되고 만다. 그리고 언제나 똑같다. 어느 것을 보아도 해부실, 처형장, 피박장(皮剝場)을 그린 작품이고, 항상 주인공의 고뇌를 그리며, 인간의 행위라든지 세속적 흥미는 완강히 거부하고, 늘 공상 속에서 외부 세계에 기대하는 것뿐이다. 악한 아니면 미쳐 날뛰는 자, 범죄자 아니면 백치다. 그 경우 화가는 벌거벗은 남자라든가 아름다운 여자 방관자 등을 함께 배치해 숨통을 터놓고 있지만, 여하튼 그는 종교상의 인물을 인체 모형처럼 취급하면서 실로 아름다운 주름 달린 망토를 입혀놓았다. 인간다운 느낌을 주는 것이 전혀 없다. 열 가지 소재 중에 그리기 적당한 것은 하나도 없고, 예술가가 정면으로 다룰 수 없는 것뿐이었다.

멘디칸티 성당에 있는 귀도의 큰 그림은 인간이 그릴 수 있는 모든 것이기도 하지만, 또한 인간이 화가에게 요구할 수 있는 어리석은 것의 전부이기도 하다. 이것은 제단화다. 나는 전원로원이 그것을 추천하고 또 고안했다고 생각한다. 프시케의 불운을 위로하기에 어울려 보이는 두 천사는 여기서는 ──하고[75] 있음이 틀림없다. 성자 프로클루스의 아름다운 형상, 그렇지만 다른 인물들, 주교들과 성직자들의 모습이란! 아래쪽에는 신의 소지품을 가지고 노는 천상의 아이들이 있다. 목에 칼이 대어져 있는 화가는 될 수 있는 한 달아나려고 애쓰면서 다만 자기가 야만인이 아니라는 것을 보여주려고 힘쓰고 있다. 귀도의 두 나체 그림, 「광야의 요한」과 「성 세바스찬」은 얼마나 훌륭한 걸작인지. 하지만 그것들은 무엇을 의미하고 있는 것인가? 한 명은 입을 크게 벌리고, 또 한 명은 몸을 굽히고 있다.

이러한 불만을 품고 역사를 관찰할 때면 나는 이렇게 말하고 싶다. 신앙은 예술을 부흥시켰으나, 미신은 이에 반해서 예술을 지배했으며 그것을 다시 멸망시켜 버렸다고.

식후에는 아침보다 기분도 편해지고 불평스러운 마음도 가라앉아서 다음과 같이 수첩에 적어 넣었다. 타나리 궁에는 귀도의 명작이 있다. 젖을 먹이는 마리아의 그림으로 등신대 이상의 크기다. 성모의 머리는 마치 하느님의 손으로 그려진 것처럼 아름답다. 젖을 먹고 있는 사랑스러운 아이를 내려다보는 그녀의 표정은 필설로는 이루 다 표현할 수 없다. 사랑과 기쁨의 대상으로서의 어린이가 아니라, 잘못 넣어져 바꾸어진 천국의 어린이에게 젖을 주고 있는 것처럼 거기에는 조용하고 깊은 인내가 있는 것 같다는 생각이 든다. 그 이유는, 참고 기

75) 원문에 '시신을 애도'라는 구절이 누락되었다.

다리는 것이 그녀의 운명이며, 신께 극도로 순종하는 가운데 그녀는 어떻게 해서 그렇게 되었는지 자신도 모르고 있기 때문이다. 나머지 화면은 거대한 의상으로 뒤덮여 있는데, 이것은 식자들이 찬사를 보내고 있는 작품이지만 나로서는 어떻게 판단해야 좋을지 도무지 모르겠다. 하기야 색도 많이 칙칙해졌고, 실내의 조명과 햇빛도 그림을 감상하기에 충분할 정도로 밝지 않았다.

내가 놓여 있는 혼미 상태에도 불구하고 수련, 숙지, 애착의 과정이 이러한 미궁 속에서도 큰 도움이 된다는 것을 나는 벌써 느끼고 있다. 게르치노의 「할례도(割禮圖)」는 무척 내 마음을 끌었다. 내가 이미 그를 알고 또 좋아하고 있었기 때문이다. 참을 수 없는 이 그림의 화제는 용서하고 나는 그 솜씨를 즐겼다. 상상할 수 있는 범위의 극한까지 훌륭하게 그려져 있어서, 마치 칠보 자기와 같이 그 작품 안에 있는 모든 것은 존중할 만한 가치가 있고 완결미가 있었다.

이렇게 해서 지금의 나는, 저주하려고 하다가 도리어 축복을 준, 저 혼미해 있는 예언자 발람[76]과 흡사하다. 그리고 여기에 더 오래 머무르고 있으면 이런 일은 더 빈번하게 일어날 것이다.

이런 때에 우연히 라파엘로의 작품이라든가 또는 그의 작품으로 추정되는 것을 만나게 되면 우리는 금세 마음이 나아

76) 모압왕 발락의 요청으로 이스라엘 백성들에게 저주를 내리는 예언을 한 무당으로, '발람'이라는 이름은 탐닉자라는 뜻이다.

지고 즐거워진다. 나는 성녀 아가타 그림을 발견했는데 보전 상태가 썩 좋지는 않았지만, 훌륭한 라파엘로의 그림이다. 화가는 이 성녀에게 건전하고 착실한 처녀성을 부여했으나 그렇다고 딱딱하거나 차가운 면이 있는 것은 아니다. 나는 그녀의 모습을 단단히 마음속에 붙들어 매어두고, 은밀히 나의 『이피게니에』를 읽어줄 셈이다. 그리고 이 성녀가 입에 담기를 좋아하지 않는 것은 결코 나의 여주인공에게도 말하지 않게 할 작정이다.

그런데 내가 여행에 끌고 다니는 이 정든 무거운 짐에 대해 다시 생각을 하려고 하면 반드시 이야기해야 할 일이 있다. 내가 연구해 나가지 않으면 안 될 위대한 예술품이나 자연물에 덧붙여서, 일련의 기이한 시적 인물들의 모습이 다가와 나의 마음을 불안하게 하는 것이다. 첸토 이래 나는 『이피게니에』의 저술을 계속하려고 마음먹고 있었다. 그런데 어찌된 일일까? 영감이 나의 영혼 앞에다가 '델피의 이피게니에'의 줄거리를 들이대는 바람에 나는 그것을 쓰지 않을 수 없었다. 되도록 간단하게 적어보자.

엘렉트라는 오레스트가 타우리스섬의 다이아나 여신상을 가지고 올 것이라는 확실한 희망을 품고 아폴론 신전에 나타난다. 그리고 펠롭스의 집에 많은 재앙을 불러일으켰던 무서운 도끼를 최종적인 속죄의 공물로서 신에게 바친다. 공교롭게도 그리스 사람 하나가 엘렉트라에게 다가와 자기는 오레스트와 필라데스를 따라서 타우리스에 갔었는데 이 두 친구가 살해되는 것을 보고 자기만 운 좋게 살아났다는 이야기를 한다. 흥분으로 감정이 격해진 엘렉트라는 제정신을 잃고 신을 저주해야 할 것인지 인간을 원망해야 할 것인지 혼란에 빠진다.

그동안에 이피게니에, 오레스트, 필라데스 세 사람은 동시에 델피에 도착한다. 이피게니에의 성인 같은 조용함과 엘렉트라의 현세적 열정은 이 두 사람이 서로 상대방을 모르고 만났을 때 참으로 기묘한 대조를 이룬다. 도망쳐 나온 그리스인은 이피게니에를 보고 그녀가 친구들을 희생시킨 무녀라는 것을 알고 그 일을 엘렉트라에게 고해 바친다. 엘렉트라는 앞서 말한 도끼를 제단에서 다시 가지고 와 이피게니에를 죽이려 하는데, 바로 그때 운 좋게도 국면이 바뀌어 이 자매는 최후의 무서운 재액을 면하게 된다.[77] 이 장면이 성공한다면 이 이상 위대하고 감동적인 것은 무대 위에서 그리 간단히는 볼 수 없을 것이다. 그러나 아무리 영감이 솟아난다 해도 그것을 마무리 지을 기량과 여유가 없다면 어쩔 도리가 없다.

나는 이렇게 좋은 것과 바람직한 것이 너무 많아서 그것 때문에 압박을 받고 불안을 느끼고 있는데, 친구들에게 어떤 꿈 이야기를 하지 않을 수가 없다. 그 꿈을 꾼 것은 꼭 1년 전쯤

---

77) 그리스 신화에서 소재를 가져온 괴테의 희곡 『이피게니에』는 미케네 왕 아가멤논의 장녀 이피게니에와 친부를 살해하고 도망친 막내아들 오레스트가 중심인물이다. 엘렉트라는 아가멤논의 둘째 딸로, 『이피게니에』에는 등장하지 않는데, 괴테는 여기서 후속작으로 '델피의 이피게니에'를 구상하면서, 뿔뿔이 흩어졌던 세 형제가 재회하는 결말을 계획하고 있다. 하지만 '델피의 이피게니에'는 실제로 완성되지는 않았다.

되는데, 매우 의미심장했다. 꿈속에서 나는 상당히 큰 화물선을 타고 어떤 비옥하고 초목이 무성한 섬에 상륙했는데, 그곳에서 아주 아름다운 꿩이 잡힌다는 것을 알고 있었다. 곧 주민들과 이러한 조류의 거래를 시작했고, 그들은 금세 많은 새들을 죽여서 가지고 왔다. 그건 확실히 꿩이긴 했지만, 꿈이 늘 모든 것을 변형시키듯 공작이나 극락조처럼 길고 갖가지 색깔이 섞인 꼬리를 지니고 있는 듯 보였다. 이런 것이 내 배에 많이 실려서, 머리는 배 안쪽을 향하고, 긴 색색의 꼬리는 바깥쪽으로 늘어져, 햇빛에 반짝이며 다시없이 아름다운 화물이 되도록 예쁘게 적재되어 있었다. 그리고 새들이 대단히 많았기 때문에 배 앞부분에도 뒷부분에도 키를 잡고 노를 저을 사람의 자리도 거의 없을 정도였다. 이렇게 해서 조용한 파도를 헤쳐 나가는 동안에도 나는 이 아름다운 색깔의 보물을 나눠줄 친구의 이름을 되뇌고 있었다. 마지막에 어떤 커다란 항구에 상륙하려고 거대한 돛대가 서 있는 배들 사이로 끼어들어, 갑판에서 갑판으로 옮겨 타면서 내 배의 안전한 상륙지를 찾아 헤맸다.

이러한 환상은 우리들 자신으로부터 생겨나는 것이며, 우리의 남은 생이나 운명과도 유사점을 가지고 있는 것이 틀림없으므로 우리는 그러한 것을 즐기게 되는 것이다.

학교 또는 연구소라고 불리는 유명한 학구적인 시설에도 가 보았다. 큰 건물, 특히 안쪽에 있는 궁은 최상의 건축술에 의한 것은 아니지만 충분히 엄숙한 외관을 가지고 있다. 계단이나 복도에는 치장용 모르타르나 벽화의 장식도 빠져 있지 않고 모든 것이 단정하고 기품이 있다. 또한 여기에 수집해 놓은, 여러 가지 알아둘 만한 가치가 있는 훌륭한 물건에 대해 사람들이 경탄하는 것도 당연한 일이다. 그러나 좀 더 자유로운 연구 방법에 익숙한 독일 사람에게는 역시 거북한 느낌이 없지 않았다.

모든 것을 변화시키는 시대의 흐름 속에 있는 인간은 어떤 사물의 사용 목적이 나중에 변하는 일이 있더라도 그 사물의 최초 상태를 바꾸기란 쉽지 않다는, 이전에 내가 말했던 생각이 여기에서 또다시 머리에 떠올랐다. 기독교 교회는 신전 형식 쪽이 예배를 위해서는 보다 적합할 텐데도 여전히 바실리카 양식을 고집하고 있다. 학문과 관계된 시설이 아직도 성당풍의 외관을 가지고 있는 것은 최초에 이러한 경건한 영역에서부터 비로소 연구가 장소와 안정을 확보했기 때문이다. 이탈리아의 법정은 자치단체의 재정이 허락하는 한 최대한 넓고 높게 만들어져 있다. 그래서 하늘 아래 있는 시장(예전에는 그런 곳에서 재판이 행해졌다.)에 서 있는 것 같은 기분이 든다. 혹시 우리 독일 사람들은 여전히 여러 가지 복잡한 재료가 이곳저곳에 들어가는 아무리 큰 극장이라도 임시로 판자를 가지고 시장 노점을 뚝딱 만들어내듯이 지붕 하나 밑에 짓고 있는 것은 아닐까? 종교개혁 시대에는 지식욕이 왕성한 사람들의 수가 크게 늘어나 학생들은 시민들 집으로 쫓겨났다. 그러나 고아원[78]을 열어서 불쌍한 어린이들에게 필요한 세속 교육을 시행하기까지 얼마나 긴 세월이 필요했던 것인가!

10월 20일 저녁, 볼로냐

청명하고 아름다운 하루를 야외에서 보냈다. 산에 가까이 가면 다시 암석에 마음이 끌린다. 나는 나 자신이, 어머니인 대지에 강하게 접촉하면 할수록 더욱더 새로운 힘이 솟아나는 안타이오스[79]와 같다고 생각한다.

나는 파데르노까지 말을 타고 갔는데 그곳에서는 '볼로냐 중정석'이라는 것이 발견된다. 사람들은 그것으로 조그마한 과자 같은 것을 만드는데, 미리 햇볕을 쪼여두면 석회로 변화되어 어둠 속에서도 빛을 낸다. 여기서는 그것을 간단히 '포스포리'라고 부르고 있다.

도중에 모래가 많은 점토 산을 지나, 나는 완전히 노출되어 있는 투명 석고 암석을 발견했다. 벽돌로 지은 작은 집 근처에 계곡 물줄기가 있는데 거기로 많은 개울이 흘러들고 있었다. 처음에는 비에 씻긴 충적층의 점토 언덕처럼 보이지만 잘 관찰해 보면 그 성질에 대해 대단히 많은 것을 발견할 수 있다. 산맥의 이 부분을 형성하고 있는 단단한 암석은 매우 얇은 점판암으로 석고와 번갈아가며 층을 이루고 있다. 이 점판질 암석은 황철광과 매우 밀접하게 혼합되어 있기 때문에 공기나

---

78) 독일에서는 13세기부터 고아들을 일반 가정집 같은 곳에 수용해 적절한 교육을 제공하려는 종교적 교육학적 노력이 있었고, 이로부터 '고아원(Waisenhaus)'이 생겨나게 되었다. 바이마르에서는 1784년에 처음 고아원이 생겼다.

79) 그리스 신화에서 대지의 여신 가이아의 아들로, 땅에 몸이 닿아 있는 한 천하무적인 거인이다.

습기에 닿으면 완전히 변질해 버린다. 팽창해서 층이 없어지고 조개껍질 모양으로 분쇄되어 석탄처럼 표면에 광택이 나는 일종의 점토가 생성되는 것이다. 나는 큰 덩어리를 여러 개 부수어 이 양자의 형태를 확인한 셈인데, 그러한 추이와 변화는 큰 덩어리에 의해서만 확인할 수 있다. 동시에 조개껍질 모양의 표면에는 하얀 반점이 붙어 있는 것을 볼 수 있는데 가끔 황색인 부분도 있다. 이렇게 전 표면이 점차로 붕괴되어 가기 때문에, 언덕은 마치 대규모로 풍화한 황철광 같은 외관을 보이고 있다. 층 속에는 단단한 것, 녹색 혹은 빨간색을 가진 것도 있다. 나는 자주 암석 속에 황철광이 어슴푸레하게 비치는 것을 발견했다.

그리고 최근 호우에 씻겨 붕괴한 산의 좁은 계곡 길로 내려가서 전부터 찾고 있던 중정석을 여기저기서 발견하고 크게 기뻤다. 그것은 대개 불완전한 계란 모양을 하고 있으며, 마침 무너지고 있는 산 여기저기에 노출되어 있었다. 이것이 결코 표석이 아니라는 것은 한번 보면 확실해지지만, 점판암 층과 동시에 생긴 것인지 그렇지 않으면 이 층이 팽창 내지 분해되었을 때 처음 생긴 것인지 하는 쟁점에 관해서는 더 상세한 조사를 필요로 한다. 내가 찾아낸 덩어리는 꽤 큰 것이건 작은 것이건 불완전한 계란 모양에 가깝고, 그중 가장 작은 것은 아직 불명료한 결정체로 이행하는 도중에 있다. 내가 발견한 가장 큰 돌멩이는 17로트[80] 정도의 무게다. 나는 또한 같

---

80) 1로트가 약 15그램이다.

은 점토 속에서 분리된 석고의 완전한 결정을 발견했다. 한층 더 면밀한 감정은 내가 가져가는 표본을 가지고 전문가가 진행할 수 있을 것이다. 이렇게 해서 나는 또 돌을 지고 가게 되었다! 이 중정석 8분의 1첸트너[81]를 사 꾸려 넣었다.

10월 20일 밤

이 아름다운 하루 중에 내 머릿속을 오갔던 모든 것을 고백하려면 얼마나 많은 이야기를 해야 할까? 그러나 나의 욕구는 나의 사상보다도 강하다. 나는 어쩔 수 없는 힘에 의해 앞쪽으로 내밀리는 것을 느낀다. 나는 간신히 눈앞의 일에 마음을 집중할 수 있는 데 지나지 않는다. 하늘도 내 소원을 들어주는 것 같다. 마침 로마행 마차가 있다고 마부가 알려주었다. 내일모레엔 무슨 일이 있어도 이곳을 떠나 그곳으로 가야겠다. 오늘과 내일 사이에 소지품을 조사하고 이것저것 조달도 하고 처분도 해야겠다.

10월 21일 저녁, 아펜니노 산중의 로이아노에서

내가 자진해서 볼로냐를 뛰쳐나온 것인지 그렇지 않으면 그곳에서 쫓겨난 것인지 도무지 알 수 없다. 여하튼 정신없이 서둘러 출발할 기회를 잡았다. 나는 지금 여기 초라한 주막에서 고향 페루자를 향해 가고 있는 교황청의 한 장교와 합숙하고 있다. 이륜마차에서 이 남자와 같이 앉게 되었을 때 무언가

81) 1첸트너가 약 50킬로그램이다.

이야기해야겠다는 생각에 "군인과 교제하는 데 익숙한 독일 사람으로서, 교황청의 장교와 함께 여행하게 된 것을 매우 유쾌하게 생각한다."고 인사했다. 그러자 그 남자는 이렇게 대답했다.

"제발 나쁘게 생각하지는 말아주십시오. 당신은 물론 군인을 좋아하시겠지요. 독일에서는 군인이 아니면 아무것도 안 된다고 들었습니다. 하지만 제 경우를 말씀드리자면, 저의 보직은 별로 할 일이 없고, 제가 근무하고 있는 볼로냐 수비대에서 아주 편하게 지낼 수 있답니다. 그래서 저는 당장에라도 이 군복을 벗어던지고 부친의 토지 관리라도 하는 것이 낫겠다고 생각합니다. 그러나 저는 장남이 아니니까 할 수 없이 이렇게 그냥 있는 것이지요."

10월 22일 저녁

지레도는 아펜니노산맥 속에 위치한 한낱 한적한 마을에 지나지 않지만, 숙원의 땅을 향해 여행하고 있는 지금은 여기서도 매우 행복한 기분이 된다. 오늘은 말을 탄 신사와 귀부인 한 쌍과 동행이 됐다. 영국 사람들인데 귀부인은 누이동생이라고 했다. 그들의 말은 훌륭했지만 하인 없이 여행하고 있기 때문에 그 신사는 마부와 하인 역할을 혼자서 다 겸하고 있는 듯했다. 그들은 어딜 가나 불평의 씨를 발견한다. 꼭 아르헨홀츠[82]의 몇 페이지를 들추는 느낌이다.

---

82) 요한 빌헬름 폰 아르헨홀츠(Johann Wilhelm von Archenholz,

아펜니노산맥은 나에게 있어서 주목할 만한 가치가 있는 세계다. 포강 유역의 대평야에 저지대로부터 솟아오른 산맥이 이어져, 두 개의 바다 사이를 지나 남쪽으로 뻗어 대륙의 종점을 이루고 있다. 만약 이 산맥이 너무 험하지 않고 태곳적 밀물과 썰물이 보다 많이, 보다 장기간에 걸쳐 작용해서 더 큰 평야를 만들고 그 위를 들락거릴 수 있었다면, 이 지방은 다른 나라보다 얼마간 지면도 높고 기후도 지극히 온화한 가장 아름다운 나라 중 하나가 되었을 것이다. 그런데 실제로는 직물과 같이 빽빽한 산등성이가 서로 대치하고 있어서 강물이 어느 쪽으로 흘러가는지 전혀 판단할 수 없을 때가 종종 있다. 만약 계곡에 좀 더 나무가 많고 땅이 평평해서 물이 들락거리는 경우가 많았다면 이 땅을 보헤미아와 비교할 수 있었을 것이다. 그러나 이 땅의 산은 전혀 다른 성질의 것이다. 그렇다고 불모의 땅은 아니다. 산이 많지만 잘 개간된 토지를 상상해 주기 바란다. 이곳에서는 밤이 매우 잘되며, 밀도 적합해서 벌써 싹이 아름답게 움트고 있다. 길가에는 작은 잎을 달고 있는 상록의 떡갈나무들이 나란히 서 있고, 교회나 성당 주변에는 키가 헌칠한 삼목이 서 있다.

어젯밤은 흐리더니 오늘은 다시 맑게 갠 좋은 날씨다.

1741~1812). 프로이센의 군인으로, 영국, 프랑스, 스웨덴, 교황 등 다양한 주제의 역사책을 집필해 사학자로 인정받았다. 아르헨홀츠는 『영국과 이탈리아』(1785)에서 영국에 비해 이탈리아를 깎아내렸다.

10월 25일 저녁, 페루자에서

이틀 밤이나 편지를 쓰지 않았다. 숙소가 너무나 형편없어서 종이를 펼칠 엄두도 못 냈던 것이다. 거기다가 머리도 조금 혼란스러워지기 시작한다. 베네치아를 떠난 뒤로 여행이 원활하게 잘 풀리지 않기 때문이다.

23일 아침, 독일 시각으로 10시에 우리는 아펜니노산을 출발해 피렌체 거리가 넓은 계곡 속에 누워 있는 것을 보았다. 그 계곡은 뜻밖에도 멋지게 개간되어서 눈에 띄는 모든 곳에 별장이나 가옥들이 흩어져 있다.

이 도시를 급하게 돌아다니면서 대성당, 세례당 등을 보았다. 여기에도 나에게는 전혀 새로운 세계가 펼쳐져 있지만 나는 이곳에 머무를 생각은 없다. 보볼리 정원은 대단하다. 나는 들어왔을 때와 같이 서둘러 이 도시를 떠났다.

이곳에서는 도시를 건설한 시민의 부유함을 첫눈에 알 수 있다. 이 도시가 계속해서 좋은 치세를 누려왔다는 것도 인정한다. 토스카나 근방에서는 공공건물, 도로, 다리 등이 얼마나 아름답고 웅대한 외관을 가지고 있는지 감탄하게 된다. 모든 것이 견실하면서도 동시에 청결하고, 용도와 공익을 원하면서도 동시에 우아미를 결코 잊지 않고 있다. 도처에 효과적인 용의주도성이 보인다. 이에 반해 교황의 나라는 대지가 그것을 삼켜버리지 않는다는 이유 하나로 겨우 그 형태를 유지하고 있는 듯하다.

나는 최근에 아펜니노산맥에 대한 가상의 상황을 말한 적이 있는데, 토스카나 지방에서는 그것이 현실의 모습이다. 이 땅은 훨씬 낮은 곳에 있었기 때문에, 태곳적 바다가 직책을 충분히 완수해서 두터운 점토층을 쌓아올렸다. 그것은 엷은 황색을 띠고 있고 경작하기 쉽다. 사람들은 땅을 깊게 갈고는 있지만 아직도 완전히 원시적인 방법을 쓰고 있다. 바퀴 없는 가래에다 쟁기 머리는 움직이지 않는 것이다. 그러므로 농부는 소 꽁무니에서 몸을 굽히고 쟁기 머리를 끌면서 땅을 갈아엎는다. 다섯 번까지 갈아엎은 후에 극히 가벼운 소량의 비료를 손으로 뿌려준다. 마지막으로 밀을 뿌리고 좁은 고랑을 쌓아올린다. 고랑에는 깊은 도랑이 생겨서 빗물이 잘 빠지도록 한다. 작물은 고랑 위로 높이 자라게 되고 잡초를 뽑아줄 때는 도랑으로 왔다 갔다 하면 된다. 습기 걱정이 있는 곳에서는 이런 방법도 이해된다. 그러나 더없이 아름다운 논밭에다 왜 그런 짓을 하는지 모르겠다. 이러한 고찰을 한 것은 굉장한 평지가 전개되어 있는 아래쪽 근방에서다. 이 이상 아름다운 밭은 볼 수 없다. 어디에도 흙덩이 하나 없고 전부 체에 친 것처럼 곱다. 이곳에서는 밀이 참으로 잘된다. 작물의 성질에 적합한 모든 조건이 갖추어져 있는 듯하다. 둘째 해에는 말에 먹일 콩을 경작하는데 이 지방의 말은 귀리를 먹이지 않는다. 또 루피너스콩도 심는데 이젠 벌써 보기 좋게 푸릇푸릇해 있으며 3월에는 열매가 달릴 것이다. 아마(亞麻)도 이미 싹이 났고 월동하면서 서리를 맞으면 더욱 내구력이 강해진다.

올리브는 이상한 식물이다. 외양은 버들과 비슷하고 나무에 심이 없으며 껍질은 쪼개져 있다. 그런데도 버들보다 단단해 보인다. 목재를 보면 그것이 천천히 성장해서 말할 수 없이 섬세한 조직을 갖고 있다는 것을 알 수 있다. 잎은 버들과 비슷하지만 가지에 붙어 있는 수는 훨씬 적다. 피렌체 주위의 산기슭에는 어디를 가도 올리브나무와 포도나무를 심어놓은 것을 볼 수 있으며 그 사이의 땅에서 곡물을 얻고 있다. 아래쪽 부근부터는 놀리고 있는 땅이 많다. 올리브나무나 다른 종류의 작물에도 해로운 담쟁이덩굴을 근절시키는 것은 쉬운 일이라고 생각되는데 그 대책이 불충분한 것 같다. 목장은 전혀 볼 수 없다. 옥수수는 땅을 망가뜨린다고 하는데 이것이 수입된 이래로 농업은 다른 면에서 볼 때 손해를 입었다는 말을 들었다. 내 생각에는 아마도 비료가 적었기 때문 아닐까 한다.

오늘 밤 저번에 말했던 장교에게 고별인사를 하고 돌아오는 길에 나는 볼로냐에서 꼭 그를 방문하겠다고 굳게 약속했다. 그는 자신의 나라 사람들을 대표하는 어떤 특징을 가지고 있다. 특히 확연하게 드러나는 점을 몇 개 적어둔다. 가끔 침묵하고 명상에 잠기는 내게 그가 해준 말을 번역하면 다음과 같다. "무얼 그렇게 생각하십니까? 인간은 절대 생각하면 안 됩니다. 생각을 많이 하면 늙을 뿐이죠." 그리고 얼마 동안 서로 이야기를 나눈 다음에는 이런 말이 나왔다. "인간은 한 가지 일에 너무 매달리면 안 됩니다. 머리가 돌아버리기 때문입니다. 천 가지 일을 잡다하게 머리에 가지고 있어야 합니다."

이 선량한 사나이는 내가 말없이 생각에 잠겨 있는 이유가 바로 낡은 것과 새로운 것이 잡다하게 내 머리를 혼란스럽게 하고 있기 때문이라는 것을 알 도리가 없었다. 이런 이탈리아인의 교양은 다음 일에서 보다 확실히 인식할 수 있다. 그는 내가 신교도라는 것을 알았던 모양으로, 얼마간 완곡하게 이런 질문을 용서해 주기 바라며 자기는 독일의 신교도에 관해서 이상한 소문을 많이 들었는데 한번쯤은 이 문제에 대해서 확신을 얻고자 한다면서 다음과 같이 물어왔다.

"당신들은 정식으로 결혼하지 않고도 아름다운 처녀와 친하게 지내도 괜찮은 겁니까? 당신네 나라 성직자는 그것을 용서합니까?"

그의 질문에 나는 이렇게 대답했다. "우리의 성직자는 현명한 사람들로, 그런 자질구레한 일에는 신경을 안 씁니다. 물론 그런 일을 그들에게 묻는다면 용서하지는 않겠지요."

"그럼 당신들은 성직자에게 묻지 않아도 되는군요." 하고 그는 외쳤다. "얼마나 행복한 사람들인가! 당신들은 성직자에게 고해성사를 하지 않으니 성직자들이 알 도리가 없지."

장교는 그때부터 자기 나라 성직자들을 욕하고 비난하고 우리들의 행복한 자유를 찬양했다. 그는 다시 말을 계속했다.

"그런데 고해성사 문제입니다만, 그건 도대체 어떻게 하고 있습니까? 인간은 누구나, 설혹 기독교도가 아니더라도, 참회하지 않으면 안 되는 것으로 알고 있습니다. 인간은 완미(頑迷)한 나머지 선악을 판별하지 못하고 한 그루의 노목을 향하여 참회하는 자도 있습니다. 물론 이것은 우스운 일이고 신을 모독하는 일입니다만 그래도 인간이 참회의 필요성을 인정하고 있는 증거는 되겠지요."

나는 독일인의 참회의 개념과 그것을 어떻게 행하는가를 설명했다. 그는 그것을 매우 편리한 것으로 생각하긴 했지만,

나무에 대고 참회하는 것과 대동소이하다고 말했다. 한동안 주저하다가 그는 또 한 가지 점에 관해 정직하게 답해 달라고 진지하게 청했다. 즉 그는 이탈리아의 어느 성실한 성직자로부터 독일에서는 자기 자매와 결혼하는 것이 용납된다는 말을 들은 적이 있는데, 만일 사실이라면 이건 정말 큰일 아니냐고 하는 것이었다. 나는 이 점을 부정하고 우리들 교의의 인간적인 개념을 약간 그에게 전하려고 생각했지만, 그는 그것을 너무 진부하게 느꼈는지 별다르게 주의를 기울이는 기색도 없이 새로운 화제로 바꾸는 것이었다.

"우리들이 듣고 있기는, 가톨릭교도들까지도 정복해 많은 승리를 거두고 전 세계에 그 명성을 떨친 프리드리히 대왕은 만인으로부터 이교도라고 여겨지고 있으나 실은 가톨릭 신자로, 교황의 허가를 얻어서 그것을 감추고 있다는 것입니다. 즉 그는 사람들이 다 알고 있듯이 당신네 나라의 어느 교회에도 발을 들여놓지 않습니다. 그러나 그는 신성한 종교를 공공연하게 신봉할 수 없다는 것에 매우 마음이 상해 어떤 지하 예배당에서 예배를 본다고 합니다. 그 까닭은 만약 그가 공적으로 예배를 본다면 야수와 같은 국민이자 광폭한 이교도인 프로이센 사람들이 당장에 그를 쳐 죽일 것이기 때문입니다. 그렇게 되면 더 손쓸 수가 없어집니다. 그 때문에 교황은 그에게 특별한 허가를 주신 것으로 그 대신 프리드리히 대왕은 이 유일하고도 고마운 종교를 비밀리에 힘자라는 대로 전파하고 옹호하고 있는 것입니다."

나는 그것에 이의를 달지 않고, 그것은 대단한 비밀이니까 그 증거를 밝히는 것은 누구도 불가능할 것이라고 대답해 두었다. 우리가 나눈 그 뒤의 대화도 대강 비슷한 성질의 것이었는데, 나는 자신의 전통적 교의의 불확실성을 침범하거나 혼란에 빠뜨릴 위험이 있는 것은 모조리 부정하고 왜곡하려는 성직자들의 빈틈없는 수법에 놀라지 않을 수 없었다.

쾌청한 아침에 페루자를 떠나 다시 혼자 있을 수 있는 행복을 맛보았다. 거리는 아름다운 경치를 따라 이어지고 있었으며 호수의 조망은 최고였다. 나는 그 경관을 단단히 마음속에 새겨놓았다. 처음에는 내리막길이었고, 그다음은 좌우의 구릉으로 경계가 지어진 밝은 계곡을 지나자 마침내 저 멀리 자리 잡은 아시시(Assisi)가 보였다.

팔라디오와 폴크만의 책들을 통해서 아우구스투스 시대에 세워진 훌륭한 미네르바 신전이 지금까지도 이곳에 완전하게 보존되어 있다는 것을 알았다. 폴리뇨 방향 도로를 따라가던 마차를 마돈나 델 안젤로 성당 근처에서 버리고 강풍을 헤치면서 아시시 쪽으로 올라갔다. 이토록 쓸쓸한 세계를 도보로 한번 여행해 보고 싶었기 때문이다. 성 프란치스코가 매장되어 있는 예배당 주위에 바빌론식으로 쌓아올린 거대한 부속 건물들은 혐오스럽기까지 해서 왼편으로 보면서 지나쳐버렸다. 만약 이 안으로 들어간다면 누구라도 저번에 만났던 대위처럼 머릿속이 변해 버릴 것 같았기 때문이다. 그러고 나서 한 미소년에게 마리아 델라 미네르바는 어디냐고 물으니까, 산 중턱에 건설된 거리를 올라가서 안내해 주었다. 마침내 우리는 본래의 아시시 구시가지에 도착했다. 보라, 가장 많은 찬사를 받아 마땅한 건물이 내 앞에 서 있지 않은가. 이것은 내가 본 최초의 완전한 고대 기념물이다. 이런 작은 도시에 알맞은 소박한 신전이며, 또한 매우 완전하고 훌륭하게 설계되어 있기 때문에 어디에다 내놓아도 이채를 띨 것이라고 생각된다.

우선 그 위치에 관해서 이야기하자. 비트루비우스와 팔라디오의 책들에서 도시는 어떻게 건설되어야 하며, 신전과 공공건물은 어떤 위치에 놓여야 하는가 하는 것에 관해 읽은 이래로, 나는 이 주제에 많은 주의를 기울이게 되었다. 옛날 사람들은 여기에서도 자연적이란 점에서 매우 위대했다. 신전은 아름다운 산 중턱의, 바로 두 개의 언덕이 합쳐지는 부근, 지금까지도 '광장'이라고 불리는 장소에 서 있다. 이 광장 자체가 조금 비탈로 되어 있으며 거기는 네 개의 길이 한곳에 모여 짓눌린 안드레아스십자가[83] 모양을 만들고 있는데, 그중 두 개는 아래에서 위로, 다른 두 개는 위에서 아래로 통해 있다. 현재 신전과 마주 보고 세워져 전망을 막고 있는 집들은 아마도 옛날에는 있지 않았을 것이다. 그것들이 없다고 생각하면, 남쪽으로 매우 비옥한 지역이 시야에 들어올 것이다. 동시에 사방에서 미네르바의 성전이 보일 것이다. 가로의 설계는 오래된 것 같다. 왜냐하면 시가는 산의 형태와 경사를 이용해서 만들어져 있기 때문이다. 신전은 광장 중앙에 있지는 않지만 로마로부터 올라오는 사람들에게 멀리서도 아름답게 보이

83) X자 모양 십자가다.

도록 위치하고 있다. 건물뿐만 아니라 이 적절한 위치까지도 스케치해야겠다.

정면 쪽은 아무리 보아도 물리지가 않는다. 예술가는 여기서도 또다시 천재적으로 일을 처리했던 것이다. 기둥 양식은 코린트식으로, 기둥과 기둥 사이는 2모델[84]이 조금 넘는다. 주각(柱脚)과 그 밑의 주초(柱礎)는 각대(脚帶) 위에 서 있는 것처럼 보이지만 그렇게 보이는 것뿐이다. 왜냐하면 태좌(台座)는 다섯으로 구획되어 있어서 어디서부터든지 다섯 단씩 원주 사이를 오르게 된다. 올라가면 평면에 도달하는데, 그 위에 본래의 원주가 서 있고 거기서부터 신전 안으로 들어가게 돼 있다. 이 경우 태좌를 구획한 것은 적절한 처리였다. 왜냐하면 신전은 산 중턱에 있기 때문에 거기로 올라가는 계단은 아무래도 앞쪽으로 지나치게 나오게 되어서 광장을 좁혔을지도 모른다. 그 아래로 계단이 몇 개 더 있었는지는 확실하게 추정할 수가 없다. 그것들은 몇 개를 제외하고는 매몰되었거나 포석 밑에 깔려 있다. 나는 아쉬움을 남기면서 구경을 끝마치고서, 모든 건축가들의 주의를 이 건물에다 환기시키기로 결심했다. 그렇게 하면 이 건물의 정확한 설계도 같은 것도 우리 손에 들어올 것이다. 왜냐하면 전래되어 온 것이 얼마나 믿을 수 없는 것인가를 나는 다시 한 번 인정하지 않을 수 없었기 때문이다. 내가 전적으로 신용하고 있던 팔라디오의 책

---

84) 고대 건축에서 측정 단위로서의 기준이 되는 사물을 가리킨다. 여기서는 기둥의 직경을 1모델로 했을 때, 두 기둥 사이의 거리가 기둥 한 개의 직경의 2배라는 뜻이다.

에도 이 신전의 도면이 실려 있지만, 그는 실물을 직접 눈으로 보지 않았던 것 같다. 왜냐하면 그가 그린 도면에는 각대가 계단을 다 올라간 평면 위에 놓여 있고 기둥이 매우 높은 곳으로 와버려서, 실제로는 조용하고 좋은 느낌을 주고 눈과 마음까지도 만족시키는 조망이 사람들을 즐겁게 해줄 터인데도 도면에는 추악한 팔미라의 괴물[85] 같은 것이 되어 있기 때문이다. 이 건축을 보고 내 마음속에 전개되고 있는 것은 말로는 표현하기 어렵고 언젠가는 영원한 성과를 가져올 것으로 생각된다.

아름다운 저녁때 로마 시대 때 닦은 보도를 정말 한가로운 기분으로 내려가고 있을 때, 뒤쪽에서 사람들이 서로 싸우는 듯한 거칠고 격한 소리가 들렸다. 아마도 조금 전에 시내에서 보았던 순경들이겠지 생각하고 나는 태연하게 걸음을 계속하면서도 배후에 귀를 기울였다. 그러자 곧 그 소리가 나를 목표로 하고 있다는 것을 알게 되었다. 그중 두 명은 총으로 무장하고 있었는데, 아무튼 이 험상궂은 모습의 순경 네 명은 내 앞을 지나쳐서 무어라고 중얼거리면서 몇 발짝 걷다가 뒤돌아서서 나를 둘러쌌다. 그들은 내가 무엇을 하는 사람이며 여기서 무얼 하고 있느냐고 물었다. 나는 걸어서 아시시를 통과하고 있는 외국인이며 마부는 폴리뇨로 향하고 있다고 대답했다. 마차 요금을 지불해 놓고서 걸어가는 것이 이해가 되

---

85) 오늘날 시리아에 있는 고대 페니키아 도시 팔미라의 바알샤민 신전 유적을 가리킨다.

지 않는 듯, 나에게 그란콘벤토[86]에 갔었느냐고 물었다. 나는 가지 않았다고 답하고, 그 건물은 예전부터 잘 알고 있으나, 나는 건축가이므로 이번에는 마리아 델라 미네르바만을 시찰하고 왔으며, 그것은 당신들도 알다시피 모범적인 건물이기 때문이라고 말했다. 그들은 그걸 부정하지는 않았지만 내가 성 프란치스코를 참배하지 않은 것을 매우 좋지 않게 보고는 나에게 몰래 밀수품을 들여왔다고 난데없는 혐의를 걸었다. 나는 배낭도 메지 않고 빈 주머니로 혼자 길을 걸어가는 사람을 밀수꾼으로 모는 것은 이상하지 않느냐고 말하고, 함께 시내로 돌아가서 시장한테 서류를 보이면 시장도 내가 정당한 외국인이라는 것을 인정할 것이라고 제안했다. 그러니까 그들은 무어라고 중얼거리고서 그럴 필요는 없다고 말했다. 나는 시종 단호하고 진지한 태도를 견지했으므로 그들은 마침내 다시 시내 쪽으로 되돌아갔다. 나는 그들의 뒷모습을 보고 있었다. 그러자 내 눈앞에서 이 버릇없는 녀석들이 걸어가는 뒤쪽으로 사랑스러운 미네르바의 모습이 다시 한 번 나를 친근하게 위로하듯이 바라보고 있었다. 그러고 나서 내가 왼쪽으로 산프란치스코의 음산한 돔을 바라보며 다시 걸음을 계속하려고 할 때, 아까 무장하지 않고 있던 한 명이 동료들로부터 떨어져서 겸손한 태도로 나에게 되돌아왔다. 인사를 하면서 그는 곧 이렇게 말했다.

"낯선 손님, 당신은 저한테는 술값을 몇 푼 찔러주셔도 좋

---

86) 산프란치스코 대성당을 가리킨다.

았을 것을. 저는 금방 당신이 훌륭한 분이라고 생각되어서 동료들에게 소리 높여 그걸 설명해 주었지요. 하지만 녀석들은 성미가 급하고 욱하는 성질 때문에 금방 화를 내는, 세상물정 모르는 자들입니다. 선생님도 제가 제일 먼저 당신 말을 승인하고 그걸 존중했다는 것을 아셨을 텐데요."

나는 그를 칭찬해 주고, 신앙 또는 미술 연구를 위해 아시시에 오는 정직한 외국인을, 특히 이 도시의 명예를 위해, 아직 한 번도 정확하게 도면화 되지도 않았고 동판화로도 제작되지 않은 미네르바 신전을 금후 측정하거나 도면을 만들기 위해 오는 건축가를 보호해 주기 바라며 반드시 그런 사람들의 편의를 보아줄 것을 당부하고, 그러면 그들도 반드시 감사할 것이라는 말과 함께 몇 푼의 은화를 그에게 쥐여주었더니 그는 뜻밖의 수입에 기뻐했다. 그는 다시 와달라고 청하면서, 특히 신앙심을 깊게 하고 위안도 될 수 있는 성 프란치스코 축일을 절대 잊지 않을 것을 당부했다. 또한 잘생긴 신사 분들에게는 당연한 일일 테니까, 아름다운 부인이 필요하시다면 자기가 아시시에서 내로라하는 미인을 소개해 접대하겠다는 말까지 했다. 그는 오늘 밤에라도 성 프란치스코의 묘를 참배해서 앞으로 선생님의 여정이 무사하도록 기도드리겠다고 맹세하면서 떠나갔다. 이렇게 우리는 헤어졌다. 나는 다시 자연과 나 자신만을 벗으로 하는 행복감에 젖었다. 폴리뇨로 가는 길은 내가 지금까지 지나온 중에서 가장 아름답고 쾌적한 산책로 중 하나였다. 오른쪽에 훌륭하게 경작된 골짜기를 보면서 산을 타고 4시간 남짓 걷는 여정이다.

마차로 여행하는 것은 답답한 것이어서, 마음 편히 그 뒤를 걸어서 따라갈 수 있다면 그것이 제일 좋다. 페라라에서 여기까지 나는 항상 이렇게 끌려왔다. 이탈리아는 자연의 혜택은 매우 많이 받고 있지만, 보다 편리하고 활기 있는 생활의 기초가 될 기계와 기술 측면에서는 여전히 다른 여러 나라에 비해 훨씬 뒤떨어져 있다. 마차는 지금도 여전히 세디아(sedia), 즉 '의자'라고 불리는데, 고릿적에 여자나 노인 또는 고귀한 사람을 태우는 나귀가 끌던 가마로부터 발달했기 때문이 틀림없다. 가마의 장대 옆에 맸던 뒷부분의 나귀 대신 두 개의 바퀴를 밑에 달았다 뿐이지 그 이상의 개량은 이루어지지 않았다. 승객은 수백 년 전과 마찬가지로 여전히 이리저리 흔들리면서 여행할 수밖에 없다. 이탈리아인의 주거나 기타 모든 일이 이런 식이다.

인간은 대개 하늘 아래에서 생활하고 때에 따라 할 수 없이 동굴 속으로 들어갈 때가 있었다고 하는 저 최초의 시적인 생각이, 지금까지도 현실로 행해지고 있는 모습을 보고 싶다고 생각하는 사람은 동굴의 느낌과 취미를 완전하게 갖추고 있는 이 부근의 건물, 특히 시골 건물에 들어가 보지 않으면 안 된다. 그들은 실제로 믿을 수 없을 만큼 마음 편한 사람들로 끙끙 앓으면서 노화를 재촉하는 일 따위는 하지 않는다. 닥쳐올 겨울을 위해서라든지 점점 길어져가는 밤을 위해 준비하는 일 같은 것을 전대미문의 경솔함으로 무시해 버리는 것이다. 그 대신 한 해의 대부분을 개처럼 고생하면서 살아야만 한다. 이곳 폴리뇨에서 「가나의 혼례」 그림에서 보는 것같이, 모두가 큰 홀의 맨바닥에서 타고 있는 불 주위에 모여 소리 지르고 떠들어대고 긴 식탁에 앉아 식사를 하고 있는 호메로스풍의 집 안에서, 나는 이 편지를 쓸 기회를 얻었다. 그것도 이런 곳에서는 기대하지도 않았던 잉크병을 가져다준 남자가 있었기 때문이다. 그러나 이 편지의 글씨를 보면 책상이 얼마나 차갑고 불편한지 알 수 있을 것이다.

지금 나는 사전 준비나 안내도 없이 이 나라에 들어오는 것이 얼마나 무모한 일인가를 뼈저리게 느끼고 있다. 여러 종류의 화폐가 통용된다는 점, 마차에 관한 일, 물가, 형편없는 여관 등 날마다 부딪히는 어려운 일로 인하여, 나처럼 처음으로 혼자 여행하는 사람, 그러면서도 끊임없이 즐거움을 추구해 오던 사람은 정말로 환멸과 비애를 느끼지 않을 수 없을 것이다. 그러나 나는 어떠한 대가를 치르더라도 이 나라를 보고 싶다는 생각 외에는 아무 소망도 없었다. 그리고 설사 익시온[87]의 차바퀴에 매여 로마로 끌려가더라도 불평할 생각은 없다.

10월 27일 저녁, 테르니

또다시 동굴과 같은 숙소에 앉아 있다. 작년에 있었던 지진으로 망가져버렸다고 한다. 거리는 역시 석회질로 되어 있는 산과 산 사이의 아름다운 평야 끝에 있는데, 나는 시가를 한

87) 그리스 신화에서 여신 헤라를 연모하다 모독죄로 제우스에 의해 불타는 수레바퀴에 묶인 채로 지옥에 떨어졌다.

바퀴 구경하는 도중에 그 평야를 즐겁게 바라보았다. 바로 위쪽의 볼로냐와 마찬가지로 이곳 테르니는 산 밑 기슭에 위치하고 있는 것이다.

그건 그렇고, 전에 말한 교황청의 장교와는 이미 헤어지고 이번에는 성직자 한 사람과 동행이 되었다. 이 사람은 그 군인에 비하면 훨씬 자기 처지에 만족하고 있으며, 물론 나를 이단자라고 생각하고 있지만 종교 의식이라든가 그 밖의 여러 가지 일에 관한 내 질문에 기꺼이 가르쳐준다. 나는 항상 새로운 사람들과 함께하는 덕분에 애초의 의도를 십분 달성하고 있다. 먼저 그 나라 사람들끼리 이야기하는 것에 귀를 기울여야 한다. 그것이 그 나라 전체의 산 모습이기 때문이다. 이탈리아인들은 기묘하게도 서로 철천지원수지간으로, 각자가 자기 고향의 자랑만 늘어놓을 뿐 서로 용서할 줄을 모른다. 그리고 계급투쟁이 끊임없이 일어나는 데다 언제나 격렬한 열정을 가지고 행해지기 때문에 하루 종일 희극을 연출해서 자신을 폭로하는 꼴이 된다. 그러면서도 눈치는 빨라서, 외국인이 자신들 행동의 어떤 부분을 마음에 안 들어 하는지 금방 알아차린다.

스폴레토로 올라가, 산에서 산으로의 다리 역할도 하는 수도(水道)[88]에 가 보았다. 계곡에 걸쳐진 벽돌로 된 10개의 아치는 몇 세기라는 세월 동안 그곳에 조용히 서 있었고, 그리

88) 고대 로마 시대에 건설되었던 수도교 '폰테 델레 토리'를 1300년대에 재건했다.

고 지금도 스폴레토 도처에서 물이 솟아나고 있다. 이것은 내가 보는 세 번째 고대 건축이며, 이것 또한 위대한 정신 그 자체다. 시민의 목적에 맞는 제2의 자연, 이것이 고대인의 건축이다. 원형경기장도 신전도 수도교도 모두가 그렇다. 지금에 와서야 비로소 제멋대로 된 건축이 나에게 반감을 일으켰던 이유를 알게 되었다. 예를 들자면 바이센슈타인에 있는 '겨울의 집'[89] 같은 것은 정말 시시한 것으로, 거대한 과자 장식품에 불과한데 이것 말고도 한심한 예들은 많이 있다. 이것들은 모두 죽어서 태어난 것이다. 왜냐하면 진정한 내면적 실재를 가지지 않은 것은 생명이 없고, 위대할 리도 없고, 위대해질 수도 없기 때문이다.

최근 8주 동안에 나는 얼마나 많은 기쁨을 맛보고 견식을 넓혔는지 모른다. 하지만 애는 쓸 대로 써야 했다. 나는 항상 눈을 똑바로 뜨고 인상을 정확하게 받아들이려고 한다. 가능하다면 판단 같은 것은 일체 가하지 않고 싶다. 산크로체피소는 길가에 있는 이상한 예배당이다. 나는 그것을 옛날 이 장소에 있었던 신전의 유적이라고는 생각하지 않는다. 원주와 지주와 들보 등을 주워 모아서 붙여 만든 것이다. 서투른 꾀는 아닐지라도 좀 미친 짓 같다. 그러나 그것을 글로 표현하기는 어렵다. 어디선가 동판화로 나와 있을 것이다.

고대의 개념을 얻으려고 노력하지만 폐허만 만나가지고, 그

89) 독일 카셀의 벨헬름스회에(Wilhelmshohe) 산악공원에 있는 '거인의 성'의 별칭이다.

폐허를 재료로 하여 아직 아무런 개념도 얻어지지 않은 것을 다시 초라하게 조립하지 않을 수밖에 없다면 참으로 기묘한 기분일 것이다.

고전의 땅이라고 일컬어지는 장소라면 사정은 달라진다. 이러한 장소에서 공상적인 태도를 취하지 않고 그 지방을 있는 그대로의 모습으로 현실적으로 받아들인다면, 항상 가장 위대한 행위를 낳는 결정적인 무대가 된다. 따라서 나는 지금까지 언제나 공상이나 감정을 억제하고 지방을 자유롭고 명확하게 관찰할 수 있도록, 지질학적 풍토학적 안목을 발휘해 왔는데, 그렇게 하니 이상하게도 역사라고 하는 것이 생생하게 머리에 떠올라서 모든 것이 다르게 보인다. 나는 빨리 로마에 가서 타키투스[90]를 읽고 싶다.

날씨에 관해서도 전혀 언급이 없을 수는 없는 일이다. 내가 볼로냐에서 아펜니노산맥을 올라왔을 때는 구름이 여전히 북쪽으로 움직이고 있었는데, 그 뒤에 방향이 바뀌어서 트라시메노호수 쪽으로 움직여 갔다. 여기서는 구름이 정체하고 있었는데, 때로는 남쪽으로 실려 가는 것도 있었다. 따라서 포강의 대평원은 여름 내내 모든 구름을 티롤산지로 보내더니 이제는 일부를 아펜니노산맥 쪽으로 보내고 있다. 그러므로 우기가 닥칠지도 모르겠다.

올리브 채집이 시작되고 있다. 여기서는 손으로 따는데 다

90) 푸블리우스 코르넬리우스 타키투스(Publius Cornelius Tacitus, 55?~117?). 1세기 로마의 정치가이자 역사가다.

른 곳에서는 막대기로 두들겨서 떨어뜨린다. 겨울이 예년보다 빨리 오면 남은 열매는 봄까지 그대로 남겨둔다. 오늘 나는 정말 돌이 많은 땅에서 가장 크고 오래된 나무가 자라 있는 것을 보았다.

뮤즈의 은총은 데몬의 것처럼 반드시 때를 맞추어서 주어지진 않는다. 나는 오늘 무언가 전혀 시기에 맞지 않는 것을 써보고 싶은 감흥을 느꼈다. 가톨릭교의 중심에 가까이 가는 동안, 가톨릭교도들에게 둘러싸여서, 성직자 한 사람과 마차 좌석에 나란히 앉아서, 맑은 마음으로 진실한 자연과 고귀한 예술을 관찰하고 파악하려고 노력하면서도, 나의 마음에는 원시 기독교의 모든 흔적이 지금 세상에는 소실되어 있다는 생각이 매우 선명하게 떠올랐다. 실제로 기독교를 사도행전에서 보는 것 같은 순수한 모습으로 떠올려 생각해 보면, 저 온화한 초기 시대에도 기형적이고 기괴한 이교로부터 핍박받지 않으면 안 되었다는 것을 알고서 나는 전율을 금할 수 없었다. 그때 내 머릿속에 다시 「영원한 유대인(Der Ewige Jude)」[91]이 떠올랐다. 그는 이러한 놀랄 만한 사실의 발전과 전개의 목격자이며, 그리스도가 자신의 가르침의 성과를 알아보기 위해 돌아왔을 때 또다시 십자가에 못 박힐 뻔한 위난과 조우했던, 저 불가사의한 사태를 체험한 자다. "나는 다시 십자가에 못 박히러 가노라."라고 하는 저 전설을 이 비극의 결말을 위한 재료로 쓰고 싶다.

---

91) 괴테가 1774년경에 구상했으나 완성하지는 못한 장편 서사시다.

이런 몽상이 내 눈앞에 떠오른다. 왜냐하면 이 여행길을 빨리 가려는 마음에서 옷을 입은 채로 잠자고 날이 밝기도 전에 일어나 마차에 올라타고 비몽사몽인 상태로 대낮을 향해 달리면서 제멋대로 공상에 잠기는 것이 지금 무엇보다도 즐거운 일이기 때문이다.

10월 28일, 치비타 카스텔라나에서

마지막 밤을 아무렇게나 보내고 싶지 않다. 아직 8시도 안 됐는데 모두들 잠자리에 들었다. 나는 마지막으로 지나간 일을 되돌아보고, 이미 눈앞에 닥친 미래를 즐길 수 있다. 오늘은 날씨가 아주 화창했다. 아침나절에는 퍽 추웠는데 낮에는 맑고 따뜻했고 저녁에는 바람도 좀 불었지만 그래도 매우 좋은 날씨였다.

테르니를 출발한 것은 아주 이른 아침이고 나르니에 올라간 것은 아직 동이 트기 전이었기 때문에 저 유명한 다리[92)]는 볼 수 없었다. 계곡도 평지도, 가까운 곳도 먼 곳도 전부가 석회암으로 된 산지로, 다른 종류의 돌은 전혀 보이지 않는다.

오트리콜리는 예전 강물에 의해 퇴적된 자갈 언덕 위에 있으며, 강 건너편으로부터 운반된 용암으로 축조되어 있다.

다리[93)]를 건너면 곧 화산질 지형이 된다. 이 지대의 표면은 실제의 용암 아니면 이전부터 있었던 암석이 타서 녹아 변질

---

92) 기원전 1세기에 네라강 위에 건설된 아우구스투스 다리(Ponte d'Augusto)의 유적지다.

93) 테베레강 위의 어떤 다리다.

된 것이다. 우리는 어떤 산을 올라갔는데 그 산은 회색 용암이라고 해야 마땅할 것이다. 그것은 많은 흰빛의 석류석 같은 형태를 한 결정체를 포함하고 있다. 이 산으로부터 치비타 카스텔라나로 내려가는 대로는 역시 이 돌로 포장이 되어 있다. 매우 아름답고 매끄럽게 밟아서 굳혀져 있다. 도시는 화산질의 응회암 위에 세워져 있으므로 이 암석 속을 찾아보면 재나 경석 또는 용암 조각을 발견할 수 있으리라고 생각했다. 성으로부터 보는 조망은 매우 아름다우며, 소라테(Soratte)산은 홀로 떨어져서 그림처럼 보이지만 아마도 아펜니노산맥에 속하는 석회산일 것이다. 화산 지대는 아펜니노산맥보다는 훨씬 낮은데, 다만 그곳을 관통해서 흐르는 급류가 이 지역으로부터 산과 바위를 밀어 올려서 만들어낸 것이다. 그리고 그것과 더불어 그림과 같은 풍경, 깎아낸 듯한 암벽, 그 밖의 우연들이 만들어낸 천연의 풍경이 형성되었다.

자, 내일 밤은 마침내 로마다. 지금도 믿을 수가 없을 정도다. 이 소망이 이루어지면 그 뒤엔 무엇을 원해야 될까. 꿈에 보았던 꿩 실은 배를 타고 무사히 고향에 상륙하여서 기뻐하는 친구들의 호의에 찬 건강한 얼굴을 보는 것 외에는 아무 원도 없다고 해도 좋을 것이다.

로마

1786년 11월 1일, 로마

마침내 나는 입을 열 수 있다. 그리고 즐거이 인사를 보낼 수 있다. 지금까지의 비밀 여행, 말하자면 지하 여행에 대해서는 여러분의 관대한 용서를 바라는 바다.[94] 나는 나 자신에게까지도 행선지를 명확히 말하지 않으려 했으며 심지어 여행 도중에도 두려움이 계속되어 왔다. 그리하여 마침내 포르타 델 포폴로[95]에 이르러서야 드디어 내가 로마에 도착했다는 확신을 가지게 되었다.

내가 혼자 구경하리라곤 생각지도 않았던 고적들 가까이에

---

94) 로마에 도착하기 전까지 괴테는 바이마르의 친구들에게 보내는 편지에 자신이 있는 곳의 지명을 쓰지 않았다.

95) 19세기까지 로마시의 경계였던 아우렐리아누스 성벽의 북쪽 문으로, 북부에서 내려와 로마로 들어오는 사람은 이 문을 지날 수밖에 없었다.

서 나는 몇 번이고, 아니 줄곧 여러분 생각을 했다는 것을 말하고 싶다. 사실 나는 북방의 모든 사람이 몸도 마음도 현실에 매이다 보니, 이 남국에 대한 흥미를 점점 더 잃어가는 것을 보았기 때문에, 결연히 이 고독하고 긴 여행을 떠나, 어떻게 할 수 없는 강한 욕구로 나를 끌어당겼던 중심지를 방문할 결심을 하게 되었다. 그렇다. 지난 몇 해 동안 그것은 일종의 병과 같은 상태가 되어서, 그것을 고칠 수 있는 길은 오직 내 눈으로 이곳을 보고 내 몸을 이 땅에다 두는 것 외에는 없었다. 지금이니까 솔직히 말해도 되지만, 나중에는 한 권의 라틴어 책, 한 장의 이탈리아 풍경화조차 나는 바라볼 수 없게 되었던 것이다. 이 땅을 보고 싶은 욕망은 정말 숙성의 도를 넘어 있었다. 그러나 그 욕구가 충족된 지금에 와서는 친구들과 조국이 그립고, 돌아가고 싶은 생각이 간절하다. 이렇게 많은 보물을 나 혼자만 독점하지 않고, 우리의 전 생애를 이끌어주고 진전시킬 수 있도록 다른 사람들과 함께 나눈다면, 보다 값지게 쓰이리라는 확신이 강해질수록 점점 더 귀국 날짜를 손꼽게 된다.

1786년 11월 1일, 로마

드디어 나는 세계의 수도에 도착했다! 만약 내가 훌륭한 동행자와 함께, 아주 견식 있는 사람의 안내를 받으면서 15년 전에 이 도시를 구경할 수 있었다면 나를 행운아라고 불러도 좋았을 것이다. 그러나 내가 안내자도 없이 혼자 방문해야만 할 운명이었다면 그 기쁨이 이렇게 늦게야 베풀어진 것이 오히려 다행이라고 생각하지 않으면 안 된다.

티롤의 고개는, 말하자면 뛰어 넘어온 셈이다. 베로나, 비첸차, 파도바, 베네치아 등은 자세히 구경했지만, 페라라, 첸토, 볼로냐 등은 주마간산 격으로, 특히 피렌체는 거의 구경하지 못했다. 그것은 로마로 가고자 하는 나의 욕구가 너무나 강하고 순간마다 더 고조되어서 잠시도 멈출 수가 없었기 때문이다. 피렌체에는 겨우 3시간밖에 머무르지 못했다. 이제 이곳에 도착하니 마음도 안정되고 평생 동안 안정될 듯이 생각된다. 왜냐하면 부분적으로 잘 알고 있던 것을 실제로 눈앞에 전체로서 바라볼 때, 거기에서 새로운 삶이 시작되기 때문이다. 나의 젊은 시절의 모든 꿈이 생생하게 내 눈앞에 되살아난다. 내 기억 속에 남아 있는 최초의 동판화(아버지는 로마의 조감도를 접견실에 걸어두고 계셨다.)를 지금 실물로 바라보고 있는 것이다. 그리고 그림으로, 스케치로, 동판으로, 목판으로, 석고로, 코르크 세공 등으로 일찍이 보아서 알고 있던 것들이 이제 내 앞에 즐비하게 늘어서 있다. 어디를 가나 새로운 세계 속의 친지를 발견하게 된다. 모든 것이 내가 벌써부터 상상했던 그대로인 동시에 모든 것이 또한 새롭다. 나의 관찰과 관념에 대해서도 똑같은 말을 할 수 있다. 나는 이곳에 와서 별로 새로운 생각을 가지게 된 것도 없고 아주 낯선 것을 발견하지도 않았다. 그러나 낡은 관찰, 관념도 여기서는 매우 명확하고 연관성 있게 되어서 새로운 것이나 다름없다고 볼 수 있는 것이다.

피그말리온[96]이 마음 내키는 대로 형태를 만들어서 예술가로서의 최대한의 진실과 생명을 불어넣었던 엘리제가 마침

내 그에게 와서 "나예요!" 하고 말했을 때, 살아 있는 엘리제와 이전의 단순한 석상 사이에는 얼마나 큰 차이가 있었겠는가!

여러 가지로 논란의 대상이 되고, 이곳저곳에 쓰이기도 하고, 여행자는 누구나 지니고 있는 자신의 척도에 따라 판단하는 이 감각적인 국민 속에서 생활하는 것이 나에게 있어 도덕적으로 얼마나 유익한 일인지 모르겠다. 이 나라 사람들을 비난하고 욕하는 자를 나는 탓하지 않는다. 이 나라 사람들은 우리로부터 너무나 떨어져 있는 존재이기 때문에 외국인으로서 그들과 사귀는 것은 어렵고 또한 시간 낭비이기도 하다.

11월 3일

로마행을 서두른 주된 이유 중 하나로 내가 머리에 떠올렸던 것은 11월 1일 만성절(萬聖節)이었다. 왜냐하면 한 사람의 성자를 위해서도 대단한 축제가 거행되는데 모든 성자를 위해서는 얼마나 큰 잔치가 벌어질 것인가 하고 생각했기 때문이다. 그러나 그것은 큰 오산이었다. 로마 교회는 눈에 띄는 공공 제전을 좋아하지 않으며, 각 교단은 각기 자기네가 받드는 성자를 기념하여 단출하게 식을 올린다. 각 성자가 그 영광을 발휘하게 되는 것은 명명일(命名日)과 그 성자에게 바쳐지는 기념제 때라고 한다.

그러나 어제의 만성절 의식은 꽤 내 맘에 들었다. 교황이 퀴

96) 로마 시인 오비디우스의 『변신이야기』에 등장하는 키프로스의 왕으로, 상아로 만든 여인 상에 반해 아프로디테 여신에게 소원을 빌었고, 여인 상이 살아 움직이게 되자 그녀와 결혼했다.

리날레 궁전 예배당에서 모든 성자들을 위한 미사를 올렸는데, 아무나 자유롭게 참석할 수 있었다. 나는 티슈바인[97]과 함께 몬테카발로[98]로 달려갔다. 궁전 앞 광장은 아주 독특한 분위기로, 불규칙하지만 웅대해서 마음에 들었다. 나는 그곳에서 저 두 개의 거상(巨像)을 보았다. 그러나 그것을 이해하기에는 나의 눈도 마음도 너무나 부족했다. 우리는 군중과 더불어 화려하고 광대한 중정을 지나 굉장히 넓은 층계를 올라갔다. 성당을 면해 서서 여러 방들을 바라볼 수 있는 현관홀에 있으니 그리스도의 대행자와 한 지붕 밑에 있다는 생각이 나에게 이상한 느낌을 불러일으켰다.

예식은 진행 중이었다. 교황과 추기경들은 벌써 성당 안에 있었다. 교황은 매우 단아하고 위엄 있는 분이었으며 추기경들은 각자 연령과 풍채가 달랐다.

그때 나는 교황이 황금의 입을 열어 성자들 영혼의 형언할 수 없는 축복에 관해 이야기하고 우리들로 하여금 깨우침의 희열에 잠기도록 해주었으면 하는 이상한 소망에 사로잡혔다. 그러나 교황이 제단 앞에서 이리저리 움직이고, 여기저기를 바라보고, 보통 성직자와 같이 행동하며 중얼거리는 것을 보

---

97) 요한 하인리히 빌헬름 티슈바인(Johann Heinrich Wilhelm Tischbein, 1751~1829). 헤센 태생의 초상화가로, 1782년부터 작센-고타-알텐베르크 제후 에른스트 2세의 후원으로 로마에 미술 유학을 와 있었다.

98) Monte Cavallo(말의 산). 퀴리날레 궁전 앞 광장 분수인 폰타나 데이 디오스쿠리(Fontana dei Dioscuri)의 별칭이다. 5미터 높이의 말과 거인상 두 쌍이 분수대를 장식하고 있다.

왔을 때, 나의 신교도적 원죄가 고개를 쳐들고 일어나서, 이미 모두 알고 있는 관습적인 미사 의식이 전혀 마음에 들지 않게 되어버렸다. 예수는 일찍이 소년 시절부터 성경을 몸소 설명했으며, 청년 시절에도 다만 묵묵히 교화와 감화를 전도했을 리는 없을 것으로 생각된다. 실제로 우리가 복음서를 통해 알고 있듯이 예수는 재치 있는 화법을 즐겨 썼다. 만약에 예수가 이 자리에 나타나 지상에서의 자기 대리자인 교황이 중얼중얼하며 이리저리 비틀거리고 있는 모습을 본다면 무어라고 말할 것인가 생각했다. 그때 '나는 다시 십자가에 못 박히러 가노라.'는 성구가 내 마음에 떠올랐다. 나는 동행의 소맷자락을 끌어 그곳을 떠나서 둥근 천장이 벽화로 장식된 큰 홀로 나갔다.

많은 사람들이 그곳에서 그 훌륭한 그림을 주의 깊게 보고 있었다. 이 만성절은 동시에 로마에 있는 모든 예술가들의 축제이기도 한 것이다. 성당뿐만 아니라 궁전의 모든 방이 누구에게나 개방되어 이날만은 여러 시간 동안 마음대로 출입할 수 있다. 돈을 집어줄 필요도 없고 성지기한테 쫓기지도 않는다.

나는 벽화에 넋을 잃었다. 거기에는 여태껏 이름도 몰랐던 뛰어난 화가들의 작품이 있었다. 예를 들어 내가 명랑한 카를로 마라타[99]를 높이 평가하고 애호하게 된 것도 이때부터다.

99) Carlo Maratta, 1625~1713. 17세기 로마에서 주로 활동한 화가로, 고전주의와 바로크 양식을 조화시켰다.

특히 기뻤던 것은 내가 이미 화풍에 감명을 받았던 예술가들의 걸작을 접하게 된 일이다. 게르치노의 '성녀 페트로닐라'를 감탄과 함께 바라보았다. 이 그림은 예전에 산피에트로 대성당에 있던 것인데, 지금 거기에는 원화 대신 모자이크 사본이 있다. 성녀의 시신이 무덤 속으로부터 올려지고, 그녀 같은 인간이 부활하여 천당에서 거룩한 젊은이의 영접을 받는 장면이다. 이 그림의 이중 줄거리에 반대하는 사람이 있다 하더라도 작품으로서의 가치는 참으로 훌륭한 것이다.

티치아노의 그림 앞에서는 더욱 경탄을 금치 못했다. 지금까지 본 모든 그림을 제압하는 것이다. 나의 보는 눈이 높아졌기 때문인지 그렇지 않으면 사실상 이 그림이 가장 훌륭한 것인지는 나도 모르겠다. 자수와 금박으로 장식된 호화스러운 미사 예복이 당당한 주교의 몸을 감싸고 있다. 그는 왼손에 무거운 목자의 지팡이를 들고 환희의 눈초리로 하늘을 쳐다보며 오른손에는 한 권의 책을 들고 있는데, 그 책에서 방금 신의 계시라도 받은 것 같은 모습이다. 그의 배후에서는 아름다운 처녀가 야자 잎사귀를 손에 들고 사랑스러운 표정으로 펼쳐진 책을 들여다보고 있다. 이에 대해 오른쪽에 있는 엄숙한 노인은 책 바로 옆에 서 있으면서도 아무런 관심도 없는 것 같다. 열쇠를 손에 쥐고 있는 것을 보면 마치 스스로 천당 문을 열고 들어갈 자신이 있는 듯하다. 이 사람과 마주 보는 자리에 나체로 결박되고 화살에 상처를 입은 체격 좋은 한 젊은이가 멀거니 앞을 바라보며 겸손하게 복종을 표시하고 있다. 그리고 그 사이에는 두 사람의 성직자가 십자가와 백합꽃을 들고 경건한 태도로 천상의 사람들을 우러러보고 있다. 위쪽에는 천상의 사람들을 둘러싼 반원의 벽이 열려 있어서, 찬란한 광채 속에 한 사람의 모성이 지상의 인간들에게 연민의 정을 나타내고 있다. 그녀의 무릎에 안겨 있는 생기 있고 발랄한 아이는 밝은 표정으로 화환을 내밀고 있는데 마치 그걸 아래로 던지려는 듯이 보인다. 양측에는 여러 개의 화환을 든 천사들이 공중에 떠 있다. 그리고 이 모든 것과 삼중으로 된 빛의 고리 위에, 천상의 비둘기가 중심이 되어 군림하고 있다. 이러한 여러 가지 어울리지 않는 인물들을 이다지도 교묘하게, 그리고 의미 깊게 하나로 묶어 조화시켰다는 것은 필경 어떤 신성한 옛 전통이 근저에 흐르고 있기 때문일 것이다. 그러한 사정이나 이유를 캘 필요는 없다. 우리는 단지 있는 그대로의 작품을 보고 절묘한 예술에 감탄할 따름이다.

이때까지의 어떤 것보다 이해하기 쉽지만 가장 신비로운 것은 귀도 레니의 벽화다. 천진하고 사랑스러운 경건한 표정의 처녀가 멍하니 앉아서 바느질을 하고 있다. 그 옆에는 두 명의 천사가 언제든지 시중을 들려고 대기하고 있다. 이 사랑스러운 그림이 교시하는 것은 젊은 천진함과 근면함이 천사에 의해서 수호되고 있다는 점이다. 여기에는 아무런 전설도 해설도 필요하지 않다.

딱딱한 예술 이야기만 해왔는데 재미있는 일이 하나 있었다. 티슈바인한테 아는 사람이라고 찾아온 몇 명의 독일인 예술가들이 내 얼굴을 힐끔힐끔 쳐다보면서 이리저리 왔다 갔다 하는 것을 나도 눈치 채고 있었다. 잠깐 내 곁을 떠나 있던 티슈바인이 다시 돌아오더니 나에게 말했다.

"대단히 재미있는 일이 있습니다. 당신이 여기 와 있다는 소문이 벌써 퍼져서 예술가들은 유일한 낯선 여행자인 당신이 아무래도 괴테인 것 같다고 생각하고 있습니다. 그런데 우리 예술가들 중 한 사람이 자기는 괴테하고 사귄 적이 있으며 그것도 친구로서 교제했었다고 이전부터 주장해 왔습니다. 우리들은 그걸 참말이라고 쉽게 믿으려 하지 않았는데 이번에 이 사람이 당신과 만나서 당신이 괴테인지 아닌지 판단하도록 요청을 받은 것입니다. 그런데 그 사람이 당신은 괴테가 아니며 전혀 다른 인물이라고 간단하게 잘라 말했답니다. 그러므로 당신의 잠행은 지금으로서는 발각되지 않고 있습니다. 나중에는 웃음거리가 되겠지요."

그래서 나는 전보다 대담해져서 그 예술가들 사이에 끼어들어, 그 수법을 내가 알지 못했던 여러 그림의 작가들에 관해 물었다. 마지막으로 용을 퇴치하고 처녀를 구출한 성 게오르크의 그림에 마음이 끌렸다. 그런데 그것을 그린 화가가 누구인지 아는 사람이 아무도 없었다. 그때 지금까지 말이 없던 자그마하고 겸손한 남자가 나서서, 그것은 베네치아 화파의 포르데노네라는 사람의 작품이며 그 작품이야말로 그의 모든 기량을 헤아릴 수 있는 걸작 중 하나라고 가르쳐주었다. 그때 나는 이 그림에 마음이 끌린 이유를 알 수 있었다. 나는 이미 베네치아 화파와 친근해졌고 그 대가들의 장점도 잘 알고 있었기 때문에 이 그림이 내 마음을 끌었던 것이다.

그것을 가르쳐준 미술가는 하인리히 마이어[100]라고 하는 스위스 사람으로 콜라(Colla)라는 친구와 더불어 이곳에서 여러 해째 연구를 계속하고 있고, 고대 흉상을 세피아로 복사하는 데 능하며 미술사에도 통달한 사람이었다.

11월 7일, 로마

벌써 이레 동안이나 이곳에 있으니 차츰 내 머릿속에도 이 도시에 대한 대체적인 개념이 생겼다. 우리는 열심히 구경을 다녔으며, 나는 고대 로마와 신(新)로마의 지도를 머릿속에 넣고서 폐허와 건물을 보고 이곳저곳의 별장(Villa)들을 찾아다니고 있다. 가장 중요한 유적은 이제부터 서서히 연구하기로 하고, 지금은 다만 눈을 크게 뜨고 여기저기 구경할 뿐이다. 로마에 대한 준비는 오로지 로마에서만 가능한 것이다.

그렇지만 솔직히 말해서 지금의 로마에서 고대 로마를 선별하는 것은 어렵고도 가슴 아픈 일이다. 그래도 우리는 그 일을 하지 않으면 안 된다. 그리고 최후에 오는 귀중한 만족감을 기대하지 않으면 안 된다. 이곳에서 나는 상상을 초월하는 장관과 파괴라는 양쪽 흔적에 부딪힌다. 즉 야만인들이 그대로 남겨둔 것을 로마의 새로운 건축가들이 파괴해 버린 것이다.

2000년 또는 그 이상의 세월이 경과한 듯한 존재가, 시대의 변천에 따라 갖가지 근본적 변혁을 겪어오기는 했지만, 그래도 땅과 산에는 변함이 없고 원주나 성벽도 옛날 그대로이며

---

100) 요한 하인리히 마이어(Johann Heinrich Meyer, 1760~1832). 스위스 취리히 호수 근처의 도시 슈테파(Stäfa) 태생 화가로, 괴테와 로마에서 맺은 인연으로 후일 바이마르 공국 미술학교 교장이 되었다.

국민들 속에 아직도 예전 성격의 흔적이 남아 있는 것을 볼 때, 우리는 말하자면 운명의 심판관이 된 것 같은 생각이 든다. 로마가 어떻게 이어져 내려왔는가, 그것도 옛 로마로부터 새 로마로의 연속 과정뿐만 아니라 신구 로마의 각각 다른 시대에 있어서의 연속 과정까지도 밝히는 것은, 관찰자에게 있어 처음부터 곤란한 일이다. 나는 우선 반쯤 가려져 있는 부분을 몸소 느낌으로 알아내는 데 노력해야겠다. 그런 뒤에야 이제까지의 훌륭한 준비 작업이 완전히 이용될 수 있을 것이다. 왜냐하면 15세기부터 오늘에 이르기까지 뛰어난 예술가들과 학자들이 이러한 사물의 연구에 그들의 전 생애를 바쳐왔기 때문이다.

그리고 우리가 가장 중요한 대상을 접하려는 마음으로 로마의 여기저기를 돌아다닐 때, 이 거대한 도시는 유연하게 우리들 마음에 작용해 온다. 다른 곳에서는 우리가 의미 깊은 것을 찾으러 다녀야 하는데, 여기서는 오히려 우리를 압도하는 놀라운 것들로 가득하다. 가는 곳마다, 잠시 쉬는 곳마다 온갖 종류의 풍경화가 전개되고, 궁전과 폐허, 정원과 황야, 원경과 근경, 집, 마구간, 개선문 그리고 원주 같은 것들이 전부 한곳에 모여 있어서 한 폭의 그림으로 담아낼 수 있을 정도다. 천 개의 화필로도 이루지 못할 것을 한 자루의 펜으로 어찌 다 묘사할 수 있으랴. 보고 감탄하느라 지쳐서 밤이 되면 기진맥진하고 만다.

1786년 11월 7일

혹시 내가 소식 전하는 것을 게을리하는 일이 있더라도 친구들이 양해해 주기 바란다. 누구든지 여행 중에는 길을 가면서 가능한 한 모든 것을 허겁지겁 얻으려 한다. 매일 무언가 새로운 것이 주어지고, 그것에 대해 생각하고 판단하기에 급급하다. 여기에 와 보니까 마치 커다란 학교에 들어간 것처럼 하루 수업이 너무나도 많기 때문에, 보고할 용기가 사라지고 마는 것 같다. 아마도 몇 해 이곳에 체류하고는 피타고라스식 침묵을 지키는 것이 제일 좋을 것 같다.

같은 날에

건강 상태는 매우 좋다. 날씨는 로마 사람들 말로 "브루토"[101]다. 그리고 매일 다소간의 비를 동반하는 시로코(남풍)가 분다. 그래도 이러한 날씨가 그리 불쾌하지는 않다. 독일 여름철의 비 오는 날씨와는 달리 따뜻하기 때문이다.

11월 7일

티슈바인의 재능과 그의 계획 및 예술적 의도를 알게 됨에 따라 그를 마음으로부터 존경하게 되었다. 그는 소묘와 스케치를 보여주었는데 좋은 것을 많이 가지고 있었고 장래가 매우 유망하다. 일찍이 보드머[102] 곁에서 체재한 결과, 그의 사

---

101) bruto. 광포한, 험악한.

102) 요한 야콥 보드머(Johann Jakob Bodmer, 1698~1783). 취리히 태생의 비평가, 역사학자, 교수다. 티슈바인은 1781~1782년 취리히에 체류했다.

고는 인류 최초의 시대, 즉 인류가 이 땅 위에 처음으로 태어나 세상의 지배자가 되어야 하는 사명을 해결하지 않으면 안 되었던 시대로 향하게 되었다.

그는 먼저 전체에 대한 재기 넘치는 서곡으로, 세상의 고령 시대의 모습을 구체적으로 그려내려고 노력했다. 장엄한 삼림에 둘러싸인 산악, 계류에 의해 뚫린 협곡, 아직도 희미한 연기를 뿜고 있는 다 타버린 화산. 전경에는 수백 년 묵은 떡갈나무의 거대한 그루터기가 보였으며, 반쯤 노출된 뿌리를 향해 수사슴 한 마리가 제 뿔의 힘을 시험해 보고 있다. 구상도 좋고 솜씨도 훌륭하다.

그는 주목할 만한 한 장의 그림[103]에다 인간을 말 조련사로 표현하고, 인간이 땅과 하늘과 물의 모든 동물에 비해 힘은 떨어지지만 지략은 월등하게 우월한 것으로 그려내고 있다. 구성이 특히 우수하다. 유화로 한다면 틀림없이 대단한 효과를 올릴 것이다. 무슨 일이 있어도 소묘를 한 장 얻어서 바이마르에 소장하도록 해야겠다. 그는 또 옛날의 이름난 현인들의 모임을 소재로 해서 현실의 인물을 그릴 기회를 포착하려는 생각을 가지고 있다. 그러나 그가 최대의 열의를 가지고 스케치하고 있는 것은 두 개의 기병대가 서로 동등한 기백을 가지고 격돌하고 있는 전투 장면이다. 더구나 그 장소는 무서운 협곡이 양군을 갈라놓고 있어서 말이 최대의 힘을 발휘해야 겨우 그 낭떠러지를 뛰어넘을 수 있다. 방어 같은 것은 생각도 할

103) 「남자들의 힘」 또는 「카스토르와 폴리데우케스」로 불리는 작품이다.

수 없다. 용감한 공격, 무서운 결의, 성공 아니면 지옥으로 추락이다. 이 그림은 화가에게 말의 골격이나 운동에 관한 지식을 괄목상대하게 발전시킬 좋은 기회가 될 것이다.

이 그림들과, 그것에 연속되거나 그 사이에 삽입될 일련의 그림이 몇 편의 시와 결합해, 시가 그림 속 묘사물을 설명하고 그림의 묘사물은 정확한 형체를 통해 시에 구체성과 매력을 더하게 되는 것이 그의 바람이다. 착상은 퍽 좋지만, 그런 시를 쓰려면 우선 그와 수년간 생활을 같이해야만 할 것이다.

11월 7일

나는 이제야 겨우 '라파엘로 로지아'[104]와 위대한 그림 「아테네학당」[105]을 구경했다. 그때의 기분은 마치 군데군데 흐려져서 보이지 않는, 파손된 사본을 가지고 호메로스를 판독해야만 할 때와 같았다. 첫인상은 내 마음에 충분한 만족을 주지 않았다. 서서히 모든 것을 다 보고 연구를 끝냈을 때에 비로소 감상하는 맛도 완전해지리라. 제일 잘 보존되어 있는 것은 성경 이야기를 소개하고 있는 회랑의 천장 벽화로 어제 그린 그림같이 선명했다. 라파엘로 자신이 그린 부분은 얼마 안 되지만 그의 밑그림과 감독에 의해 완성된 대단히 뛰어난 그림이었다.

---

104) 바티칸 내 교황 관저인 '사도의 궁전' 회랑의 별칭이다.

105) 고대 그리스에서부터 중세와 르네상스까지를 대표하는 철학자들과 예술가들이 산피에트로 대성당에 모두 모여 토론하는 모습을 그린 라파엘로의 대형 벽화다.

11월 7일

확실한 지식을 갖추고 미술과 역사에 정통한 영국인의 안내를 받으며 이탈리아를 여행하고 싶다는 생각을 이전에 가끔 했었다. 그런데 지금 그 일이 꿈에도 생각지 못했을 만큼 잘 진행되고 있다. 티슈바인은 내 마음속의 친구로 이곳에 장기간 체류하고 있으면서 전부터 나에게 로마를 보여주고 싶다는 생각을 가지고 있었다. 실제로 만나서 교제한 기간은 짧지만, 편지가 오간 우리의 관계는 오래되었다. 이 이상 좋은 인도자를 찾을 수는 없을 것이다. 나의 체재 기간은 한정되어 있지만 나는 되도록 많은 것을 음미하고 배울 작정이다.

아무튼 내가 이곳을 떠나더라도 다시 오고 싶어질 것은 틀림없다.

11월 8일

나의 기묘한, 아마도 변덕이라고 할 수 있을 반(半) 잠행이 예기치 않았던 이익을 가져다주고 있다. 모두들 내가 누구라는 것을 모르는 척하기로 되어 있다 보니, 나를 상대로 시인 괴테에 관한 이야기를 할 수도 없는 노릇이어서, 사람들은 그들 자신에 관한 것이라든지 또는 그들에게 흥미 있는 일에 관해 이야기할 수밖에 없다. 그래서 나는 지금 각자가 무슨 일에 종사하고 있는지 또는 어떤 신기한 일이 일어나고 있는지 소상하게 알 수가 있다. 궁정고문관 라이펜슈타인[106]도 나의 변

---

106) 요한 프리드리히 라이펜슈타인(Johann Friedrich Reiffenstein,

덕에 동의해 주었다. 그런데 그는 남다른 이유로 내가 쓰고 있던 가명을 못 견뎌 하더니, 잽싸게 나를 남작으로 만들어서는 론다니니 남작[107]이라고 불렀다. 호칭은 그 정도면 충분했다. 게다가 이탈리아인들은 세례명이나 별명으로 부르는 것이 관습이기 때문에 더욱 편하다. 하여간 나는 마음대로 행동할 수 있으면서도 나의 생활이나 일에 대해 일일이 해명해야 하는 한없는 불쾌함을 겪지 않게 된 것이다.

11월 9일

나는 가끔씩 문득 걸음을 멈추고 이미 획득한 것 중에서 최고의 정점을 회고한다. 나는 기꺼이 베네치아 쪽을 뒤돌아보고 제우스의 머리에서 팔라스 아테나가 태어난 것처럼 바다의 품에서 태어난 저 위대한 땅을 생각한다. 이곳에서는 로톤다[108] 내외부 전체의 위대함에 감탄했다. 산피에트로 대성당에서는 또한 예술이나 자연이 모든 척도의 비교를 초월할 수 있다는 것을 이해할 수 있게 되었다. 또한 벨베데레의 아폴

1719~1793). 동프로이센 태생으로, 1759년에 이탈리아를 여행하고 1763년부터 로마에 정착해 고미술사가이자 미술품 중개상으로 활약했다.

107) 괴테는 로마에 도착할 때까지 라이프치히 출신의 상인 행세를 하고 J. P. 뮐러라는 가명을 사용했다. 그러다가 로마에 도착해선 티슈바인이 묵고 있던 카사 모스카텔리(Casa Moscatelli)에 거처를 정했는데, 론다니니 궁전 맞은편 집이어서 이런 별명을 붙인 것이다.

108) 고대 로마의 다신교 신전이었던 판테온을 말한다. 르네상스 시대에는 무덤으로 사용되어 라파엘로의 묘가 여기 있다. 오늘날은 가톨릭 성당으로 이용되고 있다.

론[109]은 나를 현실 세계로부터 끌어냈다. 왜냐하면 아무리 정확한 도면이라도 저 건물들의 어떠한 개념조차 올바르게 전할 수 없는 것과 마찬가지로, 내가 이전에 대단히 아름답다고 생각하고 보았던 모작 석고상도 이 대리석 실물과는 비교가 되지 않기 때문이다.

1786년 11월 10일

나는 이곳에서 오랫동안 가지지 못했던 명랑함과 안정감을 느끼면서 생활하고 있다. 사물을 있는 그대로 보고 이해하려는 나의 수련, 눈빛을 흐리지 않게 하려는 나의 성실함, 모든 우쭐함에서 완전히 벗어나려는 나의 기분, 이러한 것들이 모두 도움이 되어 남이 모르는 행복을 느끼게 해준다. 매일같이 새롭고 진귀한 대상, 신선하고 웅대하면서도 신기한 풍경을 접함으로써 오랫동안 머릿속에 그리면서도 상상력으로는 도저히 포착할 수 없었던 통제된 전체가 발견된다.

오늘 나는 케스티우스의 피라미드[110]를 구경 다녀왔고, 저녁에는 팔라티노 언덕에 올라, 암벽처럼 솟아 있는 궁전의 폐허 위에 섰다. 이에 관해서는 아무런 전승(傳承)도 없다. 대체

---

109) Apollo del Belvedere. 기원전 330년경의 고대 그리스 청동상을 로마 시대(130~140년경)에 대리석으로 모사한 조각상이다. 바티칸의 벨베데레 중정에 있다.

110) 고대 로마의 사제였던 가이우스 케스티우스(Gaius Cestius)의 기념묘로, 기원전 12년경에 37미터 높이의 피라미드 형태로 지어졌다. 포르타 산 파올로 근처에 있다.

로 로마에는 자질구레한 것이 없다. 가끔 가다 몰취미하고 비난받을 만한 것도 있기는 하지만 그러한 점 역시 로마가 가진 위대함의 한 요소인 것이다.

사람들이 기회 있을 때마다 그렇게 하듯 지금 내 자신의 마음을 되돌아보면, 나는 드러내서 말하지 않을 수 없을 정도의 한없는 기쁨을 발견한다. 사물을 볼 수 있는 안목을 가지고 진실하게 이 도시를 구경하는 사람이라면 누구라도 반드시 견실한 마음을 가지지 않을 수 없을 것이며, 견실이라는 말의 의미를 그 어느 때보다도 확실하게 파악하게 될 것이 틀림없다.

정신은 무미건조하지 않은 엄숙함과 기쁨이 넘치는 안정에 도달한다. 적어도 나는 이곳에서처럼 이 세상의 사물들을 정당하게 평가한 적이 없었던 것 같은 기분이다. 나는 평생 남을 이 축복받은 성과를 기쁘게 생각한다.

그러므로 되어가는 대로 몸을 흥분에 맡기자. 질서는 저절로 생길 것이다. 나는 여기 와서 나만의 방식으로 향락을 누리려는 것이 아니다. 마흔이 되기 전에 위대한 것을 연구하고 습득해 나 자신을 성숙시키고자 하는 것이다.

11월 11일

오늘 나는 물의 요정 에게리아의 동굴[111]을 구경하고, 이어

111) 2세기경 조성된, 로마 신화 속 님프 에게리아의 동굴과 샘으로, 로마 외곽 카파렐라 유적지 공원에 일부가 남아 있다.

서 카라칼라의 대전차경기장, 아피아가도에 연해 있는 황폐한 묘지, 견고한 성벽이란 어떤 것인가를 가르쳐주는 메텔라의 묘[112] 등을 보았다. 이것들을 만든 고대인은 정말로 영원을 목표로 하고 공사를 했다. 모든 것이 계산에 들어 있었으나 무모한 파괴자만은 고려하지 않았다. 이것에는 그 어떤 것도 항복하지 않을 수 없다. 나는 진심으로 자네[113]가 이곳에 와주었으면 한다. 방대한 수도(水道)의 유적은 대단히 훌륭한 것이다. 이렇게 거대한 시설로 국민의 목을 축이려고 하다니 얼마나 아름답고 위대한 일인가! 저녁때 우리가 콜로세움에 도착했을 무렵에는 벌써 어둑어둑해 있었다. 이 콜로세움을 보고 있으면 다른 것이 모두 작게 보인다. 그 영상을 마음속에 담아둘 수가 없을 정도로 거대한 극장이다. 나중에 생각해 보면 작았던 것 같아서, 다시 돌아와 보면 오히려 전보다도 한층 더 크게 느껴진다.

11월 15일, 프라스카티에서

일행은 벌써 잠자리에 들었으나, 나는 사생용 그림물감으로 이 글을 쓰고 있다. 우리는 여기서 이삼일 정도 비가 오지 않는 갠 날씨를 보냈고 따뜻하고 기분 좋은 햇볕을 쬐어 마치 여름 같은 느낌이다. 이 지방은 매우 쾌적한 곳으로, 언덕

112) 로마 공화정기 집정관 크라수스가 기원전 1세기경 아피아가도 인근, 부모의 결혼식 장소였던 곳에 세운 기념묘로, 메텔라는 크라수스의 모친 이름이다.
113) 헤르더를 가리킨다.

이 아닌 산기슭에 거리가 위치해 있어 화가가 한 발 한 발 옮길 때마다 굉장한 소재들이 눈에 들어온다. 전망을 막는 것도 없고 로마와 앞바다가 보이며, 오른쪽으로는 티볼리의 산들도 보인다. 따라서 이 쾌적한 지방에는 별장 같은 것들도 보기 좋게 지어져 있다. 고대 로마인들이 이미 여기에 별장을 세웠듯이 100년도 더 전에 부유하고 호화로운 로마 사람들이 가장 아름다운 지역에 자신들의 별장을 세웠던 것이다. 이틀 동안 우리는 이곳을 돌아다니고 있는데 끊임없이 무언가 새로운 매력을 접하게 되곤 한다.

그러나 밤은 또 밤대로 낮에 비해 즐거움이 떨어지지 않는다. 체구 당당한 여관의 여주인이 촛대가 셋인 황동 램프를 커다란 원탁 위에 놓고 "행복한 밤입니다."라고 하면 모두들 원탁을 둘러싸고 모여서 낮 동안에 사생하고 스케치한 그림을 내보인다. 그것에 대해서 더 좋은 화제(畵題)를 잡을 수는 없었을까, 특징이 잘 포착되어 있는지 어떤지, 이미 밑그림 단계에서 설명될 수 있는 최초의 일반적 주요 요건이 논의된다. 궁정고문관 라이펜슈타인은 타고난 통찰력과 권위를 가지고 이 회합을 잘 정리하고 지도한다. 이 칭찬할 만한 방법은 원래 필리프 하케르트[114]가 시작한 것이다. 그는 실경을 풍취 있는 필치로 그려내는 재능을 갖고 있었다. 직업화가, 비전문가, 남녀노소 구분 없이 독려해 가면서 각자가 자기 재능과 역량에

---

114) 야콥 필리프 하케르트(Jacob Philipp Hackert, 1737~1807). 브란덴부르크의 화가 가문 출신으로, 풍경화가로 일찍부터 이름을 알렸다.

따라 정진하도록 고무하고, 자신도 솔선수범했다. 사람들을 모아서 즐겁게 하는 이 방법을 친구인 하케르트가 떠난 지금은 궁정고문관 라이펜슈타인이 충실히 계승하고 있다. 사람들 각각이 가지고 있는 적극적인 흥미를 환기하는 것은 정말 좋은 일이라고 생각한다. 한 사람 한 사람 모두 다른 친구들의 천성이나 특질이 기분 좋게 발휘된다. 예를 들면 티슈바인 같은 사람은 역사화가로서 경치를 보통 풍경화가하고는 전혀 다른 각도에서 바라본다. 그는 남이 아무것도 보지 못하는 곳에서 의미 있는 집단이라든가 그 밖의 우미하고 함축적인 대상을 발견한다. 그리고 그것이 어린애건 농민이건 거지이건 다른 부류의 자연인이건 심지어는 동물이라도 상관하지 않고 얼마간의 인간적인 소박한 특징을 포착하는 데 성공한다. 그는 그런 소재들을 독특하고 정돈된 선으로 정말 기막히게 그려내는 재주가 있어서, 늘 우리들의 담화에 새롭고 유쾌한 이야깃거리를 제공해 준다. 이야기가 끊어지면 하케르트가 남기고 간 방법에 따라 줄처[115]의 『이론』이 낭독된다. 보다 높은 견지에서는 이 책이 완전히 만족스러운 것은 못 될지라도, 중급 정도의 교양을 가진 사람들에게는 역시 좋은 영향을 주는 것 같다.

---

115) 요한 게오르크 줄처(Johann Georg Sulzer, 1720~1779). 스위스 빈터투어 태생으로, 원래 수학과 교수였는데, 계몽주의적 백과전서인 『미학 및 예술의 일반 이론』(1771~1774)을 써 당대에 미학 이론가로도 명성을 얻었다.

11월 17일, 로마

우리들은 돌아왔다. 오늘 밤은 천둥을 동반한 호우가 있어서 지금도 계속 비가 내리고 있으나 그래도 여전히 따뜻하다.

나는 오늘의 행복을 몇 마디로 표현할 수 있다. 안드레아 델라 발레에 있는 도메니키노의 벽화와 카라치가 그린 파르네세 궁전 벽화를 구경한 것이다. 몇 달을 걸려서 본다 해도 너무 많은데 하물며 하루에 봐야 하다니…….

11월 18일

날씨도 좋아지고 반짝반짝 빛나는 기분 좋고 따뜻한 날이다. 나는 빌라 파르네시나에서 「프시케와 에로스」를 보았다. 이 그림의 사본은 오랫동안 내 방을 장식하고 있었다.[116] 그러고 나서 몬토리오의 산피에트로 성당에서 라파엘로의 「그리스도의 변용」[117]을 보았다. 모두가 마치 멀리 떨어진 나라에 있으면서 편지 왕래로 친해졌다가 이제 처음 만난 친구들처럼 스스럼이 없다. 같이 산다는 것은 또 다른 것으로, 서로의 진실한 관계라든가 서로 맞지 않는 점이 금세 모조리 명백하게 드러난다.

---

116) 프랑스 태생의 동판화가 니콜라 도리니 경(Sir. Nicolas Dorigny, 1658~1746)이 빌라 파르네시나의 라파엘로 벽화를 1693년에 12장의 동판화로 복사했는데, 괴테는 이 복사화를 소장하고 있었으며, 오늘날에도 바이마르의 괴테하우스에 전시되어 있다.

117) 라파엘로의 마지막 걸작으로, 그의 사후인 1520년에 완성되어 이 성당 대제단에 설치되었다. 오늘날에는 바티칸 미술관에 전시되어 있다.

전혀 평판에도 오르지 않고 동판이나 복사화가 세상에 퍼져 있지도 않지만, 사실은 굉장한 작품이라 할 만한 것은 어디에나 있다. 나도 그런 것을 좀 솜씨 있는 화가에게 복사시켜서 선물로 가지고 가야겠다.

11월 18일

티슈바인하고는 벌써 오랜 세월의 편지 왕래에 의해 절친한 사이이며, 가능성은 희박했어도 이탈리아에 가보고 싶다는 소망을 여러 번 그에게 털어놓았던 터이므로, 우리의 만남은 매우 효과 있고 또 기쁜 일이었다. 그는 항상 내 생각을 해주었고 나를 위해서 배려해 주고 있다. 그는 고대인이나 근대인이 건축에 사용한 석재에 완전히 정통해 있다. 그가 참으로 철저하게 연구할 때 그의 예술적 안목과, 감각적 사물을 애호하는 예술가적 기질이 큰 도움이 되었다. 그가 나를 위해 엄선하여 만든 표본을 얼마 전에 바이마르로 발송해 주었는데, 이것은 귀국할 때 나를 반가이 맞아줄 것이다. 그 뒤에도 또 추가로 꽤 많은 표본이 발견되었다. 지금은 프랑스에 체재하고 있는 한 성직자로 고대 암석에 관한 저술을 계획하고 있는 사람이, 이전의 포교 활동의 공덕으로 파로스섬으로부터 훌륭한 대리석 덩어리를 입수했다. 그것이 이곳에서 표본으로 재단되어 결이 고운 것부터 거친 것까지, 가장 순도가 높은 조각용부터 건축재로 쓰이는 다소 운모가 섞인 것까지, 12가지 표본이 나를 위해 남겨져 있었다. 예술에 있어서 재료에 대한 정확한 지식이 예술 비평에 얼마나 도움이 되는지는 자명한 일이다.

여기서 그러한 것을 수집할 기회는 얼마든지 있다. 네로의 궁전[118] 폐허에서 엉겅퀴가 자라나 있는 새로 성토(盛土)된 땅을 지나칠 때, 우리는 근처에 수천 개나 굴러다니고 있는, 옛 성벽의 장려함을 말해 주는 재료인 화강암, 반암, 대리석 등의 파편을 주머니 가득 집어넣지 않을 수 없었다.

11월 18일

이상하고도 논란의 대상이 되고 있는 어떤 그림에 대해 이야기해야겠다. 그것은 이제껏 본 모든 훌륭한 그림들에 비해서도 결코 떨어지지 않는 그림이다.

몇 년 전에 미술 애호가이자 수집가로도 저명한 한 프랑스인이 이곳에 머무르고 있었다. 그는 석회 위에 그린 한 장의 고대화를 입수했는데, 출처는 아무도 몰랐다. 그는 그 그림을 멩스[119]에게 복원시켜 자기 수집품으로 소중히 간수하고 있었다. 빙켈만[120]이 어디선가 그 그림에 대해 열심히 설명했을

---

118) 서기 64년 로마 대화재 이후 네로 황제가 도시 재건을 내세우며 지은 도무스 아우레아(Domus Aurea, 황금의 집)의 유적지다. 네로 사후 40년 만에 모두 파괴되고 흙으로 덮여 지상에는 궁터 표지만 남게 되었다. 오늘날까지도 지하에서 발굴 작업이 계속되고 있다.

119) 안톤 라파엘 멩스(Anton Raphael Mengs, 1728~1779). 보헤미아 왕국 출신의 화가로, 생애의 대부분 시간을 로마에서 살았다. 빙켈만의 영향을 받아 고미술 복사화를 많이 그렸다.

120) 요한 요아힘 빙켈만(Johann Joachim Winckelmann, 1717~1768). 프로이센 브란덴부르크 출신으로, 1755년부터 로마에서 고대 유적과 유물을 연구해 고전주의의 선구자가 되었다. 『고대예술사』(1764)를 썼다. 1768년 여행 중에 트리에스테의 여관에서 다른 투숙객에게 살해당했다.

텐데, 가니메데스가 제우스에게 한 잔의 포도주를 바치고 그 대신 입맞춤을 받는 장면이 그려져 있다. 그런데 그 프랑스인이 죽으면서 그 작품은 고대 유물이라는 말과 함께 여관 여주인에게 주었다는 것이다. 멩스 또한 죽었는데 그는 죽어가는 마당에 그 그림은 고대 것이 아니고 자기가 그린 것이라고 했다. 그래서 일대 논쟁이 벌어졌다. 어떤 사람은 멩스가 장난으로 가볍게 그린 것이라고 주장하고, 다른 사람들은 멩스는 도저히 그런 그림을 그릴 수 없다, 그것은 라파엘로의 작품이라고 해도 넘치도록 훌륭하다고 했다. 나는 어제 그 그림을 보았는데, 가니메데스의 머리며 등이 그보다 아름다운 것을 이전에는 본 적이 없었다고 말할 수밖에 없다. 다른 부분은 지나치게 수복되어 있다. 그러나 이런 불후의 걸작이 가짜 취급을 당해서 여주인으로부터 그 그림을 사려는 사람이 아무도 없다.

1786년 11월 20일

모든 종류의 시에다가 그림이나 동판화를 곁들이는 것은 소망스러운 일이며, 화가 자신조차 자기가 공들여 그린 그림을 어떤 시인의 시구(詩句)에 바치는 예는 우리들이 경험으로 잘 알고 있는 바이므로, 시인과 화가가 공동 제작을 시도해서 처음부터 곧바로 통일을 도모하려고 하는 티슈바인의 생각에는 나도 대찬성이다. 특히 그 시가 쉽게 전체의 구상이 서고 그 제작 추진이 어렵지 않은 짧은 것이라면, 어려움은 물론 많이 감해질 것이다.

티슈바인은 이 일에 대해서도 매우 유쾌하고 목가적인 생각을 가지고 있다. 그리고 그가 이 방법으로 제작할 것을 생각하고 있는 주제가 시로서도 그림으로서도 각각 한쪽만으로는 묘사하기에 충분하지 않은 종류의 것이라는 점은 실로 이상할 정도다. 그는 그러한 일에 참가할 생각을 내게 불러일으키기 위해 산책하는 도중에 이야기했다. 우리의 공동 작품의 표지가 될 동판화는 이미 초안이 잡혀 있다. 새로운 신기한 일에 빠지는 것을 내가 두려워하지 않는다면 아마도 나는 유혹에 넘어갈 것이다.

1786년 11월 22일, 성 체칠리아 축일, 로마

이 행복했던 날의 기념으로 몇 줄의 글을 남겨 생생하게 보존하고, 오늘 즐겁게 경험한 일을 적어도 사실대로 전하려 한다. 날씨는 지극히 아름답고 조용했다. 하늘은 끝없이 맑고 태양은 따뜻했다. 나는 티슈바인과 더불어 산피에트로 광장으로 가서 우선 그 근처를 이리저리 걸었다. 더워지면 우리 두 사람을 충분히 가려주는 큰 오벨리스크의 그늘 속을 산책하면서 근처에서 산 포도를 먹기도 했다. 그리고 우리는 시스티나 예배당에 들어가 보았는데, 그곳은 밝고 해맑게 충분한 광선을 받고 있었다. 미켈란젤로의 「최후의 심판」과 그 밖의 천장화를 보고 우리는 다 같이 감탄했다. 나는 쳐다보면서 그저 경탄할 따름이었다. 거장의 내면적인 확실함과 남성적인 힘, 위대함은 도저히 필설로 다할 수 없다. 몇 번이고 되풀이해서 관찰한 다음 우리는 이 성당을 떠나, 산피에트로 대성당으로 향했다. 하늘에서 밝은 빛을 받아 구석구석까지 성당 전체가 선명하게 보였다. 우리는 감상하는 사람으로서 지나치게 불쾌하고 분별깨나 있는 척하는 취미에 의해 오류를 범하는 일 없이, 그 위대함과 화려함을 즐기고 날카로운 비평 같은 것은 억눌렀다. 우리는 다만 즐길 것을 즐겼던 것이다.

끝으로 우리는 정돈된 시가의 모습이 자세히 내려다보이는 성당 지붕 위로 올라갔다. 가옥과 창고, 샘물, 성당(같은 것)과 커다란 전당, 그런 모든 것이 공중에 떠올라 보이고, 그 사이사이에 아름다운 산책길이 뚫려 있다. 다시 돔에 올라가니, 아펜니노산맥의 아름다운 지역과 소라테산이 보이고, 티볼리 방향으로는 화산구, 프라스카티, 카스텔 간돌포 그리고 평원이 눈에 들어오며, 그 너머로는 바다가 바라보인다. 바로 눈앞에는 로마시 전체가 산상의 궁전과 원탑 등을 보이면서 널따랗게 펼쳐져 있다. 바람 한 점 없고, 동(銅)으로 된 돔 안은 온실 속같이 덥다. 이런 것들을 모두 충분히 구경하고 나서 우리는 거기서 내려와 돔과 하부의 본당을 잇는 탕부르[121]의 처마돌림띠로 통하는 문을 열어달라고 했다. 처마돌림띠를 따라 돌면서 성당 전체를 위에서 내려다볼 수 있다. 마침 우리가 탕부르의 주랑에 섰을 때 저 멀리 아래쪽에서 교황이 오후 기도를 올리기 위해 지나가는 참이었다. 이것으로 산피에트로 대성당은 남김없이 구경한 셈이다. 우리는 밑으로 내려가 근처 여관

121) tambour. '북'을 뜻하는 프랑스어인데, 건축 용어로 쓰이는 경우에는 반구형 지붕과 건물 본체를 이을 때 돔의 무게를 지탱하기 위해 세우는 기둥들 때문에 생겨나는 탬버린 형태의 연결 부위를 가리킨다.

에서 즐겁고 조촐한 식사를 한 다음에 산타체칠리아 성당을 향해 출발했다.

수많은 인파로 뒤덮인 이 성당의 장식에 관해 이야기하려면 많은 말이 필요할 것이다. 건축에 사용된 석재는 밖에서는 전혀 보이지 않는다. 기둥은 붉은 우단으로 싸여 있고 그 위에는 금몰이 감겨 있다. 그다음에 기둥머리는 다시 수놓은 기둥머리 형태의 우단으로 싸는 식으로 모든 회랑과 기둥이 싸이고 가려져 있다. 모든 벽면은 화려한 그림으로 장식되어 있으며 성당 전체가 모자이크로 반짝인다. 그리고 성당을 가득 채우고 있는 200개 이상의 촛불이 본당 안 구석구석을 비추고 있다. 측랑이나 측면의 제단도 똑같이 장식되어 있고 불이 밝혀져 있다. 중앙 제대 맞은편 오르간 아래에 역시 우단을 씌운 두 개의 발판이 설치되어 한쪽에는 가수들이 서고 다른 쪽에는 몇 가지 악기가 놓여 끊임없이 음악을 연주하고 있다. 본당 안은 사람으로 가득했다.

나는 여기서 일종의 재미있는 음악 연주를 들었다. 세상에서 바이올린 연주나 그 밖의 연주회가 열리듯이 여기서는 합창이 연주되는 곡이 행해지는데 한 목소리가, 예를 들어 소프라노가 주도적으로 독창을 하면 화음을 뒤에서 넣어주고 중간에 때때로 끼어들어 반주를 한다. 그러나 그땐 언제나 오케스트라와 같이한다. 그건 매우 효과적이다. 즐거웠던 오늘 하루에도 끝이 있었듯 나도 여기서 붓을 놓아야겠다. 저녁때 다시 오페라하우스를 지나가고 있는데 마침 「다투는 사람들」[122]이 상연되고 있었지만 낮에 훌륭한 것을 충분히 즐긴 뒤라서 그냥 지나쳐버렸다.

11월 23일

그럭저럭 마음에 들고 있는 잠행이지만, 머리만 감추고 궁둥이는 감추지 않는 타조 꼴로 실패하지 않기 위해, 나는 지금까지의 입장을 끊임없이 고수하면서도 어떤 종류의 양보는 하고 있다. 경애하는 하라흐 백작 부인의 동생인 리히텐슈타인 후작에게는 내가 자진해서 인사를 드렸고 두세 번 식사 초대도 받았는데, 나의 이러한 양보가 나중에 탈이 되리라는 예감이 들었다. 그리고 정말로 그렇게 되고 말았다. 당시 나는 몬티 사제[123]가 써서 근간 상연될 예정인 비극 「아리스토데모」에 관해 벌써 들어서 알고 있었는데, 작자가 그걸 내 앞에서 낭독하고 의견을 듣고 싶어 한다는 것이었다. 나는 거절하지 않고 내버려 두었는데, 마침내 어떤 기회에 후작 집에서 그 시인과 그의 친구 한 사람을 만나게 되었고 그 자리에서 작품이 낭독되었다.

이 작품의 주인공은 다들 알다시피 스파르타의 국왕으로서, 여러 가지 양심의 가책으로 고민하다가 자살하는 것으로 되어 있다. 몬티 사제는 정중한 태도로 『젊은 베르테르의 슬픔』의 작가가 이 작품 속에 그의 뛰어난 소설 중 몇 군데가 인

---

122) 당시 인기 있었던 오페라부파의 레퍼토리 중 하나로, 「둘이 싸울 때 셋은 즐긴다네」를 말한다.

123) 빈첸초 몬티(Vincenzo Monti, 1754~1828). 라벤나 출신의 극작가로, 추기경의 비서였으나 사제 서품을 받은 적은 없다.

용되어 있는 것을 보아도 나쁘게 생각지 않았으면 한다며 양해를 구했다. 이러한 사정으로 나는 스파르타의 성벽 안에서조차 저 불행한 청년 베르테르의 망령으로부터 도망칠 수 없었다.

작품의 줄거리는 단순하면서도 안정감이 있었으며, 정취나 언어도 주제에 적합하게 힘이 있으면서도 애수도 띠고 있었다. 이 작품의 저자는 우수한 재능을 십분 발휘하고 있었다.

나는 물론 이탈리아식이 아닌 나 자신의 방식으로 이 작품의 장점과 칭찬할 만한 점을 드는 데 인색하지 않았다. 사람들은 그걸로 상당히 만족하기는 했지만, 그러나 남국인다운 성급함으로 무언가 더 말해 달라고 재촉했다. 특히 이 작품이 어느 정도의 효과를 관객에게 줄 수 있을 것인지를 예언하지 않으면 안 되었다. 나는 이 나라의 사정이나 국민의 생각이나 취미에 아직 충분히 통해 있지 못하기 때문이라고 변명하면서도, 다음과 같은 감상은 솔직히 첨가했다. 3막으로 완결된 희극이나, 막간 상연용 2막짜리 오페라, 또는 인테르메조로서 분위기가 아주 다른 이국풍의 발레가 포함된 큰 오페라 등을 늘 보고 있는 안목 높은 로마인이 쉴 새 없이 진행되는 비극의 이런 고상하고 조용한 줄거리를 좋아할지 모르겠다고 말이다. 그리고 자살이라고 하는 테마도 이탈리아인들의 이해 범위 밖에 있는 것같이 생각되었다. 남을 죽이는 일은 거의 매일같이 듣고 있는 터지만, 사람이 소중한 목숨을 스스로 포기한다든가 혹은 단순히 그런 행위가 가능하다고 생각하는 것조차도 나는 아직까지 들어본 적이 없다고 말했다.

이어서 나의 의문에 대한 반론 같은 것을 세세하게 들어주지 않을 수 없었다. 그리고 합당한 이론에는 쾌히 승복하고, 나는 오로지 이 작품이 상연되는 것을 꼭 보고 싶고, 친구들과 함께 마음에서 우러나오는 갈채를 보내고 싶다는 것을 언명했다. 이 언명은 대단한 호의와 함께 수용됐다. 이번에는 내가 양보하기에 충분할 만한 이유가 나에게 있었던 것이다. 예를 들어 리히텐슈타인 후작은 친절 그 자체였고, 많은 예술품을 함께 볼 기회를 나에게 마련해 주었다. 그것들은 대체로 소유주의 특별한 허가가 필요했고 따라서 지체 높은 분의 도움이 필요했던 것이다.

이와는 반대로 예의 '왕위요구자'의 따님[124] 역시 이 외국인 모르모트를 보고 싶다고 하셨을 때는 도저히 호의가 우러나지 않았다. 나는 단호히 거절하고 다시 지하로 숨어들었다. 그러나 이러한 나의 행동도 옳은 방식은 아니다. 선을 원하는 인간은 이기적인 인간이나 소인, 악인과 마찬가지로 타인에 대해 활동적이고 부지런하게 굴어야 한다는 것을 지금까지의 생활을 통해서 깨닫고 있었는데, 이번에 다시 그것을 절실하게 느끼게 됐다. 그 이유는 쉽게 깨달을 수 있지만 실천에 옮기기는 어려운 법이다.

124) 영국의 올버니 백작 찰스 에드워드 스튜어트(Charles Edward Stuart, 1720~1788)의 사생아인 올버니 여공작 샬럿 스튜어트(Charlotte Stuart, Duchess of Albany, 1753~1789)를 가리킨다.

11월 24일

이 나라의 국민에 대해서는, 이들이 종교나 예술의 화려함과 존엄함 밑에 있으면서도 동굴이나 삼림에서 사는 것과 조금도 다름없는 자연인이라는 것 외에는 할 말이 없다. 모든 외국인에게 눈에 띄는 것, 오늘도 또 온 도시에 퍼지고 있는 소문(하긴 소문일 뿐이지만)은 일상적으로 자주 일어나는 살인사건이다. 우리 구역에서도 지난 3주 동안 네 사람이나 살해당했다. 오늘도 슈벤디만이라는 뛰어난 예술가가 빙켈만과 똑같이 습격당했다. 스위스 사람인 그는 헤트링거[125]의 마지막 제자로, 주화 조각사다. 그와 격투한 살해자는 그에게 20군데나 자상을 입히고 경찰이 닥치자 자살하고 말았다. 그러나 자살은 이곳에서는 드문 일로, 사람을 죽였더라도 성당에 도피하면 그걸로 끝나는 것이다.

내 그림의 음영을 살리기 위해서는 범죄, 재화, 지진, 홍수에 관해서도 무언가 보고를 하지 않으면 안 되겠지만, 지금 당장 이곳에 있는 외국인은 베수비오 화산의 활동으로 대소동을 벌이고 있다. 이 소동에 말려들지 않기 위해서는 정신을 바싹 차리고 있지 않으면 안 된다. 이 자연현상에는 정말 방울뱀 같은 데가 있어서 사람 마음을 막무가내로 끌어당긴다. 요즈음 로마의 미술품은 모두 당장에 그 가치를 완전히 상실한 것처럼 보이고, 모든 외국인은 관광을 중단하고 나폴리로 가버

125) 요한 카를 폰 헤트링거(Johann Karl von Hedlinger, 1691~1771). 스위스 출신 조각가로, 스톡홀름 궁정에서 주화, 우표, 명패 등을 디자인하고 조각하는 메달리어(médailleur)로 활동했다.

린다. 그러나 나는 저 산이 나를 위해 아직 무언가를 남겨줄 것이라는 기대를 안고 이곳에 머물 작정이다.

12월 1일

『안톤 라이저』, 『영국 여행기』 등으로 우리의 주의를 끌게 된 모리츠[126]가 이곳에 와 있다. 그는 순진하고 훌륭한 인물이며, 만나보니 매우 재미있는 사람이었다.

12월 1일

고상한 예술을 위해서만이 아니라 무언가 다른 방법으로 즐기려고 이 세계의 수도를 찾는 외국인도 많이 있기 때문에, 로마에는 모든 종류의 것이 준비되어 있다. 예를 들자면 손끝의 재간과 수공의 취미를 주로 하는 반(半) 예술이라고나 부를 것이 있는데, 그것이 여기서는 대단히 진보되어 있어서 외국인의 흥미를 끌고 있다.

유사한 것으로 납화(蠟畵)가 있다. 수채화의 경험이 약간 있는 사람이면 누구든지 밑그림, 준비 작업, 마지막에 인화, 그 밖의 필요한 일을 기계적으로 할 수가 있다. 본래는 예술적 가치가 적은 것임에도 불구하고 신기한 방법 때문에 그 가치를 인정받고 있다. 손재주 있는 미술가가 그 기술을 가르치면서, 지도라는 명목으로 중요한 부분에다 슬쩍 손을 써준다. 마지

126) 카를 필리프 모리츠(Karl Philipp Moritz, 1756~1793). 독일 하멜른 태생의 교사이자 작가로, 괴테와 이탈리아에서 사귄 후, 괴테의 초대로 바이마르에 체류했다. 이후 베를린 왕립예술학교의 고고학 교수가 되었다.

막에 납으로 떠올라 빛나고 있는 그림이 금테에 끼워져 나타나면 아름다운 여학생이 여태껏 깨닫지 못했던 자신의 재능에 넋을 잃고 마는 식이다.

또 한 가지 멋있는 일은 돌의 부조를 깨끗한 점토에 옮겨놓는 일이다. 이것은 또한 기념패에도 응용되는데 그때는 양면이 동시에 옮겨진다.

마지막으로 더 많은 숙련, 주의, 근면함이 요구되는 것으로 유리를 이용한 모조보석 제조가 있다. 궁정고문관 라이펜슈타인은 자신의 집에, 혹은 적어도 그 근방에 이 모든 것에 필요한 기구와 설비를 갖추고 있다.

12월 2일

우연히 아르헨홀츠의 『이탈리아』를 발견했다. 이런 책자는 본고장에 가져오면 점점 작아지게 마련이다. 마치 숯불에 던져진 소책자가 점점 갈색으로 변했다가 까맣게 되고 종이가 둘둘 말려서 연기가 되어 사라져버리는 형국이다. 물론 그는 사물을 관찰했다. 그러나 아는 척하거나 조소적 태도를 취하기에는 그의 지식이 너무도 빈약해서, 칭찬을 해도 헐뜯어도 실수만 하고 있다.

1786년 12월 2일, 로마

가끔 이삼일씩 비 때문에 중단되기는 하지만, 이 아름답고 따뜻하고 조용한 11월 하순의 기후는 나에게 새로운 경험이다. 우리는 날씨가 좋은 날은 옥외에서, 나쁜 날은 실내에서 지내는데, 어디서나 무언가 즐길 일, 배울 일, 할 일이 있다.

11월 28일에는 시스티나 예배당에 두 번째로 구경 가서 천장을 가까이 볼 수 있는 회랑을 열어달라고 했다. 회랑이 매우 비좁아서 서로 밀치면서 얼마간의 곤란과 위험을 무릅쓰고 쇠 난간을 붙잡고 지나가야 하기 때문에 현기증이 있는 사람은 도통 앞으로 나아가지 못한다. 그러나 이런 고통도 가장 위대한 걸작을 볼 수 있다는 사실로 충분히 보상된다. 나는 그 순간 완전히 미켈란젤로에게 마음을 빼앗겨버려서, 대자연조차도 그만큼의 정취는 없는 것같이 느껴졌다. 나에게는 자연을 그만큼 위대한 눈으로 볼 수 있는 능력이 없기 때문이다. 이러한 그림을 가슴에 단단히 붙들어 매어둘 수단이라도 있었으면 한다. 하다못해 이 그림들의 동판화나 모사품이라도 구할 수 있는 대로 구해서 가지고 갈 작정이다.

그다음에 우리는 라파엘로 로지아에도 가봤는데 이것은 보지 않는 편이 낫다고 말하지 않을 수 없을 정도다. 우리의 눈은 좀 전에 본 그림의 위대한 형태와 모든 부분에 걸친 뛰어난 완성에 의해 확대되고 비대해져서, 아라베스크의 이 교묘한 유희는 차마 볼 수가 없었다. 성서 이야기도 아름답기는 하지만 조금 전의 작품과는 도저히 상대가 되지 않았다. 이 두 사람의 그림은 더 자주 보고, 더 시간을 들여서 선입견 없이 비교한다면 큰 즐거움이 될 수 있을 것이다. 아무래도 최초에는 관심이 전부 한쪽으로만 쏠리기 쉬운 것이니까.

거기서부터 너무 덥다고 할 정도의 햇볕 속을 천천히 걸어 매우 아름다운 정원을 가진 도리아 팜필리 궁전으로 가 저녁

때까지 그곳에 머물렀다. 상록의 참나무나 높은 소나무가 주위를 둘러싼 넓고 평탄한 초원에는 데이지 꽃이 가득 심겨 있었는데 모두 해를 향해 얼굴을 돌리고 있었다. 그리고 나의 식물학적 명상이 시작됐다. 이튿날 몬테마리오, 빌라 멜리니, 빌라 마다마의 산책길에서도 나는 계속 명상에 잠겨 있었다. 혹한을 이겨내며 왕성한 생활을 계속하는 식물의 생육 상태를 관찰하는 것은 참으로 흥미 있는 일이다. 이곳에는 싹이라는 것이 없다. 그래서 나의 명상은 싹이란 무엇인가를 파악하는 데서부터 시작된다. 딸기나무[127]는 앞서 열린 열매가 익어가는 중에 벌써 다시 꽃을 피운다. 오렌지나무도 꽃과 함께 반쯤 익은 열매와 완전히 익은 열매가 동시에 달려 있다. 그러나 건물과 건물 사이에 심겨 있지 않은 오렌지나무에는 이맘때가 되면 덮개를 씌운다. 가장 존경할 만한 수목인 사이프러스는 충분히 오래되고 잘 성장해 있을 때 우리로 하여금 여러 가지를 생각하게 만든다. 나는 되도록 빨리 식물원을 방문해 거기서 여러 가지 것을 견문하고자 한다. 대체로 새로운 국토의 관찰이 사색하는 인간에게 가져다주는 새 생명은 무엇과도 비교될 수 없는 독자적인 것이다. 나는 전과 다름없는 동일한 인간이지만, 나 자신은 가장 깊숙한 뼛속까지 변화한 것으로 생각하고 있다.

오늘은 이만 붓을 놓지만, 다음 통신에서는 나의 그림에도

---

127) arbutus unedo. 지중해 원산의 철쭉과에 속하는 상록관목으로, 장미나무과에 속하는 낙엽수인 나무딸기와는 다른 식물이다.

음영을 주기 위해 재화(災禍), 살인, 지진, 불행 등으로 전 지면을 채워보려고 한다.

12월 3일

날씨는 지금까지 대개 엿새를 주기로 해서 변화하고 있다. 쾌청한 날이 이틀, 흐린 날이 하루, 비오는 날이 이삼일, 그러고 나서 날이 갠다. 나는 어떠한 날씨건 그에 응해서 최대로 이용하려고 노력하고 있다.

이곳의 굉장한 사적은 나에게는 여전히 새로운 지기와 같다. 아직 같이 생활한 것도 아니고 그 특질을 감득했다고 할 수도 없다. 그중 몇몇은 압도적으로 우리의 마음을 끌어당겨서 잠시 다른 것에 무관심해지거나 불공평해지게 만든다. 예를 들자면 판테온, 벨베데레의 아폴론, 몇 개의 거대한 두상 조각 등이 그렇다. 그리고 최근에는 시스티나 예배당 같은 것들이 나의 마음을 홀딱 매료해서 그 이외의 것은 거의 아무것도 눈에 들어오지 않는다. 하지만 원래가 작은 우리들, 그리고 작은 것에 익숙해져 있는 인간들이 어떻게 이 고귀한 것, 방대한 것에 비견될 수 있으랴. 그리고 우리가 얼마만큼이라도 그걸 처리할 수 있었다손 치더라도 또다시 엄청난 대군(大群)이 사방으로부터 몰려와 어디를 가나 우리 눈앞에 나타난다. 그리고 하나하나가 자신에 대해 주목이라는 세금을 요구하는 것이다. 어떻게 해야 거기서 탈출할 수 있을까. 다만 인내심을 가지고 그것들이 작용하고 성장하는 대로 받아들여서, 다른 사람들이 우리를 위해 애쓰고 제작해준 것에 주의를 바치는 길 외의 방법은 없을 것이다.

페아[128]가 번역한 빙켈만의 『고대예술사』 신판은 매우 유익한 책으로 나는 그것을 곧 입수했는데 이 로마 땅에서, 또한 친절하게 해설하고 가르쳐주는 친구들 속에서, 이 책은 큰 도움이 되고 있다.

로마의 고대 유물에도 기쁨을 느끼기 시작하고 있다. 역사, 비명(碑銘), 주화 등 이제까지 아무런 흥미를 갖지 못했던 것들이 모두 다 절실하게 내 마음에 와닿는다. 내가 박물학에서 경험했던 현상이 이곳에서도 일어나고 있는 것이다. 왜냐하면 세계의 역사는 전부 이 땅에 연결되어 있어서, 내가 로마 땅에 발을 들여놓은 그날부터 나의 제2의 탄생, 진정한 재생이 시작되고 있기 때문이다.

12월 5일

여기 머문 지 불과 몇 주일밖에 지나지 않지만, 나는 그동안 많은 외국인이 왕래하는 것을 보았다. 그리고 대다수의 사람들이 존중해야 할 것들을 아주 가볍게 취급하고 있는 것에 놀라다가 이제는 놀라는 것에 지치고 말았다. 이렇게 스쳐 지나기만 하는 여행자들이 독일에 돌아가서 로마에 관해 무슨

---

128) 카를로 페아(Carlo Fea, 1753~1836). 로마 라사피엔차 대학교에서 법학박사 학위를 받았지만, 고고학에 관심을 갖게 되면서 고대 유물 연구에 매진하기 위해 사제가 되었다. 로마의 유물 발굴 작업에 다수 참여했고, 그에 필요한 법률 제정을 지원했으며, 빙켈만의 책을 이탈리아어로 번역해 주석본을 펴냈다.

이야기를 한다 해도 이제 나는 놀라지도 않고 아무런 동요도 느끼지 않을 것이다. 나는 몸소 로마를 보았으며 또한 내가 어떻게 해야 좋을지도 이미 어느 정도는 알고 있으니까.

12월 8일

가끔 날씨가 대단히 좋은 날이 있다. 드문드문 내리는 비는 잡초와 정원의 온갖 초목을 푸르게 해준다. 여기저기 사철나무가 있어서 다른 나뭇잎이 떨어져도 그다지 쓸쓸하지는 않다. 정원에는 열매가 가득 달린 유자나무가 아무런 덮개도 씌워지지 않은 채 땅에서 자라나 서 있다.

우리는 해안까지 유쾌하게 마차로 달려가 거기서 고기잡이를 했다. 그에 대해 상세한 보고를 할 작정이었는데, 저녁때 모리츠의 말이 돌아오던 도중 로마의 포장도로에서 미끄러지는 바람에 모리츠의 팔이 부러지는 일이 일어나고 말았다. 그 때문에 모처럼의 재미도 싹 가시고 우리들의 작은 모임에 재난이 발생한 것이다.

12월 13일, 로마에서

여러분이 나의 은신을 내가 원하는 대로 받아들여 준 것은 참으로 고마운 일이다. 그 때문에 분개한 사람이 있다면 여러분이 잘 이야기해 주기 바란다. 나는 특별히 누구를 화나게 할 생각은 없었으며, 지금도 변명이라면 별로 할 말이 없다. 아무쪼록 이 일을 결심할 수밖에 없었던 전제조건으로 인해 친구 한 사람의 마음이라도 흐려지는 일이 없기를 바란다.

이곳에서 나는 점차 나의 공중곡예 줄타기 운명으로부터 나아져, 지금은 즐기기보다는 배우는 편이 많다. 로마는 하나의 세계이며, 그것에 통달하려면 적어도 몇 년은 걸린다. 대충대충 보고 떠나가는 여행자를 보면 오히려 부러울 지경이다.

오늘 아침에, 빙켈만이 이탈리아에서 써 보냈던 『서한집』을 입수했다. 그걸 읽기 시작하면서 얼마나 감동을 받았는지! 31년 전 바로 지금과 같은 계절에 나보다도 더 불쌍한 바보로서 그는 이곳에 도착했던 것이다. 고대 유물과 미술에 관한 철저하고 견실한 연구를 하는 일은 그에게 있어서 참말 생사가 걸릴 만큼 진지한 과업이었다. 그런데 그는 그 일을 얼마나 훌륭히 해냈던가! 이곳에서 내 손에 들어온 이 사람의 기념물은 나에게는 참으로 대단한 보물이다.

그 모든 부분에 있어서 진실이자 모순이 없는 자연계의 사물은 별도로 치고, 가장 강하게 사람의 마음에 호소해 오는 것은 실로 선량하고 총명한 인물의 업적이며, 또한 자연계의 사물과 마찬가지로 모순이 없는 진정한 예술이다. 수많은 횡포가 맹위를 떨치고 수많은 우매함이 권세와 금력에 의해 영원화되어 있는 이 로마에 있어서는 특히 그러한 감이 깊다.

프랑케[129]에게 보낸 빙켈만의 편지 한 구절이 각별히 나를 기쁘게 했다. "로마에서는 모든 사물을 어느 정도 둔중하게 대

---

129) 요하네스 미하엘 프랑케(Johannes Michael Francke, 1717~1775). 드레스덴 출신의 사서로, 빙켈만이 뷔나우 백작의 뇌트니츠 성에서 사서로 일할 때 동료였다. 괴테가 언급하고 있는 편지는 1758년 2월 4일자로, 빙켈만의 『서한집』 1부 83쪽에 있다.

하여야 한다. 그러지 않으면 우리를 프랑스인으로 착각한다. 확실히 로마는 모든 세계에 대하여 최고 학부이며, 나도 거기서 정화되고 시련을 겪은 사람 중 하나다."

여기서 말하고 있는 것은, 이곳에서 사물 탐구에 종사하고 있는 나의 방법과 일치한다. 우리가 여기서 얼마나 교화되는가는 아무런 의미를 갖지 못함을 봐도 알리라. 우리는 말하자면 다시 태어나는 것이다. 그리고 우리가 지금까지 가지고 있었던 개념을 회고해 보면 마치 어렸을 적에 신었던 구두를 보는 기분이다. 지극히 평범한 인간도 이곳에 오면 상당한 인물이 되고, 설사 그것이 그의 본질에까지 영향을 주지는 않는다 하더라도 적어도 어떤 비범한 개념을 획득하게 된다.

이 편지가 여러분에게 도착하는 것은 신년쯤일 것이다. 새해를 맞이해서 여러분의 행복을 빈다. 금년 말쯤이면 다시 만나게 될 텐데 그건 큰 기쁨이 될 것이다. 지난 1년은 내 생애에서 가장 중요한 한 해였다. 내가 지금 죽든 조금 더 살든 관계없이 행복한 한 해였다. 마지막으로 아이들을 위해 한마디 써 두기로 한다.

아이들에게는 다음의 내용을 읽어주든지 이야기해 주든지 하기 바란다. 이곳은 겨울인데도 전혀 겨울 같지가 않다. 정원에는 사철나무가 심겨 있고 태양은 밝고 따뜻하게 내리쬔다. 그리고 눈이 있는 곳은 북쪽의 먼 산뿐이다. 정원 벽을 따라 심겨 있는 레몬나무에는 지금 서서히 갈대로 된 덮개가 씌워지고 있으나 광귤나무에는 아무것도 씌워지지 않고 있다. 한 나무에 몇백 개인지도 모를 정도의 열매가 처지도록 달려 있는데, 독일에서처럼 전지되거나 화분에 담기지 않고 땅에서 자유롭고 즐겁게 자라고 있으며, 같은 종류들이 길게 줄지어 있다. 이러한 광경처럼 즐거운 것은 또 없을 듯하다. 약간의 돈을 집어주면 먹고 싶은 대로 먹을 수도 있다. 지금도 꽤 맛이 들었지만 3월에는 더 맛있어질 것이다.

최근에는 또 해변에 가서 고기를 잡았다. 물고기와 게, 그 밖에 여러 가지 진기한 모양의 생물들이 올라왔다. 그중에는 만지면 전기가 오는 것도 있었다.

12월 20일

뭐니 뭐니 해도 모든 것은 향락보다는 고생이나 심려가 더 많다. 나를 속속들이 개조하려는 재생의 움직임은 끊임없이 나에게 작용하고 있다. 여기서 무언가 버젓한 것을 배우리라는 것은 내가 상상했던 바지만, 이렇게까지 처음으로 되돌아가서 지금까지 했던 것을 모조리 던져버리고 새로 시작해야 한다는 건 꿈에도 생각지 못했던 일이다. 그러나 지금 나는 확신을 가지고 전념하고 있다. 그리고 자기를 부정하지 않으면 안 된다고 생각하면 할수록 그건 더욱 기쁜 일이 된다. 나는 흡사 탑을 세우려고 하면서 불확실한 기초공사를 해놓은 건축기사와 같다. 그러나 다행히도 빨리 그걸 깨닫고서 이미 땅속에 축조해 놓은 것을 미련 없이 깨부수고, 기초를 확대하고 개량하고, 토대를 더욱 튼튼하게 하려고 노력하며, 미래의 건물이 보다 견고한 것이 되리라는 믿음을 미리부터 즐거움으로 삼고 있는 것이다. 귀국하면 이 광대한 세계에서의 생활이 나에게 가져다준 도덕적 효과를 나 자신에게 실현시킬 수 있으리라고 생각한다. 실제로, 위대한 갱신을 받는 것은 예술 정신뿐만이 아니라 도덕적 정신이기도 하다.

뮌터 박사[130]가 시칠리아 여행에서 돌아와 이곳에 있다. 정력적인 열정가인데 그의 목적이 무엇인지 나는 모른다. 그는 5월에는 여러분이 있는 곳으로 돌아가, 이곳에 대해 온갖 이야기를 할 것이다. 그는 2년째 이탈리아를 여행 중이다. 그러나 그는 이탈리아인에 대해 좋지 않게 생각하고 있다. 왜냐하면 여러 기록보관소나 비밀문고를 참관할 작정으로 가지고 온 훌륭한 소개장이 전혀 대접을 받지 못해서 처음에 세웠던 계획을 관철하지 못했기 때문이다.

그는 훌륭한 화폐를 수집하고 있다. 또 그의 말에 의하면, 그는 어떤 원고를 소유하고 있는데 그 내용인즉슨 화폐학은 린네의 식물학과 같이 명확한 기호를 붙이는 것에 귀착한다는 것이다. 헤르더라면 그것에 관해 더 물어볼 것이 있을 테고, 그 책을 베끼는 것도 허락되리라고 생각한다. 이러한 것을 연구하는 것도 가능하며, 그 연구가 완성된다면 매우 좋은 일일 것이다. 그리고 우리도 조만간 이 방면의 연구를 좀 더 진지하게 추구해야 할 것이다.

---

130) 프리드리히 크리스티안 카를 하인리히 뮌터(Friedrich Christian Carl Heinrich Munter, 1761~1830). 코펜하겐 대학교 신학 교수로, 1784년부터 1787년까지 이탈리아에서 유학했으며, 1790년에 『양시칠리아에 관한 보고』라는 책을 출판했다.

12월 25일

최고의 걸작을 두 번째로 보기 시작했다. 그러자 최초에 느꼈던 경탄이 공감으로 변하고, 작품의 가치에 대한 보다 순수한 감각이 생겨난다. 인간이 창조해 낸 것을 가장 정확하게 마음으로 파악하기 위해서는 우선 첫째로 정신이 완전한 자유의 경지에 도달하지 않으면 안 된다. 대리석은 이상한 소재다. 벨베데레의 아폴론은 실물을 보면 한없이 우리 마음을 기쁘게 해준다. 그런데 석고 모사품은 아무리 잘 만든 것이라도, 생동감 넘치고 젊은이답게 자유스러우며 젊은 존재가 가진 더없이 고귀한 입김이 순식간에 사라져버리고 만다.

숙소 맞은편의 론다니니 궁전에는 메두사의 마스크[131]가 있다. 기품 있고 아름다운 실물대 이상의 얼굴 모습 속에 불안한 죽음의 응시가 말할 수 없이 교묘하게 표현되어 있다. 나는 예전부터 잘 제작된 모조품을 가지고 있었지만 대리석에서 느껴지는 매력은 전혀 찾아볼 수 없다. 누르스름한 살 빛깔에 가까운 대리석이 가진 저 고귀하고 반투명한 멋이 전해지지 않는 것이다. 석고의 느낌은 언제나 백묵 같아서 생명이 없다.

하지만 석고장이의 공방에 가서 석고상의 훌륭한 사지가 하나하나 주형으로부터 나오는 것을 보고 그것에 의해 전혀 새로운 형태의 상(像)을 접하게 되는 것 또한 큰 기쁨이었다.

---

131) 1764년에 주세페 론다니니 후작이 지은 론다니니 궁전 출입문 아치에 부조(浮彫)되어 있는 메두사의 얼굴을 말한다. 오늘날은 뮌헨 글립토테크(그리스로마 조각 미술관)에 진본이 있다.

로마 시중에 산재해 있는 모든 것을 한군데 진열해 놓고 볼 수 있기 때문에 비교하기에 아주 좋았다. 나는 유피테르의 거대한 반신상을 구입하지 않을 수 없었다. 그 상은 조명이 잘 되는 침대 맞은편 쪽에 있어서 눈을 뜨면 곧 아침 기도를 드릴 수 있도록 되어 있다. 그리고 이 상은 그 위대함과 위엄에도 불구하고 대단히 우스운 이야깃거리가 되었다.

나이 먹은 여관의 여주인이 침대를 정리하러 방에 들어오면, 그녀를 잘 따르는 고양이가 언제나 몰래 따라 들어온다. 나는 큰 거실에 앉아서 그녀가 내 방에서 일하는 소리를 듣고 있었다. 갑자기 그녀가 어울리지 않게 덤벙대면서 문을 열고는 빨리 와서 기적을 보라고 나를 부르는 것이었다. 왜 그러느냐고 물으니까, 고양이가 하느님에게 기도를 드리고 있다고, 자기는 일찍부터 이 고양이가 그리스도교도와 같은 분별을 가지고 있는 것을 알았지만 이거야말로 정말 대단한 기적이라고 말하는 것이었다.

급히 가 보았더니 이건 확실히 괴이한 광경이었다. 반신상은 높은 받침대 위에 놓여 있고 그 동체가 흉부 훨씬 아래쪽에서 잘려 있기 때문에 머리가 상당히 높게 솟아 있다. 그런데 고양이는 책상 위로 뛰어올라서 앞발을 신의 가슴 위에 얹고 사지를 될 수 있는 대로 길게 뻗치면서 입을 신의 수염에다 갖다 대고 그 수염을 새치름한 모습으로 핥고 있었다. 여주인의 감탄 소리에도 내가 들어오는 소리에도 전혀 알은체하지 않았다. 여주인에게는 아무 말 하지 않았지만, 내 생각에 이 고양이의 예배에는 결국 다음과 같은 까닭이 있을 것이다. 즉

후각이 예민한 이 동물은 주형으로부터 수염의 오목한 곳으로 흘러들어 거기에 배어버린 지방의 냄새를 맡은 것이 틀림없다.

1786년 12월 29일

티슈바인에 대해서는 아직도 많은 것을 이야기해야 한다. 우선 그가 전적으로 독창적으로, 또한 독일식으로 자신을 단련했다는 점을 칭찬해야겠다. 또한 나는 그의 두 번째 로마 체재 동안 일류 대가들의 여러 작품을 어떤 것은 검은 초크로, 다른 것은 세피아와 수채로 모사하도록 독려했고, 그가 나를 위해 친절한 배려를 베풀어주었음을 감사하는 마음으로 밝혀야겠다. 이들 모작은 독일에 돌아가 원화를 가까이할 수 없게 되었을 때 최상의 작품을 회상하는 실마리로서 그 가치를 더욱 발할 것이다.

티슈바인은 처음에는 초상화가가 되려고 마음먹고 있었기 때문에 저명한 인사들과 취리히 등지에서 만남을 가지고 그들을 통해 자신의 감정을 확고한 것으로 만들고 식견을 넓혔다.

헤르더의 『잡문집』 2권을 여기 갖고 왔는데 그 때문에 이중의 환영을 받았다. 이 책을 되풀이해서 읽을 때마다 얼마나 감명을 주는지 헤르더에게 소상히 알려주고 그 수고에 보답하고 싶다. 티슈바인은 이탈리아에 와본 적도 없는 사람이 어떻게 이런 것을 쓸 수 있는지 전혀 이해가 되지 않는다고 말하고 있다.

12월 29일

이런 예술가들 사이에서 생활하는 것은 마치 거울 방에 있는 것 같아서 싫어도 자기 자신이나 다른 이의 영상을 발견하게 된다. 티슈바인이 자주 나를 자세히 관찰하고 있는 것은 진작부터 알아차리고 있었으나, 그가 나의 초상화를 그리려 한다는 것은 이제야 명백해졌다. 밑그림은 벌써 다 되었고 캔버스도 준비되어 있다. 나는 등신대의 여행자 모습으로 하얀 망토를 입고 야외에 쓰러져 있는 오벨리스크 위에 앉아서, 멀리 배경에 깔려 있는 로마평원의 폐허를 바라보고 있는 모습으로 그려질 예정이다. 그건 훌륭한 그림이 되겠지만 우리들 북쪽 나라의 주택에 걸어놓기에는 너무 크다. 내가 고국에 돌아가면 다시 그런 주택 속에 들어갈 텐데 이 초상화는 걸어둘 자리가 없을 것이다.

1786년 12월 29일

잠행하고 있는 나를 넓은 세상으로 끄집어내려는 시도는 여러 번 있었으며, 시인들은 나에게 자기 작품을 낭독해 들려주거나 사람을 시켜서 낭독하게도 했다. 여기서 한판 벌이려고 생각한다면 그건 오로지 내 의사에 달린 것이지만, 나는 그런 것에 현혹당하지 않고 다만 재미있게 생각될 따름이다. 로마에서 그런 일이 결국 어떻게 되는지 나는 미리부터 알고 있던 터이니까. 이 세계의 여왕 발밑에 있는 많은 작은 모임들은 왕왕 소도시적인 편협함을 가지고 있는 것이다.

사실 여기도 다른 곳과 별로 다를 것이 없다. 나와 함께, 혹은 나를 통해서 어떤 일이 이루어질 수 있는가 같은 것은 벌써 생각만 해도 싫증이 난다. 사람은 어떤 당파에 속해서 그 당파가 정열과 책략을 가지고 싸우는 데 가세하고, 예술가와 그 애호가들을 칭찬하고, 경쟁 상대를 헐뜯고, 권세가나 부자에게 굴종하지 않으면 안 된다. 그런 허례 때문에 이 세상으로부터 도피해 버리려고까지 생각하고 있는데 하물며 아무 목적도 없이 내가 그걸 감수해야 할 이유가 있겠는가.

아니다. 나는 그런 것을 분별하고, 이 방면으로부터의 칩거에 만족하고, 자신에게도 타인에게도 재미있고 넓은 세상에 대한 욕망을 단념시키는 데까지 가면 이제 그 이상 깊이 빠지지는 않는다. 나는 로마를, 영원한 로마를 보고 싶다. 10년마다 달라지는 로마 같은 것은 보고 싶지 않다. 여가가 있다면 더 유효하게 이용하고 싶다. 특히 여기에서 역사를 읽는 것은 세계 어느 곳에서 읽는 것과도 전혀 다른 느낌이다. 다른 곳에서는 밖에서부터 안으로 읽어 들어가는 데 반해 여기서는 마치 안에서부터 밖으로 읽어나가는 것 같다. 모든 것이 우리들 주위에 모아져 있고 모든 것이 우리로부터 출발한다. 그리고 그것은 단지 로마 역사뿐만이 아니라 전 세계사에도 적용된다. 나는 이곳으로부터 베저강이나 유프라테스강까지도 정복자를 따라갈 수 있으며, 호기심 많은 구경꾼이 되고 싶으면 귀환하는 개선 부대를 사크라가도[132]에서 영접할 수도 있다.

---

132) Via Sacra. 기원전 6세기경에 닦인 포로로마노의 중앙로로, 콜로세움에서부터 캄피돌리오 언덕까지 이어진다.

그동안 나는 곡식이나 금전의 베풂을 받으면서 편안하게 이들 장거(壯擧)에 참가하고 있는 것이다.

1787년 1월 2일

문서나 구두에 의한 전달 방법은 아무리 유리하게 변호해 보아도, 결국 극히 소수의 경우를 제외하고는 대개 불완전한 것이다. 어떤 것의 진정한 본질을 전달한다는 것은 애당초 불가능한 일이며, 정신적인 것에 있어서도 마찬가지다. 그러나 한번 명확하게 실물을 보아두기만 하면, 책을 읽거나 다른 사람한테서 이야기를 들어도 흥미가 깊어진다. 그건 살아 있는 인상과 연결되기 때문이며, 그때 비로소 우리는 사색하거나 판단할 수 있다.

내가 광물과 식물, 동물을 특이한 애착을 갖고 확고한 견지에서 관찰하고 있을 때 여러분은 나를 비웃고 손을 떼게 하려고 했다. 이제 나는 건축가, 조각가, 화가에게로 주의를 돌려, 거기서 나 자신을 발견하는 법을 배우려고 한다.

1월 6일

지금 막 모리츠한테서 돌아오는 길이다. 그의 팔도 좋아져서 오늘은 붕대도 풀었다. 회복 과정도 순조로워서 별 걱정은 없다. 지난 40일간 이 환자 곁에서 간병인, 청죄자(聽罪者), 친구 또는 재무장관, 비서로서 내가 경험하고 배운 것은 장차 우리에게 유익할 것으로 생각된다. 이 기간 중에는 극히 참기 어려운 고뇌와 극히 고귀한 환희가 항상 병존해 있었다.

기분 좋은 일은 어제 유노 여신의 거대한 두상 모작을 거실에 갖다 놓은 일이다. 원작은 빌라 루도비시에 있다. 내가 로마에 와서 처음으로 마음에 들었던 작품이었는데 그걸 마침내 손에 넣게 된 것이다. 아무리 해도 말로는 그 매력을 도저히 전달할 수 없다. 그것은 호메로스의 시와도 같다.

나는 장래에도 여러분 같은 좋은 친구를 가까이할 자격은 얻은 것 같다. 왜냐하면 나의 『이피게니에』가 이제 완성되어서, 거의 비슷한 두 통의 초안이 책상 위에 놓여 있는데 곧 그중 하나를 여러분 앞으로 발송할 작정이기 때문이다. 모쪼록 잘 부탁하는 바다. 물론 만족할 만한 작품은 아니지만 내가 무엇을 의도하고 있었는지는 짐작이 갈 것으로 생각한다.

여러분은 이렇게 멋진 경관 아래에서조차 내가 받고 있는 어떤 중압감을 암시하는 것 같은 우울한 데가 나의 편지 속에서 발견된다고 여러 차례 유감의 뜻을 전해 왔다. 그러나 거기에는 나의 동반자인 이 그리스 여인이 적지 않게 관여하고 있는데, 내가 구경을 해야 할 때도 그녀가 나를 재촉해서 일을 시켰던 것이다.

나는 어느 훌륭한 친구를 회상했다. 그는 그랜드투어[133]를 준비하고 있었는데, 그것은 아마 발견 여행이라고 부를 수 있을 것이다. 그는 그 여행을 위해 이삼년을 연구하고 또 절약을 한 후에, 마지막으로 어떤 명망 있는 집안의 처녀를 유인해 내

133) 17~18세기 영국, 프랑스, 독일의 상류층 자제들 사이에서 일었던 이탈리아 여행 열풍으로, 교양교육의 일환으로 권장되었다.

는 것이 좋겠다는 생각을 하게 되었다. 그렇게 하면 모든 일이 한꺼번에 해결되리라고 생각했기 때문이다.

그와 똑같은 대담성을 가지고 나는 '이피게니에'를 카를스바트로 데리고 가기로 결심했던 것이다. 내가 어디서 그녀와 특히 재미를 보았는지 간단히 적어두기로 한다.

브렌네르고개를 떠난 뒤 나는 제일 큰 보따리 안에서 그 원고를 꺼내 주머니에다 넣었다. 가르다 호반에서 세찬 남풍이 파도를 몰아치고 있을 때(거기서 나는 타우리스 해변에 서 있는 우리 여주인공과 같을 정도로 고독했는데), 개작의 몇 줄을 썼다. 그리고 베로나, 비첸차, 파도바에서도 계속했는데 가장 부지런히 쓴 것은 베네치아에서였다. 그러고 나서 일은 한때 정체했는데, 그것은 내가 '델피의 이피게니에'를 써볼까 하는 새로운 구상을 했기 때문이다. 만약 나의 기분이 전환되지 않았다면 그리고 구작에 대한 의무감이 나를 붙잡지 않았다면 곧바로 착수했을지도 모른다.

그러나 로마에서는 일이 상당히 지속적으로 진행되었다. 밤에 잠자리에 들 때 나는 이튿날 일과를 준비했고, 눈을 뜨면 곧장 그것을 시작했다. 내 방법은 극히 간단하다. 즉 작품을 조용히 써나간 뒤에 다시 행과 절을 따라 규칙적으로 운을 밟아 나아가는 것이다. 이렇게 해서 만들어진 작품은 여러분의 판단에 맡기기로 하고, 그때 나는 일을 했다기보다는 많은 것을 배웠다고 해야 할 것이다. 이 작품 자체에 대해서도 몇 가지 나중에 이야기할 것이 있다.

1월 6일

또다시 교회에 관한 이야기를 하려고 한다. 우리는 성탄절 밤에 여기저기 돌아다니고, 예배를 올리고 있는 성당을 방문했다. 특히 어떤 성당에는 참석자가 많았는데, 그곳의 오르간과 음악은 목동의 피리 소리, 새의 지저귐, 양의 울음소리 등 전원곡으로서 무엇 하나 빠진 것이 없게 짜여 있었다.

성탄절 휴가 첫째 날 나는 산피에트로 대성당에서 교황과 성직자들을 보았다. 교황은 왕좌 앞 또는 위에서 대미사를 집전했다. 그것은 정말로 화려하고 장엄한 광경이었다. 그러나 나는 신교도적인 디오게네스[134] 사상 아래서 자랐기 때문에 이런 장려한 의식이 나에게 주는 것보다는 빼앗는 것이 더 많다. 나 또한 경건한 선배 디오게네스처럼 이들 종교적인 세계 정복자들을 향해 이렇게 말하고 싶다. "제발 고원한 예술과 순수한 인간성의 태양을 가리지 말아주시오."

오늘은 예수 공현대축일로, 미사를 그리스식으로 집전하는 것을 보았다. 의식은 라틴식보다도 더 장중하고 엄격하고 명상적이면서도 한층 서민적인 것처럼 생각됐다.

그때도 나는 모든 면에서 내가 너무 나이 들었다고 느꼈지만, 진실에 대해서만은 아직 그렇지 않다는 것을 알고 있다. 그들의 의식과 오페라, 형벌과 발레, 그 모든 것이 밀랍을 바른 비옷에 빗물이 흐르듯 나의 주변을 흘러 지나간다. 이에

---

134) 시노페의 디오게네스(Diogenes of Sinope, ?~기원전 324). 고대 그리스 철학자로, 관습을 거부하고 자연에 충실하며 들개처럼 자유로운 삶을 추구한 견유(犬儒)학파의 대표 사상가다.

반해서 빌라 마다마에서 바라보았던 일몰 광경 같은 자연의 작용이라든가, 사람들의 숭배의 대상이 되고 있는 헤라와 같은 예술 작품은 나에게 깊고 영속적인 인상을 남긴다.

연극에 관해 생각을 하면 벌써부터 무서운 기분이 든다. 내주에만 일곱 편의 무대가 막을 올린다. 안포시 자신이 이곳에서 「인도의 알렉산드로스」를 상연한다. 「키로스 왕」도 상연되며, 「트로이의 정복」은 발레로 무대에 올려진다. 이것은 어린이용일 것이다.

1월 10일

그럼 다시 '부모 울리는 아이'의 이야기를 계속하자. 이 별명은 여러 가지 의미에서 나의 『이피게니에』에게 합당한 것이다. 내가 작품을 이곳 예술가들 앞에서 낭독했을 때 나는 그 속의 몇 부분에 표시를 해두었다가 그중 일부는 소신에 따라 다시 썼다. 그러나 나머지는 그대로 두었다. 헤르더에게 좀 고쳐달라고 할까 해서다. 이 작품에 아주 애먹고 있다.

수년간 작품을 쓰면서 주로 산문 형식을 즐겨 택하고 있는 이유는 본래 독일어의 운율법이 극히 애매하기 때문이다. 격식과 학식을 갖추고 있으며 나에게 협력을 아끼지 않는 친구들조차 많은 문제의 해결을 감정이나 취미에 맡기고 있는 형편으로, 아무래도 기준이라고 할 만한 것이 결여되어 있다.

만약에 모리츠의 『운율학』이라는 북극성과 같은 지도적인 서적이 나타나지 않았다면, 나도 『이피게니에』를 이암보스로 고치는 것 같은 일은 해낼 수 없었을 것이다. 특히 병석에 있는 그와 교제하면서 나는 운율에 대해 많이 깨우쳤다. 나는 이 일에 관해서도 여러분의 호의 있는 배려를 바라지 않을 수 없다.

독일어에 결정적으로 짧거나 긴 음절이 극히 조금밖에 없다는 것은 명백한 사실이다. 그 밖의 음절은 각자의 취향에 따라, 또는 적당히 다루어진다. 그래서 모리츠는 음절에는 어떤 서열이 있어서 의미가 무거운 음절은 의미가 가벼운 음절에 비해 길고, 따라서 이 두 개가 나란히 있으면 후자는 짧아지게 되는데, 의미가 무거운 것도 그것이 정신적으로 더 중요한 다른 음절 가까이에 놓이면 짧아질 수도 있다는 것에 착안했다. 이 말은 확실히 근거가 있는 것이어서, 만사가 해결되지는 않는다 하더라도 그에 따라 일을 진행시킬 수 있는 안내서는 된다. 나는 이 법칙을 몇 번 참고해 보았는데 나의 느낌과 잘 맞았다.

앞에서 낭독에 관해 이야기했는데, 그 결과에 대해서도 간단하게 적어두어야겠다. 여기 있는 젊은 사람들은 이전의 격렬한 작품에 익숙해 있어서 『괴츠 폰 베를리힝겐』[135] 같은 것을 기대하고 있었기 때문인지, 조용하고 차분한 이번 줄거리에는 그다지 공감이 가지 않는 모양이다. 그러나 숭고하고 순수한 면에 있어서는 그들도 감명을 받지 않을 수 없었다. 티슈바인도 이 작품이 정열을 거의 완전히 억압하고 있는 점이 이해가 안 가는 듯 일종의 점잖은 비유(라기보다는 일종의 상징)

135) 괴테의 가장 초기작 중 하나로, 1773년에 발표한 비극이다.

를 표현했다. 즉 그는 그것을 희생의 불에 비유해서, 불꽃은 높이 타오르려고 하는데 연기는 온화한 기압에 눌려 땅을 기고 있다고 평했다. 그리고 그것을 매우 아름답고 의미 깊은 한 장의 선화(線畵)로 그려냈다. 그 그림도 같이 부친다.

이런 이유로 곧 끝나리라고 생각했던 이 일은 꼬박 석 달 동안이나 나를 즐겁게 해주기도 하고, 중단시키기도 하고, 정진시키기도 하고, 괴롭히기도 했다. 내가 가장 중요한 일을 틈틈이 여가에 한 것은 이번이 처음은 아니다. 이 일로 더 이상 무어 무어라고 논의하는 것은 그만두자.

아름답게 조각된 돌도 같이 보낸다. 작은 사자의 코끝에서 모기가 붕붕 날고 있는 모습을 새긴 것이다. 옛사람들은 이런 것을 좋아해서 되풀이해 제작했다. 이제부터는 이걸 가지고 여러분의 편지를 봉인해 주기 바란다. 이 조그마한 물건을 통해서 일종의 인공 메아리가 여러분에게서 나에게로 울려오도록.

1787년 1월 13일

이야기할 것은 날마다 많이 있으나 애써 적으려 해도 연일 계속되는 구경이라든가 기분 풀이 때문에 방해가 된다. 거기다가 집 안에 있기보다는 바깥에 있는 편이 좋은 맑은 날이 계속되어서, 그런 날에는 스토브도 난로도 없는 방에 있더라도 잠들어버리지 않으면 기분이 우울해질 뿐이다. 하지만 지난주에 일어난 몇 가지 일은 말하지 않을 수 없다.

주스티니아니 궁에는 내가 대단히 찬미하는 아테나 상[136)]

이 있다. 빙켈만은 그것에 대해 거의 언급을 하지 않고 있다. 적어도 적당한 곳에서는 말하지 않는다. 또한 나 자신도 그 조각에 대하여 비평 같은 것을 가할 자격이 없다고 느낀다. 우리가 그 조각을 보면서 오랫동안 서성거리고 있는 모습을 보고 관리하는 여자가 나섰다. 이건 옛날 성상인데 이 종파에 속하는 영국인들은 지금도 그 한쪽 손에 키스함으로써 숭상의 뜻을 표한다고 말해 주었다. 실제로 조상의 다른 부분은 갈색인데 그 손만은 하얗다. 여자는 다시 덧붙여서 말했다. 며칠 전에도 이 종파에 속하는 한 부인이 와서 무릎을 꿇고 이 상을 배례하고 있었는데 기독교도인 자기로서는 그런 기묘한 행동을 웃지 않고서는 볼 수가 없어서, 웃음을 터뜨리지 않기 위해 자리를 피해 뛰어나갔다고. 나 또한 이 조상 곁을 떠나지 못하는 것을 보고 관리인은 나한테 이 석상을 닮은 좋은 사람이라도 있어서 그렇게 마음이 끌리는 게 아니냐고 묻기도 했다. 마음씨 좋은 이 여자가 아는 것은 예배와 연애에 관한 것뿐으로, 위대한 작품에 대한 감탄이라든가 인간 정신에 대한 동포로서의 경애심 같은 것은 전혀 안중에 없었다. 우리는 영국 부인의 이야기를 즐겁게 생각하면서 석별의 정을 안고 그 자리를 떴지만 조만간 꼭 다시 가 보았으면 한다. 여러분이 더 상세한 설명을 듣고 싶다면 빙켈만이 절정기 그리스 양식에 관해 논하고 있는 대목을 읽어주기 바란다. 유감이지만 그

136) 기원전 5세기경의 고대 그리스 청동상을 복사한 로마의 대리석 상이다. 현재는 바티칸 박물관의 브라치오 누오보관에 있다.

는 거기서 이 아테나 상에 관한 것을 언급하고 있지 않다. 만약 내가 틀린 것이 아니라면, 이 상은 엄격한 절정기 양식으로 이행해 가던 시기의 아름다운 작품이며, 말하자면 막 피어나려고 하는 꽃망울인 것이다. 그리고 이 과정이야말로 아테나의 성격에 매우 적합한 것이다.

다음으로 종류가 다른 광경의 이야기를 하자. 예수 공현축일, 즉 이교도들에게 은총이 고지된 것을 기념하는 축일에 우리는 포교성성(布教聖省)[137]에 갔다. 먼저 3명의 추기경과 많은 참석자들이 모인 앞에서 강연이 있었다. 마리아가 동방박사 3인을 영접했던 곳은 어디인가, 마구간 안인가 아니면 다른 곳인가 하는 논제였다. 그러고 나서 비슷한 논제에 의한 두세 개의 라틴어 시가 낭송된 뒤에, 30명의 신학생이 차례로 나와서 각자의 모국어로 된 짧은 시를 읽었다. 말라바르어, 알바니아어, 튀르크어, 몰다우어, 에렌어, 페르시아어, 콜키스어, 히브리어, 아랍어, 시리아어, 곱트어, 사라센어, 아르메니아어, 아일랜드어, 마다가스카르어, 아이슬란드어, 보헤미아어, 이집트어, 그리스어, 이사우리아어, 에티오피아어 등등. 그 밖에 내가 모르는 나라 말도 몇 개 있었다. 시는 대체로 그 나라의 운율로 쓰여서 낭송도 나름의 방법으로 하는 모양이었다. 야만스러운 리듬이나 음조도 튀어나왔다. 그리스어의 울림은 밤하늘에 별이 나타날 때와 같았다. 청중이 귀에 익지 않은 음조

137) 로마 교황청 부속 행정 및 심의 기관 건물로, 기독교 선교 활동을 지원한다. 1982년 교황 요한 바오로 2세가 '인류복음화성'으로 개칭했다. 로마의 스페인 광장에 있다.

를 듣고 마구 웃어댔기 때문에 모처럼의 공연이 익살극으로 변하고 말았다.

마지막으로 이 신성한 로마에서 신성한 것이 얼마나 방자하게 취급되고 있는가 하는 우화를 하나 적어둔다. 작고한 알바니 추기경이 예전에, 지금 내가 말한 것 같은 기념총회에 참석하고 있었다. 그때 신학생 중 한 명이 이국 방언으로 추기경들을 향해 "경배! 경배!" 하고 외쳐댔다. 그런데 그 말이 "악당! 악당!" 같이 들렸다. 그러자 추기경이 동료들 쪽을 향해서 말했다. "놈은 우리를 잘 알고 있군."

1월 13일

빙켈만의 업적은 대단히 크지만, 우리의 희망에 부응하지 않는 것도 많이 남기고 갔다. 그는 자기 업적의 완성을 위해 입수한 재료를 너무 조급하게 사용했다. 만약 그가 지금까지 살아 있다면 아직도 원기 왕성할 터이니 누구보다도 앞서서 자기 저술을 개정했을 것이다. 그 뒤에 그의 원칙에 따라 남이 이루어놓은 것, 관찰한 것, 또 최근에 발굴하고 발견한 것들까지도 그는 남김없이 몸소 관찰하고, 보고하고, 이용했을 것이 틀림없다. 알바니 추기경도 그때쯤에는 세상을 떠났을 것이다. 빙켈만은 이 사람을 위해 많은 것을 쓰기도 했지만, 아마 이 사람을 위해 말하지 않고 가만히 있었던 적도 많았으리라.

1787년 1월 15일

마침내 「아리스토데모」가 성공과 절대적인 갈채 속에 상연되었다. 몬티 사제는 교황의 조카뻘 되는 자로, 상류사회에서 매우 중요시되는 인물이기 때문에 그런 면에서도 잘된 일이다. 실제로 특별석의 손님들도 박수에 인색하지 않았으며, 일반석의 관객들은 작가의 아름다운 말솜씨와 배우들의 뛰어난 낭독에 처음부터 정신을 잃어서 기회만 있으면 만족을 표시했다. 그때 독일 예술가들이 차지한 좌석도 적지 않게 눈에 띄었는데 그들은 대체로 나서기를 좋아하는 편이니까 이 경우 제자리를 얻었다고 할 만하다.

작자는 작품이 성공할 것인가 걱정되어 집에 머물러 있었는데 한 막이 끝날 때마다 좋은 소식이 들려와서 최초의 우려는 점차 환희로 변해 갔다. 그 뒤 지금까지도 상연되고 있는데 모두 잘되어 가고 있다. 이처럼 사람은 아무리 자기 본업과 동떨어진 방면이라도 뛰어난 업적만 보인다면 대중이나 식자들의 갈채를 받을 수 있는 것이다.

여하튼 공연은 실제로 칭찬받을 만한 것이었고, 극 전반에 걸쳐 등장하는 배우들도 뛰어난 대사와 연기를 선보여 마치 고대의 어떤 황제를 보는 것 같았다. 우리로 하여금 외경심을 갖도록 하는 저 조각상의 복장이 무대의상으로 훌륭하게 이용되고 있고 배우가 고대를 잘 파악하고 있다는 것을 알 수 있었다.

1월 16일

로마는 지금 미술적으로 일대 손실에 직면해 있다. 나폴리 왕이 파르네세 궁전의 헤라클레스 상[138)]을 자기 관저로 옮기려 하고 있기 때문이다. 예술가들은 모두 애석해 하고 있지만, 우리는 이 기회에 선인들 눈에는 감춰졌던 것을 볼 수 있게 될 것이다.

그 이유는, 조각상의 머리부터 무릎까지 부분과 그 아래의 발과 대좌가 파르네세 궁전의 토지에서 발견됐는데, 무릎부터 발목까지의 다리 부분이 없는 채였다. 그러자 굴리엘모 델라 포르타가 다리를 보수했고, 그래서 그 상이 오늘날까지 보충된 다리를 가지고 서 있는 것이다. 그런데 그 후 진짜 옛 다리 부분이 보르게세의 소유지 안에서 발견되었기에, 그것은 또 그것대로 빌라 보르게세에 진열되어 있었다.

그런데 최근에 이르러 보르게세 추기경이 결단을 해서, 이 귀중한 유물을 나폴리 왕에게 기증하기로 했다. 그래서 포르타가 보충했던 다리가 제거되고 대신 진짜가 끼워지게 될 것이다. 사람들은 지금까지의 다리에도 만족하고 있었지만, 이번에는 다시 새로운 모습을 볼 수 있으며, 보다 조화된 형태를 즐길 수 있게 되는 것이다.

1월 18일

어제는 성 안토니우스 대수도원장의 축일로 우리는 즐거운 하루를 보냈다. 드물게 보는 좋은 날씨로 전날 밤에는 얼음이 얼었는데도 낮에는 맑게 개고 따뜻했다.

---

138) 기원전 4세기경의 그리스 청동상을 로마 시대에 대리석으로 모작한 것으로, 당시에는 로마의 파르네세 궁에 있었으나 지금은 나폴리 국립박물관에 있다.

예배나 묵상을 중시하는 종교가 결국 동물에게도 다소의 종교적 은총을 베푼다는 사실은 우리가 인정하는 바다. 수도사이자 주교였던 성 안토니우스는 네발짐승의 수호자였기 때문에 그의 축제는 언제나 무거운 짐을 나르는 동물이나 파수꾼, 마부 등을 위한 즐거운 날이다. 이날은 아무리 지체 높은 분이라도 집에 있거나, 아니면 도보로 외출해야 한다. 사람들이 늘 예로 드는 것이 있다. 이날 신심이 부족한 귀족이 마부를 무리하게 부렸다가 큰 재난을 당했다는 이야기다. 성당은 황야라고 해도 과언이 아닐 정도의 넓은 터에 있는데 오늘은 대단히 번잡하다. 화려하게 리본을 단 말이나 나귀가 성당에서 좀 떨어져 있는 작은 예배당에 끌려간다. 그러면 거기에는 커다란 솔을 가진 사제가 앞에 있는 물통이나 대야에서 성수를 기운 좋은 짐승에게 마구 뿌린다. 때로는 장난을 해서 말들을 화나게 할 때도 있다. 믿음이 깊은 마부들은 크고 작은 양초를 기부하고 마주들은 보시물이나 선물을 보내온다. 값나가고 유용한 짐승이 1년 동안 모든 재난에서 벗어나도록 기원하기 위해서다. 마찬가지로 소유주에게 유용하고 값진 나귀나 소 역시 똑같은 축복을 받는다.

그 후에 우리는 푸른 하늘 아래 멀리까지 걸었다. 도중에도 매우 흥미 있는 여러 가지 사물을 접했으나 오늘은 그다지 주의를 기울이지 않고 마음 내키는 대로 즐기고 놀았다.

1월 19일

명성은 일세를 풍미하고 업적은 가톨릭의 천국에도 비견할 만한 대왕[139]도 끝내는 타계해 명부에서 동렬의 영웅들 틈에 끼게 되었다. 이러한 분을 매장했을 때는 저절로 숙연해진다.

오늘 우리는 기분 좋은 하루를 보냈다. 지금까지 소홀히 했던 캄피돌리오 언덕의 일부를 구경하고 나서 테베레강을 건너, 새로 도착한 배 위에서 에스파냐산 포도주를 마셨다. 이 근방은 옛적에 로물루스와 레무스[140]가 있던 곳이라고 한다. 그곳에서 우리들은 성령강림제(聖靈降臨際)가 두셋씩 겹쳐서 온 것처럼 신성한 예술 정신, 극히 온화한 분위기, 고대에 대한 추억, 감미로운 포도주에 취할 수 있었다.

1월 20일

처음에 겉으로만 보았을 때에는 즐거움이던 것도, 근본적인 지식 없이는 결코 진실한 기쁨을 맛볼 수 없다는 진리를 깨닫게 되면 도리어 골칫거리로 변한다.

해부학에 대해서 나는 상당한 준비도 했고, 인체에 관한 어느 정도의 지식은 꽤 고생해서 획득한 것으로 생각했다. 그러나 이곳에서 우리는 항상 조각상을 봄으로써 끊임없이 보다 고도의 방법으로 암시를 받고 있다. 우리의 의학적 외과적 해부학에 있어서는 단순히 부분을 아는 것이 중요해서 겨우 한

---

139) 괴테는 이미 카를스바트에서 프리드리히 대왕이 1786년 8월 17일 사망한 것을 알고 있었으나, 지금 다시 슈타인 부인으로부터 대왕에 관한 소식을 받았기 때문에 언급한 것이다.

140) 로마의 건립자이며 최초의 왕으로 전해지는 전설적 인물. 로물루스와 레무스는 쌍둥이로 늑대의 젖을 먹고 자랐다고 한다.

편의 근육이라도 족히 소용에 닿는 것인데, 로마에서 각 부분이란 것은 하나의 고귀하고 아름다운 형태를 나타내는 것이 아니면 아무 의미도 없다.

광대한 산스피리토 병원에는 미술을 위해 매우 아름다운 근육체가 비치되어 있는데 얼마나 훌륭한지 경탄할 수밖에 없다. 그건 정말 피부를 벗겨 놓은 마르시아스[141]와 같다. 이곳 사람들은 또한 고대인의 지시에 따라 골격을 기술적으로 조합된 뼈의 집단으로 보지 않고, 골격에다 생명과 운동을 부여하는 인대와 함께 연구하는 것을 관습으로 하고 있다.

밤에도 원근법을 연구하고 있다는 말을 덧붙인다면 우리가 게으른 생활을 하지 않는다는 것을 알 수 있으리라. 여하튼 지금 하고 있는 것보다 앞으로 더 많은 일을 하고자 한다.

1월 22일

독일인의 예술적 감각이나 예술 생활에 관해서는, 음향은 들려도 화음이 없다고 말할 수 있으리라. 우리들 가까이에 얼마나 훌륭한 것이 있었는데도 내가 그것들을 하나도 이용하지 않았다는 것을 생각하면, 나는 절망하고 싶어진다. 그러나 당시에는 단지 모색하기에 그쳤던 걸작을 이번에는 확실하게 인식할 수 있다는 희망이 있다고 생각하면, 귀국하는 것이 즐거움이 된다.

---

141) 아폴론과 피리 불기 내기에서 진 벌로 살가죽이 벗겨진 반신(半神) 마르시아스는 그리스 조각이 즐겨 다루는 제재다.

하지만 로마에서도 진지하게 총체적 연구를 하려는 사람에게는 역시 배려가 부족하다. 너무나 많은, 거의 무한한 파편 가운데서 수집해 조각 붙이기 작업을 하지 않으면 안 된다. 참말로 좋은 것을 관찰하고 연구하려는 열의가 있는 외국인은 물론 극히 소수에 지나지 않는다. 다수의 사람들은 일시적 기분과 자만을 따르는 것뿐으로, 그것은 외국인을 상대하는 사람들 모두가 잘 알고 있는 점이다. 모든 안내인은 흑심이 있어서 장사꾼을 소개하든지 미술가를 돈 벌게 해준다. 하지만 그걸 나쁘다고 탓할 수만도 없다. 왜냐하면 풋내기는 아무리 훌륭한 것을 추천해도 받아들이지 않는 것이 보통이니까.

고대 미술품이 수출될 때에는 먼저 정부에 허가를 신청해야 하는데, 그때마다 일종의 강제적인 명령에 의해 모조품을 제출하도록 되어 있다면 그 후의 관찰도 매우 편리해질 것이고 독특한 미술관도 만들어질 것이다. 그러나 설사 교황이 이러한 생각을 가졌다 하더라도 모든 사람이 이에 반대했을 것이다. 왜냐하면 몇 년 못 가서 사람들은 수출된 물품의 가치와 귀함에 놀라게 될 것이기 때문이다. 또한 사람들은 개개의 경우에 모든 수단을 이용해 은밀히 수출 허가를 손에 넣는 방편을 알고 있으니까.

1월 22일

벌써 예전부터, 특히 「아리스토데모」의 상연 때에 우리 독일 출신 예술가들의 애국심이 눈을 떴다. 그들은 나의 『이피게니에』를 칭찬해 마지않았다. 두세 군데 낭독을 요청 받았는데 결국은 간청에 못 이겨 전체를 다시 읽지 않을 수 없게 되었다. 그때 깨달은 것인데, 종이에 쓰여 있을 때보다 낭독하는 편이 더 유창하게 느껴지는 곳이 여러 군데 있었다. 물론 시란 것은 눈을 위해서 만들어진 것은 아니다.

이 평판이 지금은 라이펜슈타인이나 앙겔리카[142)]에게까지 전해져 거기서도 내 작품을 소개하게 되었다. 나는 잠시 동안의 유예를 청했지만 작품의 구성과 줄거리만은 곧 상세하게 보고했다. 이것이 상상 이상으로 사람들의 마음에 들어서 내가 제일 기대할 수 없다고 생각했던 추키 씨까지도 호의를 보여주었다. 지금까지 이야기한 것은 이 작품이 그리스, 이탈리아, 프랑스와 같은 나라의 형식에 가까워서, 영국풍 대담성에 익숙하지 못한 사람들에게 여전히 가장 잘 먹히는 형식이라는 점으로도 설명이 된다.

1787년 1월 25일, 로마

나의 로마 체재 이유를 설명하는 것이 점점 곤란해지고 있다. 바다는 들어가면 들어갈수록 깊어지는데, 이 도시의 구경도 그것과 같다.

과거를 모르고 현재를 안다는 것은 절대 불가능하다. 그리고 양자를 비교하려면 한층 더 많은 시간과 침착성이 필요하

---

142) 마리아 안나 앙겔리카 카우프만(Maria Anna Angelika Kauffmann, 1741~1807). 스위스 출신으로 런던에서 활동한 초상화가로, 이탈리아인 화가인 안토니오 추키(Antonio Pietro Francesco Zucchi, 1726~1795)를 만나 결혼, 이탈리아로 이주하여 로마 사교계에서 명성을 날렸다.

다. 세계의 수도인 로마의 지세가 벌써 그 건설 당시를 상상케 한다. 이곳에 정착해서 나라의 기초를 구축한 것이 위대하고 잘 통제된 이주 민족의 총명한 작업이 아니었다는 것은 쉽게 인정할 만한 일이다. 또한 권세 있는 군주가 이곳이 식민 집단의 정착지로 적당한 땅이라고 해서 선정한 것도 아니었다. 유목민들과 천민들이 먼저 이 땅을 개간하기 시작했고 몇몇 기운 좋은 젊은이가 언덕 위에 후일 도래하게 될 세계 지배자의 장려한 궁전의 기초를 놓았던 것에 지나지 않는다. 그리고 그들은 예전에 사형집행인이 기분 내키는 대로 언덕 기슭의 늪과 갈대 사이에 버렸던 유아들이었다. 이렇게 해서 로마의 일곱 언덕은 그 배후에 있는 국토에 대해서 고지대인 것이 아니라, 테베레강에 대해서, 또한 후세에 캄푸스 마르티우스가 된 태곳적 테베레 하상(河床)에 대해서 고지대인 것이다. 올봄에 다시 여행을 할 수 있다면 이 불리한 지세에 관해서 더 소상하게 써보려고 한다. 나는 지금도 알바[143] 여인들의 통곡과 고뇌에 충심으로 동정을 금할 수 없다. 그녀들은 도시가 파괴되는 것을 목도했고, 현명한 지도자에 의해 선정되었던 아름다운 땅을 버리고 테베레강의 안개에 싸인 비참한 카일리우스 언덕에 살면서, 자신들이 잃어버린 낙원을 뒤돌아보지 않으면 안 되었다. 이 지방에 관해서는 아직 잘 모르지만, 고대 민족

143) 알바롱가. 로마 최초의 기반지로, 로마 건국은 알바롱가 시대로부터 300년 뒤에 태어난 로물루스가 이룩한다. 기원전 8세기에 툴루스 호스틸리우스 왕이 알바롱가 주민들을 로마의 카일리우스 언덕으로 강제 이주시켰다.

의 도시 중에서 로마만큼 나쁜 지형에 있었던 것은 없다고 나는 확신한다. 그리고 로마인이 마침내 모든 토지를 다 소진해 버렸을 때, 그들은 살기 위해서, 또 생활을 향유하기 위해서, 다시 별장을 시외에 세우고 예전에 자신이 파괴했던 도시 자리에 돌아와 살게 되었던 것이다.

1월 25일

얼마나 많은 사람들이 이곳에서 조용히 생활하며, 또한 얼마나 많은 사람들이 나름의 방법으로 일하고 있는가를 평화스러운 기분으로 관찰할 수 있는 기회가 주어졌다. 우리는 최근에 큰 재능은 없지만 평생을 예술에 바친 어느 성직자를 방문하고, 그가 매우 재미있게 세밀화로 옮겨 그린 여러 명화의 모사를 보았다. 가장 훌륭한 것은 밀라노에 있는 레오나르도 다빈치의 「최후의 만찬」의 모사화였다. 예수가 제자들과 함께 즐겁고 편안하게 식탁에 앉으면서 "그러나 너희들 가운데 한 사람 나를 배반하는 자가 있으리." 하고 언명하는 순간을 포착한 것이다.

이 모사화 아니면 지금 제작 중인 다른 모사 동판화라도 만들어지면 좋겠다고 생각한다. 만약 훌륭한 것이 대중의 눈에 띄게 된다면 그건 더할 나위 없는 선물이 될 것이다.

이삼일 전에 나는 프란치스코회 성직자인 자키에 신부를 찾아 트리니타 데이 몬티 성당에 들렀다. 프랑스 태생이며 수학 저술로 유명한 사람인데 상당한 고령으로 참으로 기분 좋고 이해심 깊은 인물이었다. 그는 전에 저명한 인사들과의 교류가 많았고, 볼테르 곁에서도 수개월을 보낸 적이 있으며 볼테르도 그에게 비상한 호의를 가졌었다고 한다.

이렇게 해서 나는 많은 독실한 인사들과 아는 사이가 되었다. 그런 인물은 여기에는 헤아릴 수 없을 정도로 많이 있지만 그들은 불행하게도 성직자의 불신감에 의해 서로 교제하는 것이 금지되어 있다. 책방끼리도 서로 연락이 없고, 눈에 띄는 문학 신간도 별로 없다.

고독한 자에게는 은둔자를 방문하는 것이야말로 어울리는 일이다. 「아리스토데모」 상연 때 우리가 상당한 수고를 한 뒤로 사람들은 다시 나를 끌어들이려 했다. 그러나 '나'라는 인간이 문제가 되는 것이 아니고 사람들이 자기 당파를 강화하기 위해 나를 도구로 삼고 있다는 것이 명백했다. 그러니 설사 내가 나서서 끼어봤자 잠시 동안 인체 모형으로서의 역할을 담당하는 데 그칠 것이다. 그러나 결국 그들도 나를 어찌할 수 없다는 것을 알아차리고 가만 내버려 둘 것이기 때문에 나는 나의 확고한 길을 걸어갈 따름이다.

그렇다. 마침내 나의 생활에도 적당한 무게가 될 짐이 주어졌다. 나를 우롱했던 악령들도 이젠 무서울 것이 없다. 여러분도 안녕히 계시길 바란다. 나도 근간 아무 탈 없이 그곳으로 돌아갈 수 있을 것이다.

1월 28일

모든 일에 통용되고, 우리들이 항상 준거하지 않으면 안 되는 두 개의 고찰이 최근에 밝혀졌으므로 그것에 관해 여기 적어보려고 한다.

이 도시의 수많은, 그러나 한낱 파편으로밖에는 제공되지 않는 풍부한 유물이나 미술품을 접했을 때 우선 제일 문제가 되는 것은 그 각각의 성립 연대다. 빙켈만은 시대를 구분해서, 우선 각 민족에 의해 채택되고, 그것이 시대와 더불어 발전하고, 마침내는 그 형태가 붕괴해 버리는 각각의 양식을 인식해야 한다고 계속 요구하고 있다. 이 점에 관해서는 진실한 예술 애호가라면 누구나 다 납득하는 바이며, 그 요구의 정당성과 중요성은 모두가 인정한다.

그러나 어떻게 해서 그 통찰에 도달할 수 있는가? 일반 개념은 별 준비 없이도 정확하고 훌륭하게 세울 수 있겠지만 개별적인 경우에는 여전히 암중모색의 범위를 벗어날 수 없다. 중요한 것은 긴 세월의 노력으로 확실하게 눈을 수련하는 일이다. 질문을 할 수 있으려면 먼저 공부부터 해야 한다. 이때 주저해서는 안 된다. 이 중요한 점에 대한 주의력은 이제 눈뜨고 있다. 진지하게 일하려는 사람은 누구나 이 분야에 있어 역사적으로 연구를 진행시키는 것 이외에는 어떠한 판단도 가능하지 않다는 것을 깨닫게 될 것이다.

두 번째 고찰은 주로 그리스인의 미술에 관한 것인데, 저 비할 데 없는 예술가들이 인간의 모습으로부터 여러 신들의 군상을 제작하기 위해 어떤 방법을 썼는지를 탐구하려고 한다. 이들 일군의 상은 나무랄 곳 없이 완결되어 있어서, 거기에는 주요한 성격이라든가, 추이 과정이라든가, 비유라든가 하나도 부족한 것이 없다. 내가 추측하는 바로는, 그리스인은 자연을 지배하는 것과 동일한 법칙에 따라 제작했으며, 나는 그 법칙을 뒤쫓을 수가 있다. 그런데 그 외에도 무언가 원인이 있기는 한데 나는 그걸 설명할 수가 없다.

1787년 2월 2일

만월의 달빛 아래 로마를 거니는 아름다움은 실제로 본 사람이 아니면 상상할 수 없다. 개개의 물체의 모습은 모두 빛과 어둠의 집단에 의해 삼켜져버리고, 가장 크고 일반적인 형상만이 우리들 눈앞에 나타난다. 우리는 벌써 사흘째 매우 아름다운 맑게 갠 밤을 마음껏 즐기고 있다. 특히 아름다운 광경은 콜로세움이다. 그것은 밤에는 폐쇄되지만 한 명의 은둔자가 작은 교회 옆에 살고 있으며, 거지들이 허물어진 둥근 지붕 건물 안에 진을 치고 있다. 마침 그들은 토방에서 불을 피우고 있었는데 조용한 바람이 연기를 아레나 쪽으로 몰아가서, 그 때문에 연기가 폐허의 아랫부분만을 둘러싸게 되어, 위쪽의 거대한 성벽이 그 위로 어둡게 솟아오르는 것처럼 보였다. 우리는 격자문 옆에서 그 광경을 바라보았는데 때마침 달은 중천에 걸려 있었다. 연기가 점차로 벽, 틈새, 창문 등을 빠져나가며 달빛을 받아 마치 안개와도 같이 보였다. 참으로 멋진 광경이었다. 판테온, 캄피돌리오 언덕, 산피에트로 대성당의 앞마당, 그 밖에 베로나 광장도 그렇게 달빛에 비친 모습을 보아두어야 한다. 웅대하고도 세련된 이곳의 사물 앞에서는 태양이나 달도 인간의 정신처럼 다른 장소와는 다른 작용을 하게 되는 것이다.

2월 13일

대수로운 일은 아니지만 어떤 행운에 관해서 말하지 않을 수 없다. 모든 행복은 크고 작음을 불문하고 같은 종류의 것이어서 항상 기쁜 것이다. 지금 트리니타 데이 몬티에 오벨리스크를 세우려고 지반을 파고 있는데, 그곳의 윗부분에 성토되어 있는 흙은 전부가 나중에 황제의 소유가 된 루쿨루스 정원 터에서 나온 것이다. 내 가발 장인이 아침 일찍 그곳을 지나다가 문양이 있는 도기 파편 몇 개를 잡동사니 속에서 발견해 그것을 씻어가지고 우리에게 보여주었다. 나는 곧 그걸 받아두었는데, 손바닥보다 작은 크기로 큰 접시의 가장자리 부분인 듯하다. 두 마리의 그리핀이 제단 옆에 서 있는 것이 그려져 있는데 최고의 세공 솜씨여서 나는 크게 기뻐하고 있다. 돌에다가 새긴 것이었다면 봉인용으로 제격이었을 것이다.

그 밖에 여러 가지 종류의 물건이 내 가까이에 모였지만 쓸데없는 것, 무익한 것은 하나도 없다. 그리고 그런 것이 이곳에 있을 리도 없다. 모든 것은 유익하고 의미 있는 것뿐이다. 그러나 특히 기쁜 것은 뭐니 뭐니 해도 마음속에 가지고 갈 수 있는 것으로 항상 성장하고 증가할 수 있는 것이다.

2월 15일

나폴리로 떠나기 전에 나는 한번 다시 『이피게니에』를 낭독하지 않으면 안 되었다. 앙겔리카와 궁정고문관 라이펜슈타인이 청중이었다. 추키 씨로부터도 자기 아내의 희망이라고 하면서 낭독해 달라는 청을 받았으나, 그는 마침 큰 설계도를 제작 중이었다. 그는 장식풍 설계도를 작성하는 장기를 가진 인물이다. 원래 클레리소와 친교가 있어 함께 달마티아에 갔던 적도 있으며, 그가 그린 건물이나 폐허의 도면을 나중에 클레리소가 출판하기도 했다. 그 기회에 여러 가지 원근법이라든가 효과 등에 관해 배워두었기 때문에 그는 나이가 든 지금도 종이 위에 도면을 그리면서 즐길 수 있는 것이다.

마음씨 착한 앙겔리카는 내 작품에서 믿을 수 없을 정도의 감명을 받았다. 그녀는 내 작품에서 테마를 얻어 한 장의 그림을 그려 나에게 기념으로 주겠다고 약속했다. 머지않아 로마 땅을 떠나려 하는 지금 특히, 나는 이들 친절한 사람들과 친밀하게 어울리고 있다. 이들도 나와의 이별을 애석하게 생각하리라 확신하니 기쁜 일인 동시에 또한 가슴 아픈 일이기도 하다.

1787년 2월 16일

전에 보낸 『이피게니에』가 무사히 도착했다는 소식을 나는 약간 예외적이면서도 유쾌한 방법으로 받았다. 눈에 익은 필적의 편지를 받은 것은 마침 오페라를 보러 가던 길에서였다. 소포가 아무 지장 없이 도착했다는 증표로 찍혀 있던 작은 사자의 봉인은 나에게 이중의 기쁨을 주었다. 나는 서둘러서 오페라 극장 안으로 들어가 모르는 관객 속을 헤집고 큰 촛대 밑 좌석에 앉았다. 거기서 나는 마치 고향 사람들 곁에 앉아 있는 기분이 들어 뛰어올라 그들 모두를 껴안고 싶을 정도였다. 『이피게니에』의 도착을 일부러 알려준 것에 대해 충심으로 감사하고 있다. 호의 있는 갈채로써 여러분의 친근한 벗을 맞이해 주기 바란다.

괴셴 출판사로부터 내가 받게 돼 있는 기증본을 어떻게 친구들에게 분배할 것인가에 대한 목록을 동봉한다. 일반 독자들이 내 저작을 어떻게 생각하는가는 문제가 안 되지만 친구들은 조금이라도 기쁘게 해주고 싶은 것이 내 소망이다.

계획이 너무 많다. 신작으로 쓸 네 작품을 동시에 생각하면 현기증이 날 것 같다. 하나씩 별개로 생각해 나갈 필요가 있겠다. 그렇게 하면 잘되겠지.

처음의 결심대로 이들 작품을 단편인 채로 세상에 내보내고, 최근 새롭게 관심을 갖게 된 테마에 활달한 용기와 힘을 가지고 전념하는 편이 낫지 않을까? 『타소』의 변덕과 씨름하고 있느니보다 '델피의 이피게니에'를 쓰는 편이 더 좋지 않을까. 하지만 나는 이미 그 작품들에 나 자신을 너무 많이 쏟아 넣어서 이제 와 중도에 포기하기는 아깝다.

나는 대기실 난로 옆에 앉았다. 웬일인지 잘 타고 있는 불의 따스함이 나에게 새로운 편지를 쓸 용기를 불어넣어 준다. 자신의 최근 생각을 이렇게 먼 곳으로부터 써 보내고, 자신의 환경을 언어에 의탁해 전할 수 있다는 것을 생각하면 유쾌해진다. 날씨는 굉장히 좋고, 해도 눈에 띄게 길어졌으며, 월계수며 회양목, 아몬드도 꽃이 피기 시작했다. 오늘 아침 나는 이상한 광경에 놀랐다. 아름다운 제비꽃 색깔에 싸인 높은 막대기 모양의 나무가 멀리 보여서 가까이 가 자세히 보았더니 그것은 식물학자가 '케르시스 실리쿠아스트룸'이라고 부르는, 독일의 온실 등에서 자주 볼 수 있는, 통칭 유다나무[144]였다. 제비꽃 색깔을 띠고 있는 나비 모양의 꽃이 줄기에서 직접 피어난다. 내가 본 나무는 지난겨울에 가지를 쳤기 때문에 줄기의 표피로부터 모양새 좋은 꽃이 수천 개나 피어난 것이다. 데이지는 개미처럼 지면으로부터 나오고 사프란이나 복수초는 수는 적지만 한층 가련하고 아름답기도 하다.

여기서 남쪽으로 더 내려가면 나에게 어떠한 환희와 지식이 주어질 것인가. 그것들은 나에게 새로운 성과를 가져다줄 것이다. 자연계의 사물은 예술상의 모든 일과 하나도 다르지 않다. 이에 관해서는 지금까지 많이 기술되어 왔지만 자연을 보는 자는 누구나 그것을 다시 새로운 연관 속에 놓을 수 있다.

나폴리나 시칠리아에 관해 생각을 하면, 이야기를 읽건 그림을 보건 주의를 끄는 것이 있다. 이 세계의 낙원에는 화산이 무서운 지옥처럼 맹위를 떨치고 수천 년 동안 주민과 관광객을 위협하고 혼란시키고 있다는 점이다.

그러나 나는 출발 전에 이 세계의 수도를 좀 더 충분히 이용하기 위해서, 저 의미 깊은 광경을 보고자 하는 희망을 머릿속으로부터 제거해 두기로 한다.

2주일째 나는 아침부터 밤까지 돌아다니고 있다. 지금까지 보지 못했던 것을 찾아다니고 있는 것이다. 가장 뛰어난 것은

144) 예수를 배반한 제자 유다가 이 나무에 목을 매 죽었다고 하여 붙은 별칭이다. 우리말 이름은 박태기나무.

두세 번씩 보고 있는데 그렇게 하니 어느 정도 순서가 정해진다. 왜냐하면 주요한 것이 각각 적당한 장소에 자리를 차지하면 보다 가치가 적은 것은 그것들 사이사이에 끼어버린다. 나의 애호물은 정돈되고 결정된다. 이렇게 해서 지금 처음으로 내 마음은 안정된 흥미를 느끼면서 보다 위대한 것, 가장 순수한 것을 향해 높여지는 것이다.

이럴 때 가장 부러운 것은 미술가다. 그들은 모사와 모방을 통해서 옛사람의 위대한 고안에 접근함으로써, 그저 보면서 사색하는 사람보다 한층 더 깊게 이해한다. 하지만 인간은 결국 각자 자기가 할 수 있는 일을 해야만 하는 것이다. 나도 정신의 모든 닻을 다 올리고 이 바닷가를 회항할까 한다.

오늘은 난로가 참 잘 타고 있다. 그리고 좋은 숯이 많이 쌓여 있다. 이런 일은 독일에선 드문 일이다. 그 누구도 난롯불에 몇 시간씩이나 신경을 쓸 만큼의 흥미도 여유도 가지고 있지 않기 때문이다. 이 기분 좋은 온도를 이용해서 나의 공책으로부터 이미 반쯤 사라져버린 기사를 살려내 보자.

2월 2일, 우리는 시스티나 예배당의 성촉절(聖燭節)에 가 보았다. 그러나 곧 심히 불쾌해져서 친구와 함께 그곳을 나와버렸다. 왜냐하면 300년 전부터 이곳의 훌륭한 그림들을 연기로 그을리는 것은 이 촛불이고, 성스러운 파렴치를 가지고 유일무이한 예술의 태양을 흐리게 할 뿐 아니라, 해마다 그 빛을 탁하게 만들어 끝내는 암흑 속으로 묻어버리는 것이 바로 이 향의 연기라고 생각했기 때문이다.

그러고 나서 우리는 교외로 나가 사방을 돌아다닌 후에 산토노프리오 수도원[145]에 갔다. 그곳 한구석에 타소가 묻혀 있다. 수도원 도서관 위에는 그의 흉상이 서 있다. 얼굴은 납으로 되어 있는데 아무래도 시신에서 본을 뜬 것 같다. 그다지 뚜렷하지 않고 여기저기 깨진 곳도 있으나 전체로서 그 상은 그의 다른 어느 초상보다도 재간이 넘치고 섬세하면서도 세련되고 내향적인 인품을 잘 나타내고 있다.

오늘은 이 정도로 붓을 놓는다. 이제부터 존경하는 폴크만이 로마에 관해서 쓴 책의 2부를 조사해서 아직 내가 보지 못한 것을 추려내려 한다. 지금까지의 수확이 적다 하더라도 나폴리로 출발하기 전에 거둬들이지 않으면 안 되겠다. 그것을 묶어서 정리할 기회는 반드시 올 것이다.

2월 17일

날씨는 믿을 수 없을 정도로, 말로 표현할 수 없을 정도로 아름답다. 2월 들어 나흘간의 비 온 날을 제외하고는 늘 깨끗하고 맑게 갠 하늘을 볼 수 있으며, 낮에는 너무 더울 정도다. 그래서 사람들은 지금까지 신들과 영웅들만을 상대하던 것과 반대로, 이젠 갑자기 야외로 나와서 권리를 회복한 자연의 풍물과 빛나는 태양에 생기를 얻은 사방의 풍광에 마음을 빼앗긴다. 나는 가끔 북방의 예술가들이 짚으로 이은 지붕이나 허물

145) 산토노프리오 알 자니콜로(Sant'Onofrio al Gianicolo) 수도원. 4세기 이집트의 은둔수도자 성 오누프리우스에게 봉헌된 수도원으로, 1446년 바티칸 남쪽, 산토노프리오의 가파른 언덕 위에 지어졌다.

어진 성과으로부터 무언가를 잡으려 하고, 회화적 효과를 바라고 개천이나 풀숲 또는 부서진 바위 근처를 서성거리는 것을 떠올리곤 한다. 그리고 이러한 사물이 장구한 전통을 거쳐 여전히 우리들 마음에 붙어 있는 것을 생각하면, 예컨대 '나'라는 존재가 한층 불가사의한 것으로 느껴진다. 나는 2주 전부터 용기를 내서 별장이 서 있는 움푹한 곳이나 언덕을, 작은 종이를 들고 돌아다니면서, 특별히 이것저것 생각지 않고 눈에 띄는 남국적 풍물을 스케치했다. 그리고 지금은 성공을 빌면서 그것에다 빛과 그림자를 첨가하려 하고 있다. 무엇이 좋고, 무엇이 더 좋은가를 명확하게 보고 알 수 있다는 것은 특별한 작용이다. 그런데 우리들이 자기 소유로 만들려고 하는 순간 그것은 손안에서 사라져버린다. 그래서 우리는 올바른 것을 잡으려 하지 않고 늘 잡던 것을 잡게 된다. 우리는 오로지 규칙적인 연습에 의해서만 진보할 수 있을 것이다. 하지만 지금의 나는 그런 시간과 안정을 어디서 찾아야 한단 말인가! 그렇기는 하지만 지난 2주간 열심히 노력한 결과로 꽤 진보한 것을 느낀다.

나는 이해가 빠른 편이기 때문에 미술가들은 기꺼이 나에게 여러 가지 것을 가르쳐준다. 하지만 이해한다고 해서 곧 실행할 수 있는 것은 아니다. 일을 빨리 이해한다는 것은 확실히 정신의 특질이기는 하지만, 일을 훌륭하게 해내기 위해서는 평생을 통한 연습이 필요하다.

하지만 아마추어는 마음대로 되지 않는다고 해서 포기하면 안 된다. 내가 종이에 긋는 적은 수의 선은 가끔 너무 서둘러서 정확한 것이 못 되지만 그래도 감각적 사물의 표현을 하는 데 좋은 도움이 된다. 왜냐하면 우리가 사물을 보다 정확히 또 명세하게 관찰하면 할수록 우리는 보다 빨리 보편적인 것으로 고양될 수 있기 때문이다.

사람은 자신을 반드시 미술가와 비교할 필요는 없다. 도리어 독자적인 방법으로 행동해야 한다. 자연은 그 자식들을 위해 배려를 베풀고 있어서 가장 못난 자라 할지라도 가장 잘난 자에 의해서조차 그 존재가 방해받는 일이 없기 때문이다. "작은 사나이도 또한 사나이다."[146] 이렇게 생각하고 우리들도 마음을 편안케 하자.

나는 두 번 바다를 봤다. 처음은 아드리아해, 다음은 지중해. 하지만 두 번 다, 말하자면 인사만 한 정도다. 나폴리에서는 바다와 더 친해지고 싶다. 이것저것 모든 것이 한꺼번에 마음속에 끓어오른다. 왜 그것들이 더 빨리, 더 손쉽게 와주지 못했던가. 얼마나 많은 일들을 나는 보고하지 않으면 안 될 것인가. 그중에는 새롭게 발단부터 얘기하지 않으면 안 될 것도 적지 않다.

1787년 2월 17일, 카니발의 열기가 식은 저녁에

떠나야 할 때가 다가오지만 나는 모리츠를 혼자 남겨두고 싶지 않다. 그는 순탄한 길을 걷고 있기는 하지만 혼자가 되면 금방 자기 멋대로 도피처를 찾는다. 나는 그를 재촉해서 헤르

---

146) 괴테의 희극 「플룬더스바일러 시장의 연례축제」 서곡에 나오는 대사다.

더에게 편지를 쓰게 했다. 편지를 동봉하니 그에게 도움 될 일이나 힘이 될 만한 것을 써서 답장해 주기 바란다. 그는 드물게 볼 수 있는 좋은 사람이다. 만약 그가 자기의 상태를 계몽해 줄 만한 능력과 친절을 가진 사람을 만났다면 지금보다 훨씬 더 진보해 있었을 것이다. 지금으로서는 그가 가끔 편지하는 것을 헤르더가 용서해 준다면 그에게는 가장 고마운 교우가 될 것이다. 그는 칭찬할 만한 가치가 있는 고대 연구에 관계하고 있는데, 그건 충분히 장려할 만한 일이다. 나의 친구 헤르더로서도 이 정도로 애쓰는 만큼 보람 있는 일은 흔치 않을 것이고, 또한 훌륭한 학설을 이보다 더 풍요한 땅에 심을 수는 없을 것이다.

티슈바인이 시작한 나의 큰 초상화는 벌써 캔버스를 빠져 나오려고 한다. 그는 숙련된 조각가에게 작은 점토 모델을 만들게 했는데 느긋하게 입은 외투의 옷 주름 등은 참으로 우아하다. 그는 그것을 모델로 해서 열심히 그리고 있다. 왜냐하면 우리가 나폴리로 떠나기 전에 어떻게 해서든 어느 정도까지 마쳐야 하는데, 저렇게 큰 캔버스는 단지 물감을 바르기만 하는 데도 꽤 시간이 걸리기 때문이다.

2월 19일

표현할 수 없을 만큼 아름다운 날씨가 계속되고 있다. 나는 카니발로 바보스러운 소동을 벌이는 사람들 속에 섞여서 오늘 하루를 보냈는데 그건 참으로 고통스러운 일이었다. 그러나 저녁때부터는 빌라 메디치에서 휴식을 취할 수 있었다. 마침 달이 바뀐 때라 홀쭉한 초승달 곁에 육안으로도 어렴풋이 보이는 어두운 달의 전면이 망원경으로 뚜렷하게 보였다. 지상에는 클로드[147]의 유화나 데생을 연상케 하는 낮 안개가 깔려 있었다. 이처럼 아름다운 자연 현상은 좀처럼 볼 수 있는 것이 아니다. 지상에는 이름 모를 꽃이 피어나고 나무에는 새로운 꽃이 봉오리를 터뜨리고 있다. 아몬드 꽃도 피어서 진한 초록색 참나무 사이에 새로운 밝고 들뜬 조망을 만들어내고 있다. 하늘은 마치 햇빛을 받은 담청색 호박직(琥珀織)과도 같다. 나폴리는 도대체 얼마나 아름다운 것일까. 초록색이 많이 눈에 띈다. 이런 것을 보면 식물에 대한 나의 열정이 다시 고조된다. 그리고 나는 자연이라는, 이 아무것도 아닌 듯 보이는 거대한 물체가 어떻게 해서 단순한 것으로부터 복잡한 것으로 발전하는지, 그러한 새롭고도 아름다운 관계를 발견하려고 하는 것이다.

베수비오 화산은 돌과 재를 분출시켜서 밤에는 산정이 불타는 것이 보인다. 활동하는 자연이 용암의 유출을 보여주면 좋을 텐데! 이러한 위대한 대상이 내 것이 되기까지 나는 기다리지 못할 것이다.

2월 20일, 재의 수요일

이제 축제 소동도 끝났다. 어제저녁의 수없는 불꽃은 정말

---

147) 클로드 로랭(Claude Lorrain, 1600~1682). 프랑스 태생으로, 일찍부터 이탈리아로 옮겨와 그림을 배우고, 로마에서 평생 화가로 살았다.

엄청난 야단법석이었다. 로마의 카니발은 한 번 보면 두 번 다시 볼 기분이 나지 않는다. 그에 관해서는 별반 이것이다 확신을 가지고 쓸 것도 없지만, 말로 설명한다면 다소 재미있는 것도 있을 듯하다. 특히 불쾌하게 느낀 것은 사람들의 마음속에서 나오는 기쁨이 없다는 것, 또한 조금 흥이 나는 일이 있어도 그걸 발산시키기 위한 돈이 그들에게는 없다는 점이다. 상류층 사람들은 검약하느라고 안 쓰고, 중류층은 자금이 없으며, 일반 대중은 무기력해진 상태다. 지난 며칠은 대단한 소란이었으나 마음으로부터 우러나오는 기쁨은 조금도 없었다. 한없이 맑고 아름다운 하늘만이 이 바보스러운 소동을 고귀하고 무심한 모습으로 내려다보고 있었다.

그래도 스케치를 중단할 수는 없어서 아이들을 위해 카니발 가면이라든가 로마 특유의 의상을 그려두었다. 색칠도 해보았는데, 이것으로 사랑스러운 아이들이 『오르비스 픽투스』[148]에 빠져 있는 장을 보충할 수 있을 것이다.

1787년 2월 21일

짐 싸는 동안의 틈을 내서 몇 가지 써둔다. 내일 우리는 나폴리로 간다. 형언할 수 없이 아름답다는 새로운 세계를 생각하면 마음이 뛴다. 그리고 저 낙원과 같은 자연 속에서, 다시 이 진지한 로마로 돌아와 예술 연구에 몰두할 수 있는 새로운

---

148) 그림이 들어 있는 라틴어 교과서로, 교육가인 코메니우스에 의해 1658년 발행되어 괴테의 소년 시대까지 사용되었던 책이다.

자유와 의욕을 배양해 가지고 오려 한다.

짐 싸는 일은 그다지 고통스럽지 않다. 자기가 사랑하고 소중히 여기던 것을 모두 남기고 떠났던 반년 전에 비하면 나는 편안한 기분으로 짐을 꾸리고 있다. 정말로 벌써 반년이나 되었다. 로마에서 보낸 넉 달간 나는 한순간도 헛되이 보내지 않았다. 이렇게 말하면 굉장히 뽐내는 것같이 들릴지 모르나 결코 과장은 아니다.

『이피게니에』가 도착했다는 것은 이미 알고 있다. 베수비오의 산록 근처에서는 그것이 환영받았다는 소식을 들었으면 좋겠다.

예술에 대해서와 마찬가지로 자연에 대해서도 굉장한 눈을 가지고 있는 티슈바인과 이 여행을 같이 하게 된 것을 나는 매우 의미 깊게 생각한다. 하지만 토박이 독일 사람으로서 우리는 일에 대한 계획과 전망을 수립하지 않을 수 없다. 최상급 종이는 구입해 놓았다. 우리는 거기에다 실컷 그려보려고 마음먹고 있다. 그리려고 하는 대상이 너무나 많고, 그 아름다움과 광채로 인해 모처럼의 우리의 의도가 십분 달성되기는 어렵다는 것은 알고 있지만.

문학상의 일은 오로지 『타소』 하나만을 가지고 가기로 결심했다. 내가 제일 기대를 걸고 있는 작품이다. 『이피게니에』에 대한 여러분의 의견을 알 수 있다면 참고가 되리라고 생각한다. 『타소』는 『이피게니에』와 비슷한 종류지만 테마는 한층 더 제한되어 있다. 개개의 점에 있어서는 더욱더 손질할 필요가 있다. 하긴 장차 그것이 어떤 것이 될지는 나도 아직 잘 모른다. 지금까지 쓴 것은 전부 다시 써야 한다. 너무 오랫동안 내버려두었기 때문에 인물도 구상도 리듬도 지금의 내 생각과는 동떨어져 있다.

방 안을 정리하다 보니, 여러분의 정겨운 편지가 몇 통 나왔다. 읽어보니 내 편지에 쓰여 있는 내용이 시종 일관성이 없다는 비난이 눈에 띄었다. 나도 깨닫지 못했던 점인데 그것은 내가 편지를 쓰면 곧 발송해 버리곤 했기 때문이다. 하지만 내가 생각해도 그런 것 같다. 나는 터무니없이 큰 힘에 의해 이쪽저쪽으로 내동댕이쳐지고 있어서 어디에 서 있는지 모르게 되는 것도 극히 자연스러운 일일 것이기 때문이다.

어떤 뱃사공 이야기다. 그는 어느 날 밤 해상에서 폭풍우를 만나 집으로 돌아오려고 온 힘을 다해 키를 잡고 있었다. 어둠 속에서 아버지에게 매달려 있던 어린 아들이 물었다. "아버지, 저쪽에 위아래로 왔다 갔다 하는 이상한 불빛은 대체 무얼까요?" 아버지는 내일이 되면 알게 될 것이라고 대답했다. 날이 밝고 보니 그것은 등대였다. 높은 파도에 흔들리고 있는 뱃사공의 눈에는 위아래로 왔다 갔다 하는 듯이 보였던 것이다.

나 역시 흔들리고 있는 바다에서 항구를 향해 키를 잡고 있다. 등댓불이 때때로 장소를 바꾸는 것같이 보이더라도 나는 그저 그 불을 단단히 지켜보고 있을 것이다. 그러면 끝내는 무사히 해변에 도착하게 될 것이다.

출발에 즈음해서 언제나 나도 모르게 떠오르는 것은, 이전에 있었던 하나하나의 이별과 미래에 있을 최후의 이별이다.

우리 인간들은 살기 위해 너무 많은 준비를 지나칠 정도로 한다는 생각이 이번에는 다른 때보다 더욱 강하게 마음에 다가온다. 티슈바인과 나도 이렇게 많은 훌륭한 것과 우리가 공들여 정돈해 놓은 수집품에조차 등을 돌리고 떠나야만 한다. 비교를 위해 나란히 세워 놓은 세 개의 유노 두상이 저기 있건만, 우리는 마치 아무것도 없는 듯이 버리고 가는 것이다.

2부
나폴리와 시칠리아에서

(1787년 2월~6월)

나폴리

1787년 2월 22일, 벨레트리

우리는 마침 좋은 시간에 이곳에 도착했다. 벌써 그저께부터 날씨가 이상해져서 계속 맑은 날씨인데도 구름이 조금씩 끼었지만, 그러면서도 다시 좋아질 듯한 징조도 다소 보이더니 과연 그렇게 되었다. 구름은 이곳저곳으로 흩어지고 여기저기에 파란 하늘이 보이더니, 마침내 우리가 가는 길에 해가 비치기 시작했다. 알바노를 통과하기 전 겐자노에 못 미쳐 어느 공원 입구에 마차를 세웠다. 이 공원의 소유자인 키지 제후는 손질을 안 하는 묘한 방식으로 공원을 보존하고 있기 때문에 사람들이 공원을 구경하는 것도 싫어한다. 공원 안은 마치 황야나 다름없이 수풀과 나무, 덩굴과 잡초가 제멋대로 마구 자라서 한쪽에서는 쓰러져 말라 죽고 썩고 있다. 그런데 그런 광경이 도리어 정취를 더해 준다. 입구 앞 광장은 말할 수 없이 아름답다. 높은 성벽이 계곡을 가로막고 있으며, 격자문으로부터 공원의 내부가 들여다보인다. 내다보니 언덕이 차츰 높아져서 다 올라간 곳에 성이 있다. 거장이 그림으로 그린다면 최고의 걸작이 될 것이다.

더 이상 서술할 수도 없지만 좀 더 첨가한다면, 좀 높다란 곳으로부터 세체(Sezze) 연봉(連峰), 폰티노 습지, 바다와 섬들을 조망하고 있을 때, 마침 심한 소나기가 늪지대 위 바다 쪽으로 지나가면서 빛과 그늘이 교차하며 움직이더니 황량한 평야에 여러 가지 형태로 생기를 불어넣었다. 그 위에 여기저기 흩어져 있는, 겨우 보일락 말락 하는 오두막집에서 몇 줄기의 연기가 피어오르면서 햇빛에 비치는 것이 퍽 아름다웠다.

벨레트리는 화산성 구릉 위에 좋은 자리를 잡고 있다. 이 언덕은 북쪽만 다른 언덕과 연결되어 있고 나머지 삼면은 전망이 끝없이 터져 있다.

다음에 우리는 보르자 기사의 캐비닛[149]을 구경했다. 보르자는 추기경과 포교성성의 관계자들과 인척 관계였던 덕택에 훌륭한 고대 유물과 그 밖의 명품을 이곳에 수집할 수 있었다. 즉 굉장히 단단한 돌로 만들어진 이집트의 우상, 고금의 소형 금속상, 이 지방에서 발굴된 도기로 된 평평하게 융기한 조각품 등이다. 이 조각품들이 계기가 되어 고대 볼스키족이 독자적 양식을 가지고 있었다는 주장이 제기되고 있다.

---

149) 몰타기사단 기록물 보관실로, 오늘날에는 로마의 스페인 광장 근처에 있다.

그 밖에도 온갖 종류의 진품을 이 박물관은 수없이 소장하고 있다. 나는 작은 중국제 벼루 상자 두 개가 인상에 남았다. 하나에는 양잠의 전 과정이, 또 하나에는 벼농사의 과정이 그려져 있다. 두 개 다 극히 소박한 구상이며 치밀한 작품이다. 벼루도, 그것을 넣어두는 함도 매우 아름다워서, 포교성성 서고에서 내가 이미 칭찬한 그 책[150]과 나란히 진열해도 손색이 없을 것이다.

이러한 보물이 로마 가까이 있는데도 방문하는 사람이 별로 없다는 것은 이해할 수 없다. 하지만 이 지방까지 오는 것이 불편하다는 점과 로마라고 하는 마술적 영역이 가진 위력이 변명이 될지도 모르겠다. 여관으로 돌아오는 도중 문 앞에 앉아 있던 아주머니 몇 명이 골동품 살 생각이 없냐며 말을 걸어왔다. 꼭 사고 싶다는 의사표시를 하자, 헌 솥이라든가 부젓가락, 그 밖의 잡동사니를 갖고 나와서는 우리를 한 방 먹였다고 배를 잡고 웃어댔다. 우리가 화를 내자 안내인이 잘 중재해서 수습했다. 즉 이런 농담은 옛날부터 전해 내려오는 것으로 외국인은 모두 한 번씩은 겪어야 하는 일이란 것이다.

이 편지를 형편없는 여관에서 쓰고 있다. 이 이상 계속해서 쓸 힘도, 감흥도 일어나지 않는다. 그럼 안녕히.

---

150) 괴테는 1787년 1월 13일자 편지에 포교성성 방문기를 썼지만(273쪽 참조) 소장도서와 관련된 언급은 없다.

1787년 2월 23일, 폰디

새벽 3시에 우리는 길을 떠났다. 날이 밝았을 때는 폰티노 습지에 있었다. 여기는 로마에서 늘 듣던 것처럼 나쁜 상태는 아닌 듯싶다. 늪의 물을 바짝 말리려는 이 광대한 간척사업 계획을 지나가는 길손이 판단할 수는 없는 노릇이지만, 교황이 지시한 이 사업은 그 소기의 목적을 적어도 대부분은 달성하리라고 생각된다. 북에서 남으로 약간 낮아지며, 동쪽의 연봉보다는 너무 낮고, 서쪽 바다에 비하면 너무 높은 위치에 있는 넓디넓은 계곡을 상상해 주기 바란다.

고대의 아피아가도는 전장에 걸쳐서 일직선으로 수복되어, 우측에 연결된 대운하 속으로 물이 천천히 흘러 내려간다. 그 덕분에 바다 쪽을 향하고 있는 우측 토지는 건조해져 경작에 이용되고 있다. 눈이 닿는 곳까지 밭이 계속되며, 밭이 아닌 곳이라도 소작인만 있다면 두서너 곳 아주 심한 저지대를 빼고는 경작이 가능해 보인다.

산 쪽을 향하고 있는 좌측은 확실히 처리가 곤란하다. 물론 가도 밑으로 여러 개의 배수로들이 대운하에 횡으로 연결되어 있다. 그러나 지면이 산 쪽으로 낮아지고 있기 때문에 이 방법으로는 배수가 되지 않는다. 산록에 제2의 운하를 건설할 계획이라고 한다. 넓은 지역에 걸쳐서, 특히 테라치나를 향해서 버드나무나 포플러가 여기저기에 자라나 있다.

오로지 하나의 길쭉한 짚단으로 이은 지붕의 오두막집이 우편마차의 역사(驛舍)다. 티슈바인은 그 정경을 스케치한 대가로 어떤 기쁨을 맛보았지만, 그건 그만이 맛볼 수 있는 것이다. 바짝 말라 있는 부지에 한 필의 백마를 놓아기르고 있었다. 말은 자유로워진 것을 기회로 갈색 대지 위를 한줄기 광선과 같이 이리저리 질주했다. 그것은 참말로 장관이었다. 티슈바인이 몰두하고 있어서 한층 더 매력 있는 광경이 됐다.

이전에 메자의 촌락이 있던 자리 한가운데에 교황이 크고 아름다운 건물을 건축해 평지의 중심 목표로 삼았다. 이것을 바라보면 이번 간척사업 전체에 대한 희망과 신뢰감이 더해진다. 우리는 떠들썩하게 담소하면서, 이 여행길에선 잠들면 안 된다는 경고를 잊어버리지 않도록 정신을 바짝 차리고 길을 재촉했다. 그런 데다 벌써 이 계절에 푸른 안개가 지상 어느 정도의 높이에 깔려 있어서 위험한 기층(氣層)에 대한 주의를 예보하고 있었다. 그만큼 테라치나의 첩첩 쌓인 암석 모양이 우리에겐 기쁘고 고마웠다. 그리고 그 암석을 즐길 사이도 없이 바로 앞에 바다가 보였다.

얼마 안 가서 이 산골 마을 건너편에서 새로운 식물 분포를 보았다. 인도무화과가 낮은 회록색의 도금양 나무 사이에, 황록색의 석류와 담록색의 올리브 나뭇가지 밑에 두터운 잎을 뻗치고 있다. 길가에는 아직 본 적이 없는 새로운 화초와 관목이 보였다. 목장에는 수선화와 복수초가 피어 있었다. 길을 가는 동안 잠시 오른쪽으로 바다가 이어졌다. 그러나 왼쪽에는 여전히 석회암이 가까이까지 바싹 다가와 있는데, 아펜니노산맥이 계속되는 것이다. 즉 이것은 티보리 근처로부터 연결되어 바다에 인접해 있는데, 먼저 로마평원에 의해, 다음으로 프라스카티, 알바노, 벨레트리의 화산에 의해, 마지막으로 폰티노의 소택지에 의해 바다로부터 분리되어 있는 것이다. 폰티노 소택지의 끝머리에 해당하는 테라치나 건너편 치르첼로산도 똑같이 석회암의 병렬로 되어 있는 것 같다.

바다를 떠난 지 얼마 안 돼서 매력적인 폰디평야로 들어섰다. 그다지 험하지 않은 산들로 둘러싸인 이 작고 비옥한 개간지는 틀림없이 누구라도 미소로 반길 것이다. 오렌지가 아직 나무에 많이 달려 있고 녹색으로 가득 찬 밭은 전부 밀이다. 경작지에는 올리브가 심겨 있고 계곡 바닥에 작은 마을이 있다. 특히 야자수 한 그루가 눈에 띄게 서 있다. 오늘 밤은 이만 쓴다. 난필을 용서해 주기 바란다. 나는 생각할 겨를 없이 써야 한다. 오로지 쓰기 위해서 말이다. 쓸 것은 너무 많고 여관은 너무 형편없고, 그러면서도 조금이라도 써두어야겠다는 나의 욕망은 너무나도 크다. 우리는 밤이 다 되어 도착했다. 이제는 쉴 때다.

1787년 2월 24일, 산타아가타 여관에서

추운 방 안에서 유쾌했던 하루에 관한 보고를 쓰지 않으면 안 된다. 폰디를 떠나니 곧 날이 밝았다. 그리고 우리는 담 위에 늘어진 광귤나무의 영접을 받았다. 나무에는 상상할 수 없을 정도로 열매가 잔뜩 열려 있다. 새잎은 위쪽은 누렇지만 아래와 가운데는 선명한 녹색이다. 미뇽[151]이 이런 곳에 오고 싶

151) 괴테의 장편소설 『빌헬름 마이스터의 수업시대』에 등장하는 유랑곡예단의 소녀로, 이탈리아 출신이다.

어 했던 것도 당연한 일이다.

그러고 나서 우리는 손질이 잘된 밀밭을 지나갔는데 적당한 간격을 두고 올리브가 심기어 있었다. 바람이 불어서 잎사귀의 은빛 뒷면이 나타나고 작은 가지는 가볍고 나긋나긋하게 휘었다. 잿빛 아침이었으나 북풍이 강해서 구름을 흩어버릴 것만 같았다.

거기서부터 길은 계곡을 지나, 돌은 많지만 잘 갈아놓은 밭을 빠져나갔다. 작물은 푸릇푸릇하고 아름다웠다. 곳곳에 낮은 돌담에 둘러싸이고 넓고 둥글게 포장된 광장이 보였다. 곡물은 단으로 묶어 다른 곳으로 운반해 가지 않고 곧바로 여기서 탈곡한다. 계곡은 점점 좁아지고 길은 경사가 심해지고 석회암이 양측에 노출되어 있었다. 등 뒤에서는 폭풍우가 세차게 후려쳤다. 싸락눈이 내리기 시작했는데 이것도 좀처럼 쉽게 녹지 않는다.

고대 건축의 여러 돌 축대에는 그물 모양 세공이 되어 있었는데 우리가 예상치 못한 바였다. 높은 곳은 어디나 암석이지만 조금이라도 빈 공간이 있으면 올리브나무를 심어놓았다. 조금 지나서 올리브가 많이 심긴 평지를 하나 넘고 작은 고을을 하나 지났다. 제단이나 고대의 묘석, 그리고 모든 종류의 파편이 정원 뜰 안에 갇혀 있는 것을 보았으며, 또 지금은 흙 속에 묻혀 있지만 훌륭하게 건축되었던 낡은 별장의 아래층은 이젠 올리브 숲이 되어 있었다. 그러는 동안 산꼭대기에 연기 같은 구름이 길게 끼어 있는 베수비오산의 모습이 보였다.

몰라 디 가에타에 도착하니 또다시 울창한 광귤나무가 우리를 영접했다. 우리는 두세 시간 그곳에 머물렀다. 이 고을 앞의 만(灣)은 전망이 매우 좋고 바닷물이 발밑 물가까지 적시고 있다. 오른쪽 해안을 눈으로 좇아서 마지막으로 반달형을 한 첨단에 다다르면 그다지 멀지 않은 곳에 가에타 요새가 바위 위로 보인다. 왼쪽의 갑(岬)은 저 멀리까지 뻗어 있는데, 먼저 일련의 연봉이 보이고 그다음으로 베수비오산과 섬들이 보인다. 이스키아섬은 중간쯤에 대치하고 있다.

이곳 해변에서 처음으로 불가사리와 성게가 파도에 밀려올라와 있는 것을 발견했다. 최고급 상질지(上質紙)처럼 아름다운 녹색 잎, 그리고 기묘한 표석도 보였다. 가장 많은 것은 보통 석회석, 그리고 사문석, 벽옥, 석영, 규석 각력암, 화강암, 반암, 대리석류, 녹색이나 청색 천연유리 등이다. 단 마지막 것은 이 지방에서는 거의 산출되지 않는 것으로 보아 필경 고대 건축의 유물일 것이다. 그러고 보니 우리들 눈앞에서 파도가 가지고 놀고 있는 것은 과거 세계의 영화의 흔적이다. 여기서 야만인처럼 행동하고 있는 사람들의 기질이 재미있어서 좀처럼 떠날 수가 없었다. 몰라에서 멀어짐에 따라 바다는 보이지 않게 되지만 전망은 여전히 아름답다. 바다의 마지막 기념으로 아름다운 후미를 스케치해 두었다. 그 뒤부터는 생울타리를 친 비옥한 알로에 밭이 계속된다. 수도가 산 쪽에서 눈에 잘 띄지 않는 황폐한 폐허 쪽으로 통해 있는 것이 보였다.

다음은 가릴리아노강을 배로 건너서 산자락을 향해 꽤 비옥한 지역을 통과한다. 눈을 끄는 것은 아무것도 없다. 겨우 최초의 화산회질 구릉에 도착했다. 여기서부터 산악과 계곡의 웅대하고 장려한 지대가 시작되는데 그 끝에는 눈 덮인 산정이 솟아 있다. 가까운 언덕 위에는 눈에 잘 띄는 길쭉한 고을이 하나 있다. 골짜기에서 산타아가타라는 이름의 좋은 여관을 발견했는데, 장식장 모양으로 만들어놓은 난로에는 불이 막 타오르고 있었다. 그러나 우리 방은 춥고 창문도 없이 덧문뿐이다. 나는 서둘러 이 편지를 마친다.

1787년 2월 25일, 나폴리

마침내 이곳에도 무사히 그리고 길조와 함께 도착했다. 오늘 여행에 관해서는 단지 다음 일만을 적어둔다. 산타아가타를 일출과 더불어 출발했다. 뒤에서 바람이 심하게 불어댔는데 이 동북풍은 하루 종일 멎지 않았다. 오후가 돼서야 겨우 구름을 몰아버렸지만 추위는 견딜 수 없을 정도였다.

길은 다시 화산성 구릉을 빠져나가 넘어갔는데 이제 거기부터는 석회암이 조금밖에 없는 것 같았다. 마침내 카푸아 평야를 지나 거기서부터 얼마 안 걸려서 이곳 카푸아에 도착해 점심을 먹었다. 오후에는 아름답고 평평한 밭이 눈앞에 펼쳐졌다. 넓은 길은 초록색 밀밭 사이를 지난다. 밀은 마치 융단을 깐 듯하고 20센티미터 정도의 높이다. 포플러는 열을 지어 밭에 심어놓아 높게 뻗친 가지에 포도 넝쿨이 휘감길 수 있게 되어 있다. 그 모습은 나폴리까지 계속된다. 토양은 깨끗하고 부드러우며 잘 갈리어 있다. 포도나무는 유난히 드세고 높게 자라서 넝쿨이 그물처럼 포플러에서 포플러로 연결되어 있다.

베수비오는 여전히 왼편에서 맹렬히 연기를 내뿜고 있었다.

그리고 나는 이 기묘한 것을 마침내 내 눈으로 보았다는 사실 때문에 마음속에서부터 기뻤다. 하늘은 더욱더 맑아져 마지막에는 삐걱삐걱 흔들리는 비좁은 마차 속까지 비쳐 들어왔다. 나폴리에 가까워지면서 대기는 아주 맑고 투명해졌다. 이렇게 해서 우리는 전혀 딴 세계로 온 것이다. 지붕이 납작한 건물은 토질이 다르다는 것을 나타내고 있다. 하지만 집의 내부는 그다지 살기 편하게 되어 있는 것 같지 않다. 해가 나 있는 동안은 누구나 다 거리에 나와서 볕을 쪼이고 있다. 나폴리 사람들은 자기네가 살고 있는 곳이 천국이라고 믿고 있으며, 북쪽 나라들은 참으로 비참한 곳이라고 생각한다. '항시 눈, 목조 가옥, 심한 무지, 하지만 충분한 돈.' 우리들 상황을 이렇게 생각하고 있는 것이다.

나폴리는 보기에도 즐겁고 자유롭고 활기차다. 수많은 사람들이 뒤범벅되어서 뛰어다닌다. 국왕은 수렵에 들떠 있고, 왕비는 희망에 들떠 있다.[152] 이 이상 좋은 일이 또 있으랴.

1787년 2월 26일, 월요일, 나폴리

'라르고 델 카스텔로, 모리코니 씨 여관 전교.' 화려하고 밝게 들리는 이 주소만 쓰면 세계 어느 끝에서 부친 편지도 틀림없이 우리 손에 들어올 것이다. 해변에 있는 커다란 성 근처에는 넓은 공터가 펼쳐져 있다. 사방이 집으로 둘러싸여 있는

152) 나폴리 국왕 페르디난도 1세는 사냥을 매우 좋아했으며, 합스부르크 왕가 출신의 나폴리 왕비 카롤리나 여공작은 1777년에 왕세자를 얻으면서 국정에 적극 개입하게 되었다.

데, 광장도 아니고 '라르고'라 한다.[153] 아마도 여기가 아직 구획되지 않은 벌판이었을 적에 생긴 이름인 듯하다. 이 광장 한 편에 커다란 건물이 한 채 튀어나와 있다. 우리는 파도가 밀려오는 해면을 언제나 기분 좋게 내다볼 수 있는 이 집의 모퉁이에 있는 큰 홀을 차지했다. 철제 발코니가 창을 따라서 바깥쪽으로 둘러쳐져 있다. 심한 바람이 지나치게 몸을 파고들지만 않는다면 떠나고 싶지 않은 그런 장소다.

홀은 화려하게 장식되어 있는데, 특히 천장을 무수한 구획으로 갈라놓은 아라베스크 문양은 벌써 폼페이나 헤르쿨라네움이 멀지 않다는 것을 말해 주고 있다. 모두 아름답고 좋은 것이기는 하지만 화덕도 벽난로도 찾아볼 수가 없고 아무래도 2월이라 한기가 몸에 스며든다. 나는 몸을 좀 따뜻하게 하고 싶어졌다.

삼각대를 가지고 왔다. 그 위에 양손을 올리고 불을 쬐기에 꼭 알맞은 높이다. 넓적한 화로가 위에 놓여 있고 안에는 약간의 숯불이 피워져 있는데 위에 재를 덮어서 평평하게 해놓았다. 우리가 이미 로마에서 익힌 검약 정신이 여기서도 통용되고 있는 것이다. 가끔 열쇠 끝으로 위에 덮인 재를 조금 치워서 불의 숨통을 터준다. 만약에 성급하게 불을 긁어 일으키기라도 한다면 잠시 동안은 더 따스할는지 몰라도 순식간에 불은 다 타버리고 말 것이다. 그리고 다시 한 번 화로에 불을

153) 여관의 주소인 '라르고 델 카스텔로(Largo del Castello)'는 '성이 있는 광대한 땅'이라는 뜻이다.

넣어 오게 하려면 얼마간의 돈을 주어야만 할 것이다.

나는 몸이 좀 편치 않아서 될 수 있으면 더 편안한 자세를 취하고 싶었다. 바닥에서 올라오는 냉기를 막아주는 것이라곤 돗자리 한 장뿐이었다. 모피는 보통 사용하지 않는다. 그래서 나는 장난삼아 가지고 온 뱃사공의 작업복을 입기로 했다. 이것이 꽤 도움이 됐다. 특히 그걸 트렁크 끈으로 몸에 달라붙게 조여 매니 더 효과가 있었다. 그 모습은 뱃사람과 카푸친회 수도사의 혼혈 같아서 대단히 우스워 보일 것이 틀림없었다. 친구를 방문하고 돌아온 티슈바인은 웃음을 참지 못했다.

1787년 2월 27일, 나폴리

어제는 하루 종일 누워 쉬고 우선 몸의 회복을 기다렸다. 오늘은 비할 데 없는 경관을 실컷 즐기고 지냈다. 사람들이 뭐라고 말하건, 이야기하건, 그림으로 그리건, 이곳의 경관은 그 모든 것을 초월해 있다. 해변과 만과 후미, 베수비오, 시가, 교외, 성, 유락장! 그리고 우리는 저녁에 포실리포의 동굴[154)]에 갔다. 마침 저무는 태양이 반대쪽에서 비쳐 들고 있었다. 나폴리에 오면 모두들 머리가 이상해진다고 하는 것도 무리가 아니라는 생각이 들었다. 그리고 나는 아버지가 오늘 내가 처음으로 보았던 사물에서 특별히 불멸의 감명을 받았다는 것을 곰곰이 생각했다. 유령을 만난 사람은 두 번 다시 즐기지 못

154) 그로타 디 세이아노를 가리킨다. 기원전 1세기에 건설된 780미터 길이의 인공 터널로, 나폴리의 서쪽 산등성이를 관통한다.

한다고 하는데, 이와는 반대로 아버지는 노상 나폴리를 그리워하고 있었기 때문에 절대 불행해질 수 없었다고 말할 수 있으리라. 그러나 나는 내 식대로 태연하게, 주위가 아무리 열광하고 있을 때에도 다만 눈을 크게 뜨고 바라볼 따름이다.

1787년 2월 28일, 나폴리

오늘 우리는 필리프 하케르트를 방문했다. 그는 저명한 풍경화가로 국왕 및 왕비의 특별한 신임과 각별한 총애를 받고 있는 사람이다. 프랑카빌라 궁전의 한 귀퉁이를 하사받아서 예술가적 취미를 살려 가구를 배치하고 그곳에서 만족스럽게 살고 있다. 매우 확고한 데가 있는 영리한 사나이로, 근면하면서도 생활을 즐길 줄 아는 사람이다.

그리고 우리는 해변으로 가서, 온갖 종류의 물고기와 이상한 형태를 한 생물들이 파도 사이로부터 뛰어오르는 것을 보았다. 좋은 날씨에다 북풍도 그다지 심하지 않았다.

3월 1일, 나폴리

이미 로마에 있을 때부터 나의 완고하고 은둔자적인 기질은 좀 싫어질 정도로 사교적이 되었다. 원래 세상으로 진출하면서 고독한 채로 버틴다는 것은 비상식적인 일이다. 그런고로 발데크 공자가 극히 정중하게 나를 초대하고, 그 지위와 권세를 가지고 많은 편의를 도모해 주시는 뜻을 거절할 수는 없었다. 공자는 벌써 얼마 전부터 나폴리에 머무르고 있었는데 우리가 도착하자 곧 포추올리 근교로 산책하러 나가는 데 동행하도록 우리를 초대했다. 나는 오늘 베수비오 등산을 할 생각이었는데 티슈바인이 나에게 동행할 것을 거의 강제로 권했다. 산책은 그 자체로서도 쾌적한 것이기도 하려니와 좋은 날씨에 이렇게 더할 나위 없이 교양 있는 공자와 동행한다면 필시 많은 기쁨과 이익을 가져다줄 것이라고 했다. 우리는 이미 로마에서 남편과 함께 공자 곁을 맴도는 아름다운 귀부인을 보았는데, 그 부인 역시 일행에 참가한다니 그처럼 유쾌한 일도 없을 듯했다.

그리고 나는 예전에 이 귀족들과 만나 이야기를 나눈 적이 있었기 때문에 그들도 나에 대해 잘 알고 있었다. 공자는 처음 우리가 만났을 때 지금 어떤 일을 하고 있느냐고 물었다. 『이피게니에』의 일이 머리에 남아 있었기 때문에 어느 날 밤 상당히 소상하게 그걸 이야기해 드릴 수 있었다. 사람들은 이해를 가지고 들어주었으나 더 발랄하고 강렬한 것을 나한테서 기대하고 있는 것 같았다.

저녁

오늘 하루 일어난 일을 설명하려고 해도 곤란할 것 같다. 예를 들어 아무런 군말이 필요 없을 만큼 마음을 매료해 버리는 책을 한 번 읽은 것이, 전 생애에 지대한 영향을 주고 나중에 다시 읽거나 열심히 성찰하더라도 거의 더 보탤 것이 없을 정도의 효과를 일찍이 결정하고 말았다고 하는 따위의 일은 누구나 경험한 적이 있을 것이다. 내가 이전에 「샤쿤탈라」[155]를 읽었을 때 같은 것이 일례다. 그렇다면 뛰어난 사람을 만났을 경우도 역시 같지 않을까. 포추올리까지의 배편, 마음 편한 마차 여행, 천하의 명승지를 지나는 명랑한 산책, 머리 위에는 맑은 하늘, 다리 밑에는 위험천만인 지면, 보기에도 무참하게 황폐해진 천고 영화의 흔적, 끓어오르는 열탕, 유황을 분출하는 동굴, 초목이 자라지 않는 용암 산, 불쾌한 불모의 지역, 그리고 마지막에는 지금과는 딴판인 사시 울창한 식물이 한 치의 땅이라도 틈새만 있으면 무성하게 자라 모든 죽어버린 것 위를 뒤덮으며 호수나 계류 주변을 둘러싸고, 나아가서는 오래된 분화구의 벼랑에까지 가장 훌륭한 참나무 숲을 만들고 있는 것이다.

이렇게 우리는 자연의 사상(事象)과 민족의 유적 사이를 이리저리 끌려다니고 있다. 사색에 잠기고 싶어도 어쩐지 어울리지 않는 듯한 기분이 든다. 그러는 사이에도 살아 있는 자는 즐겁게 살아가는 법이어서, 우리 역시 그것을 소홀히 하지 않았다. 교양 있는 인물들은 현세와 현세의 본질에 속해 있으면서도, 엄숙한 운명의 경고를 받으면 성찰에 마음을 돌리는 것이다. 땅과 바다와 하늘을 바라보는 한없는 조망에 넋을 잃으면서도, 존경과 사랑을 받는 것이 버릇이 되어 그 상태를 즐기는 사랑스러운 젊은 귀부인 곁으로 돌아오게 된다.

---

155) Śakuntala. 4~5세기에 활동한 인도 시인 칼리다사(Kālidāsa)가 지은 7막의 운문 음악극으로, 산스크리트어 최고의 걸작으로 꼽힌다. 하지만 최초의 독일어 번역본이 출간된 것은 1791년이므로 괴테는 이 당시에 아직 읽지 않은 상태였을 것이고, 이 문장은 1816년 『이탈리아 기행』 1권(본 책의 1부와 2부) 출간 때 추가한 것으로 보인다.

그러나 이러한 온갖 도취 속에 있으면서도 나는 몇 가지 일을 적어두는 것을 잊지 않았다. 그 자리에서 이용되었던 지도와 티슈바인의 간단한 스케치는 장래의 원고 정리를 위해 더없는 도움이 될 것이다. 오늘은 이 이상 조금도 쓸 수가 없다.

3월 2일

흐린 날씨여서 산정에는 구름이 걸쳐 있었으나 베수비오에 올랐다. 레시나까지 마차로 가서 거기서부터는 나귀를 타고 포도원 사이를 지나 산으로 올라갔다. 그리고 걸어서 71년 전의 용암을 넘어갔는데, 잘지만 단단한 이끼가 벌써 바위 위에 껴 있었다. 그러고선 용암 옆을 따라서 나아갔다. 왼쪽 언덕 위로 은둔자의 오두막이 줄곧 보였다. 그리고 다시 재로 덮인 산을 올랐는데, 상당히 힘들었다. 산꼭대기의 3분의 2는 구름으로 덮여 있었다. 지금은 매몰된 오래된 분화구에 겨우 이르러서, 두 달하고도 14일 전의 새로운 용암과 불과 닷새밖에 안 된 연한 용암까지도 벌써 냉각되어 있는 것을 보았다. 이들 용암을 넘어, 형성된 지 얼마 되지 않은 화산성 구릉에 올라갔는데 여기저기서 증기가 나오고 있었다. 연기가 우리들로부터 멀어졌기 때문에 나는 분화구 쪽으로 가려고 했다. 증기 속을 다섯 걸음쯤 들어가니 증기가 매우 짙어져서 자기 구두조차 잘 보이지 않게 되었다. 손수건을 얼굴에 대도 소용이 없고 안내인도 모습이 보이지 않았다. 분출된 용암 덩어리 위를 걷는 것은 위험했기 때문에 오늘은 되돌아가고 염원하던 구경은 날씨가 좋아지고 연기도 줄어든 다음으로 미루는 것이 좋겠다고 생각했다. 이런 공기 속에서 호흡하는 것이 얼마나 해로운지 정도는 나도 잘 알고 있다.

하지만 산은 극히 조용했다. 지금까지 그랬던 것처럼 불도 뿜어대지 않고 산울림도 없고 돌도 날리지 않았다. 그래서 나는 날씨가 좋아지면 곧 본격적으로 포위 공격할 생각으로 일대를 잘 정찰해 두었다.

눈에 띈 용암은 대개 내가 알고 있는 것들이었다. 그러나 나에게는 매우 진기하게 생각되는 현상을 발견했다. 나는 이를 상세히 연구해 전문가나 수집가에게 물어보려고 한다. 한때 화산의 분기공(噴氣孔)을 아치형으로 막아 가리고 있던 종유석 형태의 돌이 제 역할을 다한 옛 분화구를 뚫고 밖으로 튀어나와 있는 것이었다. 단단하고 회색빛이 약간 도는 종유석 모양의 이 암석은 극히 미세한 화산성 증발물이 습기의 작용도 받지 않고 용해되지도 않은 채 그대로 승화해서 만들어진 것이라고 생각한다. 이것은 기회를 보아서 더 여러 가지로 생각해 볼 필요가 있다.

오늘, 3월 3일의 하늘은 흐렸고 시로코가 불고 있다. 편지를 쓰기에는 안성맞춤인 날씨다.

매우 잡다한 인간들, 아름다운 준마, 진기한 물고기 등을 나는 이곳에서 이제 충분히 보았다.

이 도시의 풍광이나 명소에 관해서는 수없이 서술되고 찬양되고 했기 때문에 여기에는 한마디도 쓰지 않는다. 이곳 사람들은 말한다. "나폴리를 보고 나서 죽어라!"

3월 3일, 나폴리

나폴리 사람은 자기 고향을 떠나려 하지 않으며, 나폴리의 시인은 이곳의 은혜 받은 경관을 매우 과장해서 읊고 있지만 그것도 무리는 아니라는 생각이 든다. 설사 근처에 베수비오와 같은 화산이 두어 개 더 있다 하더라도 나폴리의 가치는 변하지 않는다. 여기 있으면 로마에 관한 것은 다시 생각해 볼 기분이 안 난다. 이곳의 광대한 주변에 비하면, 테베레강 저지대에 있는 세계의 수도는 벽지의 낡은 사원처럼 느껴진다.

바다와 선박들의 특징도 완전히 새로운 양상을 보이고 있다. 팔레르모행 프리깃함이 어제 진짜 트라몬타네(북풍)를 타고 출범했다. 이번 항해는 필시 36시간도 걸리지 않으리라 생각한다. 배가 카프리섬과 미네르바곶 사이를 빠져나가서 마침내 사라졌을 때, 바람을 잔뜩 안고 가는 돛을 나는 얼마나 동경에 찬 마음으로 보냈던가. 사랑하는 사람을 이렇게 떠나보내는 것이었다면 나는 틀림없이 애가 타서 죽었을 것이다. 지금은 시로코가 불고 있다. 바람이 좀 더 강해지면 부두에 부딪쳐 산산이 날리는 파도가 장관일 것이다.

오늘은 금요일이어서 귀족들의 승마 대회가 있었다. 여기서는 각자가 자기 소유의 마차, 특히 말을 자랑한다. 이곳에서처럼 훌륭한 말은 다른 데서는 볼 수 없다. 말을 보고 가슴이 뛴 것은 내 생애에 처음이다.

3월 3일, 나폴리

지금 보내는 몇 장의 간략한 편지는 내가 이곳에서 새롭게 겪은 일들에 대한 보고다. 그리고 여러분이 일전에 보내온 편지의 봉투 한 귀퉁이가 그을려 있는 것은 베수비오에 동행한 증거이므로, 이것도 동봉한다. 그러나 내가 위험에 둘러싸여 있다고는 꿈에도 생각하지 말기 바란다. 걱정할 것은 하나도 없다. 내가 어디에 가든 벨베데레로 가는 길 이상의 위험은 없으니까. 지상 모두가 하느님의 나라라고 하는 말은 이런 때에 써야 할 것이다. 나는 나서기 좋아해서 또는 호기심 때문에 모험을 사서 하지는 않는다. 다만 나는 대강의 사정에는 밝고 또한 금방 대상의 특성을 꿰뚫어 보기 때문에 보통 이상으로 일도 하고 무리도 하게 되는 것이다. 시칠리아에 가는 것은 결코 위험한 일이 아니다. 며칠 전에 북동쪽에서 불어오는 순풍을 타고 출범했던 팔레르모행 프리깃함은 카프리섬을 오른쪽에 두고서 36시간 만에 전 항로를 주파하고 귀항길에 오른 것이 틀림없다. 멀리 떨어져 있으면 위험하다고 생각하기 쉽지만 실제로 그곳에 가보면 그다지 위험하다고는 느끼지 않을 것이다.

지진에 관해서라면 현재 이탈리아 남부에서는 전혀 일어나지 않는다. 북부에서는 최근에 리미니와 그 부근의 고을들이 피해를 입었다. 지진은 별스러운 변덕이 있어서 이곳에서 지진 이야기를 하는 것은 날씨 이야기를 하는 것과 같으며, 튀링겐에서 화재 이야기를 하는 것이나 다를 바 없다.

『이피게니에』의 이번 개작에 대해 여러분이 보여준 호의를 기쁘게 생각한다. 그래도 이번 개작에서 달라진 점을 여러분이 확연히 느낄 수 있었더라면 더 좋았겠다. 나 스스로는 그것을 위해서 얼마나 노력했는가를 잘 알고 있으며, 더 잘 쓸 수도 있을 것 같기에 이런 말을 하는 것이다. 좋은 것을 즐길 수 있는 것은 기쁨이지만, 보다 좋은 것을 느낄 수 있는 것은 더 큰 기쁨이다. 그리고 예술에 있어서는 최고로 좋은 것이라야만 비로소 만족할 수 있는 것이다.

3월 5일, 나폴리

사순절의 두 번째 주일을 기회로 삼아 우리는 여러 교회를 돌아다녔다. 로마에서는 모든 것이 엄숙하기만 했는데, 이곳에서는 무엇이든지 명랑하고 유쾌하다. 나폴리 화파의 그림 같은 것도 나폴리에 와보지 않으면 모른다. 어떤 교회의 정면 전부가 밑에서 위까지 그림으로 채워져 있는 것을 보고 놀랐다. 문 위쪽에는 행상인들을 성당에서 내쫓는 예수가 그려져 있는데, 그들이 놀라자빠져 양쪽 계단을 굴러 떨어지는 모양은 정말 우습고 재미있다. 또 어떤 교회[156]에는 들어가는 문 위쪽 공간이 헬리오도로스[157]의 추방을 그린 벽화로 가득히 장식되어 있다. 이런 벽면을 메우려면 루카 조르다노는 속필이 아니면 안 되었겠다는 말은 굳이 할 필요도 없다. 설교단도

---

156) 지롤라미니 성당을 가리킨다. 성 필리포 네리의 오라토리오회가 매입한 궁전 자리에 1619년에 지어진 교회여서 필리포 네리 성당으로도 불린다.
157) 시리아 셀레우코스 왕조의 4대 왕 시절 재무장관으로, 예루살렘 성전에 세금을 부과하라는 왕명에 따라 성전 내 보화를 세금으로 징수해 가려 했으나, 성전 안에 들어가자 영적 존재가 나타나 그를 밖으로 내쫓았다고 전해진다.

다른 데처럼 일인용 연단 또는 강좌(講座)로 정해져 있지 않고, 회랑 식으로 된 곳도 있다. 나는 카푸친회 신부가 설교단 위를 왔다 갔다 하면서, 혹은 이쪽저쪽 끝에 서서 신도들에게 죄업을 뉘우치도록 설교하는 것을 보았다. 그곳에서라면 이야기되지 않는 게 없으리라.

그런데 이야기할 수도 글로 쓸 수도 없는 것이 있다. 그것은 만월 밤의 절경이다. 우리는 거리를 지나고 광장을 넘어 끝도 없는 키아자의 산책길을 따라 해변 곳곳을 걸으면서 달밤의 아름다움을 즐겼다. 그런 때에는 공간의 무한감이 사람의 마음을 압도한다. 이러한 몽상에 잠기는 것도 확실히 헛된 일은 아니다.

1787년 3월 5일, 나폴리

요사이 알게 된 한 훌륭한 인물에 관해서 극히 일반적인 사항을 간단하게 알리려고 한다. 그는 입법에 관한 저서로 유명한 기사 필란지에리[158]다. 그는 인간의 행복과 귀중한 자유에 항상 유의하고 있는 존경할 만한 청년이다. 태도를 보면 그가 군인이며 기사인 동시에 신사라는 것을 알 수 있다. 이러한 위용은 그의 인격 전체에 미쳐 있으되, 말과 행동거지에 드러나는 고상한 도덕적 감정의 표현으로 순화되었다. 현재의 정치에 대해서는 반드시 찬성하는 편은 아니지만 국왕과 왕국

---

158) 가에타노 필란지에리(Gaetano Filangieri, 1753~1788). 나폴리의 법률가이자 철학자로, 1780년에 출판한 『입법원리탐구』로 이탈리아와 유럽 전역에 개혁적 법학자로 널리 이름을 알렸다. 1787년 재무장관에 임명되었다.

에 대해서는 마음속으로부터 지지하고 있다. 그러나 그 또한 요제프 2세에 대한 공포로 고민하고 있었다. 폭군의 모습은 설사 상상에 불과하더라도 그것만으로도 벌써 고결한 인사에게는 무서운 존재인 것이다. 그는 지극히 솔직하게, 나폴리가 요제프 2세에 의해 어떠한 처분을 받을 염려가 있는가를 나에게 말해 주었다. 그는 자주 몽테스키외와 베카리아에 관한 것, 그리고 자신의 저서에 관해 이야기했는데, 그의 담화를 일관하는 정신은 선을 행하려고 하는 최선의 의지와 젊은 마음에서 우러나는 욕구였다. 그는 아직 30대라고 생각된다.

그가 노령의 저술가 한 명을 나에게 소개해 주었다. 그를 포함해 이탈리아의 신진 법학자들은 이 사람의 한없는 심원함을 접하고 기력과 교시를 받은 바가 크다는 것이다. 그의 이름은 조반니 바티스타 비코로, 그들은 이 학자를 몽테스키외보다 더 존경하고 있다. 그들이 금과옥조로 여기는 책을 주어서 훑어보았는데, 장차 도래할, 또는 도래해야 할 정의와 선에 대한 예언자적 예감이, 전통과 생활의 진지한 고찰에 바탕을 두고 교시되어 있는 듯했다. 한 민족이 이러한 원로를 가지고 있다는 것은 지극히 다행스러운 일이다. 독일인에게는 장차 하만[159]이 그러한 스승이 되지 않을까 생각한다.

---

159) 요한 게오르크 하만(Johann Georg Hamann, 1730~1788). 쾨니히스베르크 출신의 철학자로, 루터파의 지도자 중 한 명이어서 '북방의 거인'으로 일컬어졌다.

1787년 3월 6일, 나폴리

마음은 내키지 않는 듯했지만, 언제나 의리를 지키는 티슈바인이 오늘 나의 베수비오 등산에 동행해 주었다. 그는 항상 특별히 아름다운 인체나 동물의 모습만을 대상으로 하고, 암석이나 풍경과 같은 형태가 일정하지 않은 것조차도 감성과 취미를 가지고 인격화하는 조형미술가다. 그에게는 노상 자기를 파괴하고 모든 미적 감정에 도전하는 것 같은 무서운 기형의 퇴적은 불쾌하기 짝이 없을 것이다.

우리는 직접 마차를 몰고 혼잡한 거리를 빠져나갈 자신이 없었기 때문에 두 대의 이륜마차에 나누어 탔다. 마부는 끊임없이 소리를 지르면서 나귀나 재목 부스러기 등을 운반해 오는 이륜마차, 짐을 들거나 맨손으로 걸어가고 있는 사람들, 어린이와 노인들이 조심하고 피하도록, 그리고 우리 마차가 그대로 달려갈 수 있도록 했다.

거리의 변두리나 농장을 빠져나가는 길은 벌써 저승의 광경을 방불케 하고 있었다. 오랫동안 비가 오지 않았기 때문에 원래는 상록인 잎 위에 회색 먼지가 두껍게 쌓이고, 지붕이며 발코니 등 조금이라도 표면을 가진 것은 모조리 똑같은 회색으로 변해 있었다. 따라서 우리가 살아 있는 것들 사이를 지나가고 있다는 증표는 오로지 장려한 창공과 내리쬐는 강렬한 태양뿐이었다.

험한 언덕길 아래에서 두 명의 안내인이 기다리고 있었다. 나이 든 사람과 젊은이로, 둘 다 건실해 보이는 남자였다. 앞사람이 나를, 뒷사람이 티슈바인을 끌고 산을 올라갔다. 끌었다는 말은 다음과 같은 이유 때문이다. 이런 안내인은 몸에 가죽 끈을 감고 있다. 등산객은 그걸 붙잡고 끌어당겨 주는 대로 지팡이에 의지하여 올라가기 때문에 그만큼 발도 가벼워진다.

이렇게 해서 우리는 건너편의 원추봉을 바라보며 북쪽으로 솜마산의 폐허를 등진 평지에 도달했다.

서쪽 일대를 바라보기만 해도 마치 영천에 목욕하듯 피로가 싹 가셔버린다. 거기서 우리는 쉴 새 없이 연기를 내뿜으며 돌과 재를 분출하는 원추봉 주위를 돌았다. 적당한 거리를 유지할 수 있을 만한 장소의 여유만 있다면, 그것은 가슴 뛰는 일대 장관이다. 먼저 깊은 분화구 밑바닥으로부터 굉음이 울려오고, 다음에는 크고 작은 암석이 화산재 구름에 싸여서 수천 개씩 공중으로 내던져진다. 대부분은 다시 분화구 속으로 떨어진다. 옆쪽으로 내팽개쳐진 나머지 돌덩이는 원추의 바깥쪽에 떨어지며 이상한 소리를 낸다. 먼저 무거운 놈이 쿵하고 떨어져, 둔탁한 소리를 내면서 원추의 측면을 굴러 내려간다. 작은 것이 툭탁거리면서 그 뒤를 따른다. 그리고 끝으로 화산재가 바삭바삭 소리를 내며 내려온다. 이 과정이 모두 규칙적인 간격을 두고 일어났다. 우리는 침착하게 계산했으므로 충분히 측정할 수 있었다.

그러나 솜마와 원추봉 사이의 구간이 몹시 좁아졌고, 이미 몇 개의 돌이 우리 주변에 떨어져서, 우리는 기분이 잡쳤다. 티슈바인은 산 위에서 이런 상황이 되니 더욱 시무룩해졌다. 이 괴물 같은 화산이 단지 추하기만 할뿐더러 위험해지기 시작했기 때문이다. 그러나 눈앞의 위험이란 것에는 무언가 사람의 마음을 끄는 것이 있어서, 이에 대항하려는 반항심을 인간에게 일으킨다. 나는 폭발과 폭발 사이의 시간에 원추봉을 올라서 분화구까지 도달하고, 다시 같은 시간 내에 돌아올 수 있으리라고 생각했다. 솜마의 돌출한 바위 아래 안전한 장소에 자리 잡고 가져온 도시락으로 기운을 차리면서 나는 안내인들과 의논했다. 젊은이가 용감하게 나와 동행하기로 했다. 우리는 모자 꼭대기에다 아마와 명주 손수건을 쑤셔넣고, 지팡이를 들었다. 나는 안내인의 허리띠를 붙잡고, 준비를 마쳤다.

아직 잔돌이 우리 주위에 떨어지고 또 재도 내리고 있는 가운데, 기운 좋은 젊은이는 벌써 작열하는 돌덩이를 밟고 넘어서 나를 끌고 갔다. 거대한 심연의 가장자리까지 오니 한줄기 미풍이 연기를 불어주었으나, 그와 동시에 주위에 있는 수천 개의 틈새에서 무럭무럭 증기를 내뿜고 있는 분화구의 내부를 덮어 감춰버렸다. 분연의 틈바귀로 여기저기 갈라진 암벽이 보였다. 바라보았댔자 얻는 것도 없고 재미도 없었지만 아무것도 보이지 않으니 도리어 무엇인가 발견하려고 지체하게 되었다. 침착하게 시간을 재는 것도 잊은 채, 우리는 거대한 심연에 면한 벼랑 끝에 서 있었다. 갑자기 산울림 소리가 나더니 굉장한 분출물이 몸을 스치고 튀어나왔다. 우리는 저도 모르게 몸을 움츠렸다. 그렇게 하면 암석이 떨어져도 목숨을 건질 수 있기나 한 것처럼……. 작은 돌덩이가 굴러 왔다. 우리는 다음까지는 한 번 더 휴지 간격이 있다는 것도 생각지 않고 다만 위험을 벗어났다는 것만이 기뻐서, 아직도 비처럼 쏟아지는 재 속을 모자 구두할 것 없이 재 범벅이 되어서 원추봉 기슭에 도달했다.

티슈바인이 매우 반가이 맞아주고는, 또 질책과 격려도 해주었다. 나는 지금 여기서 옛날과 최초에 생긴 용암에 특별한 주의를 기울일 수 있게 되었다. 나이 든 안내인은 암석의 연대를 정확하게 이야기해 줄 수 있었다. 오래된 것은 벌써 재로 덮여서 일반적인 형태를 하고 있었으나 새로운 쪽, 특히 완만하게 유출된 것은 기묘한 외관을 나타내고 있었다. 즉 그런 용암은 천천히 흐르면서 표면이 이미 응고한 덩어리를 얼마간 끌고 가는데, 이 덩어리는 가끔 정체할 때가 있고, 그것이 다시 용암의 흐름에 밀려 내리면서 서로 얹히고 쌓여, 이상하게 우툴두툴한 형태로 굳은 채 움직이지 않게 되는 것이다. 그것은 같은 경우에 역시 얹히고 쌓여서 흐르는 빙괴보다도 더 기이한 형상을 나타내게 된다. 이러한 용해된 잡석 중 어떤 것이 방금 깨져서 금 간 자리를 보면 태고의 암석과 흡사한 암괴가 섞여 있기도 했다. 안내인들의 주장은 가끔 이 산이 분출하는, 제일 밑바닥 쪽에 있던 오래된 용암이라는 것이다.

나폴리로 돌아오는 도중 기묘한 건축 방식으로 세운 작은 이층집들이 눈에 띄었다. 창은 없고 단지 길 쪽으로 난 문을 통해 방으로 빛을 들여오고 있었다. 새벽부터 밤까지 주민들은 집 앞에 앉아 있다가 아주 어두워지면 그 동굴 속으로 들어가는 것이다.

좀 색다른 저녁 거리의 혼잡을 보고, 나는 아무래도 여기에 잠시 머무르며 번화한 광경을 그리고 싶은 마음이 들었다.

바라는 대로 되지는 않겠지만.

1787년 3월 7일, 수요일, 나폴리

이번 주에는 티슈바인이 나폴리 미술품의 대부분을 충실하게 나에게 보여주거나 설명해 주었다. 우수한 동물학자이자 화가인 그는 벌써 예전부터 콜롬브라노 궁전에 있는 청동으로 만든 말 머리 상에 대해서 나의 주의를 불러일으켰더랬다. 오늘은 그것을 보러 갔다. 이 고대의 유물은 대문과 마주하여 중정의 분수 곁에 있는 벽감 속에 있다. 경탄을 금치 못할 작품이다. 이 머리가 당초에 나머지 네 다리와 붙어서 한 개의 완전한 작품이었을 때에는 어떠했을까! 말 전신상이라면 산마르코 대성당에 있는 것보다 훨씬 컸겠다. 여기 있는 머리만 해도 일일이 세밀하게 보면 볼수록 더욱더 명료하게 성격과 기력이 확인되어 참으로 경탄할 수밖에 없다. 반듯한 이마뼈, 숨쉬는 코, 꼿꼿이 세운 귀, 흐트러지지 않은 갈기털! 격렬하게 날뛰는 사나운 말이다.

우리는 뒤돌아서서 대문 위 벽감 속에 모셔 있는 여인 상에 눈을 멈추었다. 빙켈만은 이 작품을 무희 상으로 간주하고 있다. 대체로 무희의 약동하는 동작은, 조각의 거장이 가만히 움직이지 않는 님프나 여신상으로 후세에 남겨준 것을 지극히 다양하게 표현하고 있다. 그 상은 매우 경쾌하고 아름답다. 전에는 머리가 떨어져 있었는데 원상대로 솜씨 있게 복원해 놓았다. 그 밖에는 파손된 것도 없고 더 좋은 장소에 놓아 둘 가치가 있다고 생각된다.

3월 9일, 나폴리

2월 16일자 편지를 오늘 받았다. 앞으로도 계속 써주었으면 좋겠다. 친구끼리 좀처럼 얼굴을 마주하는 일이 없다는 소식을 이렇게 멀리 떨어져 있는 곳에서 읽으니 참으로 기이한 감정이 든다. 하지만 서로 가까이 있을 때는 도리어 얼굴을 맞대지 않는 것이 가장 자연스러운 경우도 곧잘 있다. 날씨가 흐려졌다. 지금은 환절기인데 봄이 오면 곧 우기로 접어들 것이다. 내가 올라간 이래 베수비오의 징상은 아직 개지 않고 있다. 최근 여러 번 밤중에 분화하는 것이 보였는데 지금은 멈추어 있다. 더 큰 폭발이 있을 것 같은 기미다.

요 며칠간 풍랑으로 바다가 장관을 이룬 덕분에 웅장한 파도의 자태를 연구할 수 있었다. 뭐니 뭐니 해도 자연은 전 페이지에 걸쳐 심오한 내용을 제시하는 유일한 책이다. 이에 반해 극장 같은 것은 이제 조금도 재미가 없다. 사순절에는 이곳에서 종교 가극을 하지만 그건 막과 막 사이에 발레를 끼워 넣지 않는다 뿐이지 세속적인 가극과 하등 다를 것이 없다. 하지만 엄청나게 호화스럽기는 하다. 산카를로 극장에서는 「네부카드네자르의 예루살렘 파괴」를 상연하고 있다. 커다란 환등 장치나 매한가지인 이런 것에는 흥미를 잃은 것 같다.

오늘은 발데크 공자와 카포디몬테[160]에 갔다. 여기에는 회화, 화폐 등이 많이 수집되어 있다. 진열 방식은 마음에 안 들

160) 1738년에 나폴리 왕 카를로 7세가 당시에는 나폴리의 교외였던 카포디몬테 언덕에 사냥용 별장으로 착공했으나, 이후 페르디난도 4세가 파르마 공국의 유산으로 받은 미술품들을 보관하기 위해 궁전으로 설계를 변경했다.

지만 모두 귀중품뿐이다. 수많은 전통적 개념이 이제야 내 머릿속에서 명확한 형태를 잡아간다. 북유럽에는 레몬나무 분재처럼 간혹 가다 들어올 뿐인 화폐, 보석, 화병도 이곳 보물의 고향에는 이렇게 많이 진열되어 있는 것을 보면 완전히 느낌이 색다르다. 예술품이 희귀한 곳에서는 희귀하다는 것 자체가 예술품에 일종의 가치를 부여하는데, 이곳에서는 정말로 훌륭한 것만을 존중한다는 사실을 배운다.

에트루리아 화병은 근래 고가에 팔리고 있다. 확실히 그중에는 일품이라 할 만한 아름다운 것도 있다. 여행객이라면 누구라도 이것을 손에 넣고자 할 것이다. 집에 있을 때보다 여행을 하면 다들 씀씀이가 헤퍼진다. 나 자신도 유혹에 빠질 것만 같은 염려를 느낀다.

1787년 3월 9일, 금요일, 나폴리

참신하든지 뜻밖이든지 하면 보통 일이라도 기이한 일같이 느껴지는 것은 여행의 즐거움이기도 하다. 카포디몬테에서 돌아와서 나는 다시 필란지에리 댁에 저녁 방문을 했다. 가보니까 안주인과 어떤 부인이 나란히 소파에 앉아 있었다. 그 부인의 겉모습은 스스럼없고 허물없이 구는 그녀의 태도와 어울리지 않았다. 자그마하고 귀여운 여자가 가벼운 줄무늬 비단옷을 입고, 머리를 이상하게 짧게 쳐서 위로 올린 모습은, 남의 의상 걱정만 하고 자기 자신의 모양새에는 그다지 신경을 안 쓰는 미용사와 꼭 같았다. 일의 보수로 항상 돈을 받아왔기 때문에 자기 자신을 위해 무료로 일하는 것 따위에는 마음이 내키지 않는 것이다. 내가 들어가도 그녀는 수다를 멈출 기색도 없이 최근에 당했다기보다는 오히려 자신의 경솔이 일으킨 익살스러운 이야기를 수도 없이 털어놓았다.

이 집 부인은 나에게도 무언가 말을 시키려고 카포디몬테의 아름다운 경치라든가 보물에 관해서 이야기했다. 그러자 발랄한 여성이 갑자기 자리에서 일어났는데 서 있는 모습은 한층 더 귀여웠다. 그녀는 작별 인사를 하고 문 쪽으로 달려가면서 내 옆을 지날 때에 "조만간에 필란지에리 댁의 여러 분들이 저희 집에 식사하러 오십니다. 당신께서도 부디 와 주십시오."라고 말했다. 그러고는 내가 채 대답도 하기 전에 나가버렸다. 부인에게 물어보니까 그녀는 이 집과 가까운 친척이 되는 무슨 공녀[161]라고 한다. 필란지에리 댁은 유복하다고는 할 수 없고 상당히 검소하게 지내고 있었다. 이 공녀도 그럴 것이라고 나는 짐작했다. 원래 나폴리에서는 고귀한 칭호가 별로 진귀하지 않으니까. 이름, 날짜, 시간을 기억해 두었으니 적당한 시각에 그 집까지 가는 것은 문제없는 일이다.

1787년 3월 11일, 일요일, 나폴리

나의 나폴리 체류도 그다지 길지 않을 것이다. 우선 먼 지점부터 보는 것으로 해야겠다. 가까운 데는 언제든지 볼 수 있으니까. 티슈바인과 함께 마차를 타고 폼페이로 갔다. 도중

---

161) 가에타노 필란지에리의 누이동생인 테레사로, 당시 60세였던 필리포 라바시에리 피에시 디 사트리아노(Filippo Ravaschieri Fieschi di Satriano) 공자의 부인이다.

에 여러 풍경화로 낯이 익은 아름다운 경치가 우리들 좌우에 연이어 나타나면서 미관을 자랑했다. 폼페이가 비좁고 작은 것은 모두들 의외로 생각한다. 똑바르고 양쪽에 보도는 있지만 비좁은 가로, 창문이 없는 작은 가옥, 방들은 중정이나 지붕 없는 복도로부터 문을 통해서 빛을 들이고 있을 뿐이다. 대문 옆의 섬돌이나 성당과 같은 공공건물, 그리고 근교의 별장까지도 건물이라기보다는 모형이나 인형 상자 같다. 하지만 방이나 복도나 회랑이나 할 것 없이 모두 밝은색으로 그림이 그려져 있다. 벽면은 단조롭지만 중앙에는 세밀한 그림이 하나 있는데, 지금은 대부분 떼어가 버렸지만[162] 가장자리나 구석구석에 있는 영묘하고 취향이 고상한 아라베스크 문양 속에서 귀여운 어린애의 모습이나 님프의 모습이 나타나고, 또 다른 데서는 커다란 화환 모양으로부터 야수나 가축이 뛰어나오고 있다. 이렇게 처음에는 돌과 재의 비로 뒤덮이고 다음에는 발굴자한테 약탈당했던 이 도시의 황폐한 현재 상태는 어느 한 민족 전체의 미술적 회화적 의욕을 암시하고 있기는 하지만 현재에 이르러서는 어떠한 열성적 호사가라도 그것을 이해할 수 없고, 감득할 수도 없으며, 그러고자 하는 욕구도 없다.

이 도시와 베수비오와의 거리를 생각해 보면 이 땅을 뒤덮고 있는 분출물은 튕겨내진 것도 돌풍에 날려 온 것도 아닌 것 같다. 오히려 이 돌들과 재는 잠시 동안 구름처럼 공중에

---

162) 폼페이와 헤르쿨라네움 유물들이 포르티치 박물관으로 옮겨졌다.

떠돌다가 최후에 불운한 이 도시에 쏟아진 것으로 추정된다.

이 광경을 더 똑똑히 떠올리려거든 우선 눈으로 고립된 산촌이라도 생각해 보는 게 좋겠다. 건물과 건물 사이의 공지도, 또한 눌려 부서진 건물 자체까지도 매몰되고, 재의 언덕이 마침내 포도원이나 농원으로 이용될 즈음이 되어서도 다만 담장만이 여기저기 머리를 내밀고 있었던 모양이다. 그런 연고로 지주 중에는 자기 소유지를 파내서 막대한 횡재를 한 사람도 적지 않았다. 즉 재가 덮이지 않은 방도 있었지만 한구석에 재가 높게 쌓여서 그 속에 작은 가재도구나 미술품이 숨겨져 있는 방도 있었다.

미라 같은 이 도시의 기이하고 어쩐지 불쾌한 인상도 우리가 어느 자그마한 요릿집에서 해변에 가까운 정자에 앉았을 때에는 싹 가셔서, 간단한 식사에 입맛을 다시고 푸른 하늘, 빛나는 바다에 흥을 돋우면서, 이곳이 포도 잎으로 덮일 때 재회하여 더불어 즐기기로 기약했다.

나폴리 근교에 오니까 전에 본 작은 집들이 또 눈에 띄었다. 그 모습은 폼페이의 가옥과 흡사했다. 허락을 받아 그중 한 집에 들어가 보니 세간이 매우 깔끔했다. 등나무로 짠 예쁜 의자, 금칠 위에 화려한 꽃문양을 옻칠로 그린 옷장. 이처럼 긴 세월과 수없는 변천을 겪은 후에도 이 지방 주민들은 예전의 생활양식과 풍습, 기호, 취미 등을 잃지 않고 있는 것이다.

3월 12일, 월요일, 나폴리

오늘은 몰래 내 멋대로 거리를 돌아보고, 후일 이 도시에 대해 서술하기 위해 많은 것을 적어두었다. 유감이지만 지금 이것을 알려줄 수는 없다. 짐작할 수 있는 것은, 삶에 기본적인 것들을 풍부히 제공하는 토지가, 오늘 있는 것은 내일도 있을 것이라고 느긋하게 기다리면서 한가로이 고생도 모르고 살아가는 행복한 성격의 인간을 만들어낸다는 점이다. 찰나의 만족, 적당한 향락, 한때의 괴로움을 명랑하게 참고 견디는 것! 마지막에 언급한 이 인내심에 대해서는 재미있는 실례가 있다.

아침은 춥고 축축했다. 조금 비가 내린 뒤였다. 내가 어느 광장에 가니까 포장용으로 쓰이는 커다란 석판을 누가 비로 쓸어서 청소한 듯이 보였다. 자세히 보니 놀랍게도 평평한 지면 위에 넝마를 입은 사내애들 몇 명이 둥글게 둘러앉아서 손을 지면에다 뻗치고 불을 쬐는 시늉을 하고 있었다. 처음엔 장난하고 있는 줄 알았다. 그러나 얼굴 표정이 마치 무슨 욕구를 만족시켰을 때와도 같이 진지하고 침착한 것을 보고 나는 가능한 궁리를 다 해보았다. 하지만 도저히 답을 알아낼 수 없었다. 무엇 때문에 이런 묘한 모양으로 정연한 원을 그리며 모여 앉아 있는지 물어보았다.

들어보니 근처의 대장장이가 바로 이 자리에서 마차의 쇠바퀴를 가열했다는 것이다. 쇠 바퀴를 지면에 놓고, 원하는 만큼 부드럽게 하는 데 필요한 참나무 조각을 그 위에다 원형으로 쌓아올린다. 장작에 불을 붙이고, 그것이 다 타면 쇠 바퀴를 차륜에 끼운 다음 재는 말끔히 쓸어버린다. 그러면 이 아이들은 포석에 전도된 열이 식을 때까지 자리를 지키며 마지막 온기를 빨아들이는 것이다. 이런 절약과, 일반적으로는 낭비해 버릴 것을 주의 깊게 이용하는 예는 이곳에 수없이 있다. 나는 이 민족 속에서, 부유하게 되기 위해서가 아니라 마음 편히 살아가기 위한 활기차고 기지 있는 활동을 발견하는 것이다.

밤

오늘은 정해진 시각에 그 색다른 공녀의 집을 방문하려고, 집을 잘못 찾는 일이 없도록 안내인을 불렀다. 그는 나를 커다란 저택의 중정 대문 앞으로 데려갔다. 이런 훌륭한 저택에 살고 있다고는 믿기지 않았기 때문에 다시 한 번 똑똑히 그녀의 이름을 안내인에게 말해 주었다. 그는 틀림없다고 잘라 말했다. 그런데 본채와 양쪽 별채로 둘러싸인 넓은 중정은 인기척 하나 없이 조용하기만 했다. 건축 양식은 밝은 나폴리식이며 색조 또한 그렇다. 나의 맞은편에는 커다란 현관과 폭 넓고 완만한 계단이 있고 계단 양측에는 비싼 제복을 입은 하인들이 줄지어 서서 그 앞을 지나쳐 올라가는 내게 공손히 경례를 했다. 나는 빌란트의 동화에 나오는 술탄이라도 된 듯하여 용기를 냈다. 다음에는 지위가 높은 가신들이 영접하고 마지막에 제일 점잖아 보이는 가신이 큰 홀의 문을 열어주었다. 그러자 눈앞에 방이 하나 나타났는데 그곳도 다른 방과 같이 밝았으나 역시 아무도 없었다. 여기저기 거닐면서 측랑을 들여다보니 40명쯤 앉을 수 있고 이런 저택에 어울리는 호화스러운 식탁이 준비되어 있었다. 재속신부가 한 분 들어왔는데 내가 누구인지, 어디서 왔는지도 묻지 않고 내가 그곳에 있는 것이 당연한 것 같은 표정으로 세상 돌아가는 이야기를 시작했다.

양쪽 문이 열리고 한 노신사가 들어오고, 문이 다시 닫혔다. 신부가 그 사람에게 다가가기에 나도 따라서 몇 마디 정중한 인사를 했더니 그는 불친절하고 더듬거리는 말투로 답했다. 호텐토트식의 사투리는 하나도 알아들을 수가 없었다. 그가 난로 옆에 서니 사제가 물러나기에 나도 그를 따랐다. 체구 당당한 베네딕트회 신부가 젊은 동행과 함께 들어왔다. 이 성직자도 주인에게 인사를 했으나, 노인이 거칠게 대답하는 바람에 우리가 있는 창가 쪽으로 물러났다. 종단의 성직자로 특히 우아한 복장을 한 사람은 사교계에서는 가장 큰 특권을 누린다. 그들의 복장은 겸양과 체념을 나타내는 동시에 결정적인 위엄을 그들에게 부여한다. 별로 자기를 낮추지 않더라도 공손한 태도를 보이며, 또 결연히 위엄을 차렸을 때는 다른 신분 사람이었다면 그냥 보아줄 수 없을 만한 일종의 자부 같은 것까지도 그들에게는 잘 어울리게 된다. 이 남자가 바로 그랬다. 나는 몬테카시노[163]에 관해 물어봤다. 그는 나를 그곳에 초대해서 크게 환대할 것을 약속해 주었다. 그러는 동안에도 홀에는 손님이 불어났다. 장교, 관리, 성직자, 그리고 여

163) 성 베네딕투스가 529년경 창립한 수도원으로, 현존하는 베네딕트회의 시초지다.

러 명의 카푸친회 신부까지 와 있었다. 다시 양쪽 문이 좌우로 열렸다가 도로 닫혔다. 들어온 사람은 어떤 노부인으로, 주인보다 나이가 많은 듯했다. 그리고 이 안주인의 등장으로, 내가 이곳 주민들과는 일면식도 없는 낯선 인물로서 이 궁전에 와 있음이 확실해졌다. 벌써 음식이 들어오고 있었다. 나는 성직자들과 함께 식당의 낙원으로 숨어 들어가려고 그 곁에 붙어 있었다. 그때 갑자기 필란지에리가 부인과 함께, 지각한 것을 사과하면서 들어왔다. 바로 그 뒤로 작은 공녀도 홀 안으로 뛰어들더니 무릎을 굽히고, 허리를 구부리고, 머리를 숙이고 하면서 모든 사람들 앞을 지나 나를 향해 뛰어왔다.

"약속을 지켜주셔서 정말 감사해요!" 그녀는 외쳤다. "식사 때에는 제 곁에 앉아주세요. 제일 좋은 음식을 대접해 드릴게요. 잠깐만 기다려요! 우선 좋은 자리를 찾아야지. 그러면 곧 제 옆에 앉아주세요."

이렇게 권유를 받고, 그녀가 이런저런 앙큼한 이야기를 하는 것을 들었다. 그런 끝에 우리는 베네딕트회 성직자들의 맞은편이자 한쪽 옆에는 필란지에리가 있는 좌석에 다다랐다.

"식사는 모두 고급이에요." 그녀는 말했다. "어느 것도 사순절 음식이지만 좋은 것만 골랐어요. 그중에서도 제일 맛있는 것을 가르쳐드릴게요. 그렇지만 이제 신부님들을 좀 골려줘야지. 저분들은 참을 수가 없어요. 매일같이 집에 와서 지저분하게 먹어치우고 가거든요. 집의 것은 집안 식구들이 친구하고 먹는 것이 당연하잖아요."

수프가 나오자 베네딕트회 신부는 단정한 자세로 먹었다.

"신부님, 부디 사양하지 마시고요," 그녀가 외쳤다. "혹시 스푼이 너무 작지나 않으신지. 더 큰 것을 가져오게 할게요. 신부님들은 늘 한입 가득 잡수시니까요."

신부는 이 집은 구석구석까지 모든 것이 잘 배려되어 있어서 자기들과는 전혀 다른 훌륭한 손님일지라도 충분히 만족할 거라고 대답했다.

파이가 나왔을 때 신부는 하나밖에 집지 않았다. 그러자 그녀는 여섯 개쯤 집으라면서 파이가 소화에 좋다는 걸 잘 아시지 않느냐고 했다. 이해가 빠른 신부는 불경스러운 농담을 못 들은 체, 후의에 감사하면서 파이를 하나 더 집었다. 마찬가지로 큼직한 빵 요리가 나왔을 때에도 그녀는 기회를 놓칠세라 악담을 했다. 신부가 포크를 가지고 하나를 찍어 자기 접시에 옮겨 담는데 하나가 더 딸려온 것이다.

"하나 더요." 하고 그녀는 외쳤다. "신부님, 신부님은 단단한 기초공사를 하실 작정이신가 봐요."

"이런 좋은 재료가 있으면 건축가의 일도 쉽습니다." 신부가 대답했다.

이런 식으로 그녀는 나를 위해 제일 맛있는 음식을 골라주는 일을 빼고는 쉴 새 없이 악담을 연발하고 있었다. 그러는 동안 나는 옆에 있는 필란지에리와 극히 진지한 문제에 대해 이야기를 나눴다. 대체로 나는 필란지에리가 쓸데없는 말을 하는 것을 들은 적이 없다. 이런저런 면에서 볼 때 그는 우리들의 친구 게오르크 슐로서[164]와 비슷하다. 다만 그는 나폴리인이고 세상물정에 밝기 때문에 성질이 보다 유순하고 사교성도 좋을 뿐이다.

신부들은 시종 내 옆에 있는 방자한 공녀의 공격을 받고 있었다. 특히 사순절용으로 고기 모양으로 바꿔 만든 생선이 나오자 그녀는 이것을 계기로 신을 모독하고 양속을 해치는 말을 쉬지 않고 늘어놓았다. 그리고 특히 육식 취미를 예찬하면서 고기 자체는 금지되어 있더라도 그 형태 정도를 즐기는 데는 찬성이라고도 말했다.

이러한 농담을 더 많이 기억하고 있지만 그것을 보고할 만한 용기가 나지 않는다. 이런 것은 현장에서, 그것도 미인의 입을 통해서 듣는 것이니까 그런 대로 참을 수 있는 것이지, 문자로 적는 것은 나 자신도 손들 수밖에 없다. 게다가 뻔뻔한 대담함은 그 속성상 현장에서 들을 때는 어처구니가 없어서 웃기기도 하지만, 전해지는 말이 되면 어쩐지 우롱당하는 것 같아 불쾌하기 마련이다. 후식이 들어왔다. 여전히 같은 식으로 나오지 않을까 하고 걱정했는데 뜻밖에도 옆자리의 공녀가 아주 점잖아져서 나에게 말하는 것이었다.

"시라쿠사의 술은 신부님들이 천천히 마시도록 내버려두어야겠어요. 사람을 죽도록 화나게 만드는 것은 저에게는 불가능한 일이고 또한 이 사람들의 식욕을 죽이는 것도 불가능해요. 자, 이젠 진지한 이야기를 해요. 그런데 필란지에리하고는 무슨 얘기를 하셨나요? 아주 좋은 분이지요. 매우 바쁘시고

---

164) 요한 게오르크 슐로서(Johann Georg Schlosser, 1739~1799). 프랑크푸르트 출신 법률가로, 괴테의 처남이었다.

요. 난 여러 번 저분에게 말했어요. 당신들이 새로운 법률을 만들어내면 우리는 또 어떻게 하면 이번 법망을 빠져나갈 수 있을까를 생각해 내기 위해 새로운 노력을 하지 않으면 안 된다고요. 지난번 법률은 다 졸업했으니까요. 그건 그렇고 나폴리가 얼마나 좋은 곳인가 잘 보아두세요. 사람들은 모두 옛날부터 고생 안 하고 유쾌하게 살고 있어요. 가끔 교수형에 처해지는 사람도 있지만 그 외에는 모두 호경기지요."

그리고 그녀는 나에게 소렌토에 가보도록 권했다. 그녀는 거기에 넓은 땅을 소유하고 있는데, 그곳에서 일을 보는 집사가 최상의 생선과 최고로 맛있는 송아지 고기를 대접할 것이라고 했다. 그녀는 계속해서 내게 산의 공기를 마시고 절경에 접해서 고루한 머리를 식혀야 한다, 그때는 그녀 자신도 와서 너무 일찍 생긴 내 이마의 주름도 모두 흔적 없이 해주겠다, 그리고 함께 즐거운 생활을 보내고 싶다고 말하는 것이었다.

1787년 3월 13일, 나폴리

편지가 끊어지지 않도록 오늘도 또 조금 써 보낸다. 나는 평안히 지내고 있는데, 구경하는 것은 아무래도 충분치 않다. 이곳은 나에게 나태한 기분과 안일한 기운을 불어넣는다. 하지만 시가의 모습은 내 머릿속에서 점점 혼연하게 떠오른다.

우리는 일요일에 폼페이에 갔다. 이 세계에서는 지금까지 여러 가지 재난이 일어났는데 그중 후세 사람들에게 이처럼 많은 기쁨을 준 경우는 드물다. 이것 이상으로 흥미진진한 것은 흔치 않다. 집들은 작고 비좁지만 내부에는 모두 우아한 그림이 그려져 있다. 시의 성문은 인접한 묘지와 함께 진귀한 것이다. 수녀의 묘가 하나 있는데 사람이 등을 기댈 수 있게 만든 반원형의 돌의자로 되어 있고, 거기에 큰 글씨로 비명이 새겨져 있다. 그 등받이 너머 저편에 바다와 지는 해가 보인다. 아름다운 착상에 걸맞은 멋진 장소다.

그곳에서 우리는 선량하고 쾌활한 나폴리 사교계 사람들을 만났다. 그들은 매우 자연스럽고 소탈하다. 우리들은 토레 안눈치아타에서 바다 바로 가까이에서 식사를 했다. 최고로 아름다운 날이었다. 카스텔람마레와 소렌토도 가깝게 보이는 근사한 조망이었다. 동석한 사람들은 이 장소가 대단히 마음에 들어서 누군가는 바다가 바라보이는 조망이 없다면 도저히 살아갈 수 없겠다고 말했다. 나는 이 풍경을 마음속에 담아두는 것만으로도 충분하니까 때가 되면 다시 산의 나라[165]로 돌아가도 좋다고 생각한다.

다행스럽게도 이곳에 매우 충실한 풍경화가 한 사람이 있어서, 넓고 풍부한 주위의 인상을 화면에 전하고 있다. 그는 벌써 나를 위해 그림을 두세 장 그려주었다.

베수비오산의 산물을 상세하게 조사해 보니, 사물을 서로 관련시켜 관찰하면 모든 것이 달라 보인다. 본래 생각대로라면 나는 여생을 관찰에 바쳐야 옳았을 것이다. 그렇게 한다면 인간의 지식을 증대시킬 만한 여러 가지를 발견할 수 있을 것이다. 헤르더에게 나의 식물학상의 해명이 착착 진행되고 있다

165) 바이마르가 있는 튀링겐 지방을 가리킨다.

고 전해 주기 바란다. 원리는 항상 동일하지만 그것을 수행하는 것은 평생이 걸리는 작업이 될 것이다. 기본적인 틀을 대충 세우는 일은 지금의 나로서도 가능할 것 같다.

나는 포르티치 박물관[166]에 가보는 날을 즐거이 기다리고 있다. 관광객들은 보통 제일 먼저 그곳에 들르는데, 우리는 맨 마지막에나 가게 될 것 같다. 나도 지금부터 어떻게 될지 모르겠다. 모두들 내가 부활절까지는 로마로 돌아오기를 바라고 있지만 나는 모든 것을 될 대로 되라는 심정에 맡기려고 한다. 앙겔리카가 나의 『이피게니에』의 한 장면을 그리려고 계획하고 있다. 구상은 매우 잘돼 있으니까 그녀는 훌륭하게 해낼 것이다. 오레스트가 누이와 친구를 다시 만나는 순간을 그린 것이다. 세 사람의 인물이 차례차례 말하는 것을 어느 집단의 동시적 발언으로 취급하고, 그 말을 또한 몸짓으로 바꿔 표현하려는 것이다. 그녀의 감각이 얼마나 섬세하고, 자기 영역에 속하는 일을 자기만의 것으로 만드는 방법을 얼마나 터득하고 있는가는 이것만 보아도 알 수 있으리라. 그리고 실제로도 그 점이 작품의 중심인 것이다.

모두들 안녕히, 그리고 나를 잊지 않도록! 이곳 사람들은 나에게 친절히 대해 준다. 나를 어떻게 대해야 좋을지 모르는 것 같기도 하지만. 반면에 티슈바인은 그들 마음에 든 것 같다. 티슈바인은 저녁이 되면 그들에게 머리 그림을 실물 크기

---

166) 나폴리 왕 카를로 7세가 나폴리 남쪽 포르티치 해변에 건설한 왕궁(Palacio Real de Portici, 1742년 완공) 옆에 지은 박물관이다.

로 두세 장 그려서 보여준다. 그들은 마치 뉴질랜드 사람이 군함을 보았을 때와 같은 표정을 하고 그것을 바라본다. 이에 관해서는 재미있는 이야기가 하나 있다.

티슈바인은 신들이나 영웅의 모습을 등신대로, 또는 더 크게 펜으로 스케치하는 특수한 재능을 가지고 있다. 그는 가는 선을 여러 개 그어서 그림자를 만드는 따위는 별로 하지 않고 뭉툭한 붓을 가지고 크게 그림자를 그리기 때문에 머리는 둥글게 공중에 떠 있는 것처럼 된다. 그곳에 참석한 사람들은 너무도 쉽게 그려지는 그림을 경탄하면서 바라보며 진심으로 기뻐했다. 그리고 그들도 어디 나도 한번 하는 마음이 들어서는 화필을 잡고, 번갈아 가며 수염도 그리고 얼굴도 그려보곤 했다. 이런 데에 인간 본연의 성질이 숨어 있는 것은 아닐까. 여하튼 이건 저마다 그림을 훌륭하게 그리는 어떤 사람의 집에서 있었던 교양 있는 사람들의 모임이다. 이 패거리는 실제로 만나보지 않고서는 상상조차 할 수 없는 사람들이다.

3월 14일, 수요일, 카세르타

하케르트의 최고로 쾌적한 거처에 있다. 이 거처는 옛 성 안에 있으며 그에게 제공된 것이다. 새로운 성[167]은 거대한 궁전으로, 에스코리알 양식으로 지어진 네모꼴 건축물인데, 중정이 여러 개 있고 전체적으로 당당한 모습이다. 지형은 세상

---

167) 나폴리 왕 카를로 7세가 1752년에 짓기 시작한 카세르타 궁전을 페르디난도 4세가 이어서 완공했다.

에 드물 정도로 풍요한 평야에 위치하여 지극히 아름답고, 정원은 산자락까지 이어져 있다. 수로를 통해 성과 인근에 풍부한 물이 공급된다. 그 풍부한 수량을 인공적으로 축조한 바위 위로 떨어뜨린다면 장대한 폭포가 만들어질 것이다. 매우 아름다운 정원은 전체가 이미 거대한 정원인 이 지방과 잘 어울린다.

성은 참으로 당당하지만 그다지 번화한 모양은 아니었다. 터무니없이 크면서 텅 비어 있는 장소는 기분 좋은 것이 못 된다. 국왕도 같은 생각이신 모양으로, 사람들이 더 친밀하게 모여서 수렵을 하고 그 밖의 오락을 즐기는 데 적당한 설비가 산중에 설치되어 있다.

3월 15일, 목요일, 카세르타

하케르트는 옛 성 안에서 아주 쾌적하게 지내고 있다. 그 면적은 자신과 손님을 수용하기에 충분하다. 그는 항상 그림 그리기에 바쁘지만, 일면 상당히 사교적인 사람이어서 모여드는 사람들을 끌어들여 자기 제자로 만드는 법을 알고 있다. 그는 나의 잘못도 참아주었으며 특히 소묘를 명확하게, 다음으로는 명암의 배치를 확실 명료하게 하도록 주의를 줌으로써 내 마음까지도 완전히 사로잡아 버렸다. 그는 수채화를 그릴 때 늘 세 가지 잉크를 준비해 놓고서 원경으로부터 근경으로 그려 오면서 차례차례 사용하는데, 이렇게 해서 그림이 완성되고 보면 어떻게 해서 그렸는지 알 수가 없다. 저렇게 잘 그릴 수 있으면 좋을 텐데. 그는 늘 그러듯이 명확한 솔직함을 가지고 나에게 이렇게 말했다.

"당신은 소질은 있는데 잘되지 않는군요. 1년 반쯤 내 곁에 있으면 당신 자신에게도 다른 사람에게도 기쁨을 줄 만한 것을 그릴 수 있을 겁니다."

이것은 모든 아마추어 화가에게 끊임없이 들려줘야 할 말이 아닐까? 이 설교가 얼마만큼 나에게 효력이 있는지는 몸으로 직접 경험해 보기로 하자.

그가 왕녀들에게 실기 지도를 하고 있을 뿐만 아니라 가끔씩 밤에 초청되어 미술 및 관계 사안에 대해 유익한 이야기를 한다는 사실은 그에 대한 여왕의 신뢰가 얼마나 두터운가를 말해 준다. 그런 경우 그는 줄처의 『미학 및 예술의 일반 이론』을 기본 삼아 그 책에서 자기 기분과 생각에 따라 이런저런 장을 선택하는 것이다.

나는 그것이 지당한 방법이라고 생각했지만, 동시에 나 자신에 관해 웃지 않을 수 없었다. 자신을 내부로부터 쌓아올리려는 사람과, 세상 사람들에게 영향을 끼쳐 그 사람들의 가풍까지도 교화시키려고 하는 사람 사이에는 얼마나 큰 차이가 있는 것일까! 줄처의 이론은 그 근본 원리가 잘못 되어 있기 때문에 전부터 좋아하지 않았지만 이번에 나는 이 책에 보통의 세상 사람들이 필요로 하는 것 이상으로 많은 내용이 쓰여 있음을 알았다. 이 책에 적혀 있는 많은 지식과, 줄처와 같이 야무진 사람이 안심하고 사용했던 사고방식이면 일반 사람들에게는 충분한 것이 아닐까.

우리는 미술품 복원을 하는 안드레스 곁에서 즐거운 시간을 몇 차례 보냈다. 그는 로마로부터 초빙되어 역시 이 성 안에 살고 있으며 왕도 흥미를 가지고 있는 이 일을 열심히 계속하고 있다. 오래된 그림을 재생시키는 그의 숙련된 솜씨에 대한 이야기를 지금 시작할 수는 없다. 이 독특한 기술에 따르는 어려운 점과 교묘한 방법에 관한 여러 가지 많은 이야기를 해야 할 것이기 때문이다.

3월 16일, 카세르타

2월 19일자의 그리운 편지 몇 통이 오늘 내 손에 도착했다. 즉시 답장을 보내기로 한다. 여러 친구들 생각을 하면서 본래의 자신으로 돌아가는 것은 얼마나 기쁜 일인지 모르겠다.

나폴리는 낙원이다. 사람들은 모두 자신을 망각한 도취 상태에서 살고 있다. 나도 마찬가지로 나 자신을 잘 모르겠다. 전혀 딴사람이 된 것 같은 기분이다. '너는 지금까지 미쳐 있었든지 아니면 지금 미쳐 있든지 둘 중 하나다.'라는 생각이 어제 들었다.

고대 카푸아의 유적[168]과 그와 관계되는 것을 이곳에서부터 둘러보며 갔다.

식물의 성장이란 어떤 것인가, 무엇 때문에 사람들은 논밭을 경작하는가 하는 물음은 이 지방에 와봐야 처음으로 이해할 수 있다. 아마(亞麻)는 벌써 꽃이 피어날 준비를 하고 있고 밀은 한 자 가까이 자라 있다. 카세르타 부근은 토지가 평

168) 로마의 콜로세움 다음으로 큰 고대의 원형경기장 유적이 있다.

탄해서 논밭이 마치 화단처럼 평평하게 잘 개간되어 있다. 도처에 포플러가 심겨 있고 포도가 그것을 감고 있다. 이렇게 그늘이 져있는데도 이 땅에서는 곡물이 익는다. 이제 봄이 되면 정말 어떠할까! 이제까지는 해가 떠 있어도 바람은 매우 찼다. 산에 있는 눈 때문이었다.

시칠리아에 가느냐 안 가느냐를 2주 안에 결정해야 한다. 결심이 이처럼 기묘하게 이리저리 흔들리는 일은 지금까지 한 번도 없었다. 오늘은 여행을 떠나고 싶은 기분이었다가도 내일은 여행을 중지해야 할 사정이 생겨난다. 나를 사이에 두고 두 개의 영혼이 싸우고 있는 것이다.

이건 부인들에게만 내밀하게 이야기하는 것이라 친구들이 들어서는 곤란한데, 나의 『이피게니에』를 의아해하는 반응은 나도 이해가 간다. 모두들 몇 번이고 듣고 읽고 하는 사이에 첫 번째 형식에 익숙해지고 몇몇 표현은 아예 외워서 자기 것으로 만들어버렸기 때문이다. 그러므로 이번 것은 전혀 다른 느낌이 드는 게 당연하다. 나의 무한한 노력에 대해서 사실은 아무도 고맙게 생각하지 않는다는 것을 나는 잘 알고 있다. 도대체 이런 작품에는 완성이라는 것이 없는 법이다. 시간과 사정이 허락하는 한에서 할 수 있는 만큼 했으면 그것으로 완성된 것이라고 말하지 않으면 안 된다.

그러나 나는 그런 일로 물러서지는 않는다. 『타소』에도 같은 수술을 행할 작정이다. 이 작품은 차라리 태워버리는 편이 나을지도 모르겠는데, 그래도 역시 목적을 관철하기로 하자. 취향을 바꿀 수도 없으므로 이것을 기본 삼아 이상한 작품을 만들어내려 한다. 그러므로 내 원고의 인쇄가 이렇게 늦어지는 것은 나에게는 아주 유쾌한 일이다. 그리고 좀 떨어진 곳에 있으면서 식자공으로부터 위협을 받는 것도 나쁘지는 않다. 극히 자유롭게 행동하기 위해 도리어 약간의 강제를 기대한다든지 혹은 스스로 요구하기까지 한다는 것은 기묘한 이야기다.

1787년 3월 16일, 카세르타

로마에 있으면 공부를 하고 싶어지는데, 이곳에서는 그저 즐겁게 지내고 싶어진다. 그리고 자기 자신도 세상도 잊어버린다. 향락을 좋아하는 사람들하고만 교제하면 나는 이상한 기분이 된다. 해밀턴 기사[169]는 여전히 영국 공사로서 이곳에 살고 있는데, 그는 대단히 장기간에 걸친 예술 애호와 자연 연구 끝에, 자연과 예술에 대한 희열의 정점을 어떤 아름다운 소녀[170]에게서 발견했다. 그는 이 소녀를 자기 집에 두고 있는데 스무 살쯤 된 영국 여성이다. 대단히 아름답고 몸매도 좋다. 해밀턴은 그녀에게 그리스식 의상을 입혀놓았는데 그녀에게 무척 잘 맞는다. 거기다가 그녀는 머리를 풀어 늘어뜨리

---

169) 윌리엄 해밀턴 경(Sir. William Hamilton, 1730~1803). 런던의 귀족 가문 출신으로, 하원의원을 지낸 후 1764년부터 나폴리 주재 영국 공사로 살면서 고미술품 수집가와 화산 연구가로 활동했다.

170) 데임 에마 해밀턴(Dame Emma Hamilton, 1765~1815). 예명인 에마 하트(Hart)로 더 알려졌다. 런던에서 태어난 화류계 여성으로, 해밀턴 경과 결혼해 나폴리 사교계에서 유명인사가 된다.

고 두세 장의 숄을 걸치고 있으면서 수시로 태도, 몸놀림, 표정 등을 여러 가지로 바꾸기 때문에 관찰자는 자기가 꿈을 꾸고 있는 것이 아닌가 하고 생각할 정도다. 수천 명의 예술가가 어떻게 해서든 성취하려고 했던 것이 움직임과 놀라운 변화를 나타내면서 그녀 안에서 완성되어 있는 모습을 볼 수 있다. 일어서기도 하고, 무릎 꿇기도 하고, 앉기도 하고, 옆으로 눕기도 하고, 진지하게, 슬프게, 장난스럽게, 방종하게, 뉘우치듯, 위협하듯, 또 불안해하듯, 이렇게 차례차례 모습이 바뀐다. 그녀는 그때그때 표정에 맞추어 베일의 주름을 고르고 변화시키는 방법을 알고 있으며, 스카프를 사용해서 다양한 머리 장식도 만든다. 이 늙은 기사는 등불을 비추는데, 온통 그녀에게 빠져 있다. 그는 온갖 고대의 작품, 시칠리아 동전에 새겨져 있는 아름다운 옆얼굴, 그리고 벨베데레의 아폴론까지도 그녀 속에서 발견하는 것이다. 틀림없이 비할 데 없는 기쁨이다. 우리는 이 기쁨을 벌써 이틀 밤이나 맛보았다. 오늘 아침에는 티슈바인이 그녀의 초상화를 그리고 있었다.

궁정 사람들과 내가 여러 가지 사건을 통해 맺은 관계는 음미해서 정리하지 않으면 안 된다. 왕은 오늘 이리 사냥을 나갔는데 적어도 다섯 마리는 잡을 것이라고들 한다.

3월 17일, 나폴리

내가 무엇인가 쓰려고 하는 순간, 풍요한 땅과 자유스러운 바다, 안개 낀 섬, 멀리 부옇게 보이는 산의 모습이 언제나 눈앞에 아른거린다. 그러나 나에게는 이런 모든 것을 묘사할 만한 기관이 결핍되어 있다.

인간이 어떻게 해서 토지 경작을 생각해 냈는가는 이곳에 와서야 처음으로 알게 된다. 이곳의 전답에서는 무엇이든 재배할 수 있으며 한 해에 세 번 내지 다섯 번도 수확이 가능하다. 풍년일 때는 같은 땅에 세 번이나 옥수수를 경작했다고 한다. 지금까지 많은 것을 보고, 또 그보다 더 많은 것을 생각해왔다. 세상은 점점 더 넓게 눈앞에 전개돼 온다. 이전부터 알고 있었던 사실도 이제야 겨우 나의 것이 되었다. 인간이란 어찌 이렇게 아는 것에는 빠르되 행하는 것에는 느린 동물인가!

자기가 관찰한 것을 순간순간마다 전할 수 없다는 것은 실로 유감스러운 일이다. 물론 티슈바인은 나와 함께 있지만 그는 인간으로서, 또 화가로서 수많은 사상에 의해 이리저리 쫓기고, 많은 사람들로부터 갖가지 요구를 받는다. 그의 입장이야말로 독특하고도 기묘한 것이다. 그는 자신의 노력의 범위가 매우 한정되어 있다는 것을 느끼기 때문에 타인의 존재에 대해 자유로운 기분으로 관여할 수가 없는 것이다.

역시 세계는 하나의 차륜에 지나지 않는다. 그 주변은 어디나 평형을 유지하고 있지만 우리들도 같이 회전하기 때문에 아주 이상한 것처럼 생각되는 것이다.

이곳에 와야만 비로소, 자연의 잡다한 현상이라든가 인간의 수많은 혼란한 견해도 이해하고 발전시킬 수 있을 것이라고 나는 항상 자신에게 말해 왔는데, 그 예상이 적중했다. 나는 온갖 방면으로부터 얻은 여러 가지 것들을 가지고 돌아갈 것이다. 특히 조국에 대한 사랑과 두세 명의 친구와 함께했던 생활의 기쁨은 틀림없이 가지고 갈 것이다.

시칠리아 여행에 관해서는 아직도 신들이 저울을 손에 들고 있다. 그리고 그 저울 바늘은 좌우로 흔들리고 있다.

이렇게 비밀스럽게 나에게 소개되는 친구는 도대체 누구일까? 내가 이렇게 돌아다니고 섬에 건너가 있는 동안에 그 친구와의 만남을 놓쳐버리는 일이 없었으면 좋겠는데.

팔레르모에서 프리깃함이 돌아왔다. 여드레 뒤에 다시 이곳에서 출범한다. 이 배를 타고 부활절 전주까지 로마로 돌아갈 것인지 아직 결정하지 못했다. 이처럼 결단을 내리지 못했던 적은 지금까지 한 번도 없었다. 어느 순간 사소한 일에 의해 어느 쪽으로든 결정이 날 것이다.

사람들과의 교제는 전보다 잘 되어가고 있다. 그들을 계량하려면 잡화상의 저울을 써야지 황금 저울을 사용해서는 안 된다. 유감스럽게도 우울증의 충동질이나 이상한 요구 때문에 친구들끼리 가끔 이 금기를 범할 때가 있다.

여기 사람들은 남의 일은 아무것도 모른다. 그들은 서로 나란히 걷고 있다는 것을 깨닫지 못한다. 종일 낙원 안을 뛰어다니고 있으면서도 주위를 둘러보는 일이 거의 없다. 그리고 바로 옆에 있는 지옥의 입구가 거칠어지면 성 야누아리오[171]의 피에 매달려서 난을 피한다. 마치 다른 나라 사람들이 사

171) St. Januarius. 3세기 로마 황제 디오클레티아누스의 기독교 박해 때 순교한 나폴리 주교다. 나폴리 대성당에는 야누아리오의 피가 담긴 유리 용기가 모셔져 있는데, 굳었던 혈액이 액화되는 기적이 주기적으로 일어난다고 하며, 이는 나폴리를 수호하는 좋은 징조로 여겨져 신도들에게 회람된다.

신(死神)과 악마를 막는 데 피를 사용하고 또 그러기를 원하듯이.

이렇게 끊임없이 움직이고 있는 수많은 군중 속을 지나는 것은 참으로 진기하기도 하고 또 보양(保養)도 된다. 인파는 서로 섞여서 흘러가지만 각자 자신의 길과 목표를 찾아낸다. 이처럼 많은 사람과 움직임 속에 있으면서 나는 처음으로 진정한정적과 고독을 느낀다. 거리가 시끄러우면 시끄러울수록 나의 기분은 더욱더 차분해진다.

나는 곧잘 루소와 그가 시달리던 우울증의 비참함을 떠올리곤 하는데, 그처럼 우수한 두뇌를 가진 사람이 어떻게 해서 머리가 돌았는지 이해가 갈 것 같다. 만약 내가 자연의 사상(事象)에 대해 지금 품고 있는 것 같은 흥미를 느끼지 않았다면, 또 측량기사가 한 줄의 선을 긋고 세세하게 여러 가지 측량을 하듯이 언뜻 착잡하게 보이는 경우에도 많은 관찰을 서로 비교하고 질서를 잡아갈 수 있다는 사실을 인정하지 않았다면, 나는 몇 번이고 나 자신을 미치광이라고 생각했을 것이다.

1787년 3월 18일, 나폴리

드디어 우리는 헤르쿨라네움과 포르티치에 있는 발굴 수집품을 보러 가는 것을 더 이상 연기할 수 없는 상황에 이르고 말았다. 베수비오 산록에 있는 저 고도(古都)는 완전히 용암으로 뒤덮여 있는데, 계속되는 폭발로 말미암아 용암이 더욱더 높이 쌓여서 지금은 건물이 지하 60피트나 되는 곳에 있다. 우물을 파다가 대리석을 깐 마루에 부딪치는 바람에 이 도시가 발견된 것이다. 독일인 광부의 손에 의해 충분한 발굴이 이루어지지 못한 것은 애석한 일이다. 나중에 사람들이 제멋대로 훔쳐가 귀중한 고대 유물이 많이 없어져버린 것이 확실하기 때문이다. 동굴 속으로 60단쯤 내려가 그 옛날 푸른 하늘 아래 있었던 극장에 횃불이 비치고 있는 모습을 보면 경탄하게 된다. 그리고 그곳에서 발견되어 운반해 올린 온갖 것에 대한 설명을 듣게 되는 것이다.

포르티치 박물관에 들어간 우리는 기분 좋은 영접과 환대를 받았다. 그러나 거기 있는 물건을 그림으로 그리는 것은 역시 허락되지 않았다. 그래서 우리는 오히려 주의 깊게 관찰하고, 이 물건들이 소유주 주변에서 자주 쓰였던 과거 시대에 자신을 놓고서 생생한 상상에 잠겼다. 그러자 저 폼페이의 작은 가옥과 방이 한층 더 좁아 보이기도 하고, 동시에 더 넓어 보이기도 하는 것처럼 생각되었다. 즉 이렇게 귀중한 물건들이 그 안에 충만해 있는 상황을 생각하면 비좁게 생각되고, 또 이들 물건이 생활에 필요한 것으로서 존재할 뿐 아니라 조형미술에 의해 지극히 교묘하고 우아하게 장식되고 생명이 불어넣어져서 아무리 넓은 집도 따라올 수 없을 정도로 사람의 마음을 즐겁고 상쾌하게 해주는 것을 생각하면 한층 넓게도 생각되는 것이다.

예를 들자면, 상부에 대단히 아름다운 장식이 붙어 있는 멋진 형태의 물통이 눈에 띄는데, 이 장식을 잘 관찰하면 그 가장자리가 양쪽에서 높아져 반원형이 결합되는 부분이 손잡이

역할을 함으로써 용기 운반을 쉽게 해준다는 것을 알 수 있다. 램프는 그 등심(燈心)의 수에 따라 가면과 소용돌이무늬로 장식되어 있어, 하나하나의 불꽃이 진짜 예술품을 조명하게끔 되어 있다. 키 크고 우아한 청동 램프대도 있다. 또 달아매는 램프는 여러 취향에 맞도록 달아놓아서 보는 사람을 즐겁고 기쁘게 하도록 만들어져 있는데 좌우로 흔들리면 더욱 재미있다.

다시 와서 보아야겠다고 생각하면서 우리는 안내인의 뒤를 따라 방에서 방으로 보고 다녔으며, 짧은 시간이 허용하는 한 될 수 있는 대로 많은 기쁨과 지식을 훔쳐 가지고 돌아왔다.

1787년 3월 19일, 월요일, 나폴리

요 며칠 사이 상당히 친밀하고도 새로운 관계가 맺어졌다. 지난 4주간 티슈바인이 자연의 풍물과 미술품을 충실히 안내해주어서 큰 도움이 되었다. 어제도 포르티치에 함께 갔는데 서로의 생각을 교환해 본 결과, 그의 예술상의 목표와 장차 나폴리에서 취직할 작정으로 이 도시와 궁정에서 하고 있는 그의 일은 나의 의도나 희망 그리고 취미와는 결부될 수 없다는 것이 판명되었다. 언제나 나의 일을 걱정해 주는 터라, 티슈바인은 어떤 청년을 나의 반려로 삼을 것을 제안했다. 나는 이 청년을 이곳에 온 첫날부터 자주 봤는데, 관심과 호감이 좀 생긴다. 크니프[172]라고 하는 사람인데, 잠시 로마에 체재했

---

172) 크리스토프 하인리히 크니프(Christoph Heinrich Kniep, 1755~1825).

다가 곧 풍경화가들의 집합소인 나폴리로 왔다. 나는 이미 로마에서 그가 기량 있는 화가로 칭찬받고 있으나 일하는 태도에서는 그만큼 칭찬받지 못하고 있다는 이야기를 들었다. 내가 아는 그의 인물 됨됨이로 볼 때 그가 비난받는 이유는 차라리 그의 결단력 부족 때문이라고 말하고 싶다. 하지만 우리가 얼마간 함께 지내는 동안 이 결점은 극복될 것이라고 생각한다. 좋은 시작이 내게 그런 희망을 주었다. 지금부터라도 내가 생각하는 대로 해나간다면 우리 두 사람은 오랜 세월에 걸쳐서 좋은 반려가 될 수 있을 것이다.

3월 19일, 덧붙임, 나폴리

거리를 거닐다 보면, 그리고 눈이 있는 사람이라면, 이 세상에서도 진기한 광경을 보게 된다.

어제 나는 제일 번화한 부두에 있는 판자로 된 가무대(假舞臺)에서 어릿광대가 새끼 원숭이와 싸우는 것을 보았다. 그 위쪽 발코니에서는 예쁜 여자애가 애교를 팔고 있었고, 원숭이가 있는 무대 옆에서는 돌팔이 의사가 만병통치약을 병으로 고생하는 신자들에게 팔았다. 헤리트 다우[173]가 그렸더라면

독일 힐데스하임 태생의 초상화가로, 1781년 이탈리아에 와서 풍경화를 배웠으며 티슈바인, 하케르트 등과 친구가 되었다. 나폴리에 정착해 그곳에서 여생을 보냈다.

173) Gerrit Dou, 1613~1675. 네덜란드 라이덴 태생으로 17세기 황금시대에 활동한 화가다. 당대에는 그의 그림이 렘브란트보다 비싸게 팔렸으며 국제적으로도 명성이 높았다.

이런 정경의 그림은 당대나 후세 사람들을 기쁘게 했을 것이다.

성 요셉 축일은 오늘도 계속되었다. 이날의 성 요셉은 '프리타루올리', 즉 모든 제빵사의 보호자다.(여기서 프리타, 즉 튀김은 넓은 의미의 빵으로 이해하면 된다.) 한데 끓고 있는 검은 기름 밑에는 언제나 뜨거운 불이 타고 있으니 모든 업화의 괴로움은 그들이 전문으로 하고 있는 바다. 그들은 어젯밤에도 공양을 위해 많은 그림을 집 앞에 장식해 놓았고, 그래서 연옥의 불 속에 있는 인간들이나 최후의 심판 그림이 빛을 뿜으며 주변 일대를 환하게 밝혔다. 대문 앞에 대충 만들어놓은 화덕에는 큰 냄비가 걸려 있다. 한 직공이 반죽을 하면 다른 직공이 둥글게 말아 빵으로 만들어서 끓는 기름 속에 던져 넣는다. 세 번째 직공이 작은 꼬챙이를 들고 냄비 옆에 서 있다가 기름에 잘 튀겨진 빵을 끄집어내어 네 번째 직공의 꼬챙이 위에다 밀어주면, 그 직공은 주위에 서 있는 사람들에게 그걸 판다. 이 마지막 두 사람은 금발 가발을 쓴 젊은이로 여기서는 천사를 의미한다. 이 그룹에는 두세 사람이 더 있는데, 그들은 일하고 있는 패들에게 포도주를 주고 자기들도 마시면서 큰 소리로 떠들고 있었다. 거기에는 많은 사람들이 몰려들고 있었다. 왜냐하면 오늘 저녁은 어떤 빵도 여느 때보다 싸고 거기다가 수입의 일부는 빈민에게 베풀게 되어 있기 때문이다.

이런 것을 이야기하고 있다가는 한이 없겠다. 매일 이런 식이어서, 항상 무언가 새로운 것이나 미친 짓 같은 것을 만나게 된다. 거리에서 눈에 들어오는 의상은 천차만별이며 톨레도 거리만 해도 대단한 인파다.

이렇게 민중과 어울려 지내는 것에 이 고장 특유의 즐거움이 몇 가지 더 있다. 그들은 자연 그대로이므로 함께 있으면 이쪽도 자연 그대로가 되는지 모르겠다. 예를 들어 이탈리아 고유의 국민적 가면 광대 풀치넬라(Pulcinella)가 있는데, 이것은 베르가모가 본고장인 익살꾼 아를레키노, 티롤 태생의 어릿광대 한스부어스트에 상당한다. 그런데 이 풀치넬라는 아주 침착하고 조용하며 어느 정도까지는 대범하고 게으르다고도 할 만한 우스운 패거리다. 급사라든가 하인 중에 이러한 인간이 도처에 있다. 오늘 우리 하인과 관련해서 재미있는 일이 있었다. 펜하고 종이만을 가져오게 했는데, 반은 잘못 듣고, 꾸물꾸물하고, 선의와 교활함이 섞이면서 지극히 애교 있는 장면이 연출되었다. 이런 장면을 무대에 올린다면 반드시 성공할 것이다.

1787년 3월 20일, 화요일, 나폴리

방금 전에 분출한 용암이 나폴리에서는 보이지 않지만 오타비아노[174] 쪽으로 흘러내리고 있다는 통지에 자극되어서, 나는 세 번째 베수비오 등산을 기도했다. 산기슭에서 한 마리의 말이 끄는 이륜마차로부터 내리자마자 전에 우리를 안내했던 두 안내인이 나타났다. 어느 쪽도 거절하기 싫어서 한 명은 관습과 감사의 마음으로, 또 한 명은 신뢰감과 어떤 점에서든 도움이 되리라는 기대로 둘 다 데리고 갔다.

174) 나폴리를 기준으로 동서쪽, 베수비오산 너머에 있는 소도시다.

정상에 도착하자 한 명은 외투와 식량과 함께 남고, 젊은 쪽이 나를 따라왔다. 그리고 우리는 원추형 화구 아래쪽에서 분출하고 있는 굉장한 분연(噴煙)을 향해 힘차게 전진해 갔다. 산의 측면을 따라 천천히 내려가니 마침내 맑은 하늘 아래 자욱하게 오르는 증기구름 속에 분출하는 용암이 보였다. 어떤 사실에 관해 천 번쯤 이야기를 들었다 하더라도 사물의 특질은 역시 직접 관찰함으로써 비로소 우리들에게 밝혀진다. 용암의 폭은 매우 좁아서 10피트를 넘지 않았을 텐데, 그러나 완만하고 평탄한 지면을 흘러내리는 광경은 실로 볼만한 것이었다. 용암은 흘러가는 동안 측면과 표면이 냉각되어 도랑이 만들어지고, 용해한 물질은 열류 밑에서도 응고하기 때문에 바닥이 점점 높아진다. 그 열류가 표면에 떠 있는 덩어리를 좌우로 균등하게 내던져서, 그 때문에 둑은 점점 높아지고 그 위를 작열하는 용암류가 물레방앗간의 작은 냇물처럼 조용히 흘러간다. 우리는 유난히 높아진 둑을 따라 걸었는데, 덩어리가 규칙적으로 둑의 측면을 따라 굴러서 우리 발아래까지 떨어져 왔다. 곳곳에 있는 도랑의 갈라진 틈으로 작열하는 흐름을 밑에서 볼 수 있었으며, 또 그것이 흘러내려감에 따라 위쪽에서도 관찰할 수가 있었다.

태양 빛이 너무나 밝아서 작열하는 용암류도 거무스레하게 보이고, 오직 한줄기의 연기만이 가볍게 맑은 하늘로 올라가고 있었다. 나는 열류가 산에서 분출하는 지점에 가까이 가 보고 싶었다. 안내인의 이야기로는, 용암이 분출하면 곧 위쪽에 천장이나 지붕을 만드는데 그는 몇 번이나 그 위에 서 본 일이 있다고 했다. 이것도 구경하고 경험해 두려는 생각으로 우리는 다시 산을 올라 배후로부터 이 지점으로 접근해 갔다. 다행히도 그 장소가 한차례의 강풍으로 노출되어 있는 것이 보였다. 그렇지만 그 주변의 수많은 틈새에서 증기가 자욱하게 올라오기 때문에 전부가 보인 것은 아니다. 거기서 우리는 죽처럼 걸쭉하게 응고해 있는 천장 위에 서보았는데, 이 천장이 멀리까지 펼쳐져 있어 용암이 분출하는 곳은 보이지 않았다.

20~30걸음 더 전진해 가자 지면이 점점 더 뜨거워졌다. 참을 수 없을 정도로 진한 연기가 소용돌이치고 있어서 태양도 어두워지고 숨이 막힐 것 같았다. 앞서 나아가고 있던 안내인이 곧 돌아와 나를 붙잡으며 말렸다. 거기에서 멈춘 우리는 그 지옥의 가마솥으로부터 탈출해 나왔다.

눈은 조망에 의해, 입과 배는 포도주에 의해 기운을 차리고서 우리는 낙원 한가운데 솟아 있는 이 지옥의 산정의 다른 기이한 광경을 구경하러 돌아다녔다. 화산의 연통으로서, 연기는 많이 뿜어내지 않지만 끊임없이 맹렬한 열풍을 불어대고 있는 두세 개의 분기공을 주의 깊게 관찰했다. 분기공은 종유석 모양을 하고 위쪽까지 뒤덮고 있었다. 연통 크기가 다르기 때문에 매달려 있는 증기 부산물 중 어떤 것은 상당히 가까이 있는 것도 있어서, 우리는 가지고 있던 지팡이에다 갈고리 모양 도구를 붙여 끌어당김으로써 쉽게 손에 넣을 수 있었다. 나는 예전에 어느 용암 상인이 이러한 표본을 진짜 용암 속에 포함시켜 분류해 놓은 것을 본 적이 있는데, 이것은 뜨거운 증기 속에 침전해서 생겨난 화산의 매연인바, 이번에 그 속에 함유되어 있는 광물의 휘발성 있는 부분을 나타내는 것을 발견할 수 있어서 기뻤다.

참으로 멋진 일몰과 아름다운 저녁 경치가 숙소로 돌아오는 나의 원기를 돋우어주었다. 그러나 극단적인 대조라는 것이 얼마나 마음을 교란하는가를 느낄 수 있었다. 매혹적인 것에 대한 두려움, 두려운 것에 대한 매혹, 이 둘은 서로를 상쇄하여 결국 무덤덤한 느낌만 남게 된다. 만약 나폴리인들이 신과 악마 사이에 끼어 있다고 느끼지 않는다면 그들은 별난 인간임에 틀림없다.

1787년 3월 22일, 나폴리

독일인의 기질과, 향락보다 학습과 행동을 원하는 욕망이 나를 재촉하지만 않는다면, 이 경쾌하고 태평한 인생의 학교에 좀더 머물러서 보다 더 이익을 얻으려고 노력할 텐데. 약간 비축해둔 것만 있다면 여기서는 참으로 즐겁게 지낼 수 있다. 도시의 위치나 온화한 기후는 아무리 칭찬해도 부족할 정도지만 외국인에게는 이것만이 거의 유일하게 의지되는 것이다.

여가도 있고 수완과 재산도 있는 사람이라면 물론 여기서도 떳떳하게 상당한 생활을 할 수 있다. 그래서 해밀턴 같은 사람은 훌륭한 주택을 지어서 만년의 생활을 즐기고 있는 것이다. 그가 영국풍으로 꾸며놓은 방은 정말 훌륭하며, 모퉁이의 방에서 보는 조망은 아마도 천하일품일 것이다. 눈 아래는 바다, 건너편에 카프리섬이 보이고, 오른쪽에는 포실리포, 가까이에는 빌라 레알레[175]의 산책로, 왼쪽에는 낡은 예수회 성당 건물, 그 배후에는 소렌토의 해안이 미네르바곶까지 연결되어 있다. 유럽에서 이 정도의 조망은 아마 둘도 없을 것이다. 적어도 인구가 조밀한 대도시의 중심에는 없다.

해밀턴은 광범위한 취미를 가진 사람인데, 온갖 창조의 세계를 편력한 후에 세계의 조화(造化)이자 위대한 예술가의 걸작인 아름다운 여성에게 도달했다.

이렇듯 다양한 즐거움을 맛본 뒤에 바다 저편의 세이렌들이 나를 유인한다. 순풍이 불면 나는 이 편지와 동시에 출발한다. 편지는 북으로, 나는 남으로. 인간의 마음은 제어할 수 없는 것이어서 특히 나는 먼 곳을 너무나 동경한다. 지금의 나는 고집하기보다 잽싸게 붙잡는 것에 유의하지 않으면 안 된다. 어떤 대상물의 손가락 끝만 잡으면, 그다음은 묻고 생각해서 그 손 전체를 충분히 내 것으로 만들 수 있다.

기묘한 것은 요즘 어떤 친구가 나에게 '빌헬름 마이스터'를 상기시키고 그것을 이어서 쓰도록 요구하고 있는 것이다. 그 작업은 이 하늘 밑에서는 가능할 것 같지 않은데, 아마도 마지막 몇 장 속에 이곳 분위기가 얼마간은 전해질 것이다. 그것이 가능할 정도로 내 생활이 발전해서 줄기가 자라고 한층 풍부하고 아름답게 꽃이 핀다면 좋을 텐데. 다시 태어나 돌아가는 것이 아니라면 차라리 이대로 돌아가지 않는 편이 낫다.

---

175) Villa Reale. 페르디난도 4세가 1780년에 조성한 왕실정원으로, 오늘날에는 빌라 콤무날레 디 나폴리(Villa Comunale di Napoli) 공원으로 개방되어 있다.

3월 22일, 덧붙임, 나폴리

우리는 오늘 매물로 나온 코레조의 그림을 보았다. 보존 상태가 완벽하진 않았지만 화가의 장기인 우아한 특색은 여전히 남아 있었다. 그림은 성모를 그린 것으로, 어린애가 엄마의 젖과 천사가 내밀고 있는 두어 개의 배 중에서 어느 것을 잡을까 망설이는 순간을 나타내고 있다. 즉 '예수의 젖떼기'를 다룬 것이다. 취향은 매우 우아하고 구도에는 활기가 있으며, 자연스럽고 효과적이며 지극히 매력적으로 그려진 작품이라고 생각한다. 이 그림을 보니 곧 「성 카타리나의 결혼」이 생각났는데, 코레조의 작품이 틀림없다고 생각된다.

1787년 3월 23일, 금요일, 나폴리

이제 크니프와는 지극히 실제적으로 확고한 관계를 맺었다. 우리는 함께 파에스툼[176]에 갔는데, 그는 왕복하는 도중에도 그곳에 도착해서도 많은 스케치를 해서 훌륭한 약도가 여러 개 완성되었다. 이 활발하고 근면한 생활은 자신도 깨닫지 못했던 재능을 자극하게 되기 때문에 그는 이 생활에 크게 만족하고 있다. 스케치할 때는 결단성이 중요한데, 실제로 이런 경우에 그의 정확하고 꼼꼼한 솜씨가 잘 발휘된다. 그는 그리려고 하는 종이에 사각 윤곽을 그리는 것을 절대로 게을리하지 않는다. 최상품 영국제 연필을 몇 번이고 깎아서 뾰족하게

176) 기원전 6세기경 지어진 남성적이고 웅장한 도리스식 신전 3채가 유명한 역사유적 공원이다.

하는 일은 그에게는 스케치하는 것과 거의 같은 정도의 즐거움이다. 그러므로 그가 그리는 윤곽은 나무랄 데가 없다.

우리는 다음과 같은 협정을 맺었다. 오늘부터 우리는 함께 생활하고 함께 여행한다. 그는 일상사에 신경을 쓰지 않고 그림 그리는 데만 전념한다. 지난 며칠간처럼 스케치는 전부 나의 소유로 한다. 단, 우리가 여행에서 돌아온 뒤 그 스케치들을 본으로 해서 더 훌륭한 작품이 완성될 수 있도록, 그중에서 내가 골라내는 것을 크니프는 나를 위해서 완성시킨다. 그러는 동안에 그의 솜씨도 나아지고 장래 전망도 충분히 밝아질 것이고 그다음 일도 어떻게든 잘되어 갈 것이다. 이렇게 이야기가 좋게 결말이 나서 나는 대단히 기쁘다. 이제야 비로소 우리의 여행에 관해 간단히 설명할 수가 있다.

경쾌한 이륜마차를 타고, 뒤에는 착한 개구쟁이를 태우고, 교대로 고삐를 잡으면서 우리는 경치 좋은 지방을 지나갔다. 크니프는 화가의 눈으로 이 경치를 맞이하고 있었다. 이윽고 산협으로 접어들자 평탄한 차도를 질주하면서 우리는 아름다운 숲과 바위산 옆을 지나갔다. 그러자 크니프는 참을 수가 없어져서, 바로 우리들 앞에 뚜렷하게 하늘에 떠 있는 코르포디카바의 수려한 산을, 그 측면과 기슭에 이르기까지, 깨끗하게 특색을 포착해서 윤곽을 그렸다. 우리는 이것을 두 사람의 결합의 증표라고 말하며 기뻐했다.

살레르노의 숙소 창문에서 본 비슷한 스케치도 저녁때에 한 장 완성되었다. 이 지방은 필설로 다하지 못할 만큼 아름답고 풍요한 곳이다. 대학[177]의 융성이 극에 달했던 그 시대에 누군들 이곳에서 배우고자 생각지 않았던 사람이 있었을까? 이튿날 아침 일찍이 우리는 닦아놓지 않아 질퍽거리는 길을 지나 모양 좋은 한 쌍의 산을 향해 마차를 달렸다. 작은 개천과 소택지를 지나갔는데 그곳에서 하마 같은 물소가 핏빛 야생의 눈을 하고 있는 것을 보았다.

토지는 더욱더 평탄하고 황량해졌다. 건물 수가 적은 것은 농업의 부진을 암시하는 것이다. 바위 사이를 가는 것인지 폐허 속을 가는 것인지 분간하지 못하는 사이에, 마침내 우리는 멀리서부터 눈에 들어왔던 두세 개의 커다란 장방형 물체가 옛날 그렇게 번영했던 도시의 전당 혹은 기념 건축물이라는 것을 식별할 수 있게 되었다. 크니프는 오는 도중에 그림 같은 석회산을 벌써 두 장 그려놓았는데, 지금은 회화적인 취향이라고는 조금도 없는 이 지방의 특징을 포착해서 표현할 수 있을 만한 위치가 어디 없을까 하고 급히 찾고 있는 중이다.

그동안 나는 한 농부의 안내를 받으며 건물 안을 돌아다녔다. 첫인상은 오로지 놀라움뿐이었다. 마치 전혀 딴 세상에 와 있는 것 같았다. 왜냐하면 수백 년의 세월은 엄숙한 것을 쾌적한 것으로 바꾸어놓은 것처럼 인간까지도 변화시키기 때문이다. 오히려 인간을 그렇게 개조한다고 하는 편이 낫겠다. 그런데 우리들의 눈과, 눈을 통한 내적 생활 전체는 이 건물보다 섬세한 건축에 익숙해졌고 뚜렷하게 개념이 정립되어 있

177) 살레르노에 있는 중세 최초의 의과대학을 가리킨다. 1861년에 폐교되었다.

기 때문에, 비좁게 늘어선 이 둔중한 원추형 기둥들은 우리에게는 번잡스럽고 무섭게까지 생각되는 것이다. 그러나 곧 나는 마음을 다시 먹고 미술사를 상기하여, 이러한 건축이 정신에 합당하던 시대를 생각하고 엄격한 조소 양식을 머리에 떠올려 보았다. 그러자 한 시간도 안 되는 사이에 친숙한 감정이 우러나왔다. 아니, 도리어 이렇게 훌륭하게 보존된 폐허를 눈앞에 보여준 것에 대해 수호신을 찬양했다. 이러한 건물은 모사를 통해서는 도저히 개념을 얻을 수 없는 것이기 때문이다. 이런 것은 건축 도면으로 보면 실물보다 섬세해 보이고, 원근법적 도면에서는 실물보다 둔중해 보인다. 주위를 걷기도 하고 안을 지나가 보기도 해야만 비로소 그 본래의 생명에 접할 수 있다. 즉 건축가가 무엇을 의도했고, 어디에 생명을 불어넣었는가를 그 안에서 감득할 수 있는 것이다. 나는 이러면서 하루 종일을 지내고, 그동안 크니프는 정확하기 그지없는 약도를 그리느라고 정신이 없었다. 그러한 걱정이 아주 없어지고 추억을 위해 이렇게 정확한 기념물을 얻는 것이 나는 얼마나 기뻤는지 모른다. 유감스럽게도 여기에는 숙박 시설이 없었기 때문에 우리는 살레르노로 돌아와서 이튿날 아침 일찍 나폴리를 향해 떠났다. 베수비오산은 배후에서 보면 가장 풍요한 평원에 솟아 있고, 전경의 가도에는 거대한 포플러가 피라미드처럼 나란히 서 있다. 이것도 꽤 기분 좋은 경치이기 때문에 우리는 종종 마차를 세우고 바라보았다.

그리고 우리는 한 구릉에 도착했는데 웅대한 경치가 눈 아래로 전개되었다. 장려한 나폴리, 만의 평평한 해변에 연해 몇 마일이나 이어져 있는 인가들, 갑, 지협, 암벽, 그리고 많은 섬과 그 뒤에 바다가 있다. 보는 이로 하여금 황홀하게 하는 아름다운 조망이었다.

마차 뒤에 타고 있는 소년이 부르는, 시끄러운 노래라고 하기보다는 환희의 절규와 열락(悅樂)의 신음 소리가 나를 놀라게 하고 방해했다. 나는 큰 소리로 야단쳤다. 그는 아직 한 번도 우리들로부터 야단맞은 적이 없었던 것이다. 마음 착한 소년이었다.

그는 잠시 동안 가만있다가 내 어깨를 가볍게 두드리고 오른팔을 우리들 사이에 내밀고 둘째손가락을 올려 "나으리, 용서하셔요! 하지만 이건 저의 나라니까요!"라고 말했다. 거기서 나는 다시 놀랐다. 불쌍한 북방인인 나의 눈에 눈물 같은 것이 맺혔다.

1787년 3월 25일, 나폴리, 수태고지 축일

크니프가 나와 함께 시칠리아에 가는 것에 매우 기뻐하고 있음을 느낄 수 있었으나, 그래도 그가 왠지 여행을 꺼리는 듯한 감이 오는 것을 막을 수 없었다. 원래가 솔직한 사람이기 때문에 오래 감추지 못하고 장래를 약속한 연인이 있다는 사실을 나에게 털어놓았다. 이 두 사람이 친해진 경위를 들으니 참으로 가련한 이야기였다. 요컨대 그가 그녀를 좋아하게 된 근원은 그녀의 행동거지였던 것이다. 그는 나에게 그녀를 한 번 만나봐 줄 것을 부탁했다. 때마침 약속 장소는 나폴리를 전체적으로 바라볼 수 있는 곳 중에서 최고의 조망을 가지고 있는 장소였다. 그는 나를 어떤 집의 평평한 지붕 위로 데려갔다. 거기서는 부두에 이르기까지 도시의 아래쪽과 만, 소렌토의 해안이 완전히 손금 보듯 내려다보였다. 거기서부터 오른쪽에 있는 모든 경치는 여기에 서지 않고서는 쉽게 볼 수 없으리라고 생각될 만큼 절묘하다. 나폴리는 어디서 보아도 아름답고 멋지다.

이렇게 우리가 이 지방의 경치에 경탄하고 있을 때, 예상한 바기는 하지만 그래도 갑자기, 매우 귀여운 머리가 다락방으로부터 나타났다. 덮개 문으로 덮을 수 있는, 회반죽으로 굳힌 길쭉한 사각형 구멍이 이 발코니로 통하는 유일한 출입구인 것이다. 그 작은 천사가 완전히 모습을 드러냈을 때 내 머릿속에는 갑자기 마리아의 수태고지가 떠올랐다. 이 천사는 참으로 자태가 아름답고 얼굴도 예쁘고 동작은 정숙하고도 자연스러웠다. 빛나는 하늘 아래, 세상에 둘도 없는 아름다운 경치를 눈앞에 두고 친구가 행복해하는 모습을 보니 나도 기뻤다. 그녀가 떠난 후에 그는 지금까지 자신이 가난을 마다하지 않았던 것은 바로 그렇게 함으로써 동시에 그녀의 사랑을 즐기고 그녀의 과욕을 존중하게 됐기 때문이라고 나에게 고백했다. 그러므로 그녀에게 보다 좋은 날을 마련해 주기 위해서도 장래에 대한 한층 유망한 전망과 풍요한 생활 상태가 특별히 소망되는 것이다.

3월 25일, 덧붙임, 나폴리

이 유쾌한 사건 뒤에 해안을 따라 산책하면서 나는 마음이 편하고 즐거워졌다. 그때 갑자기 식물학상의 기발한 생각이 떠올랐다. 원식물[178]에 관한 나의 연구는 곧 완성된다고 헤르더에게 전해 주기 바란다. 다만 이 원식물에 깃든 전체 식물계를 아무도 인정하려 들지 않을까 봐 걱정이다. 떡잎에 관한 나의 탁월한 학설은 누구도 그 이상은 해명할 수 없을 정도로 세련된 것이다.

1787년 3월 26일, 나폴리

이 편지는 내일 보낼 것이다. 29일 목요일에 나는 코르벳 범선을 타고 팔레르모로 향한다. 항해술에 대해 잘 모르는 탓에 지난번 편지에서는 이 코르벳 범선을 프리깃함으로 격상시켜 놓았었다.[179] 여행을 갈까 말까 망설이고 있었기 때문에 이곳 체재 중 한때 불안한 기분이 들었다. 그러나 이제는 결심이 섰으므로 사태가 호전되고 있다. 나 같은 기질의 사람에게 이 여행은 약이 된다. 그 이상으로 필요한 것이다. 시칠리아라고 하면 나에게는 아시아나 아프리카를 의미한다. 세계 역사에서 이처럼 많은 활동 반경이 향하고 있는 이 경탄할 만한 땅에

---

178) Urpflanze. 괴테가 상정한 개념으로, '모든 식물의 근원이 되는 원형(元型)으로서의 식물'이라는 뜻이다.

179) 코르벳 범선은 프리깃 범선보다 크기가 작으며, 주로 근해를 오가는 데 사용되었다. 3월 3일자 편지(320쪽)에서 괴테는 팔레르모와 나폴리를 오가는 여객선을 프리깃함이라고 썼다.

내가 몸소 선다는 것은 결코 무가치한 일이 아니다.

나는 나폴리를 나폴리식으로 취급해 왔다. 나는 결코 근면했다고는 할 수 없지만, 그래도 많은 것을 보고 국토, 주민, 생활 상태에 관한 일반적 개념을 양성해 왔다. 돌아오면 여러 가지 보충할 것도 있지만 그리 대단한 것은 못 된다. 왜냐하면 6월 29일 이전에 로마로 돌아가야 하기 때문이다. 부활절 전주에 갈 수 없을 경우에는 적어도 성 베드로 축일은 로마에서 축하하고 싶다. 시칠리아를 여행했다고 해서 나의 최초 계획이 너무 변경되어서는 곤란하다.

엊그저께는 천둥, 번개, 호우의 악천후였다. 하지만 오늘은 다시 맑아져서 산으로부터 기분 좋은 북풍이 불어오고 있다. 이 바람이 계속해서 불면 배의 속력도 훨씬 빨라질 것이다.

어제 나는 동행자와 함께 우리들이 탈 배와 선실을 구경갔다. 내 개념에는 항해라는 것이 전혀 없었다. 해변을 도는 이 자그마한 해상여행은 상상력을 돋워 나의 세계를 넓혀줄 것이다. 선장은 젊고 기운 좋은 남자다. 배도 매우 깨끗하고 느낌이 좋다. 미국에서 만들어진 훌륭한 범선이다.

여기서는 이제 모든 것이 녹색으로 변하기 시작했다. 시칠리아에는 녹색이 더 진할 것이다. 여러분이 이 편지를 받아볼 때쯤엔 나는 벌써 귀로에 접어들어 트리나크리아[180]를 뒤로

180) Trinacria. 시칠리아의 고대 이름으로, 세 개의 곶이 삼각을 이룬 섬의 모양에서 비롯했다.

하고 있을 것이다. 인간이란 그런 것으로, 생각은 앞으로 뒤로 항상 날아다니고 있는 것이다. 나는 아직 저 섬에 도착하지도 않았는데 생각은 벌써 여러분 곁으로 돌아와 있다. 그러나 이 편지의 혼란은 내 죄가 아니다. 편지 쓰는 것을 시종 방해받으면서도 나는 이 편지를 끝까지 써버리려고 생각한다.

방금 베리오 후작이라고 하는, 나이는 젊지만 유식한 듯한 남자가 나를 찾아왔다. 무슨 일이 있어도 『젊은 베르테르의 슬픔』의 저자와 만나고 싶다는 것이었다. 대체로 이곳에서는 교양과 지식을 탐구하는 열정이 매우 대단하다. 다만 그들은 지나치게 행복해서 올바른 길에 도달하지 못하는 것이다. 나에게 시간만 있다면 기꺼이 그들을 위해 나의 시간을 할애해 주고 싶다. 앞으로 4주간, 그것은 긴 인생에 있어서 아무것도 아니다! 그럼 안녕! 나는 이번 여행에서 여행하는 법을 배울 것이다. 살아가는 법도 배울 수 있을지는 모르겠다. 생활하는 법을 터득하고 있는 듯 보이는 인간은 그 기풍이나 성격에 있어서 너무나 나하고는 동떨어져 있기 때문에 이런 재능을 내 몸에도 갖고 싶다는 생각은 도저히 들지 않는다.

안녕. 내가 여러분을 마음으로 생각하고 있듯 여러분도 나를 잊지 말아주기 바란다.

1787년 3월 28일, 나폴리

요 며칠은 짐을 꾸리고, 작별 인사를 하고, 여러 가지 조달과 지불을 하고, 지금까지 게을리했던 것의 뒤치다꺼리와 여행 준비를 하느라 그럭저럭 지나갔다.

발데크 공자는 작별에 임해서도 나의 마음을 편안히 해주지 않았다. 그의 이야기가 주로, 내가 돌아오거든 시간을 내서 함께 그리스와 달마티아에 가자는 제안과 관련되었기 때문이다. 한번 세상에 나와서 세상 사람들과 사귀게 되면 아무렇게나 끌려 다니지 않도록, 또 끌려 다니더라도 미치는 일이 없도록 주의할 필요가 있다. 더 이상 한 자도 못 쓰겠다.

1787년 3월 29일, 나폴리

이삼일 전부터 날씨가 나빴는데, 출발하기로 예정했던 오늘은 더할 나위 없이 좋은 날씨다. 안성맞춤인 북풍, 맑게 갠 하늘. 이런 하늘 아래 있으면 멀리 가고 싶어진다. 바이마르와 고타의 여러분에게 다시 한 번 마음으로부터 인사를 드린다. 여러분의 사랑이 나의 길동무다. 언제나 나는 여러분의 사랑이 필요하다. 어젯밤에는 바이마르의 내 집무실에서 평소처럼 일하는 꿈을 꿨다. 아무래도 나의 꿩 배[181]는 여러분 곁 말고는 어디에도 짐 내릴 곳이 없는 모양이다. 그렇다면 더더욱 훌륭한 짐을 싣고 가야겠다!

---

181) 1786년 10월 19일자 일기(191쪽) 참조.

시칠리아

3월 29일, 목요일, 선상에서

지난번 우편선이 출발했을 때 같이했던 북동풍의 순풍과는 달리, 이번에는 곤란하게도 반대쪽으로부터 제일 방해가 되는 뜨뜻미지근한 시로코가 불고 있다. 그래서 배 타기가 날씨와 바람의 변덕에 얼마나 좌우되는가를 경험했다. 우리는 초조한 기분으로 해변과 카페에서 오전을 보내고 정오가 되어서야 겨우 승선했는데, 날씨만은 최고로 좋았기 때문에 멋진 풍경을 즐겼다. 부두에서 멀지 않은 곳에서 코르벳 범선이 닻을 내리고 있었다. 태양은 밝게 비치고 대기에는 엷은 안개가 끼어 있어서, 그늘져 있는 소렌토의 암벽이 참으로 아름다운 푸른빛을 발했다. 환한 햇살을 받고 있는 번화한 나폴리의 거리는 온갖 색채로 빛나고 있었다. 해가 저물 무렵에야 겨우 배는 움직이기 시작했지만 매우 느린 속도였다. 태풍 때문에 배는 포실리포와 그 갑 쪽으로 밀려갔다. 밤새 배는 천천히 나아갔다. 이 배는 미국에서 건조된 속력이 빠른 범선인데, 내부에는 깨끗한 방과 따로따로 분리된 침실을 갖추고 있다. 선객들은 떠들썩하지만 예의에 벗어나지는 않는다. 그들은 팔레르모에 초대받아 가는 오페라 배우들과 무용가들이다.

3월 30일, 금요일

날이 밝기 전 우리는 이스키아와 카프리 사이, 카프리섬에서 약 1마일 떨어진 곳을 지나고 있었다. 카프리 연봉과 미네르바곶의 배후로부터 장엄하게 태양이 떠올랐다. 크니프는 해안, 섬의 윤곽, 여러 경치 같은 것을 부지런히 그렸는데, 배의 진행이 느린 것이 그의 일에 도움이 되었다. 배는 약한 바람을 옆으로 받으면서 나아갔다. 4시에 베수비오산은 시계로부터 사라졌으나 미네르바곶과 이스키아는 여전히 보였다. 그것도 저녁이 되니 모습을 감췄다. 태양은 구름과 몇 마일이나 이어진 빛줄기와 더불어 바다 저편으로 가라앉았고 주변 전체가 진홍색으로 빛났다. 크니프는 이 현상도 스케치했다. 이제 육지라곤 보이지 않고 수평선상에서 눈 닿는 끝까지 망망대해이며, 밤하늘은 맑게 개어 달빛이 아름다웠다. 그러나 이 멋진 광경을 채 즐기기도 전에 나는 뱃멀미에 시달리기 시작했다. 선실로 들어가 반듯한 자세로 드러누워, 흰 빵과 붉은 포도주 외에는 일체의 식음을 폐하고 있었더니 기분이 좀 나아졌다. 외계로부터는 차단되어 있기 때문에 나는 내부 세계의 지배에 내맡겼다. 그리고 느린 항해가 예견되었으므로 곧 힘든 일과를 나 자신에게 부과해서 의의 있는 소일거리로 삼았다. 산문시로 쓰인 『타소』의 처음 2막을, 모든 원고 중에서 이것만을 골라서 가지고 왔다. 이 부분은 계획과 줄거리 진행은 지금 쓰고 있는 것과 거의 같지만, 벌써 10년도 더 전에 쓴 것이기 때문에 힘이 약한 곳이라든가 애매한 곳이 있었는데, 새로운 견해에 따라 형식에 중점을 두고 운율을 채용했기 때문에 그런 약점도 곧 해소되었다.

3월 31일, 토요일

맑은 태양이 바다로부터 올라왔다. 7시에 우리보다 이틀 먼저 출항했던 프랑스 배를 따라잡았다. 그만큼 우리 배가 빨랐는데, 그래도 목적지는 아직 보이지 않았다. 다소라도 위안이 된 것은 우스티카섬이었는데, 카프리와 마찬가지로 오른쪽으로 보면서 지나야 할 이 섬이 곤란하게도 왼쪽에 보이는 것이었다. 정오경에는 바람이 완전히 역풍으로 바뀌어서, 배가 전혀 앞으로 나아가지 않았다. 바다의 파도가 높아져서 배 안에 있는 거의 모두가 뱃멀미를 시작했다.

나는 평소 자세를 유지하면서 『타소』를 처음부터 끝까지 여러 관점에서 철저하게 관찰해 보았다. 파도가 높아져도 조금도 식욕이 줄지 않는 장난꾸러기 크니프가 가끔 나에게 포도주와 빵을 가져오면서 맛있는 점심 자랑을 하고, 또 젊고 유능한 선장이 나하고 식사하지 못하는 것을 유감으로 여긴다는 보고를 하고, 선장이 쾌활하고 애교 있다는 칭찬을 하면서 나를 놀리지 않았더라면, 나는 시간도 분간 못 하면서 지냈을 것이다. 농담을 하고 쾌활했던 내가 점점 뱃멀미로 불쾌해지고, 배에 탄 한 사람 한 사람이 그렇게 변하는 모습이 그에게는 곧 놀림거리가 되었다.

오후 4시에 선장은 배의 방향을 바꿨다. 큰 돛대를 다시 올리고 똑바로 우스티카섬으로 방향을 잡고 진행했는데, 이 섬 너머로 시칠리아의 산들이 보여서 우리는 매우 기뻤다. 바람 상태도 좋아지고 배가 한층 더 속력을 내 시칠리아로 나아가니 다른 섬들도 두서넛 보이기 시작했다. 석양은 잔뜩 찌푸린 하늘 아래 안개 속에 가려 있었다. 저녁때부터는 줄곧 순풍이었으나, 한밤중이 되면서 바다는 파도가 높아졌다.

4월 1일, 일요일

새벽 3시에 맹렬한 폭풍우가 몰아쳤다. 잠 속에서 반은 꿈꾸면서도 나는 희곡의 구상을 계속했는데, 갑판에서는 대소동이 벌어지고 있었다. 돛은 내려지고 배는 높은 파도 위를 표류하고 있었다. 날이 밝으면서 폭풍우는 멎고 하늘은 다시 맑아지기 시작했다. 이제 우스티카섬은 완전히 왼쪽에 누워 있다. 커다란 거북이 한 마리가 먼 곳에서 헤엄치고 있다고 하는 사람이 있어서 망원경으로 보니 작은 점이 움직이는 것이 보였다. 정오경에는 시칠리아 해안, 그 곶과 만이 뚜렷하게 보이기 시작했으나, 배가 너무 아래쪽으로 와버려서 이리저리 돛의 방향을 바꿔보고 있었다. 오후에는 해안에 근접했다. 맑은 날씨로 해가 밝게 비치고 있기 때문에 릴리바에움곶에서 갈로곶까지 서해안이 아주 뚜렷하게 보였다. 돌고래 한 무리가 뱃머리 양측에 따라붙어서 계속 우리를 앞서가고 있었다. 어떤 때는 투명한 파도를 뒤집어쓰며 헤엄쳐 가고, 어떤 때는 등의 지느러미를 보이고, 녹색 빛이나 금빛으로 번쩍이는 배가 보이도록 몸을 뒤집으면서 파도 위를 뛰어오르며 헤엄치는 광경은 참으로 재미있었다.

우리 배는 바람에 떠밀려서 너무 아래쪽으로 와 있었기 때문에 선장은 갈로곶 바로 뒤편에 있는 만을 향해 배를 전진시켰다. 크니프는 이 좋은 기회를 놓치지 않고 변화무쌍한 광경을 상당히 세밀하게 스케치했다. 해가 떨어지자 선장은 다시 배를 먼 바다 쪽으로 돌려서 팔레르모 언덕에 대기 위해 북동쪽으로 나아갔다. 나는 가끔 갑판에 나가보았다. 하지만 계속해서 극작 계획을 염두에 두고 있었기 때문에, 이젠 극 전체를 상당히 자유롭게 지배할 수 있게 되었다. 하늘은 흐려 있었지만 밝은 달빛이 바다 위에 반사되는 것이 더없이 아름다웠다. 화가라는 사람들은 강한 효과를 내기 위해, 하늘의 빛이 물에 반사할 때 보는 사람에게 가장 가까운 곳이 최대의 에너지를 가지며 폭도 제일 큰 것처럼 믿게 하는 기술을 가지고 있다. 그러나 여기서는 반사는 수평선이 있는 데서 가장 폭이 넓고, 마치 뾰족한 피라미드처럼 되어 있으며, 배 근처의 반짝이는 파도가 있는 곳에서 반사가 끝나는 것을 볼 수 있다. 이날 밤 선장은 다시 두세 번 배의 방향을 바꿨다.

4월 2일, 월요일, 오전 8시

이제 우리는 팔레르모와 마주하고 있다. 오늘 아침 나는 더

없이 즐거웠다. 내 희곡이 요 며칠 동안 고래 배 속[182]에서 상당히 진척되었다. 기분이 상쾌해졌기 때문에 갑판에 나가 시칠리아 해안을 주의 깊게 바라볼 수 있었다. 크니프는 열심히 스케치를 계속해서, 그의 숙련되고 세밀한 화법으로 채워진 몇 장의 종이가 이 지연된 상륙에 대한 매우 귀중한 기념품으로 남았다.

1787년 4월 2일, 월요일, 팔레르모

여러 가지 고난 끝에 우리는 오후 3시에 겨우 항구에 도착했는데 아주 즐거운 풍경이 맞이해 주었다. 이제 기분도 무척 좋아졌기 때문에 나는 큰 기쁨을 느꼈다. 도시는 높은 산기슭에 북향으로 누워 있는데, 마침 햇볕이 제일 뜨겁게 내리쬐는 때라, 거리에는 태양이 이글거리고 있었다. 모든 건물의 뚜렷한 그늘 부분이 반사광을 받으면서 우리 쪽을 향해 있다. 오른쪽에는 밝게 햇빛을 받고 있는 몬테펠레그리노산의 우아한 모습, 왼쪽에는 만과 반도 그리고 갑이 있는 먼 곳까지 뻗은 해변, 그리고 가장 좋은 인상을 받은 것은 수목의 아름다운 신록이었다. 그 가지는 배후로부터 광선을 받아 마치 식물로 만들어진 반디의 대군(大群)과도 같이 어두컴컴한 건물 앞을 좌우로 파도치고 있었다. 맑고 엷은 안개가 모든 건물의 그림자를 파랗게 물들였다.

182) 구약성경 「요나서」에서 고래에게 삼켜진 요나가 그 배 속에서 신께 기도해 구원받은 일화를 빗대고 있다.

우리는 서둘러 상륙하지 않고 재촉당할 때까지 갑판에 머물러 있었다. 이러한 자리와 이렇게 행복한 순간을 어디서 또 다시 쉽게 얻을 수 있겠는가!

탑처럼 높은 성 로살리아의 마차가 저 유명한 축일에 지나갈 수 있게끔, 상부를 막지 않고 다만 두 개의 거대한 기둥만으로 만들어놓은 재미있는 문[183]이 있는데, 이 문을 통과해 시내로 들어간 우리는 바로 왼쪽에 있는 커다란 여관[184]에 투숙했다. 여관 주인은 평소 세계 각국의 손님들을 대하는 데 익숙한 듯한 마음씨 좋은 노인으로, 우리를 큰 방으로 안내했다. 그 방의 발코니에서는 바다와 선착장, 로살리아산과 해변을 바라볼 수 있으며, 또한 우리들이 타고 온 배도 보여서 우리가 현재 어디에 있는지 판단할 수 있었다. 방의 위치가 마음에 든 나머지 이 방 뒤쪽에 한 단 높게 만들어놓은 침실이 커튼에 가려져 있는 것을 미처 몰랐는데, 이 침실에는 큰 침대가 놓여 있고 그 침대는 비단으로 만든 천장 가리개로 호화롭게 장식되어서 주변에 놓인 훌륭한 고가구들과 잘 조화되어 있었다. 방이 이처럼 호화스러운 데 약간 당황해서 관례대로 방 값과 기타 사용 조건을 정하고 싶다고 말했다. 그러자 노인은 "아무것도 정할 필요 없습니다. 여러분 마음에 들기만 한다면 그것으로 기쁩니다."라고 답했다. 이 방에 바로 붙어 있는, 통풍이 잘되어 시원하고 몇 개의 발코니가 달려 있어 기분 좋

---

183) 팔레르모 항구 바로 앞에 서 있는 포르타펠리체를 말한다. 바로크 양식으로, 1637년 완공되었다.

184) 지금은 가정집으로, 괴테의 체재를 기념하는 액자가 걸려 있다.

기까지 한 넓은 복도도 사용해도 좋다는 것이었다.

우리는 한없이 다양한 경관을 즐기면서 그것을 하나하나 스케치나 채색화에 옮겨 담으려고 애썼다. 이곳에서의 전망은 예술가에게는 무한한 수확이기 때문이다.

그날 밤은 밝은 달빛의 인도를 받아 선착장까지 산책했고, 여관에 돌아와서도 다시 얼마 동안 발코니에 머물렀다. 달빛의 조명 또한 각별해서 조용함과 우아함이 가득했다.

1787년 4월 3일, 화요일, 팔레르모

최초의 일은 거리를 소상히 관찰하는 것이었는데, 거리를 대충 파악하는 것은 쉬우나 완전히 정통하는 것은 좀처럼 쉽지 않다. 왜냐하면 몇 마일이나 계속되는 하나의 대로가 이 도시를 아래쪽 문에서부터 위쪽 문까지, 해안에서부터 산 쪽까지 관통하고 있고, 이 대로가 중간에서 또 다른 가로와 교차하고 있기 때문이다. 그 때문에 서로 가로지르는 두 대로 주변에 있는 것은 쉽게 찾을 수 있으나, 그 대신 거리 내부로 들어가면 외지인은 어리둥절해져서 안내인의 도움 없이는 도저히 그 미궁으로부터 빠져나올 도리가 없다. 저녁에는 마차의 행렬이 우리의 주의를 끌었다. 이것은 신분 높은 사람들이 하는 유명한 산책으로, 그들은 거리를 나와 부두로 가서, 그곳에서 신선한 공기를 마시며 담소하고 또한 부인들에게 경의를 표하기도 하는 것이다.

밤이 되기 2시간쯤 전에 보름달이 떠서 초저녁 경치의 아름다움은 이루 말할 수 없을 정도였다. 팔레르모는 북향이기 때문에 거리와 해변은 하늘의 빛과 기묘한 관계에 있다. 하늘의 반사가 파도에 비치는 장면을 볼 수 없는 것이다. 그러므로 오늘 같은 날도 반짝 갠 날씨임에도 바다는 진한 감색으로 무겁게 해변으로 밀려오는 것 같은 느낌이었다. 이곳이 나폴리라면 바다는 낮부터 점점 맑고 쾌활하게, 그리고 멀리까지 빛나 보일 텐데.

크니프는 벌써 여기저기 걸어다니면서 구경하는 일은 나 혼자에게 맡겨버리고, 자기는 세계에서도 가장 아름다운 몬테 펠레그리노곶을 정밀하게 스케치하고 있다.

1787년 4월 3일, 팔레르모

추가로 두세 가지 일을 정리해서 적어둔다.

우리는 3월 29일 목요일 일몰과 함께 나폴리를 출발해, 나흘 후 3시에야 겨우 팔레르모 항에 상륙했다. 동봉한 작은 일기장이 우리가 어떤 일을 겪었는지 말해 줄 것이다. 이번처럼 안정된 마음으로 여행을 시작한 적은 없었다. 여태껏 나는 쉴 새 없는 역풍 때문에 많이 지연된 이 항해에서처럼 안정된 시간을(심한 뱃멀미로 처음 얼마 동안은 좁은 선실 침대에 누워 있지 않으면 안 됐던 때조차) 가져본 적이 없었다. 이제 나는 마음 편안히 여러분을 떠올리고 있다. 무언가 나에게 결정적인 것이 있다면 바로 이 여행 때문이다.

제 육신이 바다로 둘러싸이는 경험을 해본 적 없는 사람은 세계라는 개념도, 세계와 자신의 관계도 이해할 수 없다. 이 위대하고도 단순한 선(線)은 풍경화가로서의 나에게 전혀 새로운 사상을 부여해 주었다.

일기에도 적어놓았듯이 우리는 이 짧은 항해에서 여러 가지 변화의 상황을, 말하자면 뱃사람의 운명이란 것을 적게나마 경험했다. 여하튼 우편선의 완벽함과 편리함은 아무리 칭찬해도 모자랄 지경이다. 선장은 지극히 용감하고 훌륭한 사람이다. 같이 탔던 승객들은 여러 종류의 사람들의 집합으로 마치 하나의 극장 같았으나, 예의 바르고 느낌이 좋은 상당한 수준의 사람들이었다. 나의 동반자 예술가는 기운이 좋고 성실하고 선량한 사람으로서 극히 세밀한 스케치를 한다. 그는 눈앞에 나타나는 섬이나 해안을 모조리 스케치했다. 내가 그걸 모두 가지고 갈 수 있다면 여러분을 크게 기쁘게 해줄 수 있을 것이다. 그건 그렇고, 그는 항해하는 동안 장시간의 무료를 달래려고 지금 이탈리아에서 유행하는 수채화 기법에 관해 나에게 적어주었다. 그는 어떤 색조를 내기 위해 어떤 물감을 써야 하는지를 잘 알고 있는데 만약 이 비결을 모르는 사람이라면 아무리 물감을 섞어도 불가능한 일이다. 나도 로마에서 상당히 배웠으나 별로 계통을 세워서 한 것은 아니었다. 이탈리아 같은 나라에 있으니, 예술가는 이 비결을 연구해낼 수 있는 것이다. 아름답게 갠 오후, 우리가 팔레르모 항으로 들어왔을 때 해변 일대에 떠 있던 엷은 안개의 청명함은 도저히 말로 표현할 수가 없다. 윤곽의 맑기, 전체의 부드러움, 색조의 분리, 하늘과 바다의 조화. 이것을 본 사람은 평생 잊을 수 없다. 이제야 비로소 나는 클로드 로랭의 그림을 이해할 수 있다. 그리고 언젠가 북쪽 나라에 돌아가면, 이 행복한 삶의 그림자를 내 마음속에 다시 불러일으켰으면 한다. 내가 갖고 있는 회화의 개념으로부터 짚으로 이은 지붕 같은 작은 것들이 사라져버렸듯이, 내 영혼으로부터 모든 잡다하고 사소한 것들을 말끔히 씻어버리고 싶다. 섬 중의 여왕이라고도 할 수 있는 이 섬이 어떤 작용을 할 것인지 두고 보기로 하자.

여왕이 어떻게 우리를 환영해 주었는지는 표현할 말이 없다. 신록이 뚝뚝 떨어질 것만 같은 뽕나무, 상록의 협죽도, 레몬나무로 만들어진 생울타리 등이 먼저 우리를 맞아주었다. 어떤 공원에는 미나리아재비와 아네모네의 넓은 화단이 있었다. 공기는 따뜻하고 온화하며, 향기로운 냄새에 바람은 미지근하다. 거기다 둥근 달이 어느 갑 뒤편으로부터 떠올라서 해면을 비춘다. 그리고 나흘 낮 나흘 밤 동안이나 파도 위를 표류한 뒤에 맞이하는 이 즐거움! 용서를 바라지만 나는 지금 동행인 크니프가 스케치하는 데 사용한, 조개껍질에 들어 있는 먹물에 끝이 다 찌그러진 펜을 적셔가면서 이 편지를 쓰고 있는 것이다. 하지만 여러분에게는 그것이 속삭임처럼 들릴 것이다. 왜냐하면 나는 나를 사랑해 주는 모두를 위해 이 행복한 시간으로부터 두 번째 기념품[185]을 준비하고 있으니까. 그것이 어떤 것이 될지는 이야기해 줄 수 없으며, 여러분이 그걸 언제 받게 될지도 말할 수 없다.

---

185) 괴테가 시칠리아 여행을 하면서 구상했으나 미완성으로 남은 비극 「나우시카」를 말한다.

1787년 4월 3일, 화요일, 팔레르모

친애하는 여러분, 이 한 장의 그림은 여러분에게 더없이 큰 즐거움을 가져다줄 것으로 생각한다. 이건 만조 때의, 다른 데와 비교할 수 없는 만의 풍광을 그린 것이다. 약간 평탄한 곶이 바다 멀리까지 돌출해 있는 동쪽으로부터 시작해, 모양새 좋게 솟아 있는 숲이 무성한 바위산을 따라 교외의 어부 집까지, 다시 거기서부터 시내까지가 그려져 있다. 시 외곽의 집들은 모두 우리 여관과 마찬가지로 항구 쪽을 향하고 있다. 그림은 우리가 지나왔던 이 도시의 문까지도 묘사하고 있다.

그로부터 더 서쪽으로 보면 작은 배가 닿는 보통 선착장에서 본래의 항구까지, 즉 큰 배가 정박하는 축항(築港)까지 포함하고 있다. 거기에는 모든 선박을 보호하는 몬테펠레그리노의 아름다운 모습이 솟아 있고 이 산과 이탈리아 본토 사이에 있는 건너편 바다에 이르기까지 경치 좋고 비옥한 계곡이 누워 있다.

크니프는 스케치를 하고 나는 도식화를 그렸는데 두 사람 다 매우 기분이 좋았다. 그런데 우리가 흡족해서 숙소로 돌아온 뒤에는 다시 이 그림을 끝마무리할 기력도 용기도 솟아나지 않았다. 따라서 우리의 스케치는 장래를 위해 그냥 남겨둘 수 밖에 없다. 그리하여 이 한 장의 그림은 우리가 이 대상을 충분히 파악할 만한 능력이 없다는 증거에 지나지 않으며, 또한 이렇게 짧은 시간 내에 대상을 극복하고 지배하려 하는 오만의 증거에 지나지 않는다.

1787년 4월 4일, 수요일, 팔레르모

오후에 우리는 남쪽 산으로부터 팔레르모 근처까지 이어지고 오레토강이 구불구불 흐르고 있는 풍요하고 기분 좋은 계곡을 방문했다. 이곳의 경치를 그리려면 화가의 안목과 숙련된 기량이 필요하다. 역시 크니프는 하나의 지점을 포착했다. 거기는 막아놓은 물이 반쯤 깨진 제방으로부터 흘러내리는 지점인데, 재미있는 나무들이 그림자를 던지고 있고 그 배후의 계곡을 오르면 전망이 트이면서 농가가 두셋 보인다.

아름다운 봄 날씨와 솟아나는 듯한 풍요로움이 싱싱한 평화의 기분을 계곡 위 전체에 널리 퍼지게 하고 있었지만, 아무것도 모르는 안내인이 한니발이 옛날에 여기서 전쟁을 했느니 이 장소에서 훌륭한 무훈을 세웠느니 따위의 이야기를 귀찮게 떠들면서 아는 체했기 때문에 모처럼의 감흥도 크게 손상되었다. 그런 옛날 망령을 불러내면 불유쾌하다고 크게 나무랐다. "종자가 가끔가다 코끼리에 밟히는 일은 없다 하더라도, 말이나 인간에 의해 짓밟히는 것은 참으로 곤란한 일이다. 이런 소동을 다시 불러들여서 상상력의 평화를 놀라게 하는 따위의 일은 하지 말아주었으면 좋겠다."라고 나는 말했다.

이런 장소에서 고대의 추억에 대해 얘기하는 것을 내가 좋아하지 않는다는 사실을 안내인은 몹시 이상하게 여겼지만, 이러한 과거와 현대의 혼효(混淆)로 내가 어떤 기분이 되는지 그에게 알릴 방법은 없었다.

이 안내인이 더욱 이상하게 생각한 것은 개울물이 말라 있는 여울에서 내가 여러 가지 종류의 작은 돌을 찾아 채집하는 일이었다. 계곡물 속에 밀려 흘러가는 돌의 종류를 조사해 보면 산악 지방에 대한 개념이 가장 빨리 얻어진다는 것, 또 암석의 파편에 의해 지구 고대의 고지에 관한 개념을 얻을 수 있다는 것을 그에게 이해시키는 일 역시 불가능했다.

이 강에서의 수확은 충분해서 거의 40개쯤 수집했는데, 물론 분류해 보면 종류가 그렇게 많지는 않다. 대부분은 벽옥이나 각석, 또는 점판암 등이었다. 나는 이들 암석을 완전한 전석(轉石), 기형의 것, 또는 마름모꼴의 형태로 발견했는데 색채는 가지각색이었다. 그 밖에 오래된 석회암의 변형도 있었고 각력암도 상당히 많았다. 이 각력암의 결합 재료는 석회였는데, 결합되어 있는 돌은 벽옥이나 석회암이었다. 그중에는 패각석회층도 있었다.

이 지방에서는 말의 먹이로 보리, 짚, 겨를 사용하는데 봄이 되면 싹이 난 녹색 보리를 말려서 준다. 말의 기운을 북돋우기 위해서인데, 이 지방 사람들 말로 하면 "페르 린프레스카레"[186]다. 초지가 없기 때문에 건초도 없다. 산 위에 목장이 두어 개 있으며, 밭도 3분의 1은 휴한지기 때문에 거기에도 목장이 있다. 양은 그다지 없고, 품종은 바르바리[187]종이다. 대체로 말보다 나귀가 많은데, 그것은 열성(熱性) 사료가 나귀 쪽에 더 적합하기 때문이다.

팔레르모 지방의 평원, 시외의 아이콜리 지역 및 바게리아

---

186) per rinfrescare. 직역하면 '차갑게 식혀주기 위해서'라는 뜻이다.
187) Barbary. 또는 베르베르(Berber). 모로코, 알제리, 튀니지 등을 아우르는 아프리카 북서 해안 지역의 옛 이름이다.

의 일부는 지반이 패각석회이며, 도시가 그 위에 세워져 있기 때문에 근방에 큰 채석장이 있다. 몬테펠레그리노 근처 어느 곳에는 깊이가 50피트 이상이나 되는 채석장도 있다. 지층 아래쪽은 색이 희고 그 층 속에는 붉은 점토가 섞여 있으며 조가비는 그다지 포함되어 있지 않거나 전혀 없다. 맨 위쪽에는 묽은 점토가 있으나 그 층은 견고하지 않다.

이 모든 것 위에 몬테펠레그리노가 솟아 있는 것이다. 이 산은 비교적 오래된 석회로 되어 있고 그 석회암에는 많은 구멍과 갈라진 틈이 있다. 그것을 상세히 관찰하면, 매우 불규칙적이긴 하지만 역시 지층의 질서에 따르고 있음을 알 수 있다. 암석은 단단하고 때리면 잘 울린다.

1787년 4월 5일, 목요일, 팔레르모

우리는 거리를 일일이 걸어다니며 관찰해 보았다. 건축 양식은 대개는 나폴리와 같지만 공공기념물, 예를 들어 분수 같은 것은 그다지 좋은 취향이라고 할 수 없다. 여기는 로마와 달라서 제작을 지배하는 예술 정신 같은 것이 없다. 건축물 중에는 아름답고 다채로운 대리석이 없고, 또한 동물의 모습을 조각하는 데 숙련된 조각사가 그 당시 그처럼 인기를 얻고 있지 않았더라면, 섬사람 전체가 경탄의 눈으로 보고 있는 분수는 만들어지지 않았을 것이다. 이 분수의 모양새를 글로 표현하기는 힘들다. 보통 크기의 광장에 2층 높이까지는 안 되지만 둥글게 지은 건축물이 있는데, 대석도 석벽도 가장자리 장식도 모두 색이 있는 대리석으로 되어 있다. 석벽에는 여러 개의 벽감이 일렬로 설치되어 있고, 그 벽감으로부터 흰 대리석으로 만든 온갖 종류의 동물 머리가 목을 뽑아서 이쪽을 보고 있다. 말, 사자, 낙타, 코끼리가 교대로 줄 서 있어서, 이 동물원을 한 바퀴 돌면 그 배후에 분수가 있으리라고는 도저히 생각되지 않는다. 사방에 틈새가 있어서 거기로 대리석 계단을 올라가면 분수로 통하는데, 풍부하게 넘치는 물을 길을 수 있게 되어 있다.

교회에 관해서도 대충 같은 말을 할 수 있다. 교회 건축에 있어서는 예수회의 화려한 취향도 도저히 따를 수 없을 정도지만, 그것도 원칙이나 의도가 있는 것이 아니라 우연히 그렇게 되었을 뿐이다. 당시의 수공 장인, 인형이나 잎 장식 조각사, 도금사, 칠 장인, 대리석공이 그들 기술로 만든 것을 아무런 취향이나 지도도 없이 한 장소에 가져다가 붙여놓아서 만들어진 것이나 다름없다.

그런 경우에라도 자연의 사물을 모방하는 능력은 인정된다. 예를 들어 저 동물 머리 같은 것은 정말 훌륭한 세공으로, 틀림없이 대중의 경탄을 획득할 만하다. 대중이 예술에서 맛보는 기쁨은 모조를 원형과 비교하는 데 있기 때문이다.

저녁때 여러 가지 자질구레한 물건을 사려고 긴 대로에 있는 작은 상점에 들어갔다가 재미있는 인물을 알게 됐다. 내가 상점 앞에 서서 물건을 보고 있는데 한차례 돌풍이 불어와 가로를 따라 소용돌이치면서 무수히 불어 올린 먼지를 상점, 창문 할 것 없이 사방에 뿌려놓았다.

나는 외쳤다. "이거 지독하군! 자네들 거리에 있는 오물은 어디서 오는 거지? 이걸 어떻게 할 수 없는 건가? 이 거리는 길이로 보나 아름다움으로 보나 로마의 코르소 거리에 견줄 만한데! 양측에 있는 보도는 상점이나 공장 주인이 항상 쓸어서 깨끗하지만, 모든 쓰레기를 길 가운데로 쓸어 모으니 가운데는 더욱더 더러워지고, 바람이 불 때마다 자네들이 길에 쓸어 모은 쓰레기가 도로 자네들 쪽으로 돌아오지 않나. 나폴리에서는 나귀가 매일 부지런하게 쓰레기를 농원이나 밭으로 나르고 있는데, 자네들도 무언가 그런 설비를 하든지 대책이 있어야 하지 않겠는가?"

"우리로서는 다르게 할 도리가 없습니다." 하고 그 남자는 대답했다. "우리가 집 안에서 밖으로 쓸어내는 것은 문밖에 쌓였다가 곧 썩어버립니다. 보시다시피 여기에는 짚이랑 갈대, 부엌 쓰레기와 여러 가지 오물이 층을 만들고 그것이 함께 마르면 먼지가 되어 이쪽으로 되돌아옵니다. 우리들은 하루 종일 그것을 막고 있는 형편입니다만, 보시다시피 아무리 고급 빗자루를 사용해도 결국은 닳아버리고 오히려 집 앞의 오물만 증가시킬 뿐입니다."

우스운 사고방식이지만 실제가 그렇다. 그들은 지중해야자나무로 만든, 약간만 개량하면 부채가 될 만한 고급 빗자루를 사용하고 있는데 이 빗자루는 금방 닳아버리기 때문에 그 닳아버린 빗자루가 수천 개나 길거리에 버려져 있다. 이것을 어떻게 막을 도리가 없느냐고 내가 되풀이해서 물어보니 그는 이렇게 대답했다.

"세상 사람들 이야기로는 거리의 청소를 담당하는 관리들이 대단한 세력을 가지고 있기 때문에, 법대로 청소 비용을 그 쪽으로 배정해 달라고 요구할 수가 없다는 것입니다. 위에 있는 더러운 지푸라기더미를 제거하면 그 밑에 있는 포장도로가 얼마나 엉터리로 만들어졌는지가 밝혀져 부정한 금전 관리까지도 폭로될 가능성이 있는 기묘한 사정도 있으니까요." 그는 익살맞은 표정으로 덧붙였다. "하지만 이런 것은 모두 심술궂은 사람들의 억지 주장에 불과합니다. 언제나 저녁이 되면 귀족 분들이 산책을 위해 마차를 모는데, 그럴 때는 아무래도 탄력 있는 지면이 기분 좋기 때문에 마차의 승차감을 위해 지면을 부드럽게 해두는 것이라는 사람들의 주장에 나는 찬성입니다."

그러고 나서 남자는 여세를 몰아 경찰의 권리 남용과 관련된 두세 가지 사건을 반농담조로 이야기했는데, 어쩌지도 못하는 일은 아예 조소해 버릴 만한 유머를 이 사람은 가지고 있다는 사실을 알게 되어서 나에게는 재미있게 느껴졌다.

1787년 4월 6일, 팔레르모

팔레르모의 수호 여신 성 로살리아에 관해서는 브라이던[188]이 제전에 관해서 쓴 기록에 의해 일반에게 널리 알려져 있는 터이므로, 로살리아가 특별히 숭배되고 있는 고장에 대한 설

---

188) 패트릭 브라이던(Patrick Brydone, 1736~1818). 스코틀랜드 출신 여행가로, 1770년에 시칠리아와 몰타를 여행하고 『시칠리아와 몰타 여행기: 윌리엄 베크포드 씨에게 부치는 편지모음』이라는 책을 펴냈다. 이 책이 크게 인기를 얻어 프랑스와 독일에서도 번역본이 출판되었다.

명을 읽는 것은 여러분에게도 흥미가 있으리라고 믿는다.

거대한 암석 덩어리인 몬테펠레그리노는 높다기보다는 폭이 넓으며, 팔레르모만의 북서단에 있다. 그 아름다운 자태는 말로는 묘사할 수 없다. 불완전하기는 하지만 그 풍광은 『나폴리와 시칠리아로 가는 그림 같은 여행』[189] 속에서 볼 수 있다. 이 산은 전(前) 세대의 회색 석회암으로 되어 있는데, 바위는 전부 노출되어서 수목도 관목도 그 위에는 자라나지 못하고 있으며, 평평한 부분만이 겨우 잔디나 이끼로 덮여 있을 뿐이다.

지난 세기 초에 이 산 어느 동굴에서 성 로살리아의 유골이 발견되어 팔레르모로 운반되어 왔다. 그 유골이 있었기 때문에 도시는 페스트의 재앙으로부터 구제되었고, 그때부터 로살리아는 이 지방 사람들의 수호 성녀가 되었다. 사람들은 로살리아를 위해 몇 개의 성지를 세우고 또한 그녀를 위해 성대한 의식을 올렸다.

신앙심 깊은 사람들이 부지런히 이 산에 참배하러 오기 때문에 막대한 비용을 들여 도로를 깔았다. 이 도로는 수도(水道)와 마찬가지로 지주와 아치 위에 설치되었는데 두 개의 절벽 사이를 지그재그로 올라가게 되어 있다.

예배소 자체는 성녀가 철저하게 현세로부터 은둔생활을 했던 것을 기리기 위해, 제의의 거행보다는 그녀가 이곳으로 도

---

189) 프랑스 판화가 장 클로드 리샤르 드 생농(Jean Claude Richard de Saint-Non, 1727~1791)이 나폴리와 시칠리아를 여행하며 그린 542개의 에칭 판화와 짧은 글 모음집이다.

피해 온 겸양에 알맞게 건조되어 있다. 지난 1800년 동안 그리스도교는 최초의 설립자이자 열성적 신봉자였던 사람들의 고뇌를 토대로 해서, 그 위에 재산과 사치와 예식의 환락을 쌓아올려 왔는데, 전체 기독교 정신 중에서도 이처럼 천진하게, 이처럼 마음을 담아 장식되고 경배되는 성지는 다른 어디에서도 찾아볼 수 없을 것이다.

산을 다 올라가면 하나의 바위 모퉁이를 돌아가게 되는데, 거기서 험한 암벽과 마주 서게 된다. 이 암벽에 딱 붙어서 성당과 수도원이 자리하고 있다.

성당 바깥쪽에서는 눈길을 끌거나 기대를 품게 하는 것이 아무것도 없다. 문을 열 때만 해도 별다른 기대가 없었는데, 안으로 들어가 보고는 깜짝 놀라고 말았다. 즉 그곳은 성당 전면만큼의 폭을 가진, 본당을 향해 열려 있는 커다란 홀이었다. 거기에는 성수를 가득 채운 보통 용기와 두서너 개의 고해성사석이 있다. 본당은 지붕이 없는 중정으로 되어 있으며, 우측은 천연의 바위에 의해, 좌측은 홀의 연결 부분에 의해 막혀 있다. 중정에는 빗물이 빠지게끔 판석이 좀 경사지게 깔려 있다. 그 한가운데쯤에 작은 샘이 있다.

동굴 자체는 성가대석으로 개조되어 있는데, 자연 그대로의 거친 모양에 아무런 가공도 더하지 않았다. 몇 개의 계단을 오르면 바로 그곳에 성가집을 올려놓은 큰 책상이 있고 양측에 성가대석이 있다. 모든 것은 중정 또는 본당으로부터 들어오는 햇빛으로 조명된다. 동굴의 어둠 속 깊은 곳 중앙에 대제단이 있다.

앞서도 말했듯이 동굴에는 조금도 손을 대지 않았는데, 끊임없이 바위에서 물이 떨어지기 때문에 이 장소가 젖지 않도록 해둘 필요가 있었다. 그래서 납으로 된 여러 가지 홈통을 바위 모서리를 따라 설치하고 각양각색으로 연결해 놓았다. 홈통은 위쪽이 넓고 아래쪽은 좁아져서 뾰족하게 되어 있는데, 녹색 칠을 지저분하게 해놓아 마치 동굴 내부에 커다란 선인장류가 자라고 있는 것처럼 보인다. 일부는 측면에서, 일부는 뒷면에서 끌어와 물이 맑은 수조로 들어가게 해놓았다. 신자들은 그 물을 길어서 여러 가지 악행을 물리치는 데 사용하고 있는 것이다.

내가 이런 것들을 상세하게 관찰하고 있으려니까 한 성직자가 다가와 "제노바 근방에서 오셨습니까? 미사를 보고 싶으신가요?" 하고 물었다. 나는 대답했다. "제노바 사람과 함께 팔레르모에 왔습니다만, 그 사람은 축일인 내일 이곳으로 올라올 것입니다. 우리들 중 한 사람은 항상 남아 있어야 하기 때문에 오늘은 제가 구경하러 올라왔습니다." 그러자 그는 "자유롭게 무엇이든 잘 보시고 믿음을 깊게 하십시오."라고 대답했다. 그는 동굴 좌측에 있는 제단을 가리키면서 그것이 특별히 신성한 장소라고 가르쳐주고는 가버렸다.

제단 밑에 있는 몇 개의 번쩍번쩍 빛나는 램프 때문에 황동으로 만든 커다란 이파리 모양 장식의 틈새로 그 뒤에 있는 것이 보여서, 나는 바로 앞으로 가 꿇어앉아서 틈새를 들여다보았다. 안쪽에는 다시 촘촘히 짠 황동 철사가 격자형으로 설치되어 있어서 그 뒤에 있는 것은 마치 베일을 통해 보는 정도로밖에 식별할 수가 없었다.

두세 개의 램프가 비추어내는 조용한 빛 옆에 아름다운 여인 상 하나가 보였다.

그녀는 반쯤 눈을 감고, 여러 개의 반지를 낀 오른손 위에 머리를 아무렇게나 얹고서 일종의 황홀 상태에 빠진 듯이 누워 있었다. 이 여인 상을 충분히 관찰할 수는 없었으나 특별한 매력을 가지고 있는 것같이 느껴졌다. 그 옷은 도금한 양철로 만들어졌는데, 금을 풍부하게 섞어서 짠 천을 참으로 교묘하게 모방한 것이다. 흰 대리석으로 된 머리와 손은 그다지 우아한 양식이라고는 할 수 없지만 아주 자연스럽게 잘 만들어져서, 금방이라도 숨 쉬고 움직이는 것이 아닐까 싶을 정도였다.

그녀 곁에는 자그마한 천사가 서서 백합 잎으로 그녀에게 시원한 바람을 보내고 있다.

그러는 동안 수도자들이 동굴 안으로 들어와 의자에 앉아 저녁 기도를 드리기 시작했다.

나는 제단을 마주하고 있는 긴 의자에 앉아 잠시 그 소리를 들었다. 그러고 나서 다시 제단에 가서 꿇어앉아 이 아름다운 성녀 상을 더 똑똑히 보려고 애썼다. 이 모습과 장소가 자아내는 기분 좋은 환상에 나는 완전히 몸을 맡긴 셈이었다.

수도자들의 노래는 이제 동굴 속으로 사라지고, 물은 제단 바로 옆의 수조 안으로 졸졸 흘러들고 있었다. 교회의 본당에 해당하는 앞마당을 둘러싸고 있는 바위는 이 광경을 한층 더 비좁게 만들고 있었으며, 이 자연 그대로의 동굴에는 청순한 기운이 가득 차 있었다. 가톨릭의, 특히 시칠리아의 예배 의식이 가지는 현란한 장식도 여기서는 아직 자연의 소박함에 가장 가까운 상태에 있다. 잠자고 있는 아름다운 여인 상이 불러일으키는 환상은 많은 수련을 쌓은 사람의 눈에도 매력적일 것이다. 여하튼 나는 간신히 이곳을 떠나 밤이 깊어서야 팔레르모로 돌아왔다.

1787년 4월 7일, 토요일, 팔레르모

부둣가 바로 옆 공원에서 나는 마음을 조용히 가라앉히며 즐거운 시간을 보냈다. 여기는 세상에서 가장 아름다운 곳이다. 이 공원은 법칙대로 설계되어 있지만, 그러면서도 선경 같은 느낌이 든다. 나무를 심은 지 그다지 오래되지 않았는데도 마치 옛날로 돌아간 듯한 생각을 금할 수 없다. 녹색 화단 언저리가 외국산 식물을 둘러싸고, 레몬나무 울타리는 아름다운 아케이드를 형성하고 있으며, 석죽 같은 무수한 빨간 꽃으로 장식된 협죽도로 만들어진 높은 생울타리가 눈길을 끈다. 그리고 우리가 전혀 본 적이 없는 진기한, 아마도 더 남쪽 지방에서 가져온 듯한 나무가 아직 잎도 달지 않은 채 기묘한 모양으로 가지를 펼치고 있다. 평평한 공지의 뒤쪽에 있는 한 단 높인 벤치로부터는 기묘하게 서로 엉킨 식물이 바라보이고, 마지막으로 시선은 커다란 샘물로 옮겨간다. 그 샘물에는 금빛, 은빛 고기들이 참으로 귀엽게 헤엄치고 있는데, 이끼 낀 갈대 밑으로 숨었다가 한 조각의 빵에 유도되어 떼 지어 모여든다. 식물은 모두 우리가 보지 못했던 녹색을 띠고 있으며, 독일 것보다 황색이나 푸른색이 더 진한 것도 있다. 그러나 전체적으로 우아함을 더해 주고 있는 것은 모든 식물 위에 한결같이 펴져 있는 진한 안개다. 이것이 큰 작용을 미치고 있기 때문에 물상은 겨우 몇 발짝 앞뒤로 떨어져 있기만 해도 뚜렷하게 엷은 청색으로 떠오르고, 그 때문에 식물 본래의 색은 마침내 사라져버리든가 아니면 적어도 매우 푸른빛이 끼어서 눈에 비치는 것이다.

이러한 안개가 벌리 떨어져 있는 선박이나 갑과 같은 사물에 얼마나 이상한 외관을 부여하는가는 화가로서 주목할 만한 가치가 있는 것이다. 이것에 의해 원근 구별을 정확하게 할 수 있을 뿐만 아니라, 거리까지도 측정할 수 있기 때문이다. 그러므로 고지를 산책하는 일은 대단히 흥미롭다. 눈에 보이는 것은 단순한 자연이 아니라, 기교가 지극히 뛰어난 화가가 그림에 덧칠을 해서 농담의 단계를 나타낸 것 같은 광경이기 때문이다.

그러나 그 이상한 공원의 인상은 내 마음 깊이 새겨졌다. 북방 수평선에 보이는 거무스레한 파도, 그것이 구불구불한 후미로 밀려드는 광경, 수증기가 오르고 있는 바다의 독특한 향기, 이 모든 것이 나의 감각에도, 나의 기억 속에도, 행복한 파이아케스족[190]의 섬을 연상시킨 것이다. 나는 곧장 호메로스를 사러 갔다. 그 시를 읽어서 많은 계발도 하고, 또 즉석 번

---

190) 호메로스의 『오디세이아』에 등장하는 부족으로 평화로운 섬나라 스케리아에 산다.

역을 크니프에게 낭독해서 들려주려고 생각했기 때문이다. 크니프는 한 잔 술을 기울이면서 힘겨웠던 오늘 하루의 노고에 대해 유쾌한 휴양을 취할 자격이 충분히 있다.

1787년 4월 8일, 부활절 일요일, 팔레르모

주님의 반가운 부활을 축하하는 즐거운 소동이 날이 밝기가 무섭게 시작되었다. 불꽃, 폭죽, 봉화 같은 것이 예배당 문전에서 엄청나게 터뜨려지는 한편, 신자들은 열려 있는 옆문 쪽으로 몰려들었다. 종소리와 오르간의 울림, 행렬의 합창과 그에 화답하는 수도자들의 합창은 이렇게 소란한 예식에 익숙하지 않은 사람들의 귀를 정말로 혼란시킬 정도였다.

아침 미사가 끝나자마자 잘 차려입은 총독의 가신 둘이 우리 숙소를 찾아왔다. 첫째는 모든 외국인에게 예식의 축사를 전하고 축의금을 받기 위해서고, 둘째는 나를 식사에 초대하기 위해서였는데, 그 때문에 나는 얼마간의 축의금을 헌납하지 않을 수 없었다.

오전에 여러 성당을 방문하고 민중의 얼굴과 모습을 관찰하면서 시간을 보낸 다음, 나는 시의 산 쪽 끝에 있는 총독의 궁전으로 마차를 몰았다. 조금 빨리 왔기 때문에 커다란 홀에는 아직 사람들이 없었으나 키가 작고 건강한 남자 하나가 내 곁으로 다가왔다. 나는 그가 몰타기사단 소속이라는 것을 금방 알 수 있었다.

내가 독일인이라는 것을 듣고 그는 에르푸르트에 관해 이야기해 줄 수 없는지, 자기는 그곳에서 잠시 동안 매우 유쾌한 날을 보낸 적이 있다고 말했다. 그는 다허뢰덴 가문과 달베르크 주교의 근황을 물었고, 내가 충분한 정보를 주자 무척 흡족해하면서 튀링겐에 대해서도 질문했다.

"그 사람은 어떻게 하고 있습니까?" 하고 그가 물었다. "내가 독일에 있을 때, 젊고 기운이 넘치며 사람들을 슬프게도 즐겁게도 만들던 분이 있었습니다. 이름은 잊어버렸습니다만, 저 『젊은 베르테르의 슬픔』의 저자 말입니다."

나는 주저하듯 좀 시간을 두고서 대답했다. "당신이 말씀하시는 사나이는 바로 접니다."

그는 놀라운 표정을 역력히 나타내고 한 발 뒤로 물러서면서 외쳤다. "그럼 무척 많이 변했군요!"

"그럼요." 나는 대답했다. "바이마르와 팔레르모 사이에서 나는 매우 많이 변했습니다."

그때 가신들을 거느리고 총독이 들어왔는데 그 행동거지는 고귀한 사람에 걸맞게 점잖고 유연한 데가 있었다. 몰타의 기사가 여기서 나를 만나게 된 놀라움을 털어놓고 있는 동안 총독은 미소를 금치 못했다. 식사 중에 나는 총독 옆에 앉아 있었는데 그는 나의 여행 목적에 관해 물어보고 팔레르모에 있는 모든 것을 나에게 보여줄 것 외에 시칠리아 여행에도 가능한 한 편의를 도모하도록 명령을 내리겠다고 약속해 주었다.

1787년 4월 9일, 월요일, 팔레르모

오늘 우리는 종일 팔라고니아 공자[191]의 몰상식한 행위에 말려들어서 시간을 보내고 말았다. 그의 바보스러움은 지금까지 상상했던 것과는 전혀 딴판이었다. 대체로 상식을 벗어난 일에 관해서 변명하려고 드는 사람은 아무리 진리에 대한 사랑을 가지고 있다 하더라도 결국은 곤경에 빠지는 법이다. 그는 상식 밖의 것에 하나의 개념을 부여하려고 하지만, 원래는 무의미한 것을 의미 있는 것으로 보이기 위해 억지로 날조하는 데 지나지 않는다. 그래서 나는 이제 하나의 일반적인 고찰을 미리 말해 둘 필요가 있다. 즉 아무리 몰취미한 것일지라도, 또한 아무리 뛰어난 것일지라도, 그것은 하나의 인간 또는 하나의 시대로부터 직접 태어나는 것이 아니라, 조금만 주의해 본다면, 양자가 유래한 계통을 밝힐 수 있다는 점이다.

팔레르모의 저 분수는, 팔라고니아식 몰상식의 원조 중 하나지만, 자기 소유의 땅에 있기 때문에 지극히 자유롭게 또 지극히 제멋대로 기를 펴고 있을 수 있는 것이다. 여기에 그 성립 경과를 적어보려 한다.

이 지방의 별장들은 각각 다소 차이는 있을지언정 소유지의 중앙에 위치하고 있다. 따라서 그 훌륭한 저택에 도달하려면 잘 경작된 밭이나 채원이나 기타 농업 시설을 지나야만 한다. 이것은 눈을 즐겁게 하기 위해 열매를 맺지 않는 관목을 심어서 넓고 훌륭한 토지를 유원지로 만드는 북방 사람들보

---

191) 그라비나의 페르디난도 프란체스코 2세(Il principe di Palagonia Ferdinando Francesco II Gravina, 1722~1788). 그로테스크한 취향의 소유자로, 팔레르모에서 10킬로미터가량 떨어진 소도시 바게리아(Bagheria)에 위치한 그의 저택 '빌라 팔라고니아'는 기괴한 조각상들로 장식된 시칠리아 바로크 양식으로 유명해서 '괴물의 집'이라는 별명이 붙었다.

다 이들이 경제적이라는 것을 나타내고 있다. 그 대신 남방인은 두 개의 장벽을 축조해서 그 사이를 지나 저택에 도달하도록 해놓았기 때문에 좌우에 무엇이 있는지 알 수 없다. 이 길은 보통 대문 또는 아치형 문으로부터 시작해서 저택 앞마당에서 그친다. 하지만 이 장벽을 지나가는 동안 눈의 보양도 할 수 있도록, 장벽은 위쪽으로 돌출한 부분에 소용돌이 모양 장식이나 대좌로 꾸며져 있다. 또 그 위에는 경우에 따라 여기저기 화병을 올려놓았다. 벽 표면에는 회반죽을 발랐는데 구획을 해서 페인트칠을 해놓았다. 저택의 앞마당에는 사용인이나 일꾼들이 사는 단층집들이 둥그렇게 둘러서 있고, 그것들 모두를 내려다보도록 네모난 저택이 높게 솟아 있다.

이것이 전통적인 설계 방법인데, 옛날 팔라고니아 공자의 부군이 저택을 건축했을 때까지만 해도 존속했던 모양이다. 이 설계는 최상이라고는 하지 못해도 우선 참을 수 있을 정도의 취향이다. 그런데 현재의 소유주는 일반적인 근본 원칙을 버리지도 않으면서 자신의 기호와 도락이 원하는 대로 내맡겨 버려서, 볼품없고 몰취미한 건물을 만들어버렸다. 조금이라도 그의 상상력을 인정해 주는 것은 그에게 과대한 영예를 안겨주는 것이 된다.

우리는 소유지 경계 지점에서 시작되는 커다란 아치문으로 들어갔는데 거기에는 폭에 비해 높이가 높은 팔각 누각이 있었다. 단추가 달린 근대식 각반을 맨 네 명의 거인이 장식 테를 떠받치고 있고 그 장식 테 위의 바 입구 정면에 신성한 삼위일체가 세워져 있다.

저택으로 가는 길은 보통 길보다도 폭이 넓고, 장벽은 높은 대석 형태로 멀리까지 연결되어 있는데, 그 대석 위에는 훌륭한 초벽이 진기한 군상을 높이 받치고 있고, 그 사이사이에 많은 화병이 놓여 있다. 지극히 저속한 석공의 손으로 만들어진 서툰 솜씨의 조각물은 몹시 조악한 패각응회암으로 제작되었기 때문에 더욱더 혐오스럽게 보인다. 하지만 재료가 더 좋았다면 형태의 무가치함이 한층 더 눈에 띄었을지도 모르겠다. 내가 지금 군상이라고 했는데, 이것은 적합하지 않은 표현이다. 왜냐하면 위에서 말한 조립 방법은 어떤 고려에서 나온 것도 아니며, 또한 분방한 감정에서 이루어진 것도 아니라 단지 이것저것 긁어모은 것에 지나지 않기 때문이다. 즉 세 개의 상으로 사각형 대좌 장식을 만들고 있는데, 그들 상은 각기 제멋대로의 위치에 있어, 그저 합쳐져서 사각의 공간을 메우고 있을 따름이다. 가장 우수한 것은 보통 두 개의 조각상으로 구성되어 있는데, 그 대각은 기저 앞면의 대부분을 차지하고 있다. 조각상은 대부분이 동물이나 인간의 형태를 한 괴물이다. 기저면의 뒤 공간을 메우기 위해서는 두 개의 상이 더 필요하다. 거기에 중간 크기로 보통 남자나 여자 양치기, 기사나 귀부인, 춤추는 원숭이나 개가 놓여 있다. 기저에는 또 하나의 빈 공간이 남게 되는데 이것은 대개의 경우 난쟁이로 채운다. 이 난쟁이란 놈은 언제나 골 빠진 우스개를 표현하는 데 중대한 역할을 하는 놈이다.

팔라고니아 공자가 가지고 있는 광기의 모든 요소를 십분 전달하기 위해 다음과 같은 목록을 만들어보았다. 인간부(部)

에는 남녀 거지, 에스파냐 남녀, 무어인, 튀르크인, 곱사등이, 온갖 종류의 불구자, 난쟁이, 악사, 익살꾼, 고대 복장을 한 병사, 남신과 여신, 고대 프랑스 복장을 한 사람, 탄창과 각반을 두른 병사, 기괴한 동반자를 거느린 신화적 인물, 가령 풀치넬라를 데리고 다니는 아킬레우스와 케이론(半人半馬) 등이 있다. 동물부에는 부분적인 것들뿐인데 사람의 손을 가진 말, 사람의 동체에 말 머리를 붙인 것, 비뚤어진 얼굴의 원숭이, 용과 뱀, 온갖 종류의 인간 모습에다 여러 가지 앞발을 붙인 것, 머리를 중복시키거나 바꿔 붙인 것 등이 있었다. 화병부에는 온갖 종류의 괴물과 소용돌이 모양 장식이 있으며 그것들의 하부는 화병의 복부와 받침대가 되면서 끝나고 있다.

이런 모양의 물건이 60개씩이나 제작되고, 전혀 아무런 의미도 이해도 없이 생겨나서, 아무런 선택이나 목적도 없이 배열돼 있는 광경을 상상해 보기 바란다. 또한 이들 대좌나 대각과 기괴한 형상들이 일렬로 끝도 없이 나란히 서 있는 광경을 상상한다면, 망상의 가느다란 회초리에 쫓길 때 누구에게나 엄습하는 불쾌한 감정을 감득할 수 있으리라고 생각한다.

저택에 가까이 가면 반원형을 한 앞마당의 양팔 안으로 들어가게 되어 있다. 정문이 붙어 있는 주벽은 성벽과 같은 축조물이다. 이 벽에는 이집트 상, 물이 없는 분수, 기념비, 흩어져 있는 화병, 일부러 엎어져 있게 만든 조각상 등이 박혀 있다. 저택의 앞마당 안으로 들어가면 작은 가옥으로 둘러싸인 전통적인 원형 형상이 더욱 강력한 변화를 주기 위해 다시 여러 개의 작은 반원을 형성하며 돌출해 있다.

지면에는 대부분 풀이 자라 있다. 그곳은 흡사 황폐한 묘지 같고, 공자로부터 전해 받은 기묘한 소용돌이 모양 장식이 달린 대리석 화병과 새 시대의 산물인 난쟁이와 기타 여러 가지 기형이 아직까지도 제자리를 찾지 못하고 어수선하게 서 있다. 거기에다 오래된 화병과 그 밖의 소용돌이 장식을 한 암석으로 가득 차 있는 정자까지 있다.

이러한 몰취미한 사고의 불합리성은, 작은 가옥의 베란다가 완전히 어느 한쪽으로 기울어져 있는 데서 가장 강하게 나타나고 있다. 그 때문에 모든 조화의 근본이자 우리 인간 고유의 것인 수평 및 수직 감각이 파괴되고 현혹되어 버린다. 그리고 나란히 있는 지붕에도 역시 아홉 개의 머리를 가진 뱀과 작은 흉상, 음악을 연주하는 원숭이나 그와 유사한 망상의 산물이 테두리 장식으로 사용되고 있다. 신 대신 용이 있는가 하면 천구 대신 포도주 통을 짊어진 아틀라스가 있기도 하다.

이런 모든 것을 피해서 공자의 부군이 건축한, 비교적 조리 있는 외관을 갖춘 저택에 들어가려고 하니까 현관으로부터 얼마 떨어지지 않은 곳에 돌고래를 타고 있는 난쟁이의 몸통 위에 월계관을 쓴 로마 황제의 머리가 얹혀 있는 것이 보였다.

저택의 외관으로 보아서는 내부도 그다지 엉망은 아닐 것 같이 보였는데, 한 발 안으로 들어가 보면, 공자의 몰상식함이 다시 맹위를 떨치기 시작한다. 의자는 다리 길이가 서로 다르게 잘려 있어서 앉을 수가 없고, 앉을 만한 의자가 있으면 그 벨벳 쿠션 밑에 바늘이 숨겨져 있다고 관리인이 주의를 준다. 중국 도기로 만든 장식 촛대가 구석구석 서 있는데 잘 보면 여러 개의 접시와 찻잔 그리고 잔 받침 등을 붙여서 만든 것이다. 어느 구석을 보아도 제멋대로 하지 않은 것이 없다. 갑을 넘어서 바다를 바라보는 아름다운 조망도 색유리로 말미암아 흥이 깨지고 만다. 이 유리는 색조가 제멋대로여서 경치가 추워 보이기도 하고, 불타오르는 것처럼 보이기도 한다. 그리고 도금한 낡은 틀을 잘게 자른 다음 나란히 박아서 벽으로 만든 작은 방에 관해서도 한마디 해두어야겠다. 여러 가지 모양으로 조각되고, 다소 차이는 있지만 먼지가 쌓이고 금도금이 손상된 여러 가지 색조의 새것과 오래된 물건들이 벽 전체를 가득 뒤덮고 있어서 마치 잡동사니 수집장 같은 느낌이다.

예배당에 관해서 쓴다면 그것만으로도 한 권의 노트가 필요할 것이다. 여기에 오면 사람들은 편협한 신앙가에게 광신 상태가 이렇게까지 만연될 수 있는가 하는 전모를 비로소 이해할 수 있게 된다. 신앙이 낳은 기괴한 상이 이곳에 얼마나 많은가는 추측에 맡기기로 하고, 나는 제일 좋은 것만을 알려주려고 한다. 즉 상당한 크기로 조각된 십자가 상이 평평하게 천장에 부착되어 있는데 자연 채색을 한 데다 옻칠도 되어 있고 군데군데 금으로 도금한 곳도 있다. 십자가에 못 박혀 있는 그리스도의 배꼽에 갈고리가 나사로 고정돼 있고 거기서 내려온 쇠사슬이, 공중에 매달려 있는 무릎을 꿇고 기도하는 사나이의 머리에 연결되어 있다. 이 남자 상은 예배당 안의 다른 상과 마찬가지로 채색과 옻칠이 되어 있는데, 이것은 변치 않는 소유주의 믿음의 상징으로 추측된다.

그건 그렇다 해도 이 저택은 완성되어 있지 않다. 공자의 부군에 의해 다채롭고 사치스럽게 설계되고 혐오스러운 장식도 없는 큰 홀은 미완성인 채 남겨져 있다. 공자의 한없이 몰상식한 행위도 그 어리석음을 아직 본격적으로 발휘하지는 못했던 것 같다.

나는 처음으로 크니프가 신경질 부리는 것을 보았다. 이 정신병원 같은 집 안에서 그의 예술 정신이 자포자기 상태에 이르게 된 것이다. 내가 이 기괴한 창조의 제 요소를 하나하나 마음속에 새기면서 도식으로 만들고 있으려니까 그는 나를 재촉해서 앞으로 나아갔다. 그래도 마음씨 좋은 그는 마지막에 군상을 하나 그렸는데 그나마 그림이 될 수 있는 것으로는 이것이 유일하다. 말 머리를 가진 부인이 의자에 앉아서, 하반신은 고대풍 의상 차림에 독수리 머리에는 왕관과 큰 가발을 쓴 기사와 카드놀이 하는 모습을 표현한 그림인데, 어이없지만 그래도 매우 진기한 팔라고니아 가문의 문장(紋章)을 상기시킨다. 그 문장이란 염소의 발을 가진 숲의 신 사티로스가 말 머리를 한 부인에게 거울을 내밀고 있는 그림이다.

1787년 4월 10일, 화요일, 팔레르모

오늘 우리는 마차를 몰고서 몬레알레[192]에 올라갔다. 훌륭한 길이다. 이 길은 수도원장이 남아도는 부를 소유하고 있던

192) 팔레르모 남서쪽 카푸토산 구릉지에 자리 잡은 몬레알레는 노르만 시칠리아 왕국 시대의 종교문화 유적지다.

시대에 만든 것으로, 넓고 완만한 비탈길 군데군데 나무를 심어놓았으며 특히 커다란 분수와 우물이 독특하다. 팔라고니아식 소용돌이 모양으로 장식되어 있지만, 그래도 동물이나 인간을 기운 차리게 해주는 데는 충분하다.

언덕 위에 세운 산마르티노 수도원[193]은 훌륭하고 당당한 건물이다. 팔라고니아 공자 같은 독신자 혼자서는 좀처럼 조리에 맞는 것을 만들어낼 수 없으나, 많은 사람이 모이면 교회나 수도원에서 볼 수 있듯이 광대한 건물을 지을 수 있다. 하기야 수도자 단체가 이만한 일을 해낼 수 있었던 이유는 후손이 무한히 이어질 것을 그들이 확신했기 때문일 것이다.

수도자들은 우리에게 수집품을 보여주었다. 그들은 고대 유물과 자연계의 산물 가운데 일품(逸品)을 많이 가지고 있었다. 특히 젊은 여신이 새겨진 메달이 주의를 끌었는데 우리는 이것을 보고 기뻐서 어쩔 줄 몰랐다. 친절한 사람들은 우리에게 복사를 떠서 주려고 했지만 본을 뜨는 데 쓸 만한 도구가 하나도 없었다. 그들은 다소 슬픈 듯한 표정으로 예전과 지금 상태를 비교하면서 우리에게 모든 것을 보여주고 나더니, 우리를 쾌적한 방으로 안내했다. 그곳 발코니에서 우리는 아름다운 조망을 즐겼다. 이 방에는 우리 두 사람을 위한 식사 준비가 되어 있어서 훌륭한 점심 식사의 향응을 받았다. 후식이 나온 뒤 수도원장이 나이가 가장 많은 수도자를 따라 들어와

---

193) 7세기 교황 그레고리오 1세 시대에 건립된 베네딕트회 수도원이 아랍의 침략으로 파괴된 후, 1347년 오늘날의 산마르티노 수도원으로 재건되며 한때 크게 융성했다.

우리 옆에 앉아서 30분가량 있었는데 그동안 우리는 여러 가지 질문에 답하지 않을 수 없었다. 이렇게 해서 우리는 참으로 즐거운 기분으로 작별했다. 젊은 수도자는 다시 한 번 수집실로 안내하고 마지막에는 마차 있는 곳까지 따라왔다.

우리는 이처럼 어제와는 전혀 다른 기분으로 숙소에 돌아왔다. 한편에서는 몰취미한 계획이 대단한 기세로 발흥하고 있는 이 시대에, 몰락일로를 걷고 있는 이 광대한 시설에 대하여 우리는 통석한 마음을 금할 수 없었다.

산마르티노로 가는 길은 조금 오래된 석회암 산을 올라가게 되어 있다. 분쇄한 암석을 구워 석회를 만들면 석회는 매우 하얗게 된다. 질기고 긴 풀을 묶어 말린 것을 연료로 사용한다. 이렇게 해서 칼카라(석회석)가 만들어지는 것이다. 대단히 험한 고지에 이르기까지 붉은 점토가 퇴적되어 있어서 그것이 여기서는 상층 비토(肥土)를 형성하여, 토지가 높아질수록 색이 더욱 붉어지기 때문에, 식물이 자라 있어도 거무스레하게 보이는 곳은 드물다. 조금 떨어진 곳에 진사(辰砂) 비슷한 동굴을 하나 보았다.

수도원은 석회산 한가운데 서 있는데, 이곳에는 샘이 많고 주위의 산들은 개간이 잘 되어 있다.

1787년 4월 11일, 수요일, 팔레르모

시외에 있는 두 개의 중요한 장소를 구경한 다음, 우리는 왕궁으로 향했다. 이곳에서는 사환이 일일이 궁전 내부를 보여주었다. 놀라운 것은 지금까지 고대 유물이 진열되어 있던 큰 홀이 마침 새 장식을 시공하느라 대단히 난잡스러웠다는 점이다. 조각들은 본래 있던 장소에서 옮겨져 천이 씌워져 있었고, 공사용 비계 등으로 시야가 막혀 있었기 때문에 안내인의 모든 호의와 일꾼들의 수고에도 불구하고 극히 불완전한 개념밖에는 얻을 수 없었다. 가장 나의 흥미를 끈 것은 청동으로 만든 두 마리 숫양으로 이런 상황에서 보아도 우리의 예술 정신을 높여주었다. 이 두 마리는 한쪽 앞다리를 앞으로 뻗치고 엎드려 있는데, 쌍으로 되어 있기 때문에 머리는 각기 다른 방향을 향하고 있다. 신화 속 세계의 힘찬 자태를 나타낸 것으로 프릭소스와 헬레를 등에 태워도 부끄럽지 않을 모양을 갖추고 있다. 털은 짧고 곱슬곱슬하지 않고 길게 굽이치며 드리워 있다. 박진감이 나는 우미한 작품으로 그리스 전성기의 것이다. 이것은 시라쿠사 항구에 서 있었다고 한다.

그러고 나서 사환은 우리를 시외에 있는 지하묘지[194]로 안내했다. 이것은 건축 양식적 센스로 만들어진 것이지 채석장을 묘지로 이용한 것은 결코 아니다. 상당히 굳어진 응회암을 수직으로 깎아낸 벽 속에 아치형의 구멍을 뚫어서 그 안에다 관을 안치시켰는데, 여러 개의 관들을 겹쳐 쌓아 올려놓았다. 벽에 따로 보강 공사를 하지 않고 모두 벽을 깎아 만든 것으로, 기둥의 상부로 갈수록 크기가 작은 관이 놓여 어린애의 묘소가 된다.

194) 카타콤 데 포르타도순나. 4~5세기경의 것으로 추정되는 고대 기독교 공동체의 장례 공간이자 지하 공동묘지다.

1787년 4월 12일, 목요일, 팔레르모

오늘은 토레무차 공자[195]의 화폐수집관을 참관했다. 실은 별로 가고 싶지 않았다. 나는 이 방면에 대해 잘 모르는 데다, 단순히 호기심만 많은 여행가는 진짜 전문가나 애호가 들이 싫어하기 때문이다. 하지만 무슨 일이든 한 번은 처음 시작하지 않으면 안 되는 것이니까 생각을 고쳐먹고 가보았는데, 가보니 매우 유쾌하기도 하고 얻는 바도 많았다. 이 오래된 세계에는 마치 뿌려놓은 것처럼 많은 도시가 있고, 그중 가장 작은 도시조차도 예술사의 전 계열까지는 아니더라도 적어도 두세 개의 시기를 귀중한 화폐의 형태로 우리에게 남겨주고 있다는 것이 얼마나 큰 수확인지 모르겠다. 비록 단 한 번의 개관에 지나지 않을망정 말이다. 이 서랍 속으로부터 예술, 고상한 의미로 영위되는 산업이나 그 밖에 여러 가지가 꽃피고 열매 맺는 무한의 봄이 우리에게 웃음을 던져온다. 현재는 흐려 있지만 시칠리아 도시의 광채가 찍어낸 금속 속으로부터 다시 신선한 빛을 던져오는 것이다.

유감스럽게도 우리의 젊은 시절에는 아무런 의미도 없는 가족 동전이나 똑같은 옆얼굴을 싫증나도록 되풀이하고 있는 황제 동전이 있었을 뿐이다. 그 군주 상이란 것도 반드시 인류의 모범이라고 생각할 수 있는 것은 아니다. 우리들의 청년 시대를 형태가 없는 팔레스티나와 형태가 혼란스러운 로마로

195) 가브리엘레 란칠로토 카스텔로(Gabriele Lancillotto Castello Principe di Torremuzza, 1727~1794). 18세기 시칠리아의 화폐 연구가, 골동품 수집가, 고대 유물 연구가로, 카타콤 발굴 작업에도 참여했다.

한정했다는 것은 얼마나 슬퍼해야 할 일인가! 시칠리아와 새로운 그리스가 이제 나에게 다시 새 생명에 대한 희망을 안겨준다.

내가 이 대상에 관해서 단지 일반적인 관찰을 말하는 데 그치고 있는 것은 아직 그 방면을 잘 모른다는 증거 중 하나다. 그러나 그것도 다른 사안과 마찬가지로 점점 지식을 쌓아가게 될 것이다.

1787년 4월 12일, 목요일, 팔레르모

오늘 저녁에 또 하나의 소원이 풀렸다. 그것도 기묘한 방법에 의해서다. 나는 대로의 보도 위에 서서 상점 주인과 농담을 하고 있었다. 갑자기 키가 크고 좋은 옷차림을 한 하인이 가까이 오더니 많은 동전과 약간의 은화가 담겨 있는 은 쟁반을 나에게 내밀었다. 무슨 일인지 몰라서 나는 목을 움츠리고 어깨를 으쓱거려, 상대의 요구나 질문의 요지를 모를 때라든가 또는 응하고 싶지 않은 것을 나타낼 때 하는 표정을 지었다. 그는 왔을 때와 마찬가지로 잽싸게 가버렸는데 나는 길 저편에서도 그의 동료가 같은 짓을 하고 있는 모습을 보았다.

어떻게 된 일이냐고 내가 상점 주인에게 물었더니 그는 염려스러운 표정으로 가만히 키가 후리후리하고 마른 한 남자를 가리켰다. 이 남자는 귀인 같은 복장을 하고 점잖은 태도로 대로 한복판에 있는 쓰레기 위를 천천히 걷고 있었다. 머리는 지지고 머리 분을 뿌렸으며, 모자는 옆구리에 끼고, 비단옷에 칼을 허리에 차고, 보석이 박히고 장식이 달린 멋진 구두를 신고서 장중하고도 조용하게 걸어가고 있었다.

상점 주인이 말했다. "저분이 팔라고니아 공자십니다. 가끔 거리에 나오셔서 바르바리에서 포로가 된 노예를 위해 몸값을 모금하고 계십니다. 기부금이 결코 많이 모이는 것은 아닙니다만, 이런 일은 사람들 기억에 남으니까요. 살아 있는 동안 모은 돈을 이런 목적에 쓰라고 유언하는 사람도 있습니다. 공자는 여러 해 전부터 이 협회의 회장을 맡으시면서 많은 공덕을 쌓으셨습니다!"

나는 외쳤다. "저 별장의 바보스러운 공사에다 돈을 쓰는 대신 그 막대한 돈을 이 방면에다 썼어야지. 그랬다면 세계의 어느 군주도 그 이상은 할 수 없었을 텐데."

그러자 상점 주인은 이렇게 말했다. "인간이란 다 그런 거지요. 바보 같은 일에는 좋아서 자기 돈을 내지만, 선한 일에는 남의 돈을 내게 하지요."

1787년 4월 13일, 금요일, 팔레르모

시칠리아의 광물계에서는 보르흐 백작[196]이 우리보다 먼저 매우 열심히 연구를 하고 있기 때문에, 같은 목적을 가지고 이 섬을 방문하는 사람은 그에게 마음으로부터 감사를 드

---

196) 미하엘 요한 폰 데어 보르흐(Michael Johann von der Borch, Baron von Borchland, 1753~1810). 폴란드-리투아니아 공국의 귀족으로, 1774년부터 1778년까지 독일, 프랑스, 스위스, 이탈리아를 여행했다. 특히 1776~1777년 시칠리아에서 광범위한 광물 연구와 채집을 실시하고 논문을 발표해 자연사가로 알려졌다.

릴 것이다. 선배의 기념을 찬양하는 것은 유쾌한 일이기도 하며 또한 의무라고 생각한다. 나 같은 사람도 후대 사람에게는 생활에 있어서나 여행에 있어서나 일개 선배에 불과하다.

그런데 백작의 업적은 그 지식보다도 한층 더 위대한 것처럼 보인다. 실은 백작은 일종의 자기만족으로 일을 하고 있는데, 그것은 중요한 대상을 취급할 때 필요한 겸손한 진지함과는 상반되는 것이다. 하지만 그의 저서인 시칠리아 광물계에 바친 사절판 책자로부터 나는 얻은 바가 컸다. 나는 이것을 읽고 예비지식을 얻은 후에 연마 석공을 찾아갔기 때문에 매우 도움이 됐다. 이 연마 석공들은 예전에 교회나 제단을 대리석 또는 마노로 온통 덮지 않으면 안 되었던 시절에는 지금보다 더 바빴지만, 현재도 아직 그 일을 계속하고 있다. 나는 그들에게 단단한 돌과 연한 돌의 견본을 주문했다. 석공들은 대리석과 마노를 그렇게 구별하고 있는데, 주로 이 구별에 따라 값이 차이 나기 때문이다. 그러나 그들은 이 밖에도 석회 가마의 불에서 생겨나는 어떤 재료를 이용하는 방법을 알고 있다. 석회 가마에는 연소 후에 일종의 모조 보석용 유리가 남는다. 아주 밝은 청색부터 거무스레한 색이나 검은색에 이르기까지 가지각색이다. 이 덩어리는 다른 암석과 마찬가지로 박편으로 절단되어, 그 색채와 순도에 따라 분류된 다음 제단, 분묘, 기타 교회 장식의 피복용으로 청금석 대신 쓰이는데, 상당한 성공을 거두고 있다.

내가 원하는 만큼의 완전한 수집은 아직 되어 있지 않다. 그것은 나폴리로 돌아간 뒤에 보내올 것이다. 마노는 굉장히 아름답다. 황색이나 적색 벽옥에 불규칙한 반점이 있는, 말하자면 빙결한 듯한 형태의 흰 석영과 섞여서 비할 데 없는 효과를 내는 마노는 또 각별하게 아름답다.

얇은 유리판 이면에 에나멜 칠을 해서 만드는 정교한 모조품은 내가 전일 팔라고니아식 무궤도에서 발견할 수 있었던 유일한 합리적 물건이다. 이런 유리판은 장식으로서는 진짜 마노보다 더 아름답다. 진짜는 작은 파편을 접합해서 만들어야 하는데 모조품은 판의 크기를 건축가의 필요에 따라 만들 수 있기 때문이다. 실제로 이 기술은 모방할 만할 가치가 있다.

1787년 4월 13일, 팔레르모

시칠리아 없는 이탈리아란 우리들 마음에 아무런 심상도 만들어내지 못한다. 시칠리아야말로 모든 것을 푸는 열쇠를 가지고 있다.

기후는 아무리 칭찬해도 모자랄 지경이다. 지금은 우기지만 그래도 맑을 때가 있다. 오늘은 천둥 번개가 있었다. 모든 것이 세차게 녹색을 더해 가고 있다. 아마는 일부는 열매를 맺고 일부는 꽃이 한창이다. 낮은 곳에 작은 연못이 있는 것같이 보이지만 실은 밑으로 펴져 있는 아마 밭이 그처럼 아름답게 청록색을 띠고 있는 것이다. 우리의 흥미를 끄는 사물은 무수히 많다! 그리고 내 동료는 탁월한 인물로, 내가 '트로이프로인트'로서 성심을 다하는 만큼, 그는 내게 '호페구트'[197]일 것이다. 이미 그는 참으로 훌륭한 스케치를 했으며, 앞으로도 최상의 것을 그려줄 것이다. 이렇게 해서 여러 가지 보물을 안고 언젠가 무사히 고국으로 돌아간다는 것은 얼마나 즐거운 일인가!

이 지방 음식물에 관해서는 아직 아무 말도 하지 않았는데 역시 사소한 항목으로 끝날 문제가 아니다. 야채는 고급이며 특히 샐러드는 연하고 맛이 있어 마치 우유 같다. 옛날 사람들이 이것을 락투카[198]라고 부른 이유를 알 만하다. 기름이나 포도주도 모두 최상품인데 조리하는 방법에 조금 더 주의를 기울인다면 더욱 나아질 것이다. 제일 좋은 것은 생선으로, 매우 연하다. 쇠고기는 이곳에서는 그다지 쳐주지 않지만 그래도 최근에 대단히 맛있는 것을 먹었다.

모두들 점심 식탁을 떠나서 창가로, 거리로 나간다. 죄인이 한 명 풀려나는 참이었는데 이것은 축복을 가져오는 부활절 주간을 축하하기 위해 언제나 행해지는 일이다. 한 교단 사람이 이 죄인을 진짜처럼 보이기 위해 만들어놓은 교수대 아래로 데리고 가면, 죄인이 사다리 앞에서 기도하고 사다리에다 키스한 후, 다시 데려간다. 이 죄인은 중류계급의 깨끗한 남자인데 머리를 지지고 하얀 연미복에 흰 모자, 그 밖의 모든 것을 흰색으로 차려입었다. 모자를 손에 들고 있는데 만약 여기저기 밝은색 리본이라도 달아줄 수 있다면 이 사나이는 양치기로서 어떤 가장무도회에 나가더라도 상관없을 듯했다.

---

197) Hoffegut. 괴테의 「새들」에 등장하는 트로이프로인트의 친구로, 이름의 의미는 '진정한 희망' 정도로 해석할 수 있다.

198) Lactuca. 라틴어로 상추는 '우유'를 뜻하는 'lac'에서 파생되었다.

1787년 4월 13일에서 14일까지, 팔레르모

떠나기에 앞서 특별히 재미있는 사건이 생겼으므로 그에 관해 상세히 보고한다.

이곳에 머무는 동안 내내, 나는 공식적인 식사 자리에서 사람들이 칼리오스트로라는 인물의 태생이라든가 운명에 대해 얘기하는 것을 들었다. 팔레르모 사람들의 일치된 이야기에 따르면, 이 고장에서 태어난 주세페 발사모라는 자가 여러 가지 나쁜 짓으로 악명을 떨치다 추방되었다는 것이다. 하지만 그자가 과연 칼리오스트로 백작과 동일인인가에 대해서는 의견이 분분했다. 예전에 그자를 본 적이 있다는 몇 사람은 우리에게 잘 알려져 있을 뿐만 아니라 이곳 팔레르모에까지 전해진 저 동판화 속 인물의 모습이 분명 그자와 똑같다고 했다.[199]

이 이야기가 나오자 참석자 중 한 분이 팔레르모의 법률가가 이 사건을 맡아 실체를 밝히기 위해 노력하고 있다는 소식을 전했다. 그 법률가는 프랑스 정부의 위촉으로, 중요하고도 위험한 어떤 소송 사건과 관련하여 한 남자의 신원을 추적하고 있는데, 그자는 프랑스의 면전에 대고(아니, 전 세계의 면전

---

199) 이어지는 일화는 당시 유럽 여러 나라의 왕실과 귀족을 농락한 희대의 사기꾼 알레산드로 칼리오스트로(Alessandro di Cagliostro, 1743~1795, 본명 Giuseppe Balsamo)에 관한 것으로, 그는 1785년 프랑스 왕비 마리 앙투아네트의 평판에 치명적 타격을 준 다이아몬드 목걸이 스캔들에 연루되었다는 의혹으로 바스티유에 투옥되었지만, 증거 불충분으로 풀려나 프랑스에서 추방되었다.

이라고 하는 편이 낫겠다.) 대담하게도 황당무계한 허위 진술을 했다는 것이다. 그리고 이야기 끝에, 법률가가 주세페 발사모의 족보를 작성해 증빙 자료들과 증언들이 담긴 공증서를 프랑스에 보냈으므로, 프랑스에서는 아마도 그것을 공적으로 이용하게 되리라는 것이었다. 이 사건과 관계없이도 그 법률가는 평판이 매우 좋은 인물이었으므로 알고 지내면 좋겠다고 내가 말하니, 이야기를 꺼낸 분이 나를 그에게 데려가 소개해 주겠다고 했다.

이삼일 후에 우리는 그를 방문했는데 그는 소송 의뢰인과 이야기하고 있는 중이었다. 그 사람들을 보내고 같이 아침 식사를 끝낸 뒤 그는 한 질의 서류를 끄집어냈다. 거기에는 칼리오스트로의 가계보(家系譜), 증빙서류의 사본, 프랑스로 보낸증언 조서의 초고 등이 포함되어 있었다. 그는 가계보를 나에게 보여주고 필요한 설명을 해주었는데 그중에서 이 사건을 대충 이해하는 데 필요할 만한 것만 여기에 기술한다.

주세페 발사모의 외가쪽 증조부는 마테오 마르텔로지만 증조모의 친정 성씨는 분명치 않다. 이 부부 사이에서 태어난 두 딸 중 마리아라는 딸이 주세페 브라코네리와 결혼했는데 이 사람이 주세페 발사모의 외조모다. 또 한 명의 딸은 빈첸차라고 하며 메시나로부터 8마일가량 떨어진 라 노아바라는 작은 고을에서 태어난 주세페 칼리오스트로와 결혼했다. 메시나에는 지금도 이 이름을 가진 종 만드는 기술자가 두 사람 있다는 것을 밝혀둔다. 이 외종조모는 후에 주세페 발사모의 대모(代母)가 되었다. 주세페 발사모는 이 외종조부의 세례명을 받았는데 나중에는 외국에서 외종조부의 성(姓)인 칼리오스트로까지도 자칭하게 되었다.

브라코네리 부부에게는 세 명의 아이가 있었다. 펠리치타스, 마테오, 그리고 안토니오가 그들이다.

펠리치타스는 피에트로 발사모와 결혼했다. 이 피에트로 발사모는 안토니오 발사모라고 하는, 팔레르모에 사는 유대계 리본 상인의 아들이다. 악명 높은 주세페의 부친인 피에트로 발사모는 파산당하고 마흔다섯에 사망했다. 그 미망인은 아직도 살아 있는데 남편과의 사이에 위에서 말한 주세페 외에 또 한 사람 조반나 주세페 마리아라는 딸을 낳았다. 이 딸은 조반니 밥티스타 카피투미노에게 출가해 세 명의 아이를 가졌으나 남편은 사망했다.

이 친절한 작성자가 우리에게 읽어주고, 나의 청으로 이삼 일 동안 빌려준 증언 조서는 세례 증명서와 혼인 계약, 그 밖에 꼼꼼하게 수집된 문서에 근거해 작성되어 있었다. 그 서류는(예전에 내가 요약본을 만든 적도 있는) 로마 소송판례집을 통해 우리에게 익히 알려진 바와 같이, 다음과 같은 상황을 대략 기록하고 있었다. 즉 1743년 6월 초에 팔레르모에서 태어난 주세페 발사모는 칼리오스트로에게 출가한 빈첸차 마르텔로에 의해 세례를 받았다는 것, 주세페 발사모는 소년 시절에 병자 간호를 하는 일종의 종교 단체인 자선 교단의 제복을 입고 있었다는 것, 그리고 의술에 비상한 재능을 보였으나 품행이 나빠 쫓겨났다는 것, 그 후 팔레르모에서 연금술을 하는 동시에 보물 도굴도 틈틈이 했다는 것 등등.

이어지는 증언에 따르면, 그는 타인의 온갖 필적을 흉내 내는 비범한 재간을 이용하지 않고는 못 견뎠다. 그는 고문서를 위조했고, 그로 인해 두세 건의 재산 소유권과 관련된 분쟁이 생겼다. 그는 심문을 받고 투옥되었다가 탈옥했기 때문에 공개 수배되었다. 그는 칼라브리아를 거쳐 로마로 가서 장신구 만드는 사람의 딸과 결혼했다. 로마에서 나폴리로 돌아왔을 때에는 스스로를 펠레그리니 후작이라 칭하고 있었다. 그러고 나서 대담하게도 팔레르모에 다시 갔다가 신분이 탄로 나 붙잡혀 감옥에 갔지만, 어찌어찌해서 방면되었다. 그 방법에 대해서는 상세히 이야기할 가치가 있다.

시칠리아의 일류 공자 중 한 사람으로, 대지주이며 나폴리 궁정에서 명망 있는 지위를 차지하고 있는 인사의 아들은 강건한 신체와 방종한 기질에다 교양 없는 부호나 귀족이 자기네 특권으로 생각하는 온갖 철면피를 모조리 갖추고 있었다.

돈나 로렌차[200]가 이 고위층 자제에게 아첨하는 술수를 알고 있었기에, 가짜 펠레그리니 후작은 그에게 매달려서 자신의 안정을 도모했다. 그래서 공자가 새로 도착한 부부를 보호한다는 취지를 공고했다. 그러나 주세페 발사모가 그의 사기에 걸려 손해를 본 사람들의 고소로 다시 투옥되자 공자는 격노했다. 공자는 발사모를 방면하기 위해 여러 가지 수단을

---

200) 로렌차 세라피나 펠리치아니(Lorenza Seraphina Feliciani, 1751~1810). 칼리오스트로와 결혼할 당시 17세의 소녀였다. 남편의 사기 행각에 공범으로 적극 활약했으나, 후일 이탈리아로 돌아와서는 그의 범죄 사실을 모두 폭로해 종신형을 언도받게 했다.

강구했다. 하지만 성공하지 못했기 때문에 재판장 대기실에서 상대측 변호사에게, 만약 발사모의 구류를 즉시 해제하지 않을 경우에는 가만두지 않겠다고 협박했다. 그러나 상대측 변호사가 이를 거절하자 그는 그 변호사를 붙잡아 주먹을 날리고 땅바닥에 내동댕이쳐 발로 차고, 그래도 모자라서 좀 더 혼내 주려고 하는 참에 재판장이 이 소동을 듣고 달려와 겨우 자리가 수습되었다.

이 재판장은 마음이 약하고 패기가 없는 남자여서 모욕을 가한 인간을 벌할 용기가 없었고, 또한 원고 측과 그 변호사도 용기가 꺾여서 발사모는 석방되고 말았다. 그러나 재판소의 서류에는 이 석방에 관해서 누가 그것을 처리했는지, 어떻게 해서 집행되었는지, 기록이 존재하지 않는다.

그 후 얼마 안 돼서 발사모는 팔레르모를 떠나 여러 곳을 여행했는데 그 여로에 관해서는 증언 조서의 작성자도 불완전한 보고밖에는 남기지 못했다. 조서는 칼리오스트로와 발사모는 틀림없는 동일인이라는 명백한 증명으로 끝나 있었다. 오늘날에 와서는 이 사건의 관계가 우리에게 명백하게 되어 있기 때문에 그다지 별다른 것도 아니지만, 당시에 이 사실을 주장한다는 것은 오늘날보다 훨씬 어려운 일이었다.

이 조서는 프랑스에서 공적으로 이용되고 있어서, 내가 돌아갈 때쯤에는 당연히 인쇄되어 있을 것이라고 내가 그 당시 추측하지 않았다면, 사본을 베껴두었다가 내 친구들과 사람들에게 더 빨리 여러 가지 흥미 있는 사정을 알릴 수 있었을 텐데.

그럼에도 우리는 대부분의 정황과 그 조서에 포함된 내용 이상의 것을 다른 경로로 알아낼 수 있었는데, 안 그랬다면 혼란만 가중되었을지 모른다. 일찍이 로마가 간행한 소송판례집 요약본이 세상을 계몽하고 어느 사기꾼의 행각을 철저히 폭로하도록 기여하리라는 것을 당시에 누가 상상이나 했겠는가! 생각건대 이 문서는 이 이상으로 재미있는 것이 될 수도 있었을 것이며 또한 더욱 재미있는 것이 당연할지도 모르겠으나, 기만당한 자와 반쯤 기만당한 자 그리고 남을 기만하는 자들이 이 사나이와 그의 거짓말을 몇 년간이나 숭배하고, 그 패거리에 끼는 것을 대단한 자랑으로 생각하고, 그들의 맹신적 자만으로 말미암아 인간의 상식 같은 것을 (경멸까지는 아니더라도) 가련하게 여기는 것을 보면서 불만을 참지 못했던 이성적인 사람에게는, 이 문서는 이대로도 충분히 좋은 기념물이 될 수 있을 것이다.

이 사건이 계류 중이었을 때 스스로 침묵을 지키지 않았던 사람이 과연 몇이나 되었을까? 사건이 모두 종결되고 논의의 여지가 없어진 지금이니까 나 같은 사람도 이 문서의 부족한 부분을 보충하기 위해 자기가 알고 있는 것을 감히 진술할 기분이 드는 것이다.

계보 속에 적혀 있는 많은 사람들, 특히 모친과 누이동생이 아직 살아 있다는 것을 알았을 때, 나는 조서 작성자에게 이 기묘한 인간의 친척을 만나서 알고 지내고 싶다는 희망을 말했다. 그러자 그는, 그것은 어려울 것이다, 그 사람들은 가난하지만 명예심이 강하며 은둔생활을 하고 있어서 외국인과는 만나지 않는 것으로 되어 있고 또한 이탈리아인의 의심 많은 성격으로 미루어 볼 때 그런 일을 하면 여러 가지 억측을 낳을 것이라고 했다. 그래도 그는 그 집에 드나들고 있는 서기를 나에게 보내주겠다고 했으며, 자기도 이 남자 덕택으로 여러 가지 보고나 기록을 얻을 수 있어서 그것을 바탕으로 계보도 작성했다고 중얼거렸다.

그런데 이튿날 서기가 와서 내 계획에 몇 가지 난처한 점이 있다고 말했다. 그가 말하기를 "나는 이 사람들과 만나는 것을 피하고 있습니다. 그 까닭은 솔직히 말해 이 사람들의 혼인 계약서나 세례 증명서, 그 밖의 서류를 입수해 합법적인 사본을 만들기 위해 특별한 책략을 쓰지 않을 수 없었기 때문입니다. 즉 나는 기회를 포착해서, 가정 장학금이 한 자리 비어 있다는 이야기를 했습니다. 그리고 카피투미노 청년[201]은 그것을 받을 자격이 있는데 어느 정도까지 장학금을 청구할 수 있는가를 알기 위해서는 무엇보다도 먼저 계보를 작성해야 된다. 물론 그 뒤는 교섭 여하에 달려 있는데 만약 수령하는 금액 중 약간을 나에게 사례금으로 준다면 내가 대신 일을 해주겠다고 제안했던 것입니다. 이 선량한 사람들은 기꺼이 만사를 승낙했습니다. 나는 필요한 서류를 입수해 사본을 만들었지요. 그 뒤로 나는 그 사람들 만나는 것을 피하고 있습니다. 이삼 주 전에 카피투미노의 모친에게 들켰는데, 이쪽 방면의 일은 생각대로 좀처럼 진척이 안 된다고 변명했지요."

---

201) 주세페 발사모의 여동생의 아들을 말한다.

이것이 서기의 이야기였다. 하지만 내가 계속해서 방문을 고집하자 잠시 동안 의논한 결과, 내가 영국인 행세를 하고 마침 바스티유 감옥에서 풀려나 런던에 온 주세페의 소식을 가족에게 전하는 것으로 하자는 데 의견의 일치를 보았다.

오후 3시경이었던가, 약속 시간에 맞추어 우리는 갔다. 그 초라한 집은 일카사로라고 하는 대로에서 멀지 않은 골목 한 구석에 있었다. 초라한 계단을 올라가니 곧장 부엌이 나왔다. 비만까지는 아니지만 중키에 건강해 보이는 단단한 체격의 부인이 식기를 씻고 있었다. 그녀는 깨끗한 복장을 하고 있었는데 우리가 들어가니 앞치마 끝을 잡아 올려서 옆구리의 더러워진 곳을 감췄다. 그녀는 나의 안내인을 기쁜 얼굴로 바라보며 말했다.

"조반니 씨, 좋은 소식을 가지고 오셨나요? 그 일은 잘되었나요?"

그는 대답했다. "그 일은 아직 잘 안 되고 있습니다. 하지만 오늘은 외국 분을 모시고 왔습니다. 당신 오라버니한테서 부탁을 받고 그분의 소식을 얘기해 주신다고 해서."

내가 가지고 왔다는 소식에 관해 완전히 말을 맞추고 온 것은 아니었다. 하지만 이렇게 말이 시작됐으니 어쩔 수가 없었다.

"오라버니를 알고 계신가요?" 그녀가 물었다.

나는 대답했다. "온 유럽 사람들이 알고 있지요. 당신은 지금까지 그분의 운명에 대해서 여러 가지로 걱정이 많았을 테니까 그분이 아주 건강하게 지내고 있다는 걸 들으시면 기쁘실 것이라고 생각합니다."

"어서 들어가세요. 저도 곧 뒤따라가겠어요."

나와 서기는 방 안으로 들어갔다.

방은 넓고 천장이 높아서, 독일에서라면 홀로 사용해도 될 만하지만, 이것이 가족의 주거 전부인 듯했다. 오직 한 개뿐인 창은 예전에 색이 칠해져 있던 커다란 벽을 비추고 있는데 벽 곳곳에 금테 안에 들어 있는 까만 성자 그림들이 걸려 있었다. 장막이 없는 큰 침대 두 개가 한쪽 벽에 붙어 있고, 작업용 책상 같은 형태를 한 갈색 옷장이 다른 쪽에 있었다. 등받이에 도금한 흔적이 있는 낡은 등의자가 그 옆에 있고, 바닥 벽돌은 여기저기 밟혀서 닳은 곳이 많았다. 하지만 모든 것이 깔끔했다. 식구들은 방 저편에 있는 유일한 창 밑에 모여 있었는데 우리는 그쪽으로 가까이 갔다. 안내자가 방구석에 앉아 있는 발사모의 노모에게 우리의 방문 이유를 설명하고, 이 선량한 노인이 귀가 어두워져 같은 말을 몇 번이고 큰 소리로 되풀이하는 동안, 나는 이 방과 사람들을 관찰할 여유를 얻었다. 나이가 열여섯쯤 되고 발육이 좋은, 천연두 자국으로 얼굴을 확실하게 볼 수 없는 처녀가 창가에 서 있었다. 그 옆에는 젊은 남자가 있었는데 역시 얽어서 추해진 불쾌한 얼굴이 내 눈에 들어왔다. 팔걸이의자에는 일종의 기면병에 걸린 것처럼 보이는 매우 꼴사나운 병자가 창 쪽을 향해 앉아 있었다. 아니 차라리 누워 있었다고 하는 편이 맞겠다.

내 안내자가 찾아온 뜻을 밝혔을 때 사람들은 나에게 앉으라고 권했다. 노인은 나에게 몇 가지 질문을 했지만 나는 시칠리아 사투리를 몰랐기 때문에 통역을 거쳐서 대답했다. 그러는 동안 나는 유쾌한 기분으로 이 노부인을 관찰했다. 키는 중간 정도이지만 체격이 좋고 닥쳐오는 나이에도 불구하고 그다지 추해지지 않은 단정한 얼굴 생김에는, 청각을 잃은 사람에게서 자주 볼 수 있는 즐거운 평화가 깃들어 있었다. 그녀의 목소리는 부드럽고 듣기 좋았다.

나는 그녀의 질문에 대답했지만 내 대답 역시 통역해 주지 않으면 안 됐다.

우리가 교환하는 회화는 느렸기 때문에 나는 말을 조심스럽게 고를 여유가 있었다. 나는 그녀의 아들이 프랑스에서 석방되어 지금은 영국으로 건너와 좋은 대우를 받고 있다고 말했는데, 이 소식을 듣고 그녀가 나타낸 기쁨에는 마음으로부터의 절실한 표정이 깃들어 있었다. 그러고 나서부터는 그녀가 전보다 목청을 높여 천천히 말했기 때문에 훨씬 이해하기 쉬웠다.

그동안 그녀의 딸이 들어와서 내 안내자 옆에 앉았다. 서기는 내가 말한 것을 그대로 그녀에게 되풀이했다. 그녀는 깨끗한 앞치마를 걸치고 단정하게 땋은 머리 위에 망을 얹고 있었다. 그녀를 잘 보고 모친과 비교하면 할수록 두 사람의 차이가 눈에 띄었다. 생동감 넘치는 건강한 감각이 딸의 자태 전체로부터 나오고 있었으며 나이는 마흔 정도 되어 보였다. 그녀는 생기 있는 파란 눈으로 영리하게 주위를 돌아보고 있었는데, 그 시선에는 의심하는 빛이 하나도 없었다. 앉아 있는 것을 보니까 서 있을 때보다 키가 큰 것 같은 느낌을 주었다. 그녀는 똑바른 자세로 몸을 좀 앞으로 굽히고 양손을 무릎에 얹고 앉아 있었다. 여하튼 예리하다기보다는 둔한 느낌이 드는 그녀의 얼굴 표정에는 우리가 판화로 알고 있는 그녀 오빠의 얼굴을 상기시키는 무엇이 있었다. 그녀는 여러 가지로 나의 여행과 시칠리아 구경의 목적에 관해서 묻고 내가 반드시 다시 돌아와서 성 로살리아 축제를 자기들과 함께 축하하게 될 것이라고 믿고 있었다.

그러는 사이에 노부인이 다시 나에게 던진 질문에 대답하고 있는 동안 딸은 내 동반자와 작은 소리로 이야기를 나누었는데, 기회를 틈타 내가 무슨 얘기냐고 물었더니 그는 다음과 같이 이야기했다.

"카피투미노 부인의 이야기로는, 오빠가 그녀에게 14운키아[202]의 빚이 있다고 합니다. 팔레르모를 급하게 출발할 때 전당포에 잡혀 있던 물건을 이분이 꺼내주었답니다. 하지만 지금까지 오빠로부터는 아무 소식도 없고, 돈도 돌려주지 않으며, 보조금도 보내오지 않는답니다. 들리는 소식에 의하면, 오빠는 막대한 부를 소유하고 왕후처럼 사치스럽게 지내고 있다는데 말입니다. 그래서 당신이 돌아가거든 적당한 방법으로 오빠한테 이 빚 이야기를 상기시켜서 그녀가 돈을 돌려받을 수 있도록 해줄 수 없겠느냐는 겁니다. 오빠에게 편지를 가지고 간다든지 아니면 편지를 보낼 수 있도록 주선해 준다든지 해서요."

나는 승낙했다. 그녀는 편지를 가져오기 위해 내 주소를 물

202) 1리트라(리라) 은화의 12분의 1에 해당하는 청동 주화다.

었다. 나는 숙소를 가르쳐주지 않고 이튿날 저녁에 내가 직접 편지를 가지러 오겠다고 약속했다.

그러고 나서 그녀는 자신의 어려운 처지를 나에게 이야기했다. 그녀는 세 자녀를 가진 과부인데 그중 딸 한 명은 수도원에서 양육하고 있으며, 다른 한 명은 지금 여기 있는 아이이며, 아들은 공부하러 나가 있다. 이 세 자식 외에도 친정어머니가 있어서 그 부양도 자기가 해야 하며, 게다가 기독교 사랑의 정신에서 불행한 병자를 집에 데리고 있기 때문에 그녀의 부담은 더욱더 크다. 고생을 마다하지 않고 일해도 자신과 가족의 생활을 간신히 지탱하는 데 불과하다. 하느님이 이 선행에 대해 반드시 보답해 주시리라고 믿지만, 그래도 이렇게 오랫동안 짊어지고 온 무거운 짐 아래에선 한숨을 쉴 때가 많다고 말하는 것이었다.

젊은 사람들이 이야기에 끼어들었기 때문에 담화는 활기를 띠게 되었다. 내가 딴 사람하고 이야기하고 있는 사이에 노모가 딸에게, 자기들의 신성한 종교를 저분도 믿고 계실까 하고 묻는 것을 들었다. 딸은 모친에게 (내가 이해한 바로는) 이 외국분은 우리에게 호의를 갖고 계신 듯 보이며, 또한 처음 뵙는 분에게 대뜸 그런 것을 물으면 실례가 될 거라고 말하면서 교묘하게 답을 피하는 것을 알 수 있었다. 내가 곧 팔레르모를 떠날 것이라고 듣고 그들은 더욱 열심히 꼭 다시 팔레르모에 오라고 간청했다. 특히 그들은 로살리아 축제처럼 멋진 날은 세계 어디를 가도 다시 볼 수도 즐길 수도 없다고 자랑했다.

아까부터 돌아가고 싶어 하던 내 동행은 마침내 몸짓으로 대화를 끝냈다. 나는 다음 날 저녁에 편지를 가지러 다시 오겠다고 약속했다. 서기는 이처럼 일이 잘된 것을 기뻐했고 우리는 서로 만족스러운 기분으로 작별했다. 이 경건하고 마음씨 고운 불쌍한 일가가 나에게 어떤 인상을 주었는지 여러분은 십분 상상할 수 있을 것이다. 나의 호기심은 만족되었지만, 그들이 보여준 자연 그대로의 선량한 거동은 내 마음속에서 동정심을 불러일으켰고 그 감정은 생각하면 할수록 더해졌다.

하지만 곧 다음 날 일이 걱정되기 시작했다. 오늘 일은 처음에는 그들을 놀라게 했지만, 내가 떠난 뒤에는 틀림없이 그들에게 여러 가지 생각을 일으켰을 것이다. 나는 일족 중에 그들 외에도 몇 명 살아 있는 사람이 있다는 것을 계보를 보아 알고 있었다. 내가 만난 가족이 그 친척들을 불러 모아서 놀라움을 가지고 그날 나한테서 들은 모든 이야기들을 반복하리라는 것은 의심할 여지가 없다. 나의 목적은 이미 달성되었으니까 이번에는 이 모험을 어떻게 잘 마무리 짓는가 하는 것이 남은과제다. 그래서 나는 이튿날 식사가 끝나자마자 곧 혼자서 그들 집으로 갔다. 내가 들어가자 그들은 깜짝 놀랐다. 그리고 입을 열어 편지는 아직 쓰지 못했는데, 친척 중에 나와 만나고 싶어 하는 몇몇 사람이 저녁에 올 것이라고 말했다.

나는 내일 아침 일찍 무슨 일이 있어도 출발해야 하기 때문에 그 전에 방문도 하고 짐도 꾸리고 해야 하기에 전혀 찾아오지 않는 것보다는 시간이 이르더라도 찾아오는 편이 낫겠다는 생각으로 왔다고 이야기했다.

그러는 동안 전날 보지 못했던 아들이 들어왔는데, 키도 모습도 제 누이를 꼭 닮았다. 그는 나에게 부탁할 편지를 가지고 왔는데, 그 편지는 이 지방에 많이 있는 대필업자가 쓴 것이었다. 조용하고 침착한 모습의 겸손한 젊은이였는데, 삼촌에 관한 일과 그의 재산 및 씀씀이에 관한 것들을 물어보고는 슬픈 표정으로 "왜 삼촌은 일가붙이들을 아주 잊어버렸을까요?"라고 덧붙여 묻고서 "삼촌께서 이곳에 와서 우리를 돌봐주시게 된다면 그 이상의 행복은 없습니다."라고 말하고, 이어서 "하지만 팔레르모에 친척이 있다고 왜 삼촌이 당신에게 털어놓았을까요? 그분은 우리들에 관한 것은 부정하고 자기는 귀족 출신이라고 한다던데요."라고 말했다. 처음 방문했을 때 안내자가부주의해서 이런 질문을 받게 된 것인데 나는 이 질문에 대해 아주 자연스럽게, 삼촌은 물론 많은 사람들 앞에서는 신분을 숨길 필요도 있겠으나 친구나 지인 사이에서는 그걸 완전히 비밀로 할 수는 없다고 대답해 두었다.

이야기를 하는 동안 누이가 들어왔는데 동생이 있는 데다, 아마도 어제 같이 왔던 친구가 없는 것에 기운이 난 듯, 동생과 같이 매우 상냥하고 활발하게 이야기하기 시작했다. 그들은 만약 내가 삼촌에게 편지를 쓰는 일이 있게 되면 잘 말씀드려 달라고 열심히 부탁했다. 그리고 또한 내가 여행을 마치거든 다시 이곳에 돌아와서 로살리아 축제를 함께 축하하자고 열심히 권하는 것이었다.

모친도 자식들과 보조를 맞추어서 말했다. "나으리, 저희에게는 혼기가 된 딸이 있기 때문에 외간남자 분을 집 안에 들이는 것을 꺼리는 데다, 실제로 위험하기도 하고 세상 사람들의 험구도 조심하지 않으면 안 됩니다만, 당신만은 이 고을에 돌아오시거든 부디 언제라도 와주십시오."

"그럼요." 자식들도 맞장구치며 말했다. "축일에는 이분을 사방으로 안내해 드립시다. 온갖 것을 다 보여드리고, 축제가 제일 잘 보이는 자리에 앉읍시다. 장식한 수레랑 멋진 불꽃놀이를 보시면 얼마나 기뻐하실까요!"

노부인은 그동안 몇 번이고 편지를 되풀이해 읽고 있었는데, 내가 작별 인사하는 것을 듣고 일어나서 접은 편지를 나에게 건네주었다. 그녀는 점잖고 생기 있는 말투로 감격스럽게 말했다. "나으리께서 부탁받고 가져오신 소식으로 제가 얼마나 행복해졌는지를 아들에게 이야기해 주십시오. 제가 그 애를 이 가슴에 꼭 껴안고 있다고 전해 주세요." 이렇게 말하고 그녀는 양팔을 펼쳐 자신의 가슴을 껴안았다. "제가 매일 아들을 위해서 하느님과 우리들의 성녀님께 기도를 올리고, 아들 부부를 축복하고 있다고 말해 주십시오. 그 애 때문에 이렇게 눈물을 흘린 이 눈으로 목숨이 붙어 있는 동안 다시 한 번 아들을 보고 싶어 한다고 전해 주십시오."

이탈리아어의 독특하고 우아한 음조가 이들 낱말의 선택과 고상한 배치를 돕고 있었으나, 또한 그 말에는 이탈리아인이 말할 때 놀라운 매력을 더해 주는 저 생동감 있는 몸짓이 수반되어 있었다.

나는 감동해서 그들에게 작별 인사를 했다. 모두들 손을 뻗치고 아이들은 나를 바깥까지 배웅하러 나왔는데, 내가 계단을 내려올 때에 그들은 부엌에서 길 쪽으로 나와 있는 창의 발코니로 뛰어나와 등 뒤로부터 부르면서 작별 인사를 하고, 잊지 말고 다시 와달라고 되풀이해 말했다. 내가 모퉁이를 돌 때까지도 그들은 아직 발코니에 서 있었다.

내가 이 가족에 대해서 갖게 된 동정의 결과로, 그들에게 무언가 도움이 되고 그들의 요구를 도와주고 싶은 강한 소망이 내 마음속에서 일어난 것은 새삼스럽게 말할 필요도 없다. 그들은 두 번이나 나한테 속았는데, 기대하지 않았던 도움에 대한 그들의 희망이 북구인의 호기심에 의해 다시 한 번 기만당하려 하고 있었다.

나의 최초의 계획은 도망친 사나이가 차용한 14운키아를 그들에게 주고 이 금액을 후에 발사모로부터 돌려받는 것으로 해서, 내가 준 것이라는 사실을 숨길 작정이었다. 그러나 내가 여관에 돌아와 계산을 마치고 현금과 어음을 계산해 보니, 의사소통의 어려움으로 인해 거리가 무한정 멀어진 것 같은 지방에서, 내가 마음으로부터 우러난 호의로 분수를 모르는 못된 인간의 부정한 행위를 뒤치다꺼리했다가는 나 자신이 곧 궁지에 몰리게 되리라는 사실을 깨달았다.

저녁때 나는 상점 주인한테 가서, 내일 의식이 어떻게 치러질 것인지를 물었다. 대규모 행렬이 거리를 통과하고, 총독이 걸어서 성체(聖體) 뒤를 따른다던데 조금이라도 바람이 불면 신도 사람도 모두 먼지를 뒤집어쓰지 않겠냐고 말이다.

그러자 씩씩한 주인은 대답했다. "팔레르모 사람들은 기적에 쉽게 의지합니다. 이런 경우는 흔해서, 대단하신 양반들도 곧잘 기적을 의지 삼지요. 지금까지 여러 번 굉장한 소나기가 내린 적이 있는데, 경사져 있는 큰길의 대부분, 적어도 그 일부분을 깨끗이 씻어내서 행렬을 위해 산뜻한 길을 만들어주곤 했습니다. 이번에도 같은 희망을 모두들 품는 것도 무리는 아닙니다. 이처럼 하늘이 흐려 있는 것을 보니 밤에는 한줄기 쏟아질 것 같으니까요."

1787년 4월 15일, 일요일, 팔레르모

그런데 정말로 그렇게 되었다! 어젯밤은 굉장한 호우였다. 오늘 아침 일찍 이 기적을 목격하기 위해 큰길로 나가보았는데, 정말로 이상한 일이었다. 양쪽 보도 사이에 흐르는 빗물은 가벼운 쓰레기를 경사진 도로를 따라 쓸어가 버리는데, 일부는 바다로, 나머지는 막혀 있지 않은 배수구 쪽으로 가져가고 큰 지푸라기 같은 것은 적어도 한곳으로부터 다른 곳으로 밀어붙여서, 포석 위에는 멘데레스처럼 기묘하고 아름다운 곡선[203)]이 그려졌다. 그러자 수백 명의 사람들이 삽이나 빗자루, 혹은 갈퀴를 들고 나와서 아직 남아 있는 오물을 이쪽저쪽에다 쌓아올리고 깨끗한 장소를 넓히고 하면서 정리했다. 그 결과 행렬이 시작되자 실제로 진창 속에 말끔한 길이 길게 뚫려서 긴 의상을 입은 성직자나 예쁜 신발을 신은 귀족이나 할 것 없이 총독을 선두로 해서 진창에 더럽혀지지도 않고 아무

---

203) 오늘날 튀르키예 서부에서 에게해로 흘러드는 548킬로미터 길이의 멘데레스(Menderes)강은 8자에 가까운 만곡의 반복이 특징적이어서, 이로부터 미앤더(meander)무늬라는 용어가 생겨났다.

런 지장 없이 통과할 수 있었다. 천사의 손에 의해 진창과 늪 속에 마른 길을 수여받은 이스라엘의 아이들을 보는 것 같았다. 그리고 이렇게 경건하고 훌륭한 많은 사람들이 진흙이 쌓여 만들어진 가로수 길을 기도를 올리면서 누비고 다니는 차마 볼 수 없는 광경도, 이런 비유를 머릿속에 떠올리는 것으로써 그 품위를 높일 수 있었던 것이다.

돌로 포장해 놓은 보도 쪽은 깨끗하고 걷기에 좋았다. 그러나 지금까지 미처 보지 못했던 것들을 오늘 구경하리라 마음먹고 발을 들여놓은 시의 내부는 쓸고 쌓아 모으는 것은 어느 정도 되어 있었음에도, 통행이 거의 불가능할 정도였다.

이 행렬이 계기가 되어서 본당[204]을 방문해 그곳에 있는 중요한 물건을 구경하고, 또 나온 김에 그 밖의 건물들도 구경하게 되었다. 지금까지 매우 잘 관리되고 있는 무어 양식의 건물[205]은 특히 우리를 기쁘게 해주었다. 그다지 크지는 않지만 아름답고 넓고 균형 잡히고 조화로운 방이 많아서, 북국의 기후에서라면 살 수 없겠지만 남국의 기후에서는 최고로 기분 좋을 만한 곳이다. 건축가가 이 설계도와 입면도를 우리한테 전해 주었으면 좋겠다.

그리고 별로 호감 가지 않는 다른 지역에서 우리는 고대 대리석 조각상의 여러 잔해들을 보았지만, 그걸 일일이 조사해 볼 기분은 나지 않았다.

---

204) 팔레르모 대성당을 말한다. 신성로마제국 황제 하인리히 6세와 그 아들 프리드리히 2세의 석관이 안치되어 있다.

205) 팔레르모의 서쪽 지역에 있는 라치사 성을 가리킨다.

1787년 4월 16일, 월요일, 팔레르모

우리는 곧 이 낙원과 이별해야 하기 때문에 오늘도 공원에 가서 십분 원기를 회복하고, 일과로 삼고 있는 『오디세이아』의 한 권을 읽고 나서, 로살리아 산기슭에 있는 골짜기를 산책하면서 「나우시카」를 구상하고, 과연 이 테마에서 희곡적인 재료가 얻어질까 시험해 보려고 생각했다. 이 기획은 대단한 성과를 얻었다고는 할 수 없지만 그래도 매우 유쾌하게 진행되었다. 나는 이것을 메모하고 특별히 나의 마음을 끄는 몇 가지 구상을 정리해 써버리지 않을 수 없었다.

1787년 4월 17일, 화요일, 팔레르모

진정한 불행은, 여러 유령들에게 쫓기고 유혹당하는 것이다. 오늘 아침 나는 조용히 시적 상상력을 계속 진행시키리라 굳게 결심하고 혼자서 공원으로 갔다. 그러나 시작도 하기 전에, 요즈음 나 몰래 나타난 다른 유령에 사로잡히고 말았다. 지금까지 통이나 화분 안에서만, 그것도 한 해의 대부분은 유리창 너머로만 보아오던 온갖 식물이 여기서는 기쁜 듯 싱싱하게 자유로운 하늘 아래 서 있고 그 사명을 남김없이 다하고 있기 때문에, 더욱더 명료하게 우리 눈에 보인다. 이렇게 여러 가지 새로운, 또 새롭게 만들어진 모습을 눈앞에 보면 이 일군 속에서 원식물을 발견할 수 있지 않을까 하는 예전부터의 생각이 다시 내 마음속에 살아난 것이다. 그런 식물은 반드시 있을 것이다! 만약 식물이 모두 하나의 기준에 따라 형성되어 있는 것이 아니라고 한다면, 이런저런 형상을 하고 있는 식물이 같은 종이라는 것을 어떤 근거에 의해 인식할 수 있단 말인가!

나는 여러 가지 다른 형상이 어떤 점에 의해서 구별되는가를 규명하려고 노력했다. 그러나 다른 점보다는 오히려 닮은 점이 많다는 사실을 발견하게 되었다. 이 사실은 나의 식물학상의 술어를 사용한다면 설명은 되지만, 아무런 결말이 나지 않았다. 그 때문에 나의 사고는 조금도 나아가지 못하고 도리어 불안하게 되고 말았다. 나의 훌륭한 시적 계획은 방해받았고, 알키노오스의 정원은 사라져버렸으며, 그 대신 세계의 정원이 눈앞에 펼쳐졌던 것이다. 우리들 현대인은 왜 이리 마음이 산란하고, 도달할 수도 실행할 수도 없는 요구에 자극받는 것일까!

1787년 4월 18일, 수요일, 알카모

우리는 아침 일찍 마차를 몰고 팔레르모를 떠났다. 크니프와 마부는 짐을 싸고 싣는 데 유능함을 발휘했다. 산마르티노 수도원을 구경했을 때부터 낯익은 훌륭한 가도를 우리는 천천히 올라갔다. 그리고 다시 길가에 있는 훌륭한 샘터를 보고 감탄했는데, 그때 이 나라의 검약 풍습을 눈으로 똑똑히 보았다. 우리 마부는 술집 접대부처럼 작은 포도주 통을 가죽 끈으로 이어서 어깨에 걸치고 있었다. 그 속에는 이삼일분의 포도주가 가득히 들어 있는 모양이었다. 그래서 그가 여러 개 있는 샘물 중 한 곳에 말을 세우고 마개를 열어 물을 넣는 것을 보고 우리는 이상하게 생각했다. 우리는 독일인다운 놀라움을 가지고, 거기서 무엇을 하고 있느냐, 통에는 포도주가 가득 들어 있는 것이 아니냐고 물었다. 그는 태연하게 다음과 같이 대답했다.

"통 속은 3분의 1만큼 비워두었지요. 물이 섞이지 않은 포도주는 아무도 마시지 않으니까 곧바로 물을 넣어두는 게 잘 혼합되어서 좋지요. 거기다가 아무 곳에나 물이 있는 건 아니니까요."

그동안에 통은 가득 찼다. 그리고 우리는 이 동양 고대의 혼례 풍습을 따라야만 했다.

우리가 몬레알레의 뒤편 언덕 위에 도달했을 때 경제적 양식이라기보다는 역사적 양식을 가진 대단히 멋진 지역이 보였다. 오른쪽으로는 바다가 보였는데, 그 바다는 굉장히 기괴한 형태의 곶과 곶 사이에 있는, 수목이 많은 해변과 수목이 없는 해변 건너로 일직선의 수평선을 그었고, 바다가 매우 잠잠했기 때문에 거친 석회암과 좋은 대조를 이루고 있었다. 크니프는 이 광경을 몇 장면 작은 스케치화로 그리지 않을 수 없었다. 현재 우리는 조용하고 청결한 알카모의 소도시에 있는데 이 도시에 있는 설비가 잘 갖추어진 여관은 훌륭한 숙소로 추천할 만하며, 게다가 여기서부터는 교외에 위치한 적막한 세제스타의 신전을 방문하기에도 편리하다.

1787년 4월 19일, 목요일, 알카모

조용한 산간 도시에 있는 마음에 드는 숙소에 끌려 하루를 여기서 지내기로 마음먹었다. 무엇보다 먼저 어제 일에 관해 이야기하지 않으면 안 되겠다. 훨씬 전에 나는 팔라고니아 공자의 독창성을 부정했는데, 그에겐 똑같이 생각하는 사람의 선례가 있었던 것이다. 몬레알레에 이르는 길의 분수 옆에 두 개의 괴물이 서 있고, 또한 난간 위에는 몇 개의 화병이 놓여 있는 모습이 흡사 공자가 만들게 한 것 같았다.

몬레알레의 배후에서 아름다운 가도와 갈라져서 돌이 많은 산으로 들어서니 산등성이 길 쪽에 암석이 얹혀 있었다. 나는 무게와 풍화의 정도로 보아 철광석이라고 판단했다. 산의 평탄한 곳은 전부 개간되어서 다소나마 수확이 있다. 석회석은 붉은색을 나타내고 있으며 그런 암석이 있는 풍화된 토지도 역시 붉은색을 띠고 있다. 이 점토 석회질의 토지는 멀리까지 퍼져 있으며 토양은 묵직하고 모래가 섞이지 않았으나 훌륭한 밀이 자란다. 우리는 옹골찬 올리브 고목이 몇 개 절단되어 있는 것을 보았다.

허술한 여관 전면에 붙은, 바람이 잘 통하는 홀 안에 몸을 의지하고 우리는 간단한 식사로 기운을 차렸다. 우리가 던져 주는 소시지 껍질을 개가 게걸스럽게 받아먹었다. 거지 아이 한 명이 그 개를 쫓아내고 우리가 먹다 버린 사과 껍질을 맛있게 주워 먹고 있었는데, 이 어린 거지도 나이 먹은 거지에 의해서 쫓겨났다. 직업적인 질투심이라는 것은 어디에나 있는가 보다. 이 늙은 거지는 토가를 입고 하인이나 사동 역할을 하면서 여기저기 뛰어다니고 있었다. 손님이 주문한 물건이 집에 없으면 여관 주인이 그 거지를 소매상인한테 보내는 모습을 전에 본 적이 있다.

그러나 우리가 고용한 마부는 아주 잔재간이 있는 사나이로 마부, 안내인, 경비원, 구매원, 요리사, 그 밖의 모든 역할을 혼자서 해냈기 때문에 우리는 대체로 그런 불유쾌한 봉사를 받지 않아도 되었다.

산이 높아져도 여전히 올리브, 메뚜기콩류, 물푸레나무가 자라고 있었다. 이 근방의 경작은 역시 3년으로 나눠진다. 첫해는 콩류, 다음 해는 곡물, 그다음은 휴경으로 되어 있어서, 그들은 "비료는 성자 이상으로 기적을 행한다."라고 말한다. 포도나무는 거의 재배되지 않는다.

알카모는 만에서 좀 떨어진 언덕 사면에 위치해 풍광이 뛰어나고 경치의 웅대함이 우리를 매혹한다. 높은 바위와 깊은 골짜기가 있으면서도 광대하고 변화무쌍하다. 몬레알레의 배후로 나란히 있는 두 개의 아름다운 골짜기로 들어가면 그 가운데에 다시 바위 등성이 하나가 지나간다. 비옥한 전답은 녹색 빛을 띠고 조용히 이어지고, 넓은 길에는 야생 수풀과 관목림이 미친 듯이 꽃을 피우고 있다. 편두콩 수풀은 나비 모양의 꽃으로 덮여서 온통 황색이고 푸른 잎은 하나도 보이지 않는다. 서양산사나무는 꽃 다발이 서로 겹치고, 알로에는 키가 자라서 막 꽃이 필 것 같고, 그 밖에 융단을 가득 깔아놓은 듯한 보랏빛 클로버, 곤충란(昆虫蘭), 석남화(石楠花), 오므린 종 모양의 꽃을 달고 있는 히아신스, 상추, 파, 백합 등등이 있었다.

세제스타로부터 흘러오는 물은 석회암 외에도 각암 표석을 많이 날라 오는데 이 돌은 매우 단단하며 보라색 적색 황색

갈색 등 여러 가지 색상을 띤다. 또한 나는 각암이나 부싯돌이 석회에 의해 층으로 분리된, 다시 말해 석회암 속에 광맥으로 노출되어 있는 것을 보았다. 알카모에 도착할 때까지 언덕 전체가 이런 표석이었다.

1787년 4월 20일, 세제스타

세제스타의 신전은 완성되지 못한 채 끝나 있고 그 주위의 광장도 정지(整地)가 되어 있지 않으며 기둥 설 자리만 평평하게 되어 있다. 지금도 몇 군데에 9피트 내지 10피트짜리 계단이 땅속에 나 있지만 돌이나 흙을 채취해 올 만한 언덕이 이 근방에는 없다. 돌은 대개 자연 그대로의 상태로 누워 있으며 그 밑에 파편 같은 것도 보이지 않는다.

기둥은 모두 세워져 있고 전에 쓰러져 있던 두 개도 최근 다시 세워졌다.

이 기둥이 얼마나 큰 대좌를 갖기로 되어 있었는지는 짐작하기 어려우며 도면 없이는 밝힐 수가 없다. 기둥이 네 번째 계단 위에 서 있는 것같이 보이기도 하는데, 그 경우에는 신전 내부로 들어가려면 다시 한 단 내려가지 않으면 안 된다. 최상단의 계단이 잘려 있는 것으로 보면 기둥에는 토대가 있던 것으로 보이나, 이 기둥과 기둥 사이가 다시 메워져 있는 것을 보면 역시 첫 번째 경우 같기도 하다. 건축가라면 이 점을 명백하게 밝혀줄 수 있을 것이다.

측면에는 구석 기둥을 제하면 12개의 기둥이 있고, 전면과 후면에는 구석 기둥을 포함해서 6개가 있다. 돌을 운반하는 데 쓰이는 둥치가 아직 깎이지 않은 채 신전 안에 놓여 있는 것은 신전이 완성되지 않았다는 증거다. 바닥을 보면 더 확실하다. 바닥은 측면에서 들어가면 두어 곳 판석이 깔려 있어 바닥같이 되어 있지만 한가운데는 자연 그대로의 석회암이 돌을 깐 바닥 평면보다도 높게 놓여 있는데 이것을 보더라도 바닥이 아직 한 번도 정지(整地)되지 않았다는 것을 알 수 있다. 또한 본당은 그런 흔적조차 없다. 더구나 이 신전은 회반죽을 바른 적도 없는데 그럴 의도가 있었다는 것만은 추측할 수 있다. 아마도 기둥머리의 대판에 있는 돌출부에 회반죽을 바를 작정이었던 모양이다. 전체는 엷은 색의 석회화 같은 석회암으로 되어 있으나 지금은 많이 부식되어 있다. 1781년에 이루어진 수리는 이 건물에 큰 도움이 되었다. 부분 부분을 잇고 있는 돌은 단순하지만 아름답다. 리데젤[206]이 언급하고 있는 커다랗고 특별한 돌이란 것을 나는 발견할 수 없었다. 아마도 기둥 수리에 소비된 모양이다.

신전의 위치는 좀 별나다. 넓고 긴 골짜기의 제일 높은 끝머리에 있는데, 고립된 언덕 위에 서 있으나 그러면서도 암벽으로 둘러싸여서, 육지는 멀리까지 바라다보이지만 바다는 겨우 한구석에 보일 뿐이다. 이 지역은 비옥하면서도 호젓하고 어디나 잘 개간되어 있으나 인가를 거의 볼 수 없다. 꽃이 핀 엉겅퀴 위에는 무수한 나비가 떼 지어 있었다. 야생 회향은 높

206) 요한 헤르만 폰 리데젤(Johann Hermann von Riedesel, 1740~1785). 독일의 외교관이자 여행가로, 로마에서 빙켈만과 만나 우정을 쌓았으며, 『시칠리아와 마그나그라이키아 여행기』를 썼다.

이가 8피트에서 9피트로 지난해부터 말라버린 모습으로 서 있는데, 정연한 자태로 풍부한 양의 꽃이 나란히 있어서 수목원이 아닌가 싶을 정도였다. 바람이 마치 숲속처럼 기둥 사이로 불어대고 맹금이 들보 위를 소리 지르며 날고 있었다.

극장의 볼품없는 폐허를 오르내리는 데 지쳐서 시내의 폐허를 구경할 마음이 사라졌다. 신전 기슭에는 큰 각암 덩어리가 있다. 알카모로 가는 길에도 각암의 표석이 무수히 섞여 있었다. 그 결과 지면에는 규토가 섞이고 땅은 더욱 부드러워지게 되었다. 새로 잎이 나온 회향을 보니 위 잎과 아래 잎이 다르다는 것을 깨달았는데, 이것은 결국 동일한 기관이 단순한 것에서 복잡한 것으로 발전하고 있음을 보여준다. 여기 사람들은 풀 뽑기에 아주 열심이다. 그들은 사냥감 몰이라도 하듯 밭 가운데를 돌아다니고 있다. 곤충 또한 발견된다. 팔레르모에서는 충류를 보았을 뿐인데, 도마뱀, 거머리, 달팽이도 독일 것과 비교해 별반 색채가 아름답지도 않으며 그저 회색을 띠고 있을 따름이다.

1787년 4월 21일, 토요일, 카스텔베트라노

알카모에서 카스텔베트라노로 가는 길은 석회산 옆을 지나고 자갈 언덕을 넘어서 뻗어 있다. 험한 불모의 석회산들 사이에는 구릉이 많은 넓은 계곡이 있어서 어디나 다 개간되어 있지만 수목은 거의 없다. 자갈 언덕에는 커다란 표석이 많이 있어 고대의 해류를 암시한다. 지면은 적당히 모래가 섞여 있기 때문에 지금까지 지나온 곳보다는 가볍다. 오른쪽으로 1시간

거리쯤 떨어진 곳에 살레미가 보인다. 우리는 석회산 전방에 있는 석고암 산을 넘어 왔는데 여기 토양은 더욱 기름지게 혼합되어 있다. 저 멀리 서쪽 바닷가가 보인다. 앞에 보이는 땅에는 언덕이 참 많다. 싹이 난 무화과나무가 눈에 띄었으나 그보다도 흥미와 경탄을 불러일으킨 것은 꽃의 끝없는 군생이다. 넓은 길 위에 뿌리를 내리고 가지각색으로 서로 섞여서 큰 평면을 이루고 여기저기 끊겼다가 다시 이어지는 광경을 되풀이하고 있다. 아름다운 나팔꽃, 부용, 당아욱, 각종 클로버 꽃이 서로 섞여서 피어 있는 사이사이에 마늘과 완두 꽃이 띄엄띄엄 있다. 우리는 이 다채로운 깔개를 밟으면서 서로 교차하는 수많은 좁은 길로 말을 몰고 지나갔다. 그 가운데서는 아름다운 적갈색을 띤 가축이 풀을 뜯고 있었는데, 크지는 않지만 무척 귀여운 모습을 하고 있었다. 작은 뿔이 나 있는 놈이 특히 가련했다.

모두 나란히 있는 북동쪽 산맥 가운데에 유일한 봉우리인 쿠닐리오네가 솟아 있다. 자갈 언덕에는 물이 귀한데 이곳은 강우량도 적은 모양이다. 물이 흐른 자국도 없고 흘러내려 쌓인 흙도 없다.

이날 밤 진귀한 일이 일어났다. 우리는 그다지 훌륭하지 못한 한 여관의 침대 위에 피곤한 몸으로 누워 있었는데 밤중에 문득 눈을 뜨니 하늘에 더없이 기분 좋은 풍경이 보였다. 그건 내가 이때껏 보지 못했던 아름다운 별이었다. 나는 좋은 일을 예언하는 듯한 이 반가운 광경에 기분이 썩 좋았는데 얼마 안 있어 이 정다운 빛은 사라지고 나는 홀로 어둠 속에 남겨졌다. 날이 밝아서야 비로소 나는 이 불가사의의 원인을 알 수 있었다. 지붕에 구멍이 하나 뚫려 있어서 하늘에서 가장 아름다운 별 중 하나가 그 순간 나의 자오선을 통과하는 장면이 보였던 것이다. 그러나 여행자인 우리는 자연의 사건을 자기 좋을 대로 해석했던 것이다.

1787년 4월 22일, 시아카

여기까지 오는 길은 광물학적으로는 별로 흥미롭지 못했고 그저 자갈 언덕을 넘어 오는 것에 불과했다. 해변으로 나오면 곳곳에 석회암이 서 있다. 평탄한 토지는 모두 한없이 비옥해서 보리나 귀리의 작황이 아주 좋다. 수송나물도 심어져 있다. 알로에는 어제나 그저께 보았던 것보다 더 높게 줄기가 뻗어 있었다. 여러 가지 종류의 클로버는 어디를 가도 끝이 없었다. 우리는 마침내 작은 숲에 도달했는데 관목들이 대부분이어서 높은 나무는 몇 없었다. 코르크나무도 발견했다.

4월 23일, 저녁, 아그리젠토

시아카에서 여기까지 오는 것은 하루 여정으로는 매우 힘들었다. 시아카 바로 못 미쳐서 온천이 있었다. 뜨거운 온천물이 바위 사이에서 분출해 강한 유황 냄새를 풍기고 있다. 이 온천물은 매우 짠데 부패하지는 않았다. 유황 냄새는 분출하는 순간에 나는 것이 아닐까? 그 조금 위쪽에 있는 샘은 물이 차고 냄새가 없다. 더 위쪽에는 수도원이 있고 거기에는 한증막이 있어서 맑은 공기 속에 진한 수증기가 올라오고 있다. 바다가 이곳으로 운반해 오는 것은 석회 표석뿐으로 석영과 각암이 분리되어 있다. 작은 개천을 관찰해 보았는데, 칼타벨로타강과 마카솔리강은 석회 표석만 나르고, 플라타니강은 고귀한 석회석의 영원한 동반자인 황(黃) 대리석과 부싯돌을 운반하고 있다. 몇 개의 용암이 나의 주의를 끌었지만 근처에 화산 같은 것이 있다고는 생각하지 않는다. 차라리 돌절구의 파편이거나 또는 돌절구를 만들 목적으로 멀리서 가져온 것으로 보인다. 몬탈레그로 근방은 전부 석고암으로 이루어져 있다. 석회산 앞이나 사이에 있는 암석은 모두 두꺼운 석고나 운모다. 칼타벨로타의 암석층은 참으로 기묘하다!

1787년 4월 24일, 화요일, 아그리젠토

오늘 아침 해돋이에서 본 것같이 아름다운 봄의 조망은 내 생애를 통틀어 처음이다. 고대의 높은 성터가 있는 곳은 새로운 아그리젠토가 주민을 수용하기에 충분한 넓이다. 여관 창문으로부터 옛날 영화로웠던 도시의 완만한 경사가 멀리 보이는데, 농원과 포도원으로 완전히 덮여 있어서 그 녹색 아래에 인구가 조밀했던 시가의 흔적이 있으리라고는 생각되지 않을 정도다. 다만 이 녹음이 짙고 꽃이 만발한 평원의 남쪽 끝에 콘코르디아의 신전이 솟아 있고 그 동쪽에는 헤라 신전의 폐허가 약간 보일 뿐이다. 그 밖에 이런 것들과 일직선으로 있는 다른 신전의 폐허는 위에서는 보이지 않으며, 시선은 남으로 달려서 바다를 향해 30분 거리만큼 뻗어 있는 해변의 평지로 끌려간다. 가지와 줄기 사이를 지나서, 물들 듯한 신록과 만발한 꽃, 풍요한 결실을 예감하게 하는 저 멋진 평원으로 오늘 내려가는 것은 불가능했다. 왜냐하면 우리를 안내한 마음씨 좋고 키 작은 재속신부가 오늘은 무엇보다도 거리 구경을 할 것을 권했기 때문이다.

그는 우리에게 매우 정돈이 잘되어 있는 시가를 먼저 보여주었고, 다음은 우리를 약간 높은 지점으로 안내했는데 그곳은 시계가 더욱 넓어서 참으로 조망이 훌륭했다. 그리고 미술 감상을 위해 본당으로 향했다. 이 본당에는 파괴를 면한 석관이 제단으로 쓰이면서 잘 보존되고 있다.[207] 이 석관에는 사냥 친구와 말을 데리고 있는 히폴리토스를 막아선 어머니 파이드라가 작은 글씨 판을 건네려는 장면이 조각되어 있다. 아름다운 젊은이를 묘사하는 것이 이 조각의 주목적이기 때문에 노파는 방해가 되지 않도록 난쟁이처럼 조그맣게 부수적인 인물로 표현돼 있다. 내 생각에 반부조 작품으로 이만큼 훌륭한 것은 본 적이 없는 것 같다. 게다가 완전한 상태로 보존되어 있다. 이것은 앞으로 내 가슴속 깊이 그리스 예술이 가장 우아했던 시대의 일례로서 남을 것이다.

대단히 크고 보존 상태가 완전한 낡은 화병을 보고 우리의 생각은 옛 시대로 거슬러 올라갔다. 또한 이 밖에도 많은 건축 유물이 이 새로운 성당 이곳저곳에 혼재해 있는 것 같았다.

이곳에는 여관이 없기 때문에 어느 친절한 일가가 우리에

---

207) 아그리젠토 주교좌성당인 산제를란도 대성당에는 11세기경에 '신전의 계곡' 근처에 산니콜라 성당을 지을 때 발견되어 대성당으로 옮겨온 로마 시대의 대리석 관이 있다.

게 숙소를 제공해 큰 방에 붙여서 한 단 높게 만들어져 있는 침실을 비워주었다. 녹색 커튼이 우리와 짐을 가족들로부터 격리해 주었다. 이 집 사람들은 큰 방에서 마카로니를 만들고 있었다. 잘 정제된 밀가루로 만든 희고 작은 종류로, 그중에서도 제일 값진 것은 먼저 팔뚝만 한 길이의 막대기 모양으로 만든 다음 소녀의 가는 손끝으로 둥글게 말고 나서 달팽이 형상으로 빚은 것이다.

우리는 예쁜 아이들 옆에 앉아서 제조 방법에 대한 설명을 들었는데 마카로니는 그라노포르테(grano forte)라고 하는, 무게가 제일 많이 나가는 최상품 밀로 만든다는 것을 알게 되었다. 제조할 때는 기계나 형틀보다도 손이 중요한 역할을 한다는 것이다. 그들은 우리를 위해 최고급 마카로니 음식을 마련해 주었다. 제일 상급의 종류는 아그리젠토 이외에서는, 더 자세히 말하면 이 집 사람들이 아니고서는 만들 수 없는데, 그 종류가 마침 한 접시도 남은 것이 없다고 그들은 애석해했다. 여기서 만드는 것은 빛깔과 부드러움에서 비할 데가 없는 듯싶었다.

우리는 빨리 아랫동네를 구경하고 싶어 조바심을 냈지만, 안내자는 우리의 욕망을 억제시키는 방법을 알고 있었다. 저녁 동안에 그는 우리를 언덕의 전망 좋은 곳으로 다시 한 번 데리고 가서 내일 이 근방에서 구경하기로 되어 있는 명소 유적의 위치를 손으로 가리키면서 보여주었다.

1787년 4월 25일, 수요일, 아그리젠토

아침 해가 뜨자마자 우리는 아래로 내려갔는데 한 발 옮길 때마다 아름다운 경치가 그림처럼 전개되었다. 우리가 틀림없이 기뻐할 것이라고 생각하며 안내하는 작은 사나이는 풍부한 초목 속을 가로질러서, 이 일대 풍경에 목가적인 색채를 더해주고 있는 수천 가지 풍물을 쉴 새 없이 설명하며 지나갔다. 땅이 평탄하지 않고 파도치듯 폐허를 덮어 감추고 있는 것 또한 목가적 풍경에 크게 기여하고 있다. 이 폐허[208]는 옛날 이곳에 있었던 건물이 가벼운 패각응회암으로 만들어졌기 때문에 더 빠른 속도로 옥토로 덮이는 중이다. 이렇게 해서 우리는 도시의 동쪽 끝에 도달했는데 거기 있는 유노 신전의 폐허는 부서지기 쉬운 돌이 비바람을 맞아 부식하는 탓에 해가 갈수록 황폐해질 뿐이다. 오늘은 한차례 쭉 둘러보기만 할 참이었는데 크니프는 내일 그릴 지점을 벌써 선정해 놓았다.

신전은 현재 풍화된 암석 위에 서 있고, 여기서부터 도시의 성벽이 일직선으로 서쪽에 걸쳐 석회암 층까지 뻗어 있다. 이 암석층은 평평한 해변 위에 수직으로 서 있는데 바다가 암석층을 형성하고 그 밑을 들락날락하다가 뒤에 모래사장을 남기고 간 것이다. 성벽의 일부는 암석을 깎아내서 만들고, 나머지 부분은 바위를 쌓아서 축성했으며 배후에는 신전이 일렬로 솟아 있다. 그 때문에 아그리젠토의 낮은 부분이나 융기한

---

208) 이날 괴테가 방문한 곳은 아그리젠토 남쪽 구릉의 고대 유적 지구로, 기원전 6~5세기 그리스의 도리스식 신전 20여 채와 그 터가 흩어져 있어 '신전의 계곡(Valle dei Templi)'으로 불린다.

부분이 가장 높은 부분과 하나가 되어서, 바다에서 보았을 때 그렇게 멋진 광경을 보여주는 것도 전혀 이상하지 않았다.

콘코르디아의 신전은 수백 년의 세월을 견뎌왔다. 그 섬세한 건축술은 이미 미와 쾌감에 관한 우리의 기준에 근접해 있다. 이 신전과 파에스툼 신전의 관계는 바로 신들의 모습과 거인상의 관계와 유사하다. 이 기념물을 보호하려는 근래의 칭찬할 만한 계획이 몰취미한 방법으로 실행에 옮겨져, 벌어진 틈새를 눈이 부실 정도의 흰 석고로 수리한 것에 대해서 비난할 심산은 아니다. 그러나 그 때문에 이 기념물이 다소 파괴된 듯한 외관을 보이는 것도 사실이다. 석고가 풍화된 돌의 색조를 띠게 하는 것은 간단한 일인데 말이다. 원주나 장벽에 사용하고 있는 부서지기 쉬운 패각석회를 보면 이렇게 긴 세월 동안 잘도 보존되었구나 하고 경탄하게 된다. 하지만 이것을 세운 사람은 자기와 같은 자손이 있을 것을 기대하고 예방공사를 해놓았다. 즉 기둥에 남아 있는 양질의 덧칠은 눈을 기쁘게 하는 동시에 장기 보존을 위한 것이다.

다음에 들른 곳은 제우스 신전의 폐허였다. 이 신전은 생울타리에 둘러싸여 크고 작은 수풀이 무성한 몇 개의 작은 언덕의 내부나 하부에 있으며 마치 거인의 해골 덩어리같이 넓고 멀리 뻗어 있다. 대단히 큰 트리글리프와 그에 걸맞은 반원주의 일부 외에는 건조물은 모두 이 폐허에서 사라져 있다. 양팔을 벌려서 트리글리프[209]를 측정해 보았는데 다 잴 수가 없

209) 도리스식 건축 양식에서 프리즈를 구성하는, 3줄의 세로 홈이 있는 돌

었다. 그 대신 원주의 홈은 그 안에 들어가면 마치 작은 벽감과 같이 한가득 차서 양어깨가 벽에 닿는다고 하면 대강 상상이 될 것이다. 22명이 둥글게 둘러싸면 대강 이 기둥의 둘레가 되리라고 생각한다. 화가로서는 여기서 아무것도 얻을 게 없다는 언짢은 기분을 안고 우리는 자리를 떴다.

이에 반해 헤라클레스의 신전에서는 고대의 좌우대칭 양식의 흔적을 발견할 수 있었다. 이 신전의 저편과 이편에 나란히 있는 두 줄의 기둥은 동시에 거기에 놓인 것처럼 같은 방향으로 북에서 남을 향해, 저편 것은 언덕을 오르고, 이편 것은 언덕을 내려오듯이 하고 쓰러져 있었다. 언덕은 작은 산이 허물어져서 생겨난 것 같았다. 기둥은 들보에 의해 지탱되었던 모양인데 아마도 폭풍으로 인해 쓰러졌을 것이다. 한꺼번에 도괴된 듯 조립되어 있던 부분 부분이 그대로 붕괴해서 규칙적으로 누워 있는 것이다. 크니프는 이 진귀한 장면을 정밀하게 스케치하려고 이미 머릿속에서 연필을 깎고 있었다.

아스클레피우스 신전은 참으로 모양이 좋은 나무 아래 그늘에 있는데, 자그만 농가 속에 갇힌 듯한 모습으로 친근감이 들었다.

그리고 우리는 테론의 묘탑[210]이 있는 곳으로 내려가서, 모형으로만 여러 번 본 일이 있는 이 기념물을 눈앞에 보고 기뻐했는데 특히 그것이 진귀한 경치의 전경으로 되어 있어서

장식판을 가리킨다.

210) 기원전 5세기에 아크라가스를 통치한 전제군주 테론(Theron)의 묘로 잘못 알려졌으나, 실제로는 기원전 3세기 로마 시대에 세워진 묘탑이다.

더 기뻤다. 다시 말하면, 서쪽에서 동쪽에 걸쳐 암석층이, 그 위에는 틈이 벌어진 도시의 성벽이, 그 성벽을 통해서 성벽 위에 있는 신전의 우물이 보였기 때문이다. 하케르트의 교묘한 붓에 의해 이 광경은 훌륭한 그림이 되어 있지만, 크니프 또한 스케치 하나쯤 그리지 않고는 못 견딜 것이다.

1787년 4월 26일, 목요일, 아그리젠토

눈을 뜨니 크니프는 벌써 길 안내와 그림 용지 운반을 돕는 소년을 데리고 스케치 여행을 떠나려는 참이었다. 나는 창가에 기대서 나의 비밀스럽고 조용한, 그러나 말이 없지는 않은 친구를 곁에 두고 더없이 멋진 아침을 즐겼다. 나는 지금까지 내가 우러러보고 귀를 기울이는 스승의 존함을 경건한 경외심 때문에 말하지 않았으나, 밝히자면 리데젤이라는 탁월한 분으로, 나는 이분의 저서를 매일 읽는 기도서나 부적처럼 가슴에 안고 있다. 나는 나에게 모자라는 점을 가지고 있는 인물을 거울삼아 언제나 자신을 즐겨 비춰 보고 있는데, 이분이 바로 그런 인물이다. 냉정한 계획, 목적의 확실성, 순수하고도 적절한 수단, 준비와 지식, 빙켈만과의 밀접한 관계, 이 모든 것과 그로부터 파생하는 온갖 것이 나에게는 결여되어 있다. 그러나 나는 내 생애에 있어서 평범한 방법으로는 얻을 수 없는 것을 교활한 수단으로 얻는다든지, 또는 강탈하거나 사취할 만큼 자신을 배반할 수는 없다. 원컨대 저 훌륭한 인물이, 친척과 친구들로부터 잊히고 또한 그들을 잊으면서 다만 홀로 이곳에서 여생을 보내길 바랐을 정도로 매력을 느꼈던 이 조용한 땅에서, 감사에 찬 제자 한 명이 고독 속에서 얼마나 그의 업적을 찬양하고 있는가를 지금 이 순간 세속의 소란 속에서 느낄 수 있기를!

나는 안내자인 키 작은 성직자와 함께 어제 다녔던 길을 걸어 다니면서 여러 가지 사물을 다각도로 관찰하기도 하고, 열심히 일하고 있는 친구를 가끔 위로해주기도 했다.

이 도시가 융성했던 시절의 훌륭한 설비에 대해 안내인은 나의 주의를 환기시켰다. 아그리젠토의 보루였던 암석과 장벽 속에는 묘가 있는데, 아마도 용사나 공덕자의 묘소였을 것이다. 그들 자신의 명예를 위해서도, 영원히 생존하는 후세의 추모의 표적으로서도 이처럼 적당한 장소는 다시없을 것이다!

성벽과 바다 사이에 있는 넓은 터에는 작은 신전의 유물이 있는데 그것은 기독교의 예배당으로서 보존되어 있다. 여기서도 또한 반원주가 성벽의 네모난 석재와 잘 결합해 양자가 서로 맞물려 있는 모양은 더없이 눈을 즐겁게 해준다. 도리스식 건축법이 이것으로 완벽의 경지에 달했다고 확실하게 느낄 수 있다.

그다지 눈에 띄지 않는 고대 기념물 몇 개를 대강 구경하고 나서 벽을 둘러친 지하의 큰 창고에 밀을 저장하는 현대적 설비를 주의 깊게 구경했다. 선량한 노인은 시민의 생활 상태와 교회에 관해 여러 가지 이야기를 해주었지만, 번영해 가고 있다는 이야기는 전혀 없었다. 이야기는 끊임없이 풍화되어가고 있는 폐허에 걸맞은 것이었다.

패각석회층은 전부 바다를 향해서 무너지고 있다. 암석층은 이상하게도 하부와 후부부터 침식되어서 상부와 전면부가 부분적으로 남아 있을 뿐이기 때문에 마치 매달려 있는 송이처럼 보인다. 프랑스인들은 미움을 사고 있는데, 그들이 해적들과 평화협정을 유지하고 있기 때문에, 이교도 때문에 기독교도를 배신했다는 비난을 받고 있다. 바다 쪽으로부터 바위를 뚫어서 고대풍으로 만들어놓은 문이 있었다. 현존하는 성벽은 바위 위에 계단식으로 쌓아올려 있다. 우리의 안내인은 돈 미카엘 벨라라고 하는 골동품상인데, 산타마리아 성당 인근에 위치한 자신의 스승 게리오의 집에서 생활하고 있다.

이 지방 사람들은 다음과 같이 누에콩을 심는다. 적당한 거리를 두고 땅에 구멍을 파고 그 속에다 한 줌의 비료를 넣고 비가 오기를 기다려서 콩을 심는다. 콩 짚을 태워서 나오는 재는 아마포를 세탁하는 데 사용한다. 비누는 쓰지 않는다. 편도의 바깥껍질도 태워서 소다 대신 사용한다. 먼저 세탁물을 물빨래한 뒤 이런 잿물로 세탁하는 것이다.

그들의 경작 순서는 콩, 밀, 투메니아로 4년째에는 풀이 자라는 대로 방치한다. 여기서 콩이라고 하는 것은 누에콩을 말한다. 이 지방에서 나는 밀은 매우 아름답다. '비메니아' 또는 '트리메니아'에서 그 이름이 왔다고 하는 투메니아는 케레스 여신의 귀한 선물이다. 이것은 하절 곡물의 일종으로 석 달이면 성숙한다. 1월 1일부터 6월까지 파종하고 일정한 시간이 경과하면 성숙한다. 비는 그다지 많이 오지 않아도 되지만 높은 온도가 필요하다. 잎은 처음에는 부드럽지만 밀만큼 성장하면 매우 질겨진다. 밀은 10월과 11월에 심어서 6월이면 익는다. 12월에 심은 보리는 6월 1일에는 성숙하는데 해안에서는 일찍 익고 산지에서는 다소 늦게 익는다.

삼은 벌써 성숙했다. 아칸서스는 아름다운 잎이 나 있다. 수송나물 수풀이 울창하다. 아직 경작되지 않고 있는 구릉에는 에스파르셋[211]이 무성하게 자라 있다. 이것의 일부는 임대를 주었는데 다발로 묶어서 시장으로 출하된다. 밀밭에서 솎아낸 귀리도 똑같이 다발로 묶어서 판매된다.

양배추를 심을 때에는 토지에다 두렁을 만들어서 반듯하게 구획을 한다. 관개를 위한 것이다.

무화과나무는 잎은 다 떨어졌고 열매가 익어 있었다. 세례자 요한의 축일 때쯤에 익는데 그러고 나서 다시 한 번 열매를 맺는다. 짧게 잘라준 편도는 무수한 열매를 달고 있었다. 식용 포도는 높은 지지대를 세워 만든 퍼걸러[212]에서 재배한다. 멜론은 3월에 파종하면 6월에 열매를 맺는다. 제우스 신전의 폐허에는 수분이 전혀 없는데도 멜론이 잘 자라고 있었다.

마부는 아티초크와 유채를 생으로 맛있게 먹었다. 물론 독일 것보다 훨씬 부드럽고 수분도 많다. 밭 가운데를 지나면 농군이 누에콩 같은 것을 먹고 싶은 만큼 먹게 해준다.

내가 검고 단단한 용암 같은 돌을 보고 있으려니까, 나를

211) 잠두콩과 식물의 독일어 표기다. 빨간 나비 모양의 꽃이 핀다.

212) 덩굴식물을 올리기 위해 나무 막대 등으로 세운 골조다.

안내를 해주던 골동품상이, 그건 에트나 화산에서 나온 것인데 항구 근처, 아니 거기보다도 부두의 하역장 부근에 많이 굴러다닌다고 말했다.

이 지방에는 새가 많지 않다. 메추라기 정도다. 철새로는 나이팅게일, 종달새, 제비 등이 있다. 작고 까만 린니네(Rinnine)라고 하는 새는 지중해 동부에서 날아와 시칠리아에서 알을 까고 다시 더 날아가든지 아니면 도로 돌아가 버린다. 리데네(Ridene)는 12월과 1월에 아프리카에서 와서 아크라가스강에 내렸다가 산지로 날아간다.

성당에 있는 꽃병에 대해 한마디 적어둔다. 꽃병에는 왕관과 홀로 보아 국왕임을 짐작할 수 있는, 몸을 낮추고 있는 노인 앞에 갑옷 차림의 영웅이, 말하자면 새로 온 손님격으로 서 있는 모양이 그려져 있다. 왕 뒤에는 한 여자가 머리를 숙이고 왼손으로 턱을 받치고 서서 무언가 생각에 잠긴 듯한 모습이고, 영웅 뒤에 역시 관을 쓰고 있는 노인이 친위병으로 보이는 창을 가진 남자와 이야기를 하고 있다. 노인은 영웅을 안내해 온 듯한 위병에게 "이 사람은 왕과 직접 이야기하게 하는 것이 좋겠다. 훌륭한 사람이다."라고 말하고 있는 것 같다.

이 작품의 바탕은 빨간색이고 그 위에 까만색이 덧칠된 듯하다. 그러나 여자가 입은 옷만은 검정색 위에 빨간색을 칠한 것 같다.

1787년 4월 27일, 금요일, 아그리젠토

크니프가 모든 계획을 실행하려고 생각한다면, 내가 그 작은 안내자와 둘이서 돌아다니는 동안 끊임없이 그림을 그리지 않으면 안 될 것이다. 우리는 바다 쪽을 거닐었는데 노인들이 확언하기를 바다에서 본 아그리젠토는 매우 풍치가 있다는 것이다. 시선이 멀리 대해로 쏠리자 안내인은 남방의 수평선상에 산등성이 같은 형태를 하고 누워 있는 긴 구름 띠에 내 주의를 향하게 하면서, 저것이 아프리카 해안이 있는 곳이라고 말했다.

그러나 내 눈을 끈 또 다른 진귀한 현상이 있었다. 그것은 가볍게 떠 있는 구름 사이로 나온 가느다란 무지개로서, 한쪽 다리를 시칠리아에 걸치고, 맑게 갠 푸른 하늘에 동그라미를 그리면서, 다른 쪽 다리를 남쪽 해상에 걸치고는 쉬고 있는 듯 보였다. 저무는 태양에 아름답게 물들어 거의 움직이지 않는 모양은 보기에도 진귀하고 즐거운 광경이었다. 이 무지개는 똑바로 몰타섬 쪽을 향한 채로, 한쪽 다리는 틀림없이 저 섬에다 내려놓고 있는 것 같았는데, 이런 현상이 가끔 나타난다는 설명을 들었다. 양쪽 섬의 인력이 서로 작용해 대기 중에 이런 현상을 일으킨다니 참으로 재미있는 일이다.

이 이야기 때문에 몰타행 계획을 과연 중지할 것인가 하는 문제가 다시 마음속에서 재발했다. 그러나 벌써 이전부터 심사숙고했던 여러 가지 장애와 위험은 지금도 여전히 변함이 없다. 그래서 우리는 마부를 메시나까지 계속 고용하기로 했다.

그런데 우리의 행동은 또다시 변덕에 좌우되게 되었다. 즉 지금까지의 시칠리아 여행에서는 곡물이 풍부한 지방은 거의 본 적이 없었다. 어디를 가도 지평선은 멀고 가까운 산들로 차단되어서 그 때문에 섬에는 평지가 전혀 없는 것처럼 보였으며, 케레스 여신이 이 지방에 특별히 풍요한 은혜를 내렸다는 이야기는 이해되지 않았다. 내가 이 점에 대해서 묻자, 이것을 이해하려면 시라쿠사를 통과하지 말고 사선으로 이 나라를 횡단해 가지 않으면 안 되며, 만일 가로질러 간다면 밀 생산지를 볼 수 있을 것이라는 대답이었다. 나는 이 권고에 따라서 시라쿠사행을 중지하기로 했다. 왜냐하면 그 훌륭한 도시도 지금은 그 빛나는 명칭 외에는 아무것도 남아 있지 않다는 것을 알고 있었기 때문이다. 여하튼 그 도시는 카타니아로부터도 간단히 갈 수가 있다.

(2권에 계속)

세계문학전집 105

이탈리아 기행 1

1판 1쇄 펴냄 2004년 8월 10일
1판 29쇄 펴냄 2022년 3월 11일
2판 1쇄 찍음 2023년 9월 1일
2판 1쇄 펴냄 2023년 9월 4일

지은이 요한 볼프강 폰 괴테
옮긴이 박찬기, 이봉무, 주경순
발행인 박근섭, 박상준
펴낸곳 (주)민음사

출판등록 1966. 5. 19. (제 16-490호)
서울특별시 강남구 도산대로1길 62(신사동) 강남출판문화센터 5층 (우편번호 06027)
대표전화 02-515-2000 팩시밀리 02-515-2007
www.minumsa.com

ISBN 978-89-374-6105-7 04800
ISBN 978-89-374-6000-5 (세트)

세계문학전집 목록

1·2 **변신 이야기** 오비디우스·이윤기 옮김 서울대 권장도서 100선
3 **햄릿** 셰익스피어·최종철 옮김 서울대 권장도서 100선 | 미국대학위원회 선정 SAT 추천도서
4 **변신·시골의사** 카프카·전영애 옮김 서울대 권장도서 100선
5 **동물농장** 오웰·도정일 옮김 미국대학위원회 선정 SAT 추천도서 | 《타임》 선정 현대 100대 영문소설
6 **허클베리 핀의 모험** 트웨인·김욱동 옮김 《뉴스위크》 선정 100대 명저
7 **암흑의 핵심** 콘래드·이상옥 옮김 미국대학위원회 선정 SAT 추천도서 | 《뉴스위크》 선정 10대 명저
8 **토니오 크뢰거·트리스탄·베네치아에서의 죽음** 토마스 만·안삼환 외 옮김 노벨 문학상 수상 작가
9 **문학이란 무엇인가** 사르트르·정명환 옮김
10 **한국단편문학선 1** 김동인 외·이남호 엮음 국립중앙도서관 선정 청소년 권장도서
11·12 **인간의 굴레에서** 서머싯 몸·송무 옮김
13 **이반 데니소비치, 수용소의 하루** 솔제니친·이영의 옮김 노벨 문학상 수상 작가
14 **너새니얼 호손 단편선** 호손·천승걸 옮김
15 **나의 미카엘** 오즈·최창모 옮김
16·17 **중국신화전설** 위앤커·전인초, 김선자 옮김
18 **고리오 영감** 발자크·박영근 옮김
19 **파리대왕** 골딩·유종호 옮김 노벨 문학상 수상 작가 | 《타임》 선정 현대 100대 영문소설
20 **한국단편문학선 2** 김동리 외·이남호 엮음
21·22 **파우스트** 괴테·정서웅 옮김 서울대 권장도서 100선 | 미국대학위원회 선정 SAT 추천도서
23·24 **빌헬름 마이스터의 수업시대** 괴테·안삼환 옮김
25 **젊은 베르테르의 슬픔** 괴테·박찬기 옮김 논술 및 수능에 출제된 책(1998~2005)
26 **이피게니에·스텔라** 괴테·박찬기 외 옮김
27 **다섯째 아이** 레싱·정덕애 옮김 노벨 문학상 수상 작가
28 **삶의 한가운데** 린저·박찬일 옮김
29 **농담** 쿤데라·방미경 옮김
30 **야성의 부름** 런던·권택영 옮김
31 **아메리칸** 제임스·최경도 옮김
32·33 **양철북** 그라스·장희창 옮김 노벨 문학상 수상 작가 | 서울대 권장도서 100선
34·35 **백년의 고독** 마르케스·조구호 옮김 노벨 문학상 수상 작가 | 서울대 권장도서 100선
36 **마담 보바리** 플로베르·김화영 옮김 서울대 권장도서 100선
37 **거미여인의 키스** 푸익·송병선 옮김
38 **달과 6펜스** 서머싯 몸·송무 옮김
39 **폴란드의 풍차** 지오노·박인철 옮김
40·41 **독일어 시간** 렌츠·정서웅 옮김
42 **말테의 수기** 릴케·문현미 옮김
43 **고도를 기다리며** 베케트·오증자 옮김 노벨 문학상 수상 작가 | 서울대 권장도서 100선
44 **데미안** 헤세·전영애 옮김 노벨 문학상 수상 작가
45 **젊은 예술가의 초상** 조이스·이상옥 옮김 서울대 권장도서 100선
46 **카탈로니아 찬가** 오웰·정영목 옮김
47 **호밀밭의 파수꾼** 샐린저·정영목 옮김 《타임》 선정 현대 100대 영문소설 | 미국대학위원회 선정 SAT 추천도서 | 《뉴스위크》 선정 100대 명저 | BBC 선정 꼭 읽어야 할 책
48·49 **파르마의 수도원** 스탕달·원윤수, 임미경 옮김
50 **수레바퀴 아래서** 헤세·김이섭 옮김 노벨 문학상 수상 작가 | 국립중앙도서관 선정 청소년 권장도서

51·52 내 이름은 빨강 파묵 · 이난아 옮김 노벨 문학상 수상 작가

53 오셀로 셰익스피어 · 최종철 옮김 서울대 권장도서 100선

54 조서 르 클레지오 · 김윤진 옮김 노벨 문학상 수상 작가

55 모래의 여자 아베 코보 · 김난주 옮김

56·57 부덴브로크 가의 사람들 토마스 만 · 홍성광 옮김 노벨 문학상 수상 작가

58 싯다르타 헤세 · 박병덕 옮김 노벨 문학상 수상 작가

59·60 아들과 연인 로렌스 · 정상준 옮김 《뉴스위크》 선정 100대 명저

61 설국 가와바타 야스나리 · 유숙자 옮김 노벨 문학상 수상 작가 | 서울대 권장도서 100선

62 벨킨 이야기 · 스페이드 여왕 푸슈킨 · 최선 옮김

63·64 넙치 그라스 · 김재혁 옮김 노벨 문학상 수상 작가

65 소망 없는 불행 한트케 · 윤용호 옮김 노벨 문학상 수상 작가

66 나르치스와 골드문트 헤세 · 임홍배 옮김 노벨 문학상 수상 작가

67 황야의 이리 헤세 · 김누리 옮김 노벨 문학상 수상 작가

68 페테르부르크 이야기 고골 · 조주관 옮김

69 밤으로의 긴 여로 오닐 · 민승남 옮김 노벨 문학상 수상 작가 | 미국대학위원회 선정 SAT 추천도서

70 체호프 단편선 체호프 · 박현섭 옮김

71 버스 정류장 가오싱젠 · 오수경 옮김 노벨 문학상 수상 작가

72 구운몽 김만중 · 송성욱 옮김 서울대 권장도서 100선 | 국립중앙도서관 선정 청소년 권장도서

73 대머리 여가수 이오네스코 · 오세곤 옮김

74 이솝 우화집 이솝 · 유종호 옮김 논술 및 수능에 출제된 책(1998~2005)

75 위대한 개츠비 피츠제럴드 · 김욱동 옮김 《타임》 선정 현대 100대 영문소설

76 푸른 꽃 노발리스 · 김재혁 옮김

77 1984 오웰 · 정회성 옮김 《타임》 선정 현대 100대 영문소설 | 《뉴스위크》 선정 100대 명저

78·79 영혼의 집 아옌데 · 권미선 옮김

80 첫사랑 투르게네프 · 이항재 옮김

81 내가 죽어 누워 있을 때 포크너 · 김명주 옮김 노벨 문학상 수상 작가

82 런던 스케치 레싱 · 서숙 옮김 노벨 문학상 수상 작가

83 팡세 파스칼 · 이환 옮김

84 질투 로브그리예 · 박이문, 박희원 옮김

85·86 채털리 부인의 연인 로렌스 · 이인규 옮김

87 그 후 나쓰메 소세키 · 윤상인 옮김

88 오만과 편견 오스틴 · 윤지관, 전승희 옮김 미국대학위원회 선정 SAT 추천도서

89·90 부활 톨스토이 · 연진희 옮김 논술 및 수능에 출제된 책(1998~2005)

91 방드르디, 태평양의 끝 투르니에 · 김화영 옮김

92 미겔 스트리트 나이폴 · 이상옥 옮김 노벨 문학상 수상 작가

93 페드로 파라모 룰포 · 정창 옮김

94 차라투스트라는 이렇게 말했다 니체 · 장희창 옮김 국립중앙도서관 선정 청소년 권장도서

95·96 적과 흑 스탕달 · 이동렬 옮김 국립중앙도서관 선정 청소년 권장도서

97·98 콜레라 시대의 사랑 마르케스 · 송병선 옮김 노벨 문학상 수상 작가 | BBC 선정 꼭 읽어야 할 책

99 맥베스 셰익스피어 · 최종철 옮김 서울대 권장도서 100선 | 미국대학위원회 선정 SAT 추천도서

100 춘향전 작자 미상 · 송성욱 풀어 옮김 서울대 권장도서 100선

101 페르디두르케 곰브로비치 · 윤진 옮김

102 포르노그라피아 곰브로비치 · 임미경 옮김

103 인간 실격 다자이 오사무 · 김춘미 옮김

104 네루다의 우편배달부 스카르메타 · 우석균 옮김

105·106 **이탈리아 기행** 괴테 · 박찬기 외 옮김

107 **나무 위의 남작** 칼비노 · 이현경 옮김

108 **달콤 쌉싸름한 초콜릿** 에스키벨 · 권미선 옮김

109·110 **제인 에어** C. 브론테 · 유종호 옮김 BBC 선정 꼭 읽어야 할 책

111 **크눌프** 헤세 · 이노은 옮김 노벨 문학상 수상 작가

112 **시계태엽 오렌지** 버지스 · 박시영 옮김 《타임》 선정 현대 100대 영문소설 | 《뉴스위크》 선정 100대 명저

113·114 **파리의 노트르담** 위고 · 정기수 옮김 미국대학위원회 선정 SAT 추천도서

115 **새로운 인생** 단테 · 박우수 옮김

116·117 **로드 짐** 콘래드 · 이상옥 옮김 《뉴스위크》 선정 100대 명저

118 **폭풍의 언덕** E. 브론테 · 김종길 옮김 미국대학위원회 선정 SAT 추천도서

119 **텔크테에서의 만남** 그라스 · 안삼환 옮김 노벨 문학상 수상 작가

120 **검찰관** 고골 · 조주관 옮김

121 **안개** 우나무노 · 조민현 옮김

122 **나사의 회전** 제임스 · 최경도 옮김 미국대학위원회 선정 SAT 추천도서

123 **피츠제럴드 단편선 1** 피츠제럴드 · 김욱동 옮김

124 **목화밭의 고독 속에서** 콜테스 · 임수현 옮김

125 **돼지꿈** 황석영

126 **라셀라스** 존슨 · 이인규 옮김

127 **리어 왕** 셰익스피어 · 최종철 옮김 서울대 권장도서 100선 | 《뉴스위크》 선정 100대 명저

128·129 **쿠오 바디스** 시엔키에비츠 · 최성은 옮김 노벨 문학상 수상 작가

130 **자기만의 방 · 3기니** 울프 · 이미애 옮김

131 **시르트의 바닷가** 그라크 · 송진석 옮김

132 **이성과 감성** 오스틴 · 윤지관 옮김

133 **바덴바덴에서의 여름** 치프킨 · 이장욱 옮김

134 **새로운 인생** 파묵 · 이난아 옮김 노벨 문학상 수상 작가

135·136 **무지개** 로렌스 · 김정매 옮김

137 **인생의 베일** 서머싯 몸 · 황소연 옮김

138 **보이지 않는 도시들** 칼비노 · 이현경 옮김

139·140·141 **연초 도매상** 바스 · 이운경 옮김 《타임》 선정 현대 100대 영문소설

142·143 **플로스 강의 물방앗간** 엘리엇 · 한애경, 이봉지 옮김 미국대학위원회 선정 SAT 추천도서

144 **연인** 뒤라스 · 김인환 옮김

145·146 **이름 없는 주드** 하디 · 정종화 옮김

147 **제49호 품목의 경매** 핀천 · 김성곤 옮김 《타임》 선정 현대 100대 영문소설

148 **성역** 포크너 · 이진준 옮김 노벨 문학상 수상 작가 | 퓰리처상 수상 작가

149 **무진기행** 김승옥

150·151·152 **신곡(지옥편 · 연옥편 · 천국편)** 단테 · 박상진 옮김 《뉴스위크》 선정 100대 명저

153 **구덩이** 플라토노프 · 정보라 옮김

154·155·156 **카라마조프가의 형제들** 도스토옙스키 · 김연경 옮김

157 **지상의 양식** 지드 · 김화영 옮김 노벨 문학상 수상 작가

158 **밤의 군대들** 메일러 · 권택영 옮김 퓰리처상 수상 작가

159 **주홍 글자** 호손 · 김욱동 옮김 서울대 권장도서 100선 | 미국대학위원회 선정 SAT 추천도서

160 **깊은 강** 엔도 슈사쿠 · 유숙자 옮김

161 **욕망이라는 이름의 전차** 윌리엄스 · 김소임 옮김

162 **마사 퀘스트** 레싱 · 나영균 옮김 노벨 문학상 수상 작가

163·164 **운명의 딸** 아옌데 · 권미선 옮김

165 모렐의 발명 비오이 카사레스 · 송병선 옮김
166 삼국유사 일연 · 김원중 옮김 서울대 권장도서 100선
167 풀잎은 노래한다 레싱 · 이태동 옮김 노벨 문학상 수상 작가
168 파리의 우울 보들레르 · 윤영애 옮김
169 포스트맨은 벨을 두 번 울린다 케인 · 이만식 옮김
170 썩은 잎 마르케스 · 송병선 옮김 노벨 문학상 수상 작가
171 모든 것이 산산이 부서지다 아체베 · 조규형 옮김 《타임》 선정 현대 100대 영문소설
172 한여름 밤의 꿈 셰익스피어 · 최종철 옮김 미국대학위원회 선정 SAT 추천도서
173 로미오와 줄리엣 셰익스피어 · 최종철 옮김 미국대학위원회 선정 SAT 추천도서
174·175 분노의 포도 스타인벡 · 김승욱 옮김 노벨 문학상 수상 작가 | 《타임》 선정 현대 100대 영문소설
176·177 괴테와의 대화 에커만 · 장희창 옮김
178 그물을 헤치고 머독 · 유종호 옮김 《타임》 선정 현대 100대 영문소설
179 브람스를 좋아하세요... 사강 · 김남주 옮김
180 카타리나 블룸의 잃어버린 명예 하인리히 뵐 · 김연수 옮김 노벨 문학상 수상 작가
181·182 에덴의 동쪽 스타인벡 · 정회성 옮김 노벨 문학상 수상 작가
183 순수의 시대 워튼 · 송은주 옮김 《뉴스위크》 선정 100대 명저 | 퓰리처상 수상작
184 도둑 일기 주네 · 박형섭 옮김
185 나자 브르통 · 오생근 옮김
186·187 캐치-22 헬러 · 안정효 옮김 《타임》 선정 현대 100대 영문소설
188 숄로호프 단편선 숄로호프 · 이항재 옮김 노벨 문학상 수상 작가
189 말 사르트르 · 정명환 옮김
190·191 보이지 않는 인간 엘리슨 · 조영환 옮김 《타임》 선정 현대 100대 영문소설
192 왑샷 가문 연대기 치버 · 김승욱 옮김 퓰리처상 수상 작가
193 왑샷 가문 몰락기 치버 · 김승욱 옮김 퓰리처상 수상 작가
194 필립과 다른 사람들 노터봄 · 지명숙 옮김
195·196 하드리아누스 황제의 회상록 유르스나르 · 곽광수 옮김
197·198 소피의 선택 스타이런 · 한정아 옮김 퓰리처상 수상 작가
199 피츠제럴드 단편선 2 피츠제럴드 · 한은경 옮김
200 홍길동전 허균 · 김탁환 옮김
201 요술 부지깽이 쿠버 · 양윤희 옮김
202 북호텔 다비 · 원윤수 옮김
203 톰 소여의 모험 트웨인 · 김욱동 옮김
204 금오신화 김시습 · 이지하 옮김
205·206 테스 하디 · 정종화 옮김 미국대학위원회 선정 SAT 추천도서 | BBC 선정 꼭 읽어야 할 책
207 브루스터플레이스의 여자들 네일러 · 이소영 옮김
208 더 이상 평안은 없다 아체베 · 이소영 옮김
209 그레인지 코플랜드의 세 번째 인생 워커 · 김시현 옮김 퓰리처상 수상 작가
210 어느 시골 신부의 일기 베르나노스 · 정영란 옮김
211 타라스 불바 고골 · 조주관 옮김
212·213 위대한 유산 디킨스 · 이인규 옮김 서울대 권장도서 100선 | BBC 선정 꼭 읽어야 할 책
214 면도날 서머싯 몸 · 안진환 옮김
215·216 성채 크로닌 · 이은정 옮김
217 오이디푸스 왕 소포클레스 · 강대진 옮김 서울대 권장도서 100선
218 세일즈맨의 죽음 밀러 · 강유나 옮김
219·220·221 안나 카레니나 톨스토이 · 연진희 옮김 서울대 권장도서 100선

222 오스카 와일드 작품선 와일드 · 정영목 옮김
223 벨아미 모파상 · 송덕호 옮김
224 파스쿠알 두아르테 가족 호세 셀라 · 정동섭 옮김 노벨 문학상 수상 작가
225 시칠리아에서의 대화 비토리니 · 김운찬 옮김
226·227 길 위에서 케루악 · 이만식 옮김 《타임》 선정 현대 100대 영문소설 | 《뉴스위크》 선정 100대 명저
228 우리 시대의 영웅 레르몬토프 · 오정미 옮김
229 아우라 푸엔테스 · 송상기 옮김
230 클링조어의 마지막 여름 헤세 · 황승환 옮김 노벨 문학상 수상 작가
231 리스본의 겨울 무뇨스 몰리나 · 나송주 옮김
232 뻐꾸기 둥지 위로 날아간 새 키지 · 정회성 옮김 《타임》 선정 현대 100대 영문소설
233 페널티킥 앞에 선 골키퍼의 불안 한트케 · 윤용호 옮김 노벨 문학상 수상 작가
234 참을 수 없는 존재의 가벼움 쿤데라 · 이재룡 옮김
235·236 바다여, 바다여 머독 · 최옥영 옮김
237 한 줌의 먼지 이블린 워 · 안진환 옮김 《타임》 선정 현대 100대 영문소설
238 뜨거운 양철 지붕 위의 고양이 · 유리 동물원 윌리엄스 · 김소임 옮김 퓰리처상 수상작
239 지하로부터의 수기 도스토옙스키 · 김연경 옮김
240 키메라 바스 · 이운경 옮김
241 반쪼가리 자작 칼비노 · 이현경 옮김
242 벌집 호세 셀라 · 남진희 옮김 노벨 문학상 수상 작가
243 불멸 쿤데라 · 김병욱 옮김
244·245 파우스트 박사 토마스 만 · 임홍배, 박병덕 옮김 노벨 문학상 수상 작가
246 사랑할 때와 죽을 때 레마르크 · 장희창 옮김
247 누가 버지니아 울프를 두려워하랴? 올비 · 강유나 옮김
248 인형의 집 입센 · 안미란 옮김
249 위폐범들 지드 · 원윤수 옮김 노벨 문학상 수상 작가
250 무정 이광수 · 정영훈 책임 편집 서울대 권장도서 100선
251·252 의지와 운명 푸엔테스 · 김현철 옮김
253 폭력적인 삶 파솔리니 · 이승수 옮김
254 거장과 마르가리타 불가코프 · 정보라 옮김
255·256 경이로운 도시 멘도사 · 김현철 옮김
257 야콥을 둘러싼 추측들 욘존 · 손대영 옮김
258 왕자와 거지 트웨인 · 김욱동 옮김
259 존재하지 않는 기사 칼비노 · 이현경 옮김
260·261 눈먼 암살자 애트우드 · 차은정 옮김 《타임》 선정 현대 100대 영문소설
262 베니스의 상인 셰익스피어 · 최종철 옮김
263 말리나 바흐만 · 남정애 옮김
264 사볼타 사건의 진실 멘도사 · 권미선 옮김
265 뒤렌마트 희곡선 뒤렌마트 · 김혜숙 옮김
266 이방인 카뮈 · 김화영 옮김 노벨 문학상 수상 작가 | 미국대학위원회 선정 SAT 추천도서
267 페스트 카뮈 · 김화영 옮김 노벨 문학상 수상 작가 | 국립중앙도서관 선정 청소년 권장도서
268 검은 튤립 뒤마 · 송진석 옮김
269·270 베를린 알렉산더 광장 되블린 · 김재혁 옮김
271 하얀 성 파묵 · 이난아 옮김 노벨 문학상 수상 작가
272 푸슈킨 선집 푸슈킨 · 최선 옮김
273·274 유리알 유희 헤세 · 이영임 옮김 노벨 문학상 수상 작가

275 **픽션들** 보르헤스 · 송병선 옮김 서울대 권장도서 100선
276 **신의 화살** 아체베 · 이소영 옮김
277 **빌헬름 텔 · 간계와 사랑** 실러 · 홍성광 옮김
278 **노인과 바다** 헤밍웨이 · 김욱동 옮김 노벨 문학상 수상 작가 | 퓰리처상 수상작
279 **무기여 잘 있어라** 헤밍웨이 · 김욱동 옮김 미국대학위원회 선정 SAT 추천도서
280 **태양은 다시 떠오른다** 헤밍웨이 · 김욱동 옮김 《타임》 선정 현대 100대 영문 소설
281 **알레프** 보르헤스 · 송병선 옮김
282 **일곱 박공의 집** 호손 · 정소영 옮김
283 **에마** 오스틴 · 윤지관, 김영희 옮김
284·285 **죄와 벌** 도스토옙스키 · 김연경 옮김 미국대학위원회 선정 SAT 추천도서
286 **시련** 밀러 · 최영 옮김
287 **모두가 나의 아들** 밀러 · 최영 옮김
288·289 **누구를 위하여 종은 울리나** 헤밍웨이 · 김욱동 옮김 노벨 문학상 수상 작가
290 **구르브 연락 없다** 멘도사 · 정창 옮김
291·292·293 **데카메론** 보카치오 · 박상진 옮김
294 **나누어진 하늘** 볼프 · 전영애 옮김
295·296 **제브데트 씨와 아들들** 파묵 · 이난아 옮김 노벨 문학상 수상 작가
297·298 **여인의 초상** 제임스 · 최경도 옮김 미국대학위원회 선정 SAT 추천도서
299 **압살롬, 압살롬!** 포크너 · 이태동 옮김 노벨 문학상 수상 작가
300 **이상 소설 전집** 이상 · 권영민 책임 편집
301·302·303·304·305 **레 미제라블** 위고 · 정기수 옮김
306 **관객모독** 한트케 · 윤용호 옮김 노벨 문학상 수상 작가
307 **더블린 사람들** 조이스 · 이종일 옮김
308 **에드거 앨런 포 단편선** 앨런 포 · 전승희 옮김 미국대학위원회 선정 SAT 추천도서
309 **보이체크 · 당통의 죽음** 뷔히너 · 홍성광 옮김
310 **노르웨이의 숲** 무라카미 하루키 · 양억관 옮김
311 **운명론자 자크와 그의 주인** 디드로 · 김희영 옮김
312·313 **헤밍웨이 단편선** 헤밍웨이 · 김욱동 옮김 노벨 문학상 수상 작가
314 **피라미드** 골딩 · 안지현 옮김 노벨 문학상 수상 작가
315 **닫힌 방 · 악마와 선한 신** 사르트르 · 지영래 옮김
316 **등대로** 울프 · 이미애 옮김 《타임》 선정 현대 100대 영문소설 | 《뉴스위크》 선정 100대 명저
317·318 **한국 희곡선** 송영 외 · 양승국 엮음
319 **여자의 일생** 모파상 · 이동렬 옮김
320 **의식** 노터봄 · 김영중 옮김
321 **육체의 악마** 라디게 · 원윤수 옮김
322·323 **감정 교육** 플로베르 · 지영화 옮김
324 **불타는 평원** 룰포 · 정창 옮김
325 **위대한 몬느** 알랭푸르니에 · 박영근 옮김
326 **라쇼몬** 아쿠타가와 류노스케 · 서은혜 옮김
327 **반바지 당나귀** 보스코 · 정영란 옮김
328 **정복자들** 말로 · 최윤주 옮김
329·330 **우리 동네 아이들** 마흐푸즈 · 배혜경 옮김 노벨 문학상 수상 작가
331·332 **개선문** 레마르크 · 장희창 옮김
333 **사바나의 개미 언덕** 아체베 · 이소영 옮김
334 **게걸음으로** 그라스 · 장희창 옮김 노벨 문학상 수상 작가

395 **월든** 소로 · 정회성 옮김

396 **모래 사나이** E. T. A. 호프만 · 신동화 옮김

397·398 **검은 책** 오르한 파묵 · 이난아 옮김 노벨 문학상 수상 작가

399 **방랑자들** 올가 토카르추크 · 최성은 옮김 노벨 문학상 수상 작가

400 **시여, 침을 뱉어라** 김수영 · 이영준 엮음

401·402 **환락의 집** 이디스 워튼 · 전승희 옮김

403 **달려라 메로스** 다자이 오사무 · 유숙자 옮김

404 **아버지와 자식** 투르게네프 · 연진희 옮김

405 **청부 살인자의 성모** 바예호 · 송병선 옮김

406 **세피아빛 초상** 아옌데 · 조영실 옮김

407·408·409·410 **사기 열전** 사마천 · 김원중 옮김 서울대 권장도서 100선

411 **이상 시 전집** 이상 · 권영민 책임 편집

412 **어둠 속의 사건** 발자크 · 이동렬 옮김

413 **태평천하** 채만식 · 권영민 책임 편집

414·415 **노스트로모** 콘래드 · 이미애 옮김

416·417 **제르미날** 졸라 · 강충권 옮김

418 **명인** 가와바타 야스나리 · 유숙자 옮김 노벨 문학상 수상 작가

419 **핀처 마틴** 골딩 · 백지민 옮김 노벨 문학상 수상 작가

420 **사라진 · 샤베르 대령** 발자크 · 선영아 옮김

421 **빅 서** 케루악 · 김재성 옮김

422 **코뿔소** 이오네스코 · 박형섭 옮김

423 **블랙박스** 오즈 · 윤성덕, 김영화 옮김

세계문학전집은 계속 간행됩니다.